JN002926

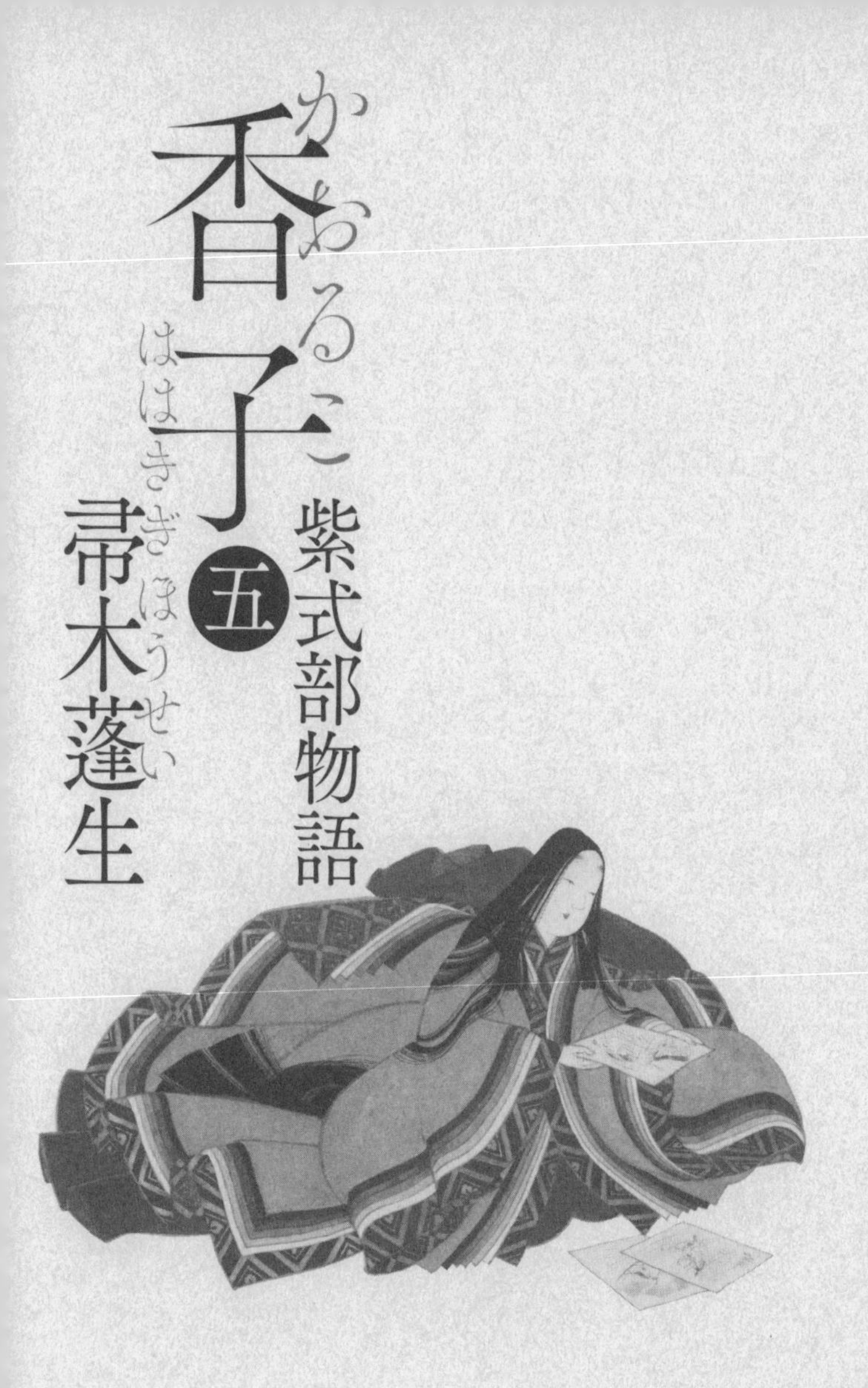

香子（かおるこ）

紫式部物語

五

帚木蓬生（ははきぎほうせい）

PHP

香子（かおるこ）（五）紫式部物語

目次

第五十五章　一条院追善八講(ついぜんはっこう)　6
第五十六章　惟通(これみち)右衛門尉(うえもんのじょう)　30
第五十七章　取次　119
第五十八章　小少将(こしょうしょう)の君(きみ)没　179
第五十九章　越後(えちご)の父　255
第六十章　清水寺参詣(きよみずでらさんけい)　314
第六十一章　賢子(かたこ)出仕(しゅっし)　382

第六十二章　源氏絵　403
第六十三章　上東門院（じょうとうもんいん）　453
後記　464
参考文献　486

（一）目次

第一章　香子
第二章　蔵人
第三章　北山詣で
第四章　今上帝出家
第五章　新帝即位
第六章　出仕
第七章　新手枕
第八章　宇治行
第九章　越前下向
第十章　越前国府
第十一章　起筆
第十二章　雨夜の品定め
第十三章　越前の春
第十四章　京上り
第十五章　懸想文

（二）目次

第十六章　神楽人長
第十七章　宇佐使
第十八章　出産
第十九章　死別
第二十章　四十賀
第二十一章　法華八講
第二十二章　御堂七番歌合せ
第二十三章　求婚者
第二十四章　再出仕
第二十五章　里居
第二十六章　八重桜
第二十七章　賀茂祭

（三）目次

第二十八章　進講
第二十九章　中宮懐妊
第三十章　土御門殿
第三十一章　召人
第三十二章　法華三十講
第三十三章　唐車
第三十四章　土御門殿退下
第三十五章　安産祈願
第三十六章　薫物合せ
第三十七章　敦成親王誕生
第三十八章　産養
第三十九章　土御門殿行幸
第四十章　五十日の祝い
第四十一章　内裏還啓

（四）目次

第四十二章　堤第退出
第四十三章　帰参
第四十四章　若宮呪詛
第四十五章　和泉式部の君
第四十六章　庚申作文序
第四十七章　枇杷殿
第四十八章　土御門内御堂
第四十九章　敦良親王誕生
第五十章　敦良親王五十日儀
第五十一章　越後守
第五十二章　天皇崩御
第五十三章　惟規客死
第五十四章　彰子皇太后

香子（五）紫式部物語

第五十五章　一条院追善八講

故一条院の七七日（四十九日）の中陰が過ぎて、彰子様は住み慣れた一条院から枇杷殿に移られた。もちろん女房たちもそれに従った。感慨も一入で、詠歌せずにはいられなかった。思えば故一条院も、道長様の見えない横槍に、一方ならぬご心労を味わっておられたようだ。彰子様は、お慕いする一条院と父の道長様の板挟みになって、やはりご苦労が続き、一条院の晩年には道長様の所行を冷徹に見定めるようになられた。

ありし世を夢に見なして涙さえ
とまらぬ宿ぞ悲しかりける

一条帝御在世中の時代はもはや霞となり、涙も止まらず、共に過ごした御所が悲しく思い出されます、という何の取柄もない歌ではあっても、これが偽りのない心境で、彰子様の心の代詠でもあった。

　こうして新帝の世が始まった。新帝は冷泉(れいぜい)天皇と道長様の姉、超子(とおこ)様との間の皇子(おうじ)だから、道長様の甥(おい)である。この新帝が東宮(とうぐう)でおられたとき、道長様は我が娘で彰子様の妹の妍子(きよこ)様を入内(じゅだい)させておられた。しかし東宮には既(すで)に、大納言(だいなごん)藤原済時(なりとき)様の娘娍子(すけこ)様が入内されていて、四人の皇子を得ておられた。これが道長様には目の上のたんこぶだったのだ。

　ところが藤原済時様は、七年程前に死去して、娍子様は後見(うしろみ)を失っておられた。娍子様の兄とて、蔵人頭(くろうどのとう)からやっと参議(さんぎ)に昇った程度なので、道長様に対抗するすべもない。問題は、新帝の二人の妃(きさき)のうち、どちらを皇后に立てるかだった。新帝はもちろん、長く連れ添っておられる娍子様に愛着がおありだったろう。とはいえ、後見のない娍子様を立后(りっこう)させるのは無理で、新帝は妍子様立后の旨(むね)を左大臣の道長様に伝えられた。今年の出来事であり、世の中は妍子様立后と正月の除目(じもく)で大騒ぎになった。

　そんな世間の騒動は、一条院を失った彰子様には他人事(ひとごと)だった。日々は、亡き一条院の思い出に浸(ひた)るのに費(つい)やされた。そのご様子を拝見して、ついまたしても、彰子様のお心の内を察して歌ができた。

　　雪の上を雲のよそにて思いやる
　　　月は変わらず天(あめ)の下にて

　今上帝(きんじょうてい)の司召(つかさめし)の騒ぎをよそにして、一条帝という日の光はなくなったものの、彰子様という月は、いつまでもこの御代を照らしておられるという、これまた何の技巧もない歌だった。ともあれ彰子様は今二十五歳という若さであり、この先、本当に月のようにこの世を照らされるに違いなかった。

そして今年の二月、彰子様の妹の妍子様が新帝の中宮になられた。ところがである。一月に道長様に対して、娍子様を皇后にする意向を示された新帝は、四月になってその意志を固められる。新帝には当初から一帝二后の意図がおありだったのかもしれない。

驚いたのは道長様だ。しかし帝の強い願いは拒否できない。

そこで道長様は例によって嫌がらせを講じる。娍子様立后当日を、我が娘の中宮妍子様を参内させる日として、中宮が下がっている東三条院に参集する旨を、上達部に伝えたのだ。そのため内裏での娍子様立后の儀は滞り、深夜になって供奉したのは権大納言藤原実資様以下、たった四人の上達部だったらしい。

この新帝と道長様の確執は、必ずや今後も尾を引くに違いない。

五月十五日、そんな騒擾をよそに、彰子皇太后様は、枇杷殿で、五日間にわたる盛大な法華八講を実施された。仏殿には、新しく造らせた釈迦如来、普賢、文殊の各像を安置し、金銀で飾られた仏間は光り輝くようだった。法華経一部八巻を朝夕一巻ずつ四日間講じるのが通例なのに、丁重に五日行うところに、彰子様の故一条院への思慕と、深甚な哀惜が示されていた。

もちろん、その法華会には道長様と正室の倫子様の他、ほぼすべての公卿が参列した。法華経第五巻が講じられた日には、丁字の生薬と、金百両を瑠璃の壺にいれて、彰子様が奉納される。その他にも、参列者からは唐物などの貴重な品々が捧げられた。今上帝や東宮の敦成親王からも、追善の供物が献上された。捧物は銀二千八百両に達した。

その様子を御簾を隔てて眺めていて、五日間とも参上した上達部が数人いたことがわかった。その中のひとりが、あの謹厳実直な藤原実資様だった。

五日目の法会が終わる頃、彰子様から呼ばれた。

「藤式部は、あの実資殿が、一日も欠かさず姿を見せたのに気がつきましたか」

彰子様から訊かれる。

「はい。珍しい誠実さだと存じました」

「あの人は滅多に人に媚びない人です。それが毎日参上してくれたのは、故一条院を慕う心が深いのでしょう」

彰子様がおっしゃるのを聞きつつ、何年も前の遊宴の日、したたかに酔った実資様が、女房の衣装を捉えて、袖口の重ね着の枚数を数えていたのを思い出す。故一条帝は、何度も華美を諫める禁令を発せられた。その禁止令を是として、過度の重ね着を責めるつもりだったのだ。

「実資殿は追従とは無縁の人と、見込んでいます。藤式部から、わたくしが喜んでいる旨を伝えて下さい」

彰子様がにっこりとされる。

すぐさま、仏間に戻り、蔵人を通じて、実資様に席をはずしてもらう。簀子まで来てもらい、几帳越しに、彰子様の謝意を伝える。ほとんど笑顔など見せたためしのない実資様は破顔一笑、心から感激した様子だった。

二十七日、今度は故一条院の御願寺である円教寺でも、周忌法会が行われた。彰子様はそこに亡き院の宸筆（しんぴつ）の大般若経（だいはんにゃきょう）を捧げられた。同時に枇杷殿でも、今上帝の内裏でも、その他の所々でも、諷誦（ふうじゅ）が献上されたのは言うまでもない。

その翌日だった。わざわざ藤原実資様が、枇杷殿の彰子様の許（もと）に表敬（ひょうけい）に参上したので、取次ぐ。この頃、実資様は取次役として、「藤式部の君を是非（ぜひ）」と言うのが常になっていた。この役目は嫌ではなかった。というのも、見るところ、実資様の考えの基盤は、「天に二つの日はなく、土に二つの主（あるじ）はない」だったからだ。帝をないがしろにする者は、何人（なんぴと）たりとも許さないという気構えが、その振舞いから見てとれた。

さっそく彰子様の許に行き、その旨をお伝えした。

「実資殿が来てくれましたか。ここに呼びなさい。円座（わろうだ）も添えて」

それが彰子様のお言葉だったので、簀子に円座を置かせ、渡殿（わたどの）に控えていた実資様に伝えた。実資様がまたしても感激したのは言うまでもない。円座に坐ると、実資様は、過日、彰子様から法華八講に五日間参上した件でお礼のお言葉があったのに対し、深々と謝意を述べた。

「あなたの故院を慕う心は、充分に慰めとなっています。こうして一周忌が終わり、部屋の室礼（しつらい）も、すっかり喪中から普段の物に変わりました。この変わりように、まだ戸惑（とまど）っていますし、寂しさが身に沁（し）みます」

そのまま伝えると、実資様はみるみる顔を赤くし、女房たちが見ているにもかかわらず、号泣（ごうきゅう）した。

ああ、この人は心底から故一条院を尊敬していたのだと、納得せずにはいられなかった。

彰子様は、皇太后宮になってからも、公卿たちの動きを見つめ、権勢にへつらう者か、礼節（れいせつ）を曲げずに信念を持つ人物かを、見定めておられるようだった。

　翌々日、彰子様の側に控えていたとき、声をかけられた。

「源氏の物語、舞台はどうやら宇治に移ったようですね。『橋姫』の帖はもう読み終え、これから『椎本』に移ります。道長殿が聞いたら、喜ぶに違いありません。まさか、あなたも道長殿に取り入ろうと考えたのでは、ありますまい」

　思いがけない彰子様の勘繰りに、「滅相もございません」とお答えするしかなかった。

「いいえ、これはほんの冗談です。とはいえ、いずれ道長殿も、宇治の物語を読まれるでしょう。そうすれば、してやったりと、ほくそ笑むに違いありません」

「してやったりと道長様に思われても、痛し痒し、いえ傍迷惑でございます」

　そう申し上げると、彰子様はくすっと笑われた。

　道長様が喜ぶと彰子様が口にされたのには理由がある。道長様が宇治に別業を造り、そこで管絃の遊びや詩宴を催しているのは、つとに人に知られている。往路は朝に京を発って陸路で宇治に赴き、帰途は舟で川を下り、山崎で上陸するらしい。その舟中の管絃、和歌、作文は上達部の語り草になっているとも聞く。あの具平親王も、道長様の宇治別業で詩を作られたこともおありだったようだ。

　しかし、これから書き綴る物語は、そんな華やかなものでないのは確かだ。


『古今和歌集』に、**日の光藪しわかねば石上　ふりにし里に花も咲きけり**、とあるように、藪もどこも分け隔てなく射す、春の光を見ていると、中の君は、どうしてこんなに生き長らえたのだろうと、夢のような心地がする。

　これまで、巡って来る季節の移ろいに従って、『後撰和歌集』に、花鳥の色をも音をもいたずらにもの憂かる身は過ぐすのみなり、とある如く、花の色や鳥の声も、姉の大君と心をひとつにして、朝な夕なに見聞きし、はかない歌を詠むにしても、上の句に下の句をつけたり、下の句に上の句をつけたりして、心細い世に住む憂さも辛さも、お互いに語り合って来たため、心が慰められていた。

　今では趣のある事も、心に沁みる事も、わかり合える人がなく、万事につけ、心は暗くなり、ひとりで思い悩み、父宮が亡くなった時の悲しさよりも、姉君を失った悲しみが強く、恋しさも寂しさも募る。この先どうしようかと、明け暮れ、日が経つのも知らないまま、心惑っているものの、世に在る命には定めがあるため、死ねないのも情けなく思っていると、阿闍梨から文が届いた。

「年が改まりましたが、いかがお過ごしでしょうか。御祈禱は怠りなく勤めております。今となっては、あなた様の身だけを心配して、祈り続けているのです」

と書かれ、蕨や土筆を趣ある籠に入れ、「これは寺の童子たちが、仏に供えた初穂です」と付記されて献上された。その仮名は僧だからか悪筆で、和歌がわざわざ放ち書きにされていた。

君にとてあまたの春を摘みしかば
常を忘れぬ初蕨なり

　亡き八の宮に、毎春摘んで届けていたので、その習いを忘れずに献上する初蕨です、という心遣いで、「摘み」に積みを掛け、「中の君の前で詠んで下さい」と書かれていて、おそらく慣れない和歌を苦心して詠んだのだろうと察せられた。その真摯さが心に沁み、あの匂宮兵部卿のないがしろな、それほど心の底から思っていないと見透かされる言葉を並べ、いかにも美しく心惹かれるように書かれた手紙よりは、比べようもなく真意が伝わってくるので、涙が溢れるまま、中の君は返歌する。

この春はたれにか見せんなき人の
かたみに摘める峰の早蕨

大君も亡い今年の春は、誰に見せたらいいのでしょう、亡き父宮の形見として籠に摘んで下さった峰の早蕨を、という謝意と嘆きで、「形見」と、竹で編んだ筐（かたみ）を掛け、使いの童には禄を与えた。

今が盛りの美しさである中の君は、様々の悲しみのせいで、少しく面痩せしていて、気品と艶な感じが備わり、亡き大君と似通っていた。かつて二人が並んでいた頃は、それぞれに美しく、かといって似ているようには見えなかったのに、大君が亡くなったのをつい忘れていると、ふとこれが大君だと思ってしまう程である。

女房たちは、「あの薫中納言は、『古今和歌集』に、**空蟬は殻を見つつも慰めつ　深草の山煙だに立て**、とあるように、せめて大君の抜け殻だけでも見る事ができていたら、と思い、朝夕恋い慕われていた。どうせなら、中の君と連れ添われておればよかった。そんな宿世でなかったのが残念です」と、互いに言い合う日々が続いた。

時折、薫中納言に仕（つか）える人が宇治を訪ねて来るので、それぞれの日々の暮らしぶりは双方に伝わる。中納言はまだ心奪われた状態であり、新しい年にもかかわらず、今にも泣き出しそうな気配だと、中の君は聞いて、やはり本当に、一時の気まぐれではなく、浅はかな心ではなかったのだと思われ、今になって中納言の心の深さが一層身に沁みた。

他方、匂宮は宇治に通うのが難しく、その機会がないため、中の君を京に移す決心を固めていた。

薫中納言は、正月下旬に行う帝（みかど）主催の、作文や女楽舞楽（じょがくぶがく）の内宴（ないえん）など、多忙な時期を過ごしたあと、心に余る思いを、他の誰と語り合えようかと思い悩み、匂宮の邸（やしき）に参上する。

折から静かな夕暮れ時であり、匂宮は端（はし）近くにいて、箏（そう）の琴を搔（か）き鳴らしては、例によって心寄せている梅の香（か）を賞（め）でているところだった。薫が梅の下枝を手折（たお）って傍（そば）近く寄った時、梅の香と薫の匂いが風雅に漂って来たため、感激した匂宮はいたたまれず詠歌（えいか）する。

　折る人の心に通う花なれや
　　色には出（い）でずしたに匂える

この梅の花は、折る人の心に似る花なのだろうか、色には出ずに下に美しさを隠して咲いている、という勘繰りであり、薫と中の君の仲を疑っている歌だったので、薫もすぐさま返歌した。

　見る人にかことよせける花の枝を
　　心してこそ折るべかりけれ

単に梅の花を賞でている私に、あなたが言いがかりをつけると知っていたら、もっと用心して枝を折るべきでした、という反論であり、「言いがかりは困ります」と、冗談を言い合うところに、二人の仲の良さが見てとれる。

細々とした話になってから、匂宮は宇治の山里の様子が心配になり、「中の君はどうしているのでしょうか」とまず尋ねたので、薫は大君の死去がまだ諦めがつかずに悲しく、見初めた頃から今日に至るまでの、絶えない思慕を、四季折々の風情に重ねながら、しみじみと、泣いたり笑ったりしつつ説明した。

情にも涙にももろい気性の匂宮は、『古今和歌集』の、**わが身から憂き世の中と名づけつつ　人のためさえかなしかるらん**、のように、他人の身の上にもかかわらず、袖も絞るばかりに泣き出し、薫の話し甲斐があるように聞き役に回っていると、空模様が、あたかも風情を心得たように、霞が一面にかかった。

夜になって烈風が吹き出し、まだ冬の寒さが残っていて、灯火も時々吹き消され、あたかも『古今和歌集』の、**春の夜の闇はあやなし梅の花　色こそ見えね香やはかくるる**、や、『古今和歌六帖』の、**夕闇は道たどたどし月待ちて　かえれわがせこその間にも見ん**、のように、闇になると何も見えなくて心細くはあるものの、互いに話を中断するわけにもいかず、尽きせぬ話を最後までし終わらないうちに、夜もすっかり更けてしまう。

世にも珍しい薫と大君の結びつきを、匂宮が「そうは言っても、二人の間に、何事もなかったわけではないでしょう」と、薫がまだ何か隠し事をしているかのように問い詰めるのも、常日頃からの好き心のためだろうし、その一方で、物事をよくわきまえてもいるので、悲しみに沈む薫の心の内が晴れるように慰めたり、言葉をかけたりする。薫もその巧みな聞き役ぶりに乗せられ、心の底まで塞（ふさ）がれていた思いを、少しずつ語り尽くしたため、すっかり胸の内が晴れた心地になった。

匂宮も近々、中の君を京に移す準備に関して、相談を持ち掛けると、薫は、「それは嬉（うれ）しい事です。このままでは、私の過失になってしまいます。諦めのつかない大君の形見としては、中の君をおいて他にはありません。万事につけ、一通りは、中の君を私が後見しなければならないと思っております。それは不都合ではないでしょうか」と言う。

大君がかつて中の君について、「わたくしと同じと思って下さい」と語って譲った点についても、多少は口にしたものの、中の君の横で一夜を過ごした事については言い出さず、心の中では「こんなにも慰め難い大君の形見として、その言葉通りに、中の君と夫婦になればよかった」と、後悔の念が次第に募るものの、今となっては取り返しがつかない。

「いつもこんな事を考えていると、あるまじき中の君への情愛が生じてしまう。もしそうなれば、三人にとって取り返しがつかない結果になる」と諦めつつ、中の君が京に移るに際して、親身になって後見するのは自分しかいないと思い、京への転居の準備を始めた。

宇治の方でも、より若い女房や、女童（めのわらわ）などを雇い、女房たちが満ち足りた心で支度（したく）に取りかかる一方で、中の君は『古今和歌集』に、**いざここにわが世は経なん菅原や伏見（ふしみ）の里の荒れまくも惜（お）し**、とあるように、この里を荒らしてしまうのも、ひどく心細いので、嘆きは尽きない。かといって、あくまで我（が）を張ってここに籠（こも）ったところで、良い事はなさそうであり、匂宮が、「浅からぬ夫婦の縁も、このままでは絶えてしまいます。そんな住まいをどうするつもりですか」と、恨（うら）み言を寄越（よこ）

すため、多少はもっともと思いつつ、まだ踏ん切りがつかなかった。

二月初旬の転居となり、中の君はその日が近づくに従い、花の木の蕾が膨らみ出して、心残りであった。『古今和歌集』に、**春霞立つを見捨てて行く雁は　花なき里に住みやならえる**、とあるように、峰の霞の立つのを見捨てて立ち去るのも後ろ髪が引かれ、行く末が我が安住の地ではなく、旅寝なので、どんなにか居心地悪く、物笑いの種になろうかと、万事につけてひとり思い悩みながら、明かし暮らしていた。

そのうちに、喪服着用の期間も果てて脱いだけれども、喪に服し足りない気がする。母君については顔も知らないので、恋しいとは思わず、その代わりに大君の喪には、衣の色を濃い鈍色にしようと心に思い、そう口に出したものの、親子ではなく姉妹の間柄では、そうした規則もない。悲しみが尽きないでいると、薫中納言から、牛車や前駆の人々、陰陽博士などが差し向けられ、和歌も添えられていた。

はかなしや霞の衣裁ちしまに
花のひもとくおりも来にけり

月日がはかなく過ぎ、喪服を裁って縫い、着たかと思うと、早くも花の咲く頃になり、華やかな衣に着替える時になりました、という感慨であり、「裁ち」に立ちが掛けられて、この歌にある通り、色彩豊かな美しい衣装が調えてあった。

転居の際に、供人に与える祝儀の品も、大袈裟ではないものの、身分に応じた相応の物を、細やかに配慮して届けられており、年配の女房たちが、「折につけて、昔を忘れない親切さは、大層なものです。兄弟であっても、これ程までにはできません」と、中の君を諭す。新しい若い女房たちの陰で、小さくなっている老女房としては、中納言のこうした配慮が心からありがたく、教えてやらずにはおられなかったのである。若い女房たちは、中の君が匂宮に迎えられたら、これまで時々見てきた中納言が、今後は無縁の人になってしまうのが寂しく、「これから薫中納言をどんなにか恋しく思うでしょう」と言い合っていた。

薫自身は、出立の前日の早朝にやって来て、いつものように西廂の客間の方に通されたので、「今ではこうして親しくなっているのに、まだこのような扱いなのだ。思えば匂宮より先に、自分こそが大君を京に迎えるつもりだったのに」と思う。

大君のかつての面影や、言われた事の心の内などを思い起こし、「大君は私の好意を受けつけなかったものの、冷淡な扱い方ではなかった。それなのにどうしたものか、私の方から突き放したような結果になってしまった」と、思い出しては胸が痛くなった。かつて覗き見した襖障子の穴を思い出し、近寄って見ると、客間と母屋の間には、簾が下ろされて閉め切られ、どうにもならない。

部屋の中でも、女房たちが大君を思い出して、涙ぐんでおり、ましてや中の君は流れ落ちる涙に、明日の出発も思い遣られず、放心したようにぼんやり臥していた。そこへ薫中納言が、「ここしばらくご無沙汰しておりました。その間のとりとめのない思いが胸に積もっております。それをほんの少しでも申し上げ、胸を晴らしたく存じます。例の如く、よそよそしい態度で突き放されると、いよいよ別の世界に追いやられた思いがします」と、女房を通して言上する。

中の君は、「突き放すつもりは毛頭ございません。とはいえ、気分が優れず、取り乱しているので、妙な言い方をするのでは、と気後(きおく)れがするのです」と応じて、困り果てているものの、女房たちが「それでは中納言がお可哀想(かわいそう)です」と、こぞって言うので、西廂と母屋の西を隔てる襖障子の戸口で対面した。

薫中納言のお姿は、こちらが気後れする程に優艶(ゆうえん)で、今はさらに立派になったと、目を見張るくらい美しい。人とは違う心遣いなども、何と素晴らしい人かと見える有様(ありさま)なので、中の君は忘れられない大君の事までも思い出して、しみじみとした心で対面した。

中納言は、「お話ししたい事は山々ございますが、今日は控えたほうがいいようです」と言い止(や)んで、話題を転じて「お移りになられる邸の近くに、近日中に私も引越すつもりです。夜中、暁(あかつき)も関係なく、親しい人は行き来すると言われております。何事でも、折につけ気軽に私に申しつけて下さい。私が世に生きている間は、ご奉仕をして過ごすつもりです。それをどうお思いでしょうか。人の心は様々な世の中なので、迷惑かもしれないと、自分ひとりでは決めかねております」と言う。

中の君は、「ここの住まいを離れたくないという心も深(ふこ)うございます。またあなた様が、近くに住まわれるというのも、あれこれ思いが乱れ、何と返事を申し上げるべきか」と、言葉も途切れがちに言いさす。実に物悲しい思いをしているその様子が、大君そっくりなため、薫中納言は、自分から中の君を他人のものにしてしまったのだと思うと、ひどく悔しいものの、もはやどうにもならず、あの一夜を共にした事は口にせず、忘れてしまったのかと見えるほど、潔(いさぎよ)い態度を見せた。

近くの紅梅(こうばい)が、色も香りも優しく咲き匂い、鶯(うぐいす)までが見過ごし難そうに鳴いて行くようであり、まして『古今和歌集』の、**月やあらぬ春や昔の春ならぬ　わが身ひとつはもとの身にして**、のように、昔を思い出して、心を惑(まど)わしている二人の話には、折から悲しみが交じる。風がさっと吹き入ると、花の香りも、中納言の薫物の匂いも、やはり『古今和歌集』の、**五月待つ花橘の香をかげば昔の人の袖の香ぞする**、にある如く、亡き大君を思い起こすよすがになった。

大君が世のつれづれを紛らすのにも、この世の憂さの慰めにも、この紅梅に心を寄せて、賞でていたのを思い出し、中の君は悲しみに包まれて、詠歌する。

見る人もあらしにまよう山里に
昔おぼゆる花の香ぞする

見る人もいなくなるのに、風に吹き迷わされるこの山里で、亡き人を思い出させる花の香が満ち満ちています、という追慕で、「嵐」に、あらじが掛けられていて、それを中の君が言うともなく、か細い声で途切れ途切れに口にしたのを、薫中納言はいとおしむように口誦さんで、返歌した。

袖ふれし梅はかわらぬにおいにて
根ごめうつろう宿やことなる

かつて私が袖を触れたこの梅は、今も変わらない匂いがするのに、根こそぎ移ってしまうのは私の宿ではないのですね、という悔恨で、こらえられない涙を優雅に袖で拭い隠し、言葉少なに、「今後とも、このようにして対面したいものです。そうすれば何事も応じやすくなります」と言い置いて、帰りがけに、移住に際して準備すべき事柄を女房たちに言いつける。

この山荘の宿守として、例の鬚のある宿直人が残るため、近辺にある自分の荘園の者たちに、その世話なども託して、生活に関わる些事に至るまで、取り決めた。

弁の尼は「このような転居に供をするのに、余りにも長生きして恥ずかしく思います。老いの身を、誰もが不吉と感じるでしょう。今は、この身が生きている事を誰にも知られたくありません」と言って、出家して尼姿になっていた。

それを薫は強いて呼び出し、本当に殊勝な女だと見て、例の如く昔話などをさせ、「この山荘にはこれからも、時折赴くつもりです。ひどく心細く寂しいと覚悟していたのに、あなたがこうして居残ってくれるのは、胸打たれる程、嬉しい」と、言い終わらないうちに涙される。

弁の尼も、「人に嫌われれば嫌われるほど、長生きするこの命が疎ましくなるのは、『後撰和歌集』にある、**あやしくも厭うに映ゆる心かな　いかにしてかは思いやむべき**、の通りです。あの大君も、わたしをこの世に残し、どうせよというつもりで、自分だけ逝ってしまわれたのか、恨めしゅうございます。『拾遺和歌集』にある、**大方のわが身ひとつの憂きからに　なべての世をも恨みつるかな**、のように、すべてが辛く、物思いに沈んでいるのは、何と罪深い長生きでしょう」と、胸の内で思っていた事を訴えるのも、聞き苦しくはあるものの、薫は言葉を尽くして慰めた。

弁の尼はひどく年老いているとはいえ、昔は美しかった名残のある髪を、肩辺りで短く切り揃えた尼削ぎ姿であり、額の辺りが様変わりして、少し若返り、それなりに上品であった。

薫は、「大君を看病していた頃、大君をどうしてこのような尼姿にしてやれなかったのか。そうすれば出家の功徳で、今少し生き長らえたかもしれない。たとえ尼姿であっても、心を深く通わせて、話し合えたかもしれない」と、あれこれと後悔する。

弁の尼が本当に尼になった事さえ羨ましく、姿が見えないように隠している几帳を少し引きのけ、親しく言葉を交わす。なるほど、すっかり老い果てた様子でありながら、昔はさぞかし立派な女房だったろうと思っていると、弁の尼が詠歌した。

さきに立つ涙の川に身を投げば
　人におくれぬ命ならまし

先に立って流れ出る涙の川に身を投げていたら、死に遅れて悲しい思いをしなくてすんだわたしの命でした、という悲哀で、弁の尼が泣きながら口にする。薫は、「身を投げるのは、五戒の第一にあたる罪深い行為です。それでどうして悟りが開けましょう。そんな事をして、地獄の深い底に沈んで過ごすのも、無意味です。この世は総じて、畢竟空、万法空寂で、空しいと悟らねばなりません」と言い、返歌する。

身を投げん涙の川に沈みても
　恋しき瀬々に忘れしもせじ

身投げして涙の川の底に沈んだとて、折々に亡き人を恋しく思う煩悩は私から去らない、という唱和で、『拾遺和歌集』の、**涙川底の水屑となり果てて　恋しき瀬々に流れこそすれ**、を下敷にしていて、「いつの世になったら、少しでも心が慰められるのだろうか」と、『古今和歌集』の、**我が恋は行**

方も知らず果てもなし　逢うをかぎりと思うばかりぞ、のように、果てしない悩みに感じられる。

帰京する気にもなれず、物思いをしているうちに日が暮れ、理由もなくここに旅寝するのも、人に怪しまれては具合が悪いので、帰途についた。

薫中納言が言い置いた事を、弁の尼は中の君に伝えながら、慰めようもなく涙にくれる一方で、他の女房たちはみんな満足げに、移住にあたっての、新しい衣装を縫うのに精を出し、老いて醜くなった姿も考えず、身繕いに夢中になっているため、弁の尼はひたすら粗末な尼姿で詠歌する。

人はみないそぎたつめる袖のうらに
　ひとり藻塩を垂るるあまかな

人はみんな上京の準備を急ぎ、晴れ着を縫っているようです、わたしはひとり袖の浦で、袖を濡らす海女のような、涙にくれる尼なのです、という悲嘆で、「発つ」に裁つ、「浦」に裏、「海女」に尼が掛けられていて、中の君もその悲しさに添いながら返歌する。

しおたるるあまの衣にことなれや
　浮きたる波に濡るる我が袖

涙に濡れるあなたの尼衣とは違う点もなく、京に出て行くわたくしも、波に漂う我が身を思って、袖を濡らしています、という悲哀で、『後撰和歌集』の、心から浮きたる舟に乗りそめて　一日も波に濡れぬ日ぞなき、を下敷にし、「海女」に尼を掛けていた。

「京に住み着くのも、本当に難しい事でしょう。場合によっては、この山里から離れたままにはしないでおこうと思っています。そうなると、再会もできましょう。とはいえ、少しの間でも、あなたが心細いままここに残る事を考えると、いよいよ気が進まなくなります。尼姿になった人も、必ずしも世を捨ててしまうものではないようです。やはり世間並に、時々は会いに来て下さい」と、中の君は実に親しく弁の尼におっしゃる。

亡き大君が使っていたしかるべき調度などは、そっくり弁の尼に残し置いて、「こうして誰よりも深く悲しみに沈んでいるのを見ると、大君とは前世でも特別の因縁があったと思われます。一層あなたに親しみを感じるのです」とおっしゃるので、弁の尼はいよいよ子供が親を慕って泣くように、感涙を抑えられない。

邸の中をすっかり掃き払い、すべてを整理し、何両もの牛車を簀子に寄せ、前駆としては四位や五位の者が多くいる。匂宮自身も迎えに行きたかったものの、そうしては大がかりになって逆に不都合になるため、ただひっそりと迎える事にし、待ち遠しく思っていた。

その一方、薫中納言からも大勢の前駆が遣わされており、大方の準備は匂宮の方で指図があり、細々とした内輪の世話は、中納言が手抜かりなく面倒を見るつもりでいた。「日が暮れます」と、女房たちや外の迎えの者も急き立てるので、中の君は心慌ただしく、どこに連れて行かれるのか不安で、心細く悲しく思っていると、牛車に同乗する老女房の大輔の君が、上機嫌で詠歌した。

ありふれれば経うれしき瀬にも逢いけるを
身をうじ川に投げてましかば

生き続けていたからこそ、こういう嬉しい出来事に巡り合いました、もし我が身を悲しんで宇治川に身投げしていたら、どうなっていたでしょう、という喜びであり、宇治川の「うじ」に憂しを掛け、下敷は『古今和歌六帖』にある、かかる瀬もありけるものをとまり居て　身を宇治川と思いけるかな、であった。それを聞いた中の君は、弁の尼とは大違いだと情けない気がし、もうひとりの老女房が詠歌するのも耳にする。

過ぎにしが恋しきことも忘れねど
今日はたまずもゆく心かな

亡き大君を恋しく思う心は忘れませんが、京に行く今日は、何はともあれ満ち足りた心地がします、という歓喜であり、「ゆく」には満足の意と行くが掛けられていた。二人共古くからの女房であって、みんな故大君に心を寄せていたはずなのに、今は思い改めて上京を祝っているのが恨めしく、中の君は「薄情な世の中だ」と思わざるを得ず、返歌をする気にもなれない。
道中の山道が遠くて険しいのを見るにつけ、辛い仕打ちと、ついつい恨んでいた匂宮の通い路が、かくも難しい事だとわかり、あの途絶えも無理からぬ事だったと、中の君は少しは実感する。二月七日の月が清らかに、月影も趣があり、霞んでいる辺りを見回して、実に遠い道程が、初めてであるだけに苦しくなり、つい物思いに沈んで独詠する。

ながむれば山より出でて行く月も
世にすみわびて山にこそ入れ

空を眺めると、山から出て昇って行く月も、この世に住みづらくて、また山の端にはいって行くのです、という感慨で、「すみ」に住みと澄みが掛けられ、我が身を月になぞらえて、山里から京に出て行く不安で一杯である。行く末が深く案じられる。これまでの歳月に何を思い悩んでいたのか、その思いなど何程でもなかったと、往時を取り返したい心地のまま、宵を少し過ぎた頃に到着すると、そこは見た事もない程の豪邸であった。

目も眩むばかりの御殿が幾棟も連なっている中に、牛車を引き入れ、今か今かとばかりに待ちかねておられた匂宮は、牛車の近くに寄って来て、中の君を降ろしてさしあげる。邸の中は部屋の調度なども素晴らしく、女房たちの局も入念に準備されているのが見て取れ、理想にかなう住まいである。従前からどんな人を妻に迎え入れれば、好色が止むのかと案じられた匂宮だっただけに、かくも急に人を迎えて邸内に据えたため、これは並々ならぬご寵愛だと、世間の人も興味を覚えては驚いた。

薫中納言は、二十日過ぎに三条宮に移る予定にしており、毎日出向いては改築の進み具合を見に来ておられた。

匂宮の二条院に近い所だけに、中の君の移住の様子を聞こうと思い、夜が更けるまで三条宮に残っていたところ、差し向けた前駆の者たちが帰参して、一部始終をお伝えする。匂宮が中の君を気に入り、実に熱心に世話している旨を知り、一方では嬉しいものの、他方では我ながら馬鹿な事をしたと胸も塞がり、「もう取り返しがつかない」と、何度も独り言を口にしつつ独詠した。

しなてるや鳰の湖に漕ぐ舟の
まほならねどもあい見しものを

鳰の湖を漕ぐ舟の真帆のように、完全に中の君と契ったわけではないが、一夜を共にした事がある、という匂宮に対する難癖であり、「真帆」に、完全にという意味のまほを掛けていた。

夕霧左大臣は、六の君を匂宮に嫁がせるのを、今月中にと予定していたのに、このように思いがけない人を、こちらが先と言わんばかりに、丁重に迎え据え、六条院にも来ないし、内裏でも自分を避けているようなので、大変機嫌が悪いと、匂宮は耳にし、気の毒になり、手紙だけは時々送り届ける。

左大臣の方では六の君の裳着の儀を、世間の評判になる程盛大に準備していたため、今更延期するのも世の物笑いになるので、二十日過ぎに裳を着せた。同族で新鮮味はないものの、薫中納言をよその婿にしてしまうのは惜しく、「いっその事、六の君の婿に迎えてしまおうか。長年、人知れず思いを寄せていたという人にも先立たれ、心細く寂しさに沈んでいるようなので」と思いつく。

しかるべき仲介役を立てて、意向を探らせると、「世のはかなさを、目のあたりに見てしまいました。本当に辛く、我が身も不吉に感じられます。妻を迎えるなど、心憂くてできません」と、けんもほろろの様子だと聞く。「どうしてこんな事になったのか。中納言までが、こちらの本気の申し出を、こんなに冷たくあしらっていいのか」と恨んでみたものの、薫は兄弟という親しい間柄とはいえ、気後れするような立派な人柄なので、これ以上強いて説得する気にもならなかった。

　三月、桜が花盛りの頃、薫中納言は再建成（な）った三条宮から二条院の桜を見にやって来ると、まず主（あるじ）なき宿の宇治の桜を思い起こして、『拾遺和歌集』の、**浅茅原（あさじはら）主なき宿の桜花　心やすくや風に散るらん**、のように、「八の宮邸はどうなっているだろう」と独り言を口にしつつ、匂宮の邸に参上する。

　匂宮はこの二条院ばかりに居ついて、中の君と共に仲睦（なかむつ）まじく暮らしているようで、上々の出来だと思う反面、例によって中の君を懸想（けそう）する心が起こって来るのは、困った事ではあるものの、心の底は実直なので、これでひと安心と安堵（あんど）する思いで、あれこれと対話した。

　夕方になり、匂宮は参内するため、牛車の準備を調えさせ、供人（ともびと）たちが多数参集して来たので、薫中納言はそこを出て西の対（たい）に赴くと、中の君は宇治の山里住まいの頃とは一変して、御簾（みす）の内も上品にしつらえ、可愛らしい女童が簾越しに見えたので、取次を頼み、挨拶（あいさつ）の言葉をかける。

　簀子に敷物を差し出したのは、昔を知っている女房で、出て来て中の君の返事を伝えたため、薫は、「今では朝な夕なに訪ねて来られる程、近くに住むようになりました。とはいえ、格別の用事もないのに参上するのは馴（な）れ馴れしくて、咎（とが）められそうで遠慮しておりました。世の中がすっかり変わったような心地が致します。この二条院の木々の梢（こずえ）も、三条宮から見ると、霞に隔てられているようで、悲しく思う日々が多いのです」とおっしゃる。

　物思いに沈んでいる姿も痛々しく、中の君は、「本当に大君がご存命でいたなら、気兼ねなく行き来して、互いに花の色や鳥の声も、折につけて見聞きして、多少は心安い日々を過ごせたのに」と、昔を思い出すにつれ、あの頃ひたすら山里に籠っていた心細さよりも、今の暮らしの方が悲しくも悔(く)やまれた。

女房たちも、「通り一遍の並のもてなし方はよくございません。あの方の後見が必要でなくなった今こそ、この上ない親切心を、肝(きも)に銘(めい)じている事を、お見せするべきです」と言上するが、中の君は、取次なしで直接ものを言うのはやはり気が引ける。逡巡(しゅんじゅん)しているうちに、匂宮が参内前の暇乞(いとまご)いとして西の対にいらっしゃると、美しく装束(しょうぞく)を整え、化粧もして、見るからに立派なお姿であった。

薫中納言がさっきまでこちらに来ていたのを知り、「どうしてあんなに簀子に遠ざけ、御簾の外に置くのですか、あなたに対しては、変だと思う程、後見をしてくれた中納言です。私にとっては、おろかしい事になりはしないかと危惧(きぐ)されるものの、冷たくあしらうと罰が当たります。もっと近くで、昔の思い出話でもしたらどうです」と、中の君に言い聞かせたあとで、「そうは言っても、余り心を許すのも考えものです。疑わしい心を下に秘めておられるようでもあるし」と、逆の事もおっしゃる。

中の君は匂宮に対しても、中納言に対しても、煩(わずら)わしく思うものの、内心では「薫中納言の親切なお心には感謝しているので、今更おろそかな扱いはできない。中納言もそう思っておられるようだ。中納言を亡き大君の身代わりとして、この通りありがたく思っている事を、伝える機会があればいいが」と考えているのに、中納言との仲についてあれこれ思案を巡らして、匂宮が口出しをされるので、恨みたくなる。

第五十六章　惟通右衛門尉

この短い「早蕨」の帖によって、物語の舞台はひとまず宇治から京に移る。とはいえ、このまま都での物語に終始させるのは困難だろう。宿主のいなくなった八の宮邸が、どうしても気になる。せっかく宇治に場面を転じた、この奥床しい雰囲気は何にも代え難い。

これから先、「早蕨」の帖で萌芽を見せたように、中の君を間に置いて、匂宮と薫の駆引きが主題になる気がする。匂宮とて、中の君のみの寵愛で満足するはずはない。薫もこのまま独り身を通すのは、世間が許さないだろう。いずれ身を固める時が来るに違いないのだ。先は、霞の中にあるように、かすかには見える。この微妙な明るさを頼りにして、筆を進めるだけだ。

「早蕨」の帖が短かっただけに、小少将の君に手渡した草稿は、すぐに大納言の君に渡ったようだった。

大納言の君は、昨年六月に敦成親王が東宮になられると、その宣旨に任じられたので、彰子皇太后様の側に侍る機会が減っていた。それだけに局の前で会ったときは、親しく声をかけ合った。

「大君を失った薫中納言の悲しみは、紫の上を亡くした光源氏の哀傷と似ています。でも違うのは年齢です。光源氏が晩年だったのに対して、薫はまだ二十代半ばでしょう。光源氏は出家して雲隠れしても構いませんが、薫はどうなりましょうか。出家するのは、母の女三の宮の手前できません。これからどうなるか楽しみです」

誠に大納言の君の言う通りで、出家は論外だ。

「なんとかします」

笑いながら答えると、大納言の君が頷く。

「そうです、そうです。なんとかしようとしていると、何事もなるものです」

新任の宣旨らしい言い方に、思わず納得する。「なんとかして下さい」と大納言の君は言ったあと、真顔になった。

「小少将の君が近々里下がりするそうです。藤式部の君には言わなかったかもしれません」

「聞いていません」

「心配をかけないためです。今頃、彰子様に願い出ているはずです」

大納言の君が心配げに言う。

「病気なのでしょうか」

「そうかもしれません」

大納言の君が眉をひそめる。「ですから、源氏の物語の草稿は、これからはわたしか、東宮の乳母の宰相の君、あるいは弁の内侍の君に渡して下さい。小少将の君の許には、筆写したものをわたしが届けさせます」

「わかりました。ありがとうございます」

答えたものの、小少将の君の病状が気になる。

里下がりする際、小少将の君は局まで来て、挨拶してその旨を口にした。しかし病については何も言わない。

「里居は長くなるのでしょうか」

訊くと、頷いた小少将の君の目から涙が溢れ出す。やはり病を得たのだと直感する。

「また戻って来たいのは山々ですけど、これぱかりは宿運次第ですので、約束はできません」

小少将の君が微笑する。そう思って見るからか、ふっくらとして可愛らしい君が、少し面痩せしていた。

「でも、憂きことの多い宮仕えで、わたしが最も幸せな時間は、源氏の物語を筆写しているときでした。灯火の下で、作り主の草稿を見ながら、筆を走らせていると、何もかも忘れることができました。作り主の藤式部の君に、心よりお礼を申し上げます」

小少将の君が、手までついて頭を下げる。その手を取って、やっとの思いで言う。

「こちらこそ、小少将の君がいつも感想を述べてくれたので、先々を書き続けられました。作り主は、これからしばらくその意見が聞けません。それが残念です。どうか、里居が長くならないうちに、戻って来て下さい」

宮仕えを憂しと思う小少将の君に、そう言うのも厚かましかった。

小少将の君が退出する際は、中門で牛車に乗り込む姿を見送った。供の者に持たせたのは、文箱と小さな包みのみだった。

今上帝に何かと横槍を入れたがる道長様も、体力面では決してお健やかではなかった。持病は飲水病であり、二、三か月に一度は床に臥すのが常だった。道長様が寝込まれると、彰子様も土御門殿に行啓し、見舞われた。

あるときなど、道長様は藤原実資様を呼びつけ、彰子様や、今上帝に入内させた妍子様、そして敦康親王に関して、後顧の憂いを伝えられたという。邪険に扱った定子様腹の敦康親王の去就が気がかりだったのも、あるいは罪滅ぼしの意味もあったのかもしれない。

道長様の病が重いと聞いて、上達部はこぞって土御門殿に見舞に参集した。長子で左衛門督の頼通様は声を上げて涕泣されたらしい。この報告をしに来たのは例の実資様だ。道長様の病悩で、さぞかし彰子皇太后様がご心労されているのではないかと案じて、枇杷殿来訪となった。養子である資平様も一緒で、例によって取次をした。

彰子様が喜ばれたのはもちろんで、「二人が時折訪ねて来てくれるのは、かねてからの喜びです。今日もまた来てくれて嬉しい。道長殿の病苦を心配して嘆息ばかりしていました。しかし昨日から少し具合が良いと聞いたので安心しています」と、応じられた。

その旨を実資様父子に伝えると、そうであればこれから道長様の許に参上する、と言い置いて帰って行った。

彰子様は、ある日、道長様の見舞のため土御門殿に行啓を思い立たれた。伝え聞くところによると、今回の道長様の病は瘧病らしい。出立しようとされたとき、資平様が来た。自分たちは重い慎みの日にあたっているので、行啓のお供ができない、ということだった。それを彰子様にお取次すると、「わざわざ供奉できないことを言って来るとは殊勝です」というご返事があったので、資平様に伝えた。そのねぎらいの言葉に、資平様は嬉しさの余りか、頬を赤くした。

行啓は夕刻になっての出発で、彰子様は糸毛車に乗られ、女房たちの他、諸衛や卿相、侍従などが従った。確かに道長様は重病のご様子で、彰子様の案じられ方も並々ではない。

周囲の者たちも、次々と不吉なことを告げに来る。鵄が死んだ鼠を落とした。人魂が邸の屋根から出て北の空に飛び去った、比叡御社に何頭もの猪が突入して御殿を壊した、などの怪異の話ばかりだ。

その二日後、道長様は病悩にもかかわらず、法性寺に参拝、ところが堂にはいろうとされたとき、大蛇が堂上に落ちたらしい。このように耳にはいってくる話といえば、すべて不吉なものばかりだ。驚いたのは、道長様のご病悩を喜ぶ五人の卿相がいるとの風評が立ったことだ。大納言の道綱様や中納言の隆家様はわかるとしても、かの実資様もその中にはいっているとは、笑止千万で、全くの風評といえる。

彰子様が枇杷殿に還御されたのは、七月八日で、このときは実資様も供奉のひとりだった。

このあとも、道長様の病苦は続き、さらにまた今上帝までも病に倒れられたとの報がもたらされた。帝は食が細くなられ、僧二十人が内裏に参入して加持を奉仕し始めたらしい。この世を統べるお二人のご病悩は、人々の心に暗い影を落としているようだ。

そんな折、またしても実資様が訪問して来て、彰子様への取次を頼まれた。今回は、養子の資平様の任官について、便宜をはかってもらいたいとの依頼だった。彰子様のご返事は、「道長殿に伝えておきます。しかしこのような大事については直接、道長殿に言ったほうがよいでしょう」で、実資様も納得して帰った。

これと前後して、伝わったのは丹波守大江匡衡殿の死去だった。式部大輔や文章博士などを務めた優秀な儒者だった。道長様の正室倫子様の女房である赤染衛門にとっては、尊敬してやまない夫で、その悲しみと嘆きは尋常ではなかろう。

道長様の病も八月になると、幸い鳴りをひそめ、倫子様腹の三女の威子様を、東宮敦成親王の尚侍に任じさせた。

この頃には、今上帝の病も癒えて、十月末には大嘗会御禊が行われた。道長様は帝の輿の後ろを騎馬で護り、女御代の威子様の牛車には、百人以上が従ったらしい。牛車の数だけでも三十両近くになり、道の両側にはいつものように桟敷が設けられていたはずで、この世の華美を尽くした行列が披露されたに違いない。病から回復した道長様にとっても、自らの威風を誇示する日になったのは、想像に難くない。

そして十一月、帝一代一度限りの大嘗会になり、数々の神事が行われ、五節舞姫の舞が献上される。内裏での行事が果てたあと、殿上人が数多く、枇杷殿を訪れたため、女房たちはその応対に大わらわになった。とはいえ、彼らの参入のお蔭で、大嘗会の一部始終を知り得たとは言える。

十二月末、長和と改元された。発案はどうやら道長様で、実資様を呼んで、改元の年号を図るように命じたという。そこで菅原宣義殿と大江通直殿の両博士が勘申したのは、太初と政和、長和だったらしい。この三つの年号を諸卿が談義して、長和と決まり、これを道長様が帝に奉上された。ちなみに、これまでの寛弘の年号を、先帝の一条帝に勘申したのは、故大江匡衡様だった。

明けて長和二年（一〇一三）一月二日、枇杷殿に諸卿が参賀のために参集し、大がかりな饗宴が開かれた。公卿が坐すのは渡殿であり、左大臣の道長様と右大臣の顕光様もそこに控えた。どうしても目立つのは、右大臣の衰えぶりだった。年齢も七十歳、装束も新調されておらず、立派な身なりの道長様の脇では、いかにもみすぼらしかった。跡継ぎもいないと聞いているので、右大臣も一代限りなのだ。

この饗宴が終わった翌日、久方ぶりに堤第に里下がりをした。やはり年老いた母君と娘の賢子たちの暮らしが気になって仕方がない。とはいえ、ずっと懸念していたのは、三十歳を過ぎても蔵人所の雑色のままの惟通の処遇だった。

惟規が、父君の任地越後で没したことは、彰子様にお伝えし、悔やみの言葉をいただいた。その際、弟の惟通のことを彰子様にお願いするのは、気後れがしてできなかった。

ところが七日の朝早く、内裏からの使者が来て、任官の書状が届いた。前日の叙位議で、惟通を右衛門尉にする旨が決まったらしい。当人はもちろん、母君の喜びは一入だった。

このとき、喜びとともに驚かされたのは、十四歳になる賢子が、右衛門尉の官位が正七位と併記されているのを、難なく読んだことだ。

「亡くなられた惟規叔父殿は、初めての任官が兵部丞と聞いています。あれは従六位なので、少し上です」

惟通には悪いと思ったのだろう、控え目に口にする。いつの間に、こうした方面にまで関心を抱くようになったのか、その成長ぶりには舌を巻いた。

「そなたの祖父の為時殿は、最初の任官は播磨国の権少掾でした。確か従七位くらいだったはずです」

母君が言う。「誰でもその程度です。大切なのは、体を強くして長く務めることです。そうすれば、どんどん位は上がっていきます」

「それでは、母君の官位はどのくらいでしょうか」

賢子から顔を向けられてうろたえる。そんな質問を我が子から受けるなど、予想だにしなかった。

しかしここは正直に答えるしかない。

「彰子皇太后様の掌侍を務めているので、従五位に相当します。太政官で言えば少納言です」

丁重に答えると、賢子は深く頷いて嬉しそうな顔をする。

「従五位なら、国守や大宰少弐と同じです。やっと母君の偉さがわかりました」

褒められて面映ゆい反面、こんな方面に関心を持っている我が子が空恐ろしくなる。

ともかくこの慶事は一刻も早く、越後の父君に報告すべきで、四人それぞれが文を書いた。翌日、賢子がしたためた文を読み、大人顔負けの筆遣いで、母君の官位が国守と同等と知って嬉しかったと、記されていたのには苦笑させられた。

十四歳となれば、今後の身の振り先を考えなければならない。案外、母親と違って、賢子は宮仕えが向いているのかもしれない。賢子には、あの能吏だった藤原宣孝殿の血も流れている。そちらの血の方が濃いのであれば、宮仕えはむしろ水を得た魚になるのではないか。

そんな折、小少将の君から和歌を記した文が届いた。

早蕨のゆくえを見んと春の野に
　出でし我が身は夢まどうかな

早蕨というのは、最後に小少将の君に手渡した「早蕨」の帖のことだろう。その先を読もうと思っても、我が身は病を得てどうにもならないという嘆きに違いなかった。さっそく見舞の返歌を持たせて、ささやかな禄を贈った。

早蕨のゆくえを見んと訪ねしが
原にさまよう君しなければ

小少将の君が傍にいないので、その先が書き難いという意中を伝えたつもりだ。とはいえ、何よりの見舞は、物語の続きを届けることだった。物語をいずれ小少将の君が読んでくれると思うと、筆先が滑らかになった。

藤壺と称される妃は、故左大臣の姫君で、今上帝がまだ東宮だった頃に、他の女御たちよりも先に入内しており、それだけに帝からは大切にされてはいたものの、即位後に中宮にはなれないまま、年を重ねておられた。明石中宮が、東宮や女一の宮、二の宮、三の宮である匂宮、五の宮というように子沢山で、それぞれが成長して、勢いを得ておられるのに比べて、藤壺女御は女宮がひとりだけ生まれた。

残念にも明石中宮に負けてしまった宿運を、嘆きつつ、この女宮のみでも何とかして、将来、晴れやかで幸せな身の上にしてやりたいと、大事に世話しており、女宮の器量も実に美しいので、帝も可愛がられる。

他方で明石中宮腹の女一の宮も、比類ない程に世話しておられるため、世の評判はこれに及ばないものの、内々の暮らしぶりはひけを取らない。故左大臣の権勢が盛んだった頃の名残が、今なお衰えていないので、藤壺女御はその点では安心して、仕える女房たちの衣装や調度は、怠りなく時節に合わせて趣向を凝らし、当世風に奥床しくしておられた。

女二の宮が十四歳になった年、藤壺女御は裳着の準備を春から開始して、他の事は後回しにしつつ、万事並々以上の事をしてやりたいと心がけて、左大臣家に昔から伝わる宝物を、こうした折にこそと探し出して、入念に用意をしているうちに、夏頃になって物の怪に煩い、実に呆気なく亡くなってしまわれた。無念この上ないと帝も嘆かれ、気立てがよくて親しみやすかった女御だっただけに、殿上人たちも「今後は全くもって寂しくなる」と惜しみ、女御と直接の関わりがなかった下々の女官までが、こぞって在りし日を偲んでいた。

女二の宮が若い身の上で、心細さに悲しんでおられる様を耳にした帝は、不憫でならないと思われ、母女御の四十九日が過ぎると、さっそく内密に宮中に呼んで、毎日のように部屋に赴いては相手をしてやる。黒の喪服を身につけた女二の宮は、一層可憐で、以前にも増して気品が備わり、気立ても充分に大人になっていた。落ち着きぶりは母女御以上で、重々しさが加わっているので、帝はひと安心と思われるものの、後見として、頼れる伯父などの重々しい身分の者はない。

わずかに母女御の異腹の兄弟が大蔵卿や修理大夫で、しかし公卿ではないため、帝は、「このような世間で人望があるわけでもなく、大した地位でもない叔父たちを、後見にしても、女の身では心を痛める事も多かろう。可哀想でもある」と思われ、女二の宮の身の処し方は自分ひとりの責任だと感じて、気も安まらなかった。

庭先の菊もまだすっかり色が変わらず、盛んな頃に、空模様に趣を添えるように、時雨がさっと降りかかる日、帝はまず女二の宮の居所に赴かれた。亡き女御の事などを口にすると、その返事にしても、おっとりとしてはいるものの、子供っぽい点はないので、可愛らしいと思いながら、「こうした女二の宮の申し分ない資質を、充分に知る者であれば、正妻として大切にするのに、何の不都合もなかろう」と考え、かつて朱雀院が女三の宮を源氏の君に降嫁させた際の評定なども思い起こされる。

「降嫁は感心できない。皇女は独り身であるべき、などと世間では噂していた。しかし今では、その子息の薫中納言が、人一倍の声望を得て、母の女三の宮の世話をしている。だからこそ女三の宮も昔通りの声望を保たれて、ずっと尊い存在であり続けている。そうでなければ、自分でも思いがけない出来事にも遭って、人から軽んじられる事態になっていただろう」と、思案を続け、ともかくも自分の在位中に縁談を進めておきたいとお考えになった。

父である朱雀院が女三の宮を光源氏の君に降嫁させたように、自分も女二の宮を源氏の君の子の薫中納言に与えて、何の間違いがあろうか、いや薫中納言以外に婿として適当な者はいないと結論して、「薫中納言なら、他の内親王の横に並べても、何ら遜色はない。また薫中納言に前から思う人がいたとしても、女二の宮にその醜聞が漏れる事もなかろう。それに、このままでは醜聞が起こらない保証もない。そういう事態に陥る前に、女二の宮との縁組をそれとなくほのめかしてみよう」と、折に触れて思われた。

この女二の宮と、帝が碁を打っているうちに、日は暮れかかり、時雨が趣を添え、菊の花の色が夕方の明かりに、美しく映えるのを目にされて、帝は人を呼んで「今、殿上の間には誰と誰がいるのか」とお尋ねになる。

「中務の親王、上野の親王、薫中納言が伺候しておられます」と答えたので、「薫中納言をこちらへ」と命じると、なるほど、こうして帝がわざわざ召し出すだけに、赴いた中納言は、遠くからでも香って来る匂いはもちろん、余人とは異なる格別の風情を漂わせていた。

帝は、「今日の時雨は、いつもより静かで趣豊かです。今は服喪中なので、管絃の遊びはできません。とはいっても所在なげなので、暇つぶしの慰みには、この碁が一番です」とおっしゃって、碁盤を取り寄せて、薫中納言を相手にして、打ち始めた。

いつもこのように傍に呼び寄せられるのが普通になっているので、薫もそのつもりでいると、帝が、「勝負の賭物には、特別の品を用意しています。とはいえ、簡単には渡せません」とおっしゃるご様子が、薫中納言には真意がわからず、慎重な態度を崩さないまま、いよいよ碁打ちに興じる。

帝は三番勝負で一勝二敗になり、「残念無念」とおっしゃり、「とりあえず今日は、あの菊の花を一枝あげます」と、『和漢朗詠集』の「聞き得たり園中に花の艶を養う事を　君に請う一枝の春を折る事を許せ」を、暗に響かせて言い添えた。薫はあれこれご返事をしないで、階を下りて、趣のある菊を一枝折って、帝の前に戻り、詠歌する。

世のつねの垣根ににおう花ならば
心のままに折りて見ましを

世間一般の垣根に匂い咲く菊の花ならば、自由に折って見ましょうが、という躊躇であり、暗に、帝の皇女となるとそうはいきませんという遠慮を響かせていた。中納言の慎重さが窺われ、帝も返歌される。

霜にあえず枯れにし園の菊なれど
　残りの色はあせずもあるかな

霜に耐えられず枯れてしまった園の菊ではあるものの、残された花の色香はまだ美しい盛りです、という称美で、母の藤壺女御の死後、残された皇女である旨を暗示されていた。

このように帝が折につけてほのめかされるご意向を、直々に感じながらも、例によってひと癖ある薫中納言のご性向なので、余り急ぐ気にもならない。

「いや、女二の宮を貰うというのは、自分の本意ではない。これまでも、あちこちから、色々と、断っては申し訳ない縁談がいくつもあった。体裁よく断って長年過ごして来た。今更このお申し出を承諾すれば、いったん世を捨てた聖が、還俗するような心地になってしまう」と思いつつ、「妙な事になってしまったものだ。この女二の宮に心を寄せている人が他にいるというのに」と考えていた。

また一方で、この女二の宮があの明石中宮腹であったら、また別であるのに、と思わずにいられない心の中こそ、身の程知らずと言えた。

この事をほのかに聞いた夕霧左大臣は、「我が六の君は、せめてあの薫中納言に縁づけよう。向こうが気乗り薄であっても、こちらが真剣に頼んだら、中納言も断れまい」と思っていたところだったので、「これは思いも寄らぬ展開になってしまいそうだ」と、残念がる。

そして匂宮兵部卿から、格別熱心というわけではないが、折につけ、風情豊かな文が六の君に届けられているので、「ええい、こうなってしまえば、いい加減な浮気心からであっても、しかるべき縁で、心にかなわない事もなかろう。水も漏らさない仲を願って確かな婿を定めても、並の身分の男の妻に成り下がっては、体裁も悪く、後悔するに違いない」と考えるようになった。

夕霧左大臣は、「今は、娘の行く末を気にする末世になっている。帝さえも婿を捜される世の中だから、ましてや臣下の娘が婚期を逃すのは、大いに考えられる」などと思い、薫中納言を婿にされようとする帝を非難し、明石中宮に対しても、本気で恨み言を、何度も口にする。

中宮も困惑されて、匂宮に「夕霧左大臣が気の毒です。左大臣が懸命にあなたを婿に望んで、もう何年にもなります。それをあなたがつれなく逃げて回るのは、人情に欠けると思われます。親王というものは、外戚次第で良くも悪くもなるものです。帝もご自分の治世は残り少なくなったと思われているようです。

臣下の者ならば、妻がひとりに決まってしまうと、他の女に心を分けるのは難しいでしょう。とはいっても、あの夕霧左大臣は、生真面目なようでありながら、北の方の雲居雁以外にも、落葉宮を持って、どちらからも恨まれないように、うまく立ち回っています。ましてあなたは、かねてより心づもりにしている立坊の事が実現すれば、多くの女人が側に仕えても、何の支障もありません」と、いつもよりも言葉を尽くして、筋道を立てて話して聞かせた。

匂宮は自分でも、元来気乗り薄という話ではなく、断固として断る筋合でもないとはいえ、やはり、謹言実直な夕霧左大臣家の婿になると、そこにがんじがらめにされてしまいそうで、これまで気ままにしてきた暮らしも、窮屈になるに違いなく、気が進まない。一方で、「確かに母の中宮がおっしゃるのも一理ある。あの左大臣に恨まれたままになるのも、都合が悪い」と、少しずつ決心も緩んできて、浮気なご性分ゆえに、あの紅梅の按察大納言の姫君もやはり諦められず、折々の花紅葉につけて文を送っているため、この姫君と六の君双方に関心を持ち続けているうちに、その年は改まった。

女二の宮も、母女御の服喪が終わったので、帝としては何の遠慮もなくなり、薫中納言の方から降嫁の申し出があればいつでも、というご意中を、薫中納言に伝える人々がいるので、中納言も余り無視するのも頑固過ぎて、失礼でもあり、とうとう決心をして、心の内をほのめかす折も何度かあった。

帝の方でもそれを是として結婚の日取りも決められたようだと、人づてにも聞き、薫自身も帝の胸の内をお聞きしたりしながら、やはり心の中では、亡くなった大君への思慕の悲しみが忘れられない。

「情けない。こんなに宿縁が深かった大君が、何の因果で他人のままで亡くなられたのだろう」と、納得できずに思い起こされる。「たとえ賤しい身分であっても、あの大君の面影に少しでも似通った人であれば、心が惹かれるだろう。『白氏文集』にある漢の武帝が、亡き李夫人の面影を見るため、薫かせたという反魂香の煙によってでも、せめてもう一度、あの方の姿を見たいものだ」と、ひたすら思われるので、高貴な宮との婚儀を急ぐ気など、さらさらなかった。

夕霧左大臣は逆に、匂宮と六の君との婚儀の準備を急いで、八月頃と伝えたので、二条院の西の対(たい)に住む中の君は、その噂を聞くにつけて「やはり心配していた通りだった。ものの数にもはいらない身の上なので、必ずや物笑いにされるような厄介事(やっかいごと)が生じると、いつも思いながら過ごして来た。もともと浮気な宮だと聞いていたので、頼りにはできないと思っていた。とはいえ、宮と一緒にいる時は、特に冷たくされる事などなく、お優しい心からの約束をして下さった。

それがこうして突然豹変(ひょうへん)されたとしたら、もはや安心してはいられない。通常の臣下の結婚のように、すっかり縁が切れてしまうような事はないにしても、この先、憂慮される事が多々生じて来よう。とすれば、結局は憂き身を抱えて、宇治の山里に帰る事態になろう」と思う反面、跡形もないように消えるのならともかく、宇治の山賤(やまがつ)たちが待ち構えていて、笑い者にされるに違いなく、返す返す、父宮の遺言に背(そむ)いて、草深い山荘から出て来た軽率(けいそつ)さを、身に沁(し)みて恥ずかしく感じる。

「亡き大君は、何事もはっきりさせない面があったとはいえ、心根の重々しさは格別だった。薫中納言は、今でも大君を忘れずに、嘆き続けておられるようだ。とはいっても、大君が存命であれば、やはりこのような悲しい目に遭ったかもしれない。それを見越して、そんな思いなどしたくないと大君は考え、あれこれ言い逃れをして、中納言から離れようとして、最後は尼(あま)になってしまおうと思ったのだ。生きていれば、きっと尼になったに違いない。

今から思うと、実に慎重な心配りだった。亡き父宮や姉君の魂も、わたくしの事を何と軽率な女かと、見ているだろう」と、中の君は恥ずかしくも悲しく思いながら、「いや今更どうこうしても始まらない。ここは悲しみなど、匂宮にお見せしないようにしよう」と我慢して、何も知らないふりをして過ごした。

匂宮は常よりも、心をこめて中の君に接し、起き臥し語らいながら、現世はもちろん来世までの末長い契りを約束し、語り聞かせておられたが、実は中の君はこの五月頃から懐妊の兆しが見えていた。

ひどく苦しがりはしないものの、いつもより食が細り、臥しがちになっていたのに、匂宮はまだこのような身重の人の様子を知らなかったので、暑さのためだろうと、軽く考えていた。しかしやはり少しおかしい、と不審がって、「もしや懐妊したのでは。身籠るとこのように、気分が悪くなるそうですが」と、気にかけてくださる折もあるが、中の君は恥ずかしがってばかりで、さりげなく振舞い、また差し出がましく懐妊を匂宮に言上する女房もいないので、匂宮はしかとわからないままだった。

八月になったので、匂宮と六の君との成婚の日取りなどを、中の君は他から伝え聞き、一方の匂宮は隠し立てをするつもりはないものの、いざ言い出そうとすると胸苦しく、中の君が可哀想になるので、口にできずにいた。それを中の君はいよいよ辛く思いつつ、「婚儀は公然の事で、世間があまねく知っているのに、その日取りさえ教えてもらえない」と、恨みたくなるのは当然であった。

考えてみると、中の君が二条院に迎えられて以後、物忌みなどの特別な事がない限り、内裏に参上しても夜は泊まらず、またあちこちの外歩きで中の君をひとりにする事もなかった。匂宮は今後の急な変化で、中の君がどう悲しむだろうと、その痛々しさを紛らすため、近頃は時々内裏での当直と言って参内し、前以て不在に慣れさせようとされていた。中の君としては、それもまた冷たい仕打ちと思えて、匂宮に対する心隔てが増すばかりだった。

この成婚の儀を、薫中納言は実に嘆かわしく思い、「浮気な匂宮だから、いくら中の君を可愛いと思っても、これからは目新しい六の君に心が移っていくに違いない。六の君の実家は、何事につけ、しっかりした家柄だ。手抜かりなく匂宮を留めておこうとするだろう。そうなると、この数か月、仲睦まじく過ごして来たのに、中の君は空しく待ち受ける夜が増えるだろう。おいたわしい事だ」と考える。

「何とも我ながら馬鹿だった。どうして中の君を匂宮に譲ったのだろう。亡き大君に夢中になってからというもの、それまで世間一般の事を思い捨てて、澄み切っていた心に濁りが生じてしまった。ひたすら大君を思う余り、あれこれ考えて迷いつつ、それでも大君の許しがないまま契りを結ぶのは、当初からの、大君に対しては心の通いのみ、と思い定めた事に背いてしまう。そこで我慢をして、何とかして多少なりとも憎からず思ってもらい、心だけでも許して下さる様子を見たいと願い続け、それこそが自分の希望の光だった。

ところが大君は、そうした私の心とは違った。とは言っても、頑なにこちらを突き放すわけにもいかないと、思われたので、その気休めに、自分と中の君は一心同体だからと、何度も言って、こちらが望んでいないのに、中の君を押しつけた。それが恨めしく、悔しくもあり、まずその目論見を打ち破るために、急いで匂宮を中の君の方に手引きしたのだ」と、計略をめぐらして、匂宮を宇治まで連れて来た時の事を思い起こすと、何とも浅はかな考えだったと、返す返す後悔される。

「匂宮も匂宮だ。そもそもの馴れ初めを思い返すなら、私の面目を多少なりとも考えて、行いを慎んでもよかったのだ」と考えてみたものの、「いやもう、今となっては当時の事など、気にもかけておられまい。やはり浮気な性分の人間は、心が変わりやすく、女の方面のみならず、誰にとっても頼みにはならず、軽々しい振舞をするものらしい」と、匂宮が憎らしくなるのも、自分が過度にひとりの女に執着する性質なので、軽々しい他人が逆に腹立たしく感じられるからだった。

あの大君を失って以後の事に思いを巡らすと、「今上帝が我が娘を下さるというご配慮も嬉しくない。この中の君と一緒になっていたらと思う心は、日を追う毎に強くなっている。これも、大君と血の繋がりのある人だと思うから、諦めがつかないのだ。同じ姉妹といっても、あの二人は、限りなく仲が良かった。今わの時でも、あとに残す中の君について、わたくしと同じと思って下さいと、言い残された。あなた様には何の不満もございません。ただ、中の君と結婚して下さらなかったのが、無念で恨めしい、この思いだけが、この世に残りそうです、と大君は言われた。

とすると、大君の魂は、空を翔りながら、中の君がこんな結果になったのを、何とも情けない、と思っておられよう」と薫は考えつつ、自ら導いてしまった夜毎の独り寝は、ふとした風の音にも目が覚め、これまでの事やこれから先の事、さらには中の君の身の上などが、胸に去来して、ままならない運命の理不尽さを嘆いた。

かりそめの慰み事として言葉をかけ、手近に召して仕え馴らしている女房の中には、自然に憎からず思うようになった召人もいるとはいえ、心からの愛着を感じる女はおらず、そこはあっさりしたものであった。実のところ、あの宇治の姫君の身分にも劣らない出自の人々で、時の移り変わりとともに落ちぶれ、心細い暮らしをしている者たちを、捜し求めては女房として出仕させ、その数も多くなっていたのだが、いよいよ世を隠遁して出家する段になって、この女だけはと愛情が移り、『古今和歌集』に、**世のうきめ見えぬ山路へ入らんには　思う人こそ絆なりけれ**、とあるように、執着ゆえに束縛されまいと、努めて淡白な関係でいた。

それなのに、あの大君だけには強く惹かれて、我が心ながら、何と捻じ曲がったものかと、いつも以上にまんじりともしない夜を明かした朝、霧の立ち込める垣根に、色とりどりの花が趣のある風情で咲いている中に、朝顔の花がはかない姿で咲いているのに、目が留まる。古歌の、**朝顔は常なき花の色なれや　明くる間咲きて移ろいにけり**、を口ずさんで、無常の世に喩えられているのが、いじらしく思え、格子を上げたままで、ほんのかりそめに横になって夜を明かした挙句、朝顔が咲くのをひとりで眺めた。

薫中納言は人を呼んで、「二条院を訪問するので、人目につかない牛車を用意しなさい」と命じると、従者が「匂宮は昨日から内裏におられます。昨夜、供の者が牛車を引いて帰りましたから」と言上したので、「構いません。あの西の対の御方が、病悩がちと聞いたので見舞います。今日は参内しなければならない日なので、日が高くならないうちに行きましょう」と言いつける。

装束を身につけ、出かけるついでにと、庭に下りて花の中にはいるお姿は、特に優艶に、色めいて振舞っているわけでもないのに、不思議にも一瞥しただけでも美しく、こちらが恥ずかしくなる程の趣がある。見せつけるように気取った、色好みの男たちとは比較にならず、自然に身に備わった風情が感じられ、朝顔の花を引き寄せると、露がしとどにこぼれ、思わず独詠した。

今朝の間の色にやめでん置く露の
消えぬにかかる花と見る見る

今朝の束の間の美しさを賞でよう。置く朝露が消えない間だけが、花の命とわかっているので、という感傷で、「実にはかない」と独り言を口にし、朝顔を手折る。脇に咲く女郎花は、『古今和歌集』

に、秋の野になまめき立てる女郎花　あなかしがまし花も一時(ひととき)、や、女郎花多かる野辺(のべ)に宿りせばあやなくあだの名をや立ちなん、とあるように、男を魅了する花なので、目もやらずに出立すると、夜が明けていくにつれ、霧が立ち込めた空は趣があった。

薫は「女たちはまだのんびりと、朝寝をしているだろう。格子や妻戸(つまど)を叩(たた)いて咳払(せきばら)いをするのも大人げない。何とも早く着き過ぎた」と思いつつ、従者を呼び、中門(ちゅうもん)の開いた箇所から中を覗(のぞ)かせると、「格子などは上げているようでございます。女房たちの気配もいたしました」と報告したので、牛車から降りて、霧に紛れるようにして、優雅に歩み入る。

女房たちは匂宮が忍び歩きから帰ったのかと思ったものの、例によって中納言の露に濡(ぬ)れた衣が、芳香を漂わせたため、「やはり目が覚める程に美しい方です。とはいえ、憎らしいほど冷静でおられる」などと、年の若い女房たちは噂をし、驚いた様子は見せないで、ほどよく衣(きぬ)ずれの音をさせて、さりげなく敷物を差し出した。

薫は、「簀子(すのこ)にいるようにと言われるのは、人並に扱われた気がいたします。とはいえ、こうして御簾(みす)の外に隔てられるのが悲しいのです。しばしば訪れる気にもなれません」と言う。女房が「それならどうすればよろしいでしょうか」と応じるので、「北面(きたおもて)の部屋のような内々の所がいいです。私のような、古馴染(ふるなじ)みの者が控える場所はそこでしょう。それまたそちら次第です。とやかく言うつもりはありません」と答えて、長押(なげし)に寄りかかっていると、いつものように女房たちが「やはり御簾際(ぎわ)までどうぞ」と中の君に勧めた。

薫中納言はもともと、人となりが性急ではなく、いかにも男という感じではない上に、この頃はいよいよ静かに控え目な態度である。中の君も以前は直接対話するのは気後れする思いがしていたものの、今となってはそれも少しずつ薄らいで、慣れてきていた。薫が「病苦で悩まれていると聞きました。どうされたのでしょう」と尋ねると、はきはきと返事ができないまま、いつもよりも沈んでいる様子が痛々しいため、可哀想になり、夫婦の仲についての心得などを、いかにも兄妹らしい態度で、教示したり慰めたりされた。

　中の君の声など、特に似ているとは、以前は思われなかったのだが、今となっては不思議な程に大君そのままだと思える。女房たちの目がなければ、簾（すだれ）を引き上げて、直接の対面がしたく、悩んでいる顔を見たいと思えてしまうので、やはり世の中に恋の悩みと無縁な者はいないのだと、思い知らされる。

「これまで人並の出世と栄華など、眼中になく、また心の内の悩ましさに苦しむ事もなく、安穏（あんのん）と過ごせる世の中だと思っていました。ところが、自分から望んで、悲しい事や、愚かしくも悔しい悩みを経（へ）て、あれこれ心も休まらず悩んでいます。全く困った事です。世間では、官位を重大事と思っているようです。そうしたありふれた不平や嘆きで、心を痛める人たちよりも、私の場合はもう少し罪深いのではないでしょうか」と言いつつ、手折った朝顔の花を、扇（おうぎ）の上に置いて眺めておられる。

　それが少しずつ赤味を帯びていき、逆に色合いが趣豊かになったので、そっと御簾の中に入れて、詠歌した。

よそへてぞ見るべかりけるしら露の
契りかおきし朝顔の花

亡き大君の形見として、あなたと一緒になるべきでした、大君が私にと約束してくれたあなただったのに、という恨みで、「契りかおき」に露が置くを掛けていた。特にそうしたわけでもないのに、露が落ちないままであり、花は露がかかった中で萎れかけており、その趣を見て、中の君が返歌する。

消えぬまに枯れぬる花のはかなさに
おくるる露はなおぞまされる

露が消えない間に萎れてしまった朝顔の花は、亡き大君さながらであり、そのあとに残されたわたくしは、露のようにはかない身の上です、という嘆息であり、「これから何を頼りにしていけばいいのでしょう」と、実に声もか細く、言葉も恥ずかしげに最後まで続かない様子は、やはり故大君によく似ているので、薫は悲しみが先に立つ。

「秋の空を見ていると、物思いが募ります。そのすずろな心を紛らすために、先日、宇治に行ってみました。『古今和歌集』に、**里は荒れて人はふりしに宿なれや　庭もまがきも秋の野らなる**、とあるように、庭も垣根も、実に荒れ果てていて、悲しみに耐え難いものがありました。あの源氏の父君が亡くなったあと、晩年の二、三年を過ごした嵯峨院も、それから六条院も、ふと立ち寄ってみると、悲しみが溢れそうな有様でした。木や草の色を見るにつけ、涙にくれて帰ったのです。

　考えてみると、あの源氏の父君の側に仕えていた人々は、身分の上下を問わず、心の浅い人はいませんでした。六条院にそれぞれ住んでおられた女君たちも、みんな散り散りになり、世を捨てた暮らしぶりのようです。ましてや身分の低い女房などは、悲しみを鎮めようもなく、分別もないまま、ある者は出家して山や林に隠れ住みました。また、はかない田舎人になって、哀れにも、どこともしれず、散った者も多くいました。

そんな事情から荒れ放題になり、往時の悲しみを忘れた今頃になって、夕霧左大臣が移り住みました。また明石中宮腹の女一の宮や二の宮も、それぞれに住んでおられます。今は昔に立ち戻ったような有様です。

あの源氏の父君が亡くなった時は、この世にまたとない悲しみだと感じられたのに、歳月が経つと、やはり悲しみは薄らいで来ます。そう考えると、やはり人の死を悼む心にも限度があるなと、感じざるを得ません。とはいえ、あの昔の悲しさは、私も幼く、さほど深くは身に沁みて感じてはいなかったのでしょう。

それに比べて、この最近の夢のような大君との永訣の悲しみは、冷ますべくもなく、夢からも覚めない思いでいます。どちらも同じ、はかない人の世の悲嘆とはいえ、罪障の深さは、大君との別れの方が勝っているのではないかと、情けなく思います」とおっしゃって、涕泣する薫のご様子は、いかにも心の深さを感じさせた。

亡き大君をさして思わない人でも、薫中納言がこうして嘆いている姿を見れば、平気でおられず涙を催さずにはいられないのに、ましてや中の君は心細く思い悩んでいただけに、大君の面影がありありと目の前に浮かんで、常日頃よりは余計恋しく感じられる。悲しくなり、ものも言えず、慟哭をこらえきれずにいる様子が、薫にも伝わってきて、お互いにしみじみと思いを通わしているうちに、中の君が、『古今和歌集』に、**山里はもののわびしきことこそあれ　世の憂きよりは住みよかりけれ**、とありました。そんな風に思い比べる心もないまま、宇治の山里で長年暮らしていました。今になって、やはり元のように山里での静かな日々を過ごしたくなりました。

　とはいえ、もはや今は思うようにはできかね、宇治に残った弁の尼が羨(うらや)ましゅうございます。亡き父君の命日(めいにち)である八月二十日過ぎ頃には、あの近くの鐘の声を、ゆっくり聞きたく思います。そっと宇治に連れて行ってもらえないかと、願っておりました」とおっしゃる。

　薫は、「山里の八の宮邸を荒廃させたくないと思われても、そんな事ができるはずはありません。身軽な下々の男でさえ、行き来するのは恐ろしくも険(けわ)しい山道です。私も気がかりながら、御無沙汰(ごぶさた)を重ねています。故八の宮のご命日については、あの阿闍梨(あじゃり)にしかるべき法事のあれこれを頼んでおります。あの山荘は、やはり寺として寄進されたらいかがでしょう。折につけ、山荘を見るにつけ、悲しみで心が惑(まど)うのも無益な事です。罪障を消してくれる寺にしたらどうだろうと、私は思っています。あなたには何か他に、考えがおありでしょうか。ともあれ、あなたが決められる通りにしたいと思います。こうしたいと、遠慮なくおっしゃっていただければ、私の本望(ほんもう)も叶(かな)います」と、法事の手はずや邸の処方について細々(こまごま)と口にされる。

　中の君も経典や仏像を供養(くよう)するつもりになり、このままそっと、宇治に籠(こも)ってしまいたい意向をほのめかされるので、薫は「とんでもないことでございます。ここは何事につけ、心を落ち着かせて下さい」と教え聞かせた。

　日が高くなって、女房たちが側近くに集まって来た。余りに長居するのも、何か理由があるように思われるので、薫中納言は腰を上げ、「どこに行っても、御簾の外の簀子に置かれるような事は、余りありません。居心地が悪いのですが、こうした扱いでも、またいずれ参上します」と言って退出された。

匂宮は自分の留守中に薫が二条院を訪ねたのを不審に思う性分なので、面倒であり、薫は二条院の侍所の長官である右京大夫を呼びつける。「昨夕、匂宮が宮中から帰られたと聞いて、参上しました。まだお帰りではなく、残念です。匂宮に会うためには、宮中に参内した方がいいでしょうか」と訊くと、「今日は帰って来られます」と答えたので、「それでは夕刻にでも来てみます」と言い置いて帰途についた。

薫はこの中の君の様子を耳にするたび、「どうして故大君の意向に背いて、思慮のない事をしてしまったのか」と、後悔ばかりが先に立ち、頭から離れないのが悩ましく、「自分はどうしてこうも悩む性分なのか」と反省しきりで、もう大君が亡くなって半年も経つのに、精進を続け、一途に勤行に打ち込み、日を送っていた。

母である女三の宮は、相変わらずまだお若く、大らかな性質でありながらも、さすがにこうした薫中納言の様子を、危なっかしく不吉だと思われて、「わたくしもこの先、そう長くないのは、『古今和歌集』に、**幾世しもあらじわが身をなぞもかく海人の刈る藻に思い乱るる**、とある通りです。こうしてあなたを見ておられる間は、やはり頼り甲斐のある姿でいて下さい。しかし、あなたがこの世を捨てて出家するのを、こうした尼姿のわたくしが、引き留めるわけにもいきません。

とはいえ、あなたが出家すれば、わたくしはこの世に生きていく甲斐もなくなります。そうなると、わたくしの罪はいよいよ深くなっていきそうに思えるのです」とおっしゃるのが、気の毒でお可哀想であり、薫は万事思いを抑えて、母宮の前では何の悩みもないような態度を取った。

この頃、夕霧左大臣は、今では落葉宮と養女の六の君が住む、六条院の夏の町を、立派に改装し、この上ないように万端（ばんたん）を調え（ととの）て、匂宮の到着を待っていたものの、十六夜（いざよい）の月がようやく空に昇るまでご来訪がなく、気がかりになっていた。

もともと匂宮はこの結婚が気に入っているわけでもなかったので、どうなる事かと憂慮されるため、人を遣わして事情を問うと、「この夕方、内裏から退出され、二条院におられるようです」と報告がある。匂宮はそちらに気に入っている女君を持っているからだと、不快になったが、今宵（こよい）このままになってしまうと、世間の物笑いにもなるため、息子の頭中将（とうのちゅうじょう）を使者にして、和歌を贈った。

大空の月だにやどる我が宿に
待つ宵過ぎて見えぬ君かな

大空の月でさえも宿る我が家に、待っている宵が過ぎても、まだあなた様の来訪がないのはどうしてでしょう、という恨みであり、古歌の、**大空の月だに宿はいるものを　雲のよそにも過ぐる君かな**、を引歌にしていた。

匂宮は、「今夜が結婚の日とは、中の君に知らせないでおこう。余りにも可哀想だから」と思いながら、宮中に残っていて、中の君に文を送り、その返事がいかにも不憫なものだったので、そっと二条院に帰っており、痛々しい様子を見て、出かける気にもならず、あれこれ慰めて将来を誓い、一緒に月を眺めているところであった。

中の君は日頃から万事につけて、物思いに沈む事が多いとはいえ、何とかしてそれを表に出すまいと、平静を装っていたので、使者の訪問も特に気を留めないで、おっとりと振舞っている姿は、実に痛々しかった。

　匂宮は頭中将が参上したと聞いて、さすがに六の君の事も気の毒になり、出かけるつもりで中の君に、「もう、すぐに戻って来ます。ひとりで月を見ては不吉です。辛い私も、上（うわ）の空で出かけます」と言い置いて、やはり体裁が悪いので、隠れるようにして寝殿（しんでん）の自室に向かう。中の君はその後ろ姿を見送りながら、何を思うともなく、ひたすら泣きたい心地がして、情けないのは人の心だと思い知る。

「幼い頃から心細く哀れな姉と妹だった。父の八の宮は、世の中に執着心など持っておられないようだった。その父宮ひとりを頼りとして、あの山里で長年暮らした。のどかに、する事もなく、寂しい日々ではあったものの、今のように心に沁みて、この世を憂きものだとは思わなかった。父宮の死に続いて、大君も亡くすという悲しみに沈んでいた間は、自分だけが短い間でもこの世に残る事など考えられず、これ以上の恋しさと悲しさはあるまいと思っていた。

　しかし命長らえて今日まで来てみると、周囲の者が心配していたよりは、人並のましな暮らしになった。これとて長くは続かないと思われる一方で、匂宮は一緒にいる限り、憎めない人で、心も優しい。そのため少しずつ悲しみも薄らいできていたのに、この今の我が身の辛さは喩えようがない。もうこれで、匂宮との縁も切れてしまいそうな気がする。

　とはいえ、この世から消えてしまった父宮や大君と違って、この匂宮とはいくら何でも、時々は会えるだろうが、今夜はこうして、わたくしを見捨てて出て行かれた。この辛さは言いようがなく、来（こ）し方行く先がわからなくなってしまう。底知れぬ心細さは、我が心ながら、鎮めようもなく、情けない。ともあれ、このまま生き長らえているしかなかろう」と、中の君は自らを慰めようとした。
『古今和歌集』に、わが心なぐさめかねつ更級や　姨捨山に照る月を見て、とあるように、冷やかな月が高く冴え、夜が更けるままに、あれこれと思い乱れていると、松風が吹いて来る音も、宇治の荒々しかった山おろしの風に比べると、実にのどかで安らかな住まいではあるのに、今夜はそうは思われない。故八の宮邸の椎葉の音よりも風情がないようで、つい独詠する。

山里の松のかげにもかくばかり
身にしむ秋の風はなかりき

宇治の山里の松の木陰の住まいでも、こんなに身に沁む秋の風はなかった、という感慨で、「秋」に飽きが掛けられ、どうやら中の君は、かつての山荘の嵐の激しさも忘れてしまっているかのようであった。

老女房たちが、「もう中にはいって下さい。月を眺めるのは縁起でもありません。果物も口にされないのは、この先が思いやられます。心配で見ておられません。あの大君も、亡くなる前は食が細くなっておられて、不吉にもそれが思い出され、困ります」と、嘆息しつつ、「何という今回の婚儀でしょうか。しかしいくら何でも、このまま匂宮が疎遠になる事は、よもやありますまい。もともと深い愛情で結ばれた仲は、簡単に消えるものではございません」などと言い合う。

それを聞いて中の君が、「今は周囲からとやかく言われたくない。ただひとりじっと、匂宮の心を見定めよう」と思う。他人から口出しされずに、ひとりで匂宮に恨み言を言おうとする心づもりのようで、昔からの女房たちは、「薫中納言はあんなにも心優しい方だったのに。人の運命は妙なもの」と語り合った。

匂宮は、中の君を可哀想と思いつつも、割り切った派手な性分なので、何とかして素晴らしい婿として迎えられたいものだと思う。あれこれ気を遣って、えもいわれない香（こう）も薫き染（たきし）めたので、実に艶（あで）やかな姿であり、待ち受けている六条院夏の町のたたずまいも、趣豊かであった。

当の六の君の容姿も、小柄で華奢（きゃしゃ）というものではなく、程良く整った感じなので、「一体どんな女君だろう。しっかり者で気が強く、気立ても優しくなく、気位（きぐらい）が高いと困るが」と心配していた匂宮は、予想がはずれ、愛着をすぐに感じて気に入る。秋の夜長とはいえ、来たのが夜も更けてからだったため、程なく夜も明けてしまい、二条院に帰っても、すぐには西の対（たい）には行けず、寝殿でしばらく休み、起きてから後朝（きぬぎぬ）の手紙を六の君宛に書いた。

「気に入らなかったというご様子ではないようです」と、側に仕える女房たちは小声で言い合い、「中の君が気の毒です。匂宮がどんなに広い心を持っておられても、二人を均等には扱えず、自然に先方に気圧（けお）されてしまいます」などと、心細くなる。ずっと中の君に仕えて来た女房たちばかりなので、平静ではいられず、不満で、妬（ねた）ましく思うのも当然であった。

匂宮は六の君からの返事も、この寝殿で受け取りたかったのだが、いつもの夜の隔てとは違って、中の君がどんなにか悲しんでいるだろうと気になり、急いで西の対に赴かれた。

寝乱れた、しどけなくも優美な姿で、匂宮が入室すると、中の君は寝たままでは申し訳ないので、少し起き上がったが、ほんのりと赤味を帯びた顔の美しさが、今朝はいつもよりは格別に可憐で、匂宮はわけもなく涙がこぼれて、じっとその顔を見つめた。中の君は恥ずかしくなって俯（うつむ）いたため、その髪のかかり具合と形など、やはり比類ない美しさであり、匂宮は何となくきまりが悪くなり、親密な言葉などはすぐには口にできない。

照れ隠しだろうか、「どうしてこんなに病を得たような様子なのですか。暑い頃は病がちだったので、早く涼しくなればいいと思っていました。それなのに具合が悪いのは、困ってしまいます。様々に加持祈禱をさせていますが、不思議に効験がないようです。とはいえ、修法はこの先も続けましょう。効験あらたかな僧がいるといいのですが。あの某の僧都を、夜居に詰めさせると、よかったのでしょうが」などと、病の事ばかりを言う。

中の君は、匂宮がこうした話題でも口が上手なのを、よくは思わないものの、返事もしないのは、いつもと違うようになるので、「以前も、普通の人とは違って、体の調子がよくない事がありました。これも自然によくなるはずです」と答えたため、「それでは、じきに元気になりますね」と匂宮は笑われた。

中の君の親しみやすさと可愛らしさは、並ぶ者はいないと思うものの、一方で、早く六の君に逢いたいという焦慮も加わって来て、そちらへの愛情もひとかたならぬものがあるようだった。

とはいえ、中の君を目の前に見ている間は、六の君に心が変わる事もないからなのか、匂宮は来世までを固く誓い、頼もしい事を延々と口にされる。それを聞いて、中の君は、「実にこの世は、短い命が尽きるまでの間に、冷たい心を目にする折があるに違いない。『古今和歌集』に、**ありはてぬ命待つ間のほどばかり　憂きことしげく思わずもがな**、とある通りだ。だからこそ、来世の約束だけでも守ろうとしておられるのだ。そう考えると、やはり『古今和歌集』に、**こりずまにまたもなき名は立ちぬべし　人にくからぬ世にし住まえば**、とある通り、性懲りもなく、匂宮を頼りにしてしまう

てしまう。

事になる。これが我が身なのだ」と、涙を必死で抑えたものの、こらえきれずに、今日はついに泣い

これまでずっと、悲しんでいる事を匂宮に覚られないように、あれこれ紛らしてきたのに、諸々の悲しみが押し寄せて、隠しおおせなくなったのか、涙がこぼれ出すと、すぐには抑えきれなくなり、それが気恥ずかしくも辛くなり、懸命に顔を背けていると、匂宮は無理に自分の方に顔を向けさせる。

「私が言う事を信じてくれる、けなげな人だと思っていたのに、やはり私が疎ましいのですね。そうでなければ、夜の間に心変わりをしたのですか」と、匂宮はおっしゃりつつ、自分の袖で中の君の涙を拭いてやると、「そうおっしゃるあなたこそ、ひと晩での心変わりでしょう」と、中の君が少し笑った。

匂宮は、「本当にあなたという人は、何という幼い物言いをするのだろう。私は何も隠し立てをしていないので、気が楽です。もし心変わりしていたら、どんなに取り繕って話をしても、すぐにわかってしまいます。そんな世間の常識がわかっていないのが、可愛いけれども困ったものです。

自分の身を私に置き変えて、考えてみて下さい。私は、我が身を思い通りにはできない立場にあるのです。もし思い通りになる世の中にでもなったなら、他の誰にもまして、あなたを思う心の強さを知ってもらえそうな事が、ひとつあるのです。これは皇位継承に関わる事なので、簡単には口にできません。それがはっきりするまでは、どうか命を大切にして下さい」などとおっしゃっている間に、六の君に差し向けた使者が、先方でのもてなしでひどく酔ってしまい、多少遠慮すべき事なども忘れて、目立った振舞で西の対の南面に参上した。

使者が、海人の刈る玉藻さながらに、禄の品として貰った美しい衣装の数々の中に、埋れている様

子を見て、女房たちがこれは後朝(きぬぎぬ)の使者だと察し、匂宮はいつの間に急いで手紙を書かれたのだろうと、不安になる。

その一方で匂宮は、無闇に隠すまでの事はないにしても、中の君にいきなり見せるのは忍びなく、使者にもう少し気遣いがあって欲しいものだと、はらはらしたが、今更どうしようもない。女房に手紙を受け取らせ、どうせなら隠し立てをしない態度を貫こうと思い、封を開けると、六の君の継母(ままはは)である落葉宮の筆跡のようなので、いくらかほっとして、下に置き、代筆の手紙だとしても、気にしながら読んだ。

差し出がましく筆を執(と)るのは気が引けますが、当人に返事を促(うなが)しても、できそうもないように見受けられます。

女郎花(おみなえし)しおれぞまさる朝露の
いかにおきける名残なるらん

女郎花の六の君は益々萎れておりますが、どのようにあなたが扱われたのでしょうか、という問いかけであり、露の縁語の「おき」に置きと起きを掛けて、美しく上品に書かれていた。

「どうも恨みがましい文で、煩わしいです。本当は、あなたと気兼ねなく暮らしたいと思っていたのに、思いがけない事になってしまいました」と匂宮はおっしゃるが、妻を二人は持たず、それが当然の慣習である通常の身分の夫婦であれば、こうした場合の妻の恨めしさなど、周囲の者が見れば同情の余地があるが、匂宮などの親王(みこ)の場合は、難しく、結局はこうなるのが当然であった。

　特に匂宮は親王たちの間では別格だと、世間では見られており、妻を何人持とうと、非難される筋合いもなく、誰もこの中の君を気の毒だとは思わず、逆に、こんなにも大切にして二条院に住まわせて、寵愛が著(いちじる)しいので、幸せ人であると噂をしているようである。

　中の君自身も、「これまで匂宮が余りにも大事にしてくれ、急にこんな妙な事になった身の上が、自分としては辛いのだ。今まで、こうして妻を何人も持つ事を、人はどうして深刻に考えるのか、不思議でならなかった。昔物語を読むにつけ、また人の身の上話を聞くにつけ、どうも納得がいかなかった。なるほどこれは、いい加減ではすまされない事だったのだ」と、自分の身になって初めて、何事も理解できた。

　匂宮はいつもよりもしみじみと、親しげに中の君に接して、「何も食べないのは、よくない事です」とおっしゃり、珍しい果物を取り寄せたり、しかるべき調理人を呼んで、特別な料理を作らせて、勧めたが、中の君は食べる気にはとてもなれない。「困った事だ」と匂宮は心配になったものの、日が暮れたので、夕刻に寝殿に赴かれた。

　風も涼しく、空も趣のある時節なので、今めいた派手好みの性分の匂宮が、いよいよ心を躍(おど)らせている一方で、物思いに沈みがちな中の君の心中は、何事につけてこらえ難い事ばかり多く、蜩(ひぐらし)の鳴く声に、宇治の山里が恋しくなって独詠する。

　　おおかたに聞かましものをひぐらしの
　　　声うらめしき秋の暮かな

あのまま宇治で聞いていたら、何げない蜩の声なのに、この都では我が身の悲しさのため、恨めしく聞こえてしまう秋の暮だ、という感慨であった。

今夜は、まだ夜更けになる前に、匂宮は出かけるようで、前駆(さき)の声が遠くなるにつれ、枕の下は海人も釣りができる程に涙が溢れてきて、中の君は我ながら憎い心だと思いつつ、横になりながら、前駆の声を聞いていると、出会った初めから、何につけても辛い思いをさせられた匂宮の態度が思い起こされ、嫌悪感までが生じてくる。

「この身重の体もどうなるだろう。実に短命の家系だから、自分も出産の折に、死んでしまうかもしれない」と思い、「どうせ惜しくもない命だが、悲しくもあり、出産で命を落とすとなれば、とても罪深い」などと、まんじりともせず、物思いをしつつ夜を明かした。

婚儀の第三夜の当日、明石中宮が病悩しておられるというので、誰もがみんな参内したものの、単なる風邪(かぜ)で、格別な心配は不要になった。

夕霧左大臣は昼に宮中を退出し、薫中納言を誘って、牛車に同乗させて内裏を出たが、三日夜(みかよ)の祝宴をどうしようかと考える。ともかく美しさの限りを尽くすつもりであり、しかし臣下としての制限はあるので、薫中納言を誘ったのも、気後れがする程の人物とはいえ、親しさの面では、親族の中に他に適当な者はおらず、また宴席に花を添える点では、うってつけの人間だからであった。

これまでと違って中納言が急いで六条院に参上して、六の君を匂宮に取られたのを残念に思っている様子もなく、平気であれこれ夕霧左大臣に協力を惜しまないのを、夕霧としては内心で何となく、忌々(いまいま)しく思った。

匂宮は、宵を少し過ぎた頃に来訪されたので、寝殿の南の廂の間の東寄りに、御座所を設け、台を八つ置き、その上に恒例の皿などを整然と並べ、また小さな台二つには、華足のついた皿を幾つも当世風に置いて、餅を供した。この辺りの段取りは目新しい事でもないので詳述はしないものの、夕霧左大臣が姿を見せ、御帳台の中で六の君と一緒にいる匂宮に対して、女房を遣わして「夜もすっかり更けましたので」と、催促したものの、匂宮はすっかり帳中で戯れており、すぐには六の君の許から出て来られない。

夕霧左大臣の北の方である雲居雁の兄弟の、左衛門督や藤宰相などだけが、今か今かと待ち受けていると、やっと出て来られた匂宮は、実にうっとりとする美しさである。夕霧左大臣の息子の頭中将が主人役として、盃を捧げて御膳をお出しし、続く酒盃では匂宮が二度、三度と口にされ、加えて薫中納言がしきりに盃を勧めた。匂宮は少し苦笑されつつ、かつて薫に対して、「左大臣の姫君との結婚は気が重い」と言い、自分にはふさわしくないと漏らしていたのを思い出したのに、一方の薫中納言は知らん顔をして、まめに供応し、匂宮の供人たちをもてなしている。

その供人には、評判の高い殿上人が大勢いて、禄の品は、四位の六人には、裳、唐衣、表着、袿の女装束に細長を加え、五位の十人には、三重襲の唐衣や裳の引腰など、位階に従って差をつけて渡し、六位の四人には、綾の細長や袴などを与えたが、こうした禄には規定があったので、これでは物足りないと夕霧は考えて、装束の色合いや仕立てに工夫を凝らした。雑用をする召次や舎人などにも、度はずれの豪華な禄を与えた事の次第は、賑やかで華やかであり、昔の物語などにはこういった話が既に詳しく書かれているとはいえ、この匂宮と六の君の婚儀については、それ以上のもので、ここにいちいち書くのも気が引ける程だった。

薫中納言の前駆の者の中に、余り人に知られていない者が暗がりに紛れていて、それが薫の三条宮に着いて嘆息し、「うちの主人の薫中納言はどうして素直に、夕霧左大臣の婿殿になられないのだろう。なぜ何とも味気(あじけ)ない独り身の暮らしをされているのか」と、中門付近で呟(つぶや)いていたのを、薫は耳にしておかしくなる。薫の従者たちは夜も更けて眠たいのに、匂宮の供人たちは、今頃酔って心地良くなり、あちこちで寄り臥しているのを想像して、羨望(せんぼう)を禁じ得ないのだろうと思う。

薫は寝所(しんじょ)に入って横になり、「匂宮は、今夜の祝宴ではいかにも居心地が悪そうだった。重々しい態度の親である夕霧左大臣が、いかめしく座に着いていた。左大臣は匂宮の伯父(おじ)、自分はその弟なので匂宮の叔父という、もともと近い親族同士で、気兼ねもいらない仲ではあるけれど、灯火(ともしび)を明るくかかげた中で、勧められた盃を、匂宮はいかにも感じよく応じておられた」と、匂宮の態度が見事だった事を思い起こす。

「確かに、自分もこれだと思う娘を持っていたら、匂宮を差し置いて、たとえ帝にでも献上できまい」とも思い、「匂宮に嫁がせようと思っている娘も、実のところは薫中納言の方がよいと、誰もが日頃から言っているらしい。自分の評判も捨てたものではない。しかし、とはいっても、自分は世間離れした、古風な人間なのだが」と、内心得意がる。

「いつか帝から意向が示されたあの一件は、本当に帝がその気になられたら、こちらが気が進まないままではすまされまい。確かに名誉な事だとしても、どんなものだろう。迷ってしまう。仮にあの女二の宮が、故大君に似ているのであれば嬉しいが」と、ふと考えてしまうのも、全く関心がないというわけではなさそうであった。

いつものように、寝ては覚める夜のつれづれに、薫は他の女房よりは多少目をかけている按察(あぜち)の君の局に行って、その夜を明かし、日が高くなっても誰も咎め立てはしないのに、気になって急いで起き出したので、按察の君は不安がって詠歌する。

うちわたし世に許しなき関川を
みなれそめけん名こそ惜しけれ

いつまでたっても、世間からは認められないあなた様との仲なのに、こうした逢瀬に浮名が立つのは辛い、という召人の嘆きで、関川は逢坂の関にある小川であり、「見馴れ」に水馴（みな）れを掛けており、薫もいじらしくなり返歌した。

深からずうえは見ゆれど関川の
したのかよいは絶ゆるものかは

表面は深い思いもないように見えるけれども、人目を忍んで通う私の秘めた思いは、絶える事がありません、という慰めで、『大和物語』にある元良親王の歌、浅くこそ人は見るらめ関川の　絶ゆる心はあらじとぞ思う、と、女の返歌の、関川の岩間をくぐる水浅み　絶えぬべくのみ見ゆる心を、を下敷にしていた。

深いと言われても頼み甲斐がないのに、このように表面は浅く見えるがと言われては、女の身には一段と悩ましく、こたえたようであり、薫中納言は妻戸を押し開けて、「ほらこの有明の空を見て下さい。この風情を無視しては夜を明かせません。決して風流人の真似をするのではありません。秋の夜長ですから、いつもより夜を明かしにくく、毎晩寝覚めてしまいます。そんな時、この世から来世の事まで千々に思いやられるのです」と、言い紛らして退出していく様子は、特に風雅な言葉を尽くさずとも、その容姿が優雅で美しいため、情のない人だとは誰からも思われてはいない。

かりそめの戯れ言を薫からかけられた女たちが、近くで姿を見たいと念じて、無理をしてでも、つてを求めて、出家した女三の宮の側にみんな参集して仕えるのも、その身分に応じて切ない思いをしているからのようだった。

匂宮は六の君の容姿を昼間見て、一段と情愛が深まる。背格好も程よく、姿も美しく、髪の下がり具合や、頭髪の感じも人一倍で、感嘆する程であり、肌色も匂うように艶やかで、重々しく気品に溢れる顔で、目元はこちらが気恥ずかしくなるほど美しい。何から何まで非の打ち所なく、美貌の人そのもので、二十歳をひとつか二つ越えて、幼い年頃でもなく、未熟で不足な点など一切なく、今こそ水際立った盛りの花そのものであり、父の夕霧左大臣がこの上なく手塩にかけて育てたので、至らぬ点もないため、やはり親としては、この姫君の婿選びに気をもむのも当然だろう。ただ、優しく可憐で親しみやすい点となると、匂宮はまずあの中の君を思い出した。

六の君は、匂宮から話しかけられての返事なども、恥ずかしそうにしているとはいえ、中途半端ではなく、万事見所があり、才気に富んでいる様子が窺われる。若くて美しい女房たちが三十人ほど、女童が六人いて、どれも見苦しくはなく、装束なども、通常の盛装では、匂宮も見飽きているだろうという思惑から、打って変わって常識以上の意匠が凝らされている。雲居雁腹の大君を東宮に参内させた時よりも、今回の婚儀について左大臣が格別の配慮をしているのは明らかで、これも匂宮の声望と人柄によるものに違いなかった。

　こうして、それ以後、匂宮は二条院には気軽に赴けなくなった。気ままに動ける身分ではないため、思いついて昼間に外出もできず、そのまま同じ六条院の、かつて紫の上に愛育された春の町に、昔から長年そうしていたように住まい、日が暮れても、六の君のいる夏の町を素通りして、二条院に行く事もできなくなったため、中の君としては、待ち遠しさが重なる。

「いずれこうなるとは思っていた。しかし実際にこうなってしまうと、手の平を返すような扱いが恨めしい。やはり、亡き大君は思慮深かった。物の数にもはいらない我が身をわきまえず、世間に仲間入りをしたのがいけなかった」と、返す返す、宇治の山里から都に出て来た時の事が、現実とも思えず、悔しくも悲しい。「やはり何とかして、そっと宇治に戻りたい。匂宮との関係をすっかり絶たないにしても、しばらくあそこで心を休めたい。かといって、嫉妬（しっと）深そうな態度をとりたくはないし」と、一人では決めかねて、恥ずかしくはあったものの、薫中納言に手紙を書いた。

　　先日の法事については、阿闍梨が詳しく知らせて来ました。こうしたご厚情が、今尚続いていなければ、亡き父君もおいたわしい思いをされたでしょう。心から感謝いたします。できれば、直接お目にかかって御礼を申し上げたく存じます。

公的な文用の白く厚手の陸奥国紙（みちのくにがみ）に、取り繕わずに生真面目（きまじめ）に書かれているのが、逆に趣があり、八の宮の命日に、薫が恒例の仏事を大層尊くしたのを、感謝する心が、大袈裟（おおげさ）ではなく、正直に綴（つづ）られていた。

　通常はこちらから送った手紙の返事さえも、遠慮すべき事と考えて、すんなりと書かれないのに、「直接お目にかかって」とまで記されているのが、珍しくて薫は嬉しく、胸のときめきを覚える。匂宮が目新しい六の君に熱を上げている時期なので、中の君から遠ざかっているのが不憫でもあり、実に気の毒なので、特別な風情もない中の君の文を、下へも置かずに何度も見た上で、返事を書いた。


　お手紙を拝見しました。先日の法要の折は、聖のような風体で、忍んで出かけました。というのも、あの時はあなた様が宇治行きを願われていたからです。お手紙の中に「ご厚情が、今尚」と書かれていましたが、いずれ私の心が薄らぐと思われているのであれば、心外です。万事は、直接お目にかかって申し上げたく存じます。


と、真面目に、白い色紙のごわごわしたものに書き付けてある。

　翌日の夕方、薫中納言は二条院に赴く。下心では中の君を慕っているため、どことなく緊張して、柔らかな装束をいつもよりは強く薫き染めていて、これが生来の芳香に加わったので、余りに仰々しくなり、黄色に赤味を帯びた丁子染めの扇が、いつも使っているために移り香も強くなっていて、喩えようもなく素晴らしい。

　中の君も、かつての奇妙な一夜を思い起こす折がないわけでもなく、誠実で優しい中納言の気立てが、人とは違うのを見るにつけても、「この中納言と一緒になっていれば」と、思わない事もなかった。子供ではないので、匂宮の様子と思い比べると、何事においても、この中納言のほうが勝っていると感じたからだろうか、いつものように物を隔てて対面するのも気の毒で、「人の情けもわきまえない者と思われるかもしれない」と考え、今日は母屋(もや)の御簾の内に入れる。

簾に几帳(きちょう)を添えて、自分は少し奥の方に控えて対面すると、中納言が、「特に呼びつけられたのではないにしても、いつもと異なり、お手紙で対面を許していただきました。その嬉しさに、すぐにでも参上すべきでしたが、匂宮が来ておられるというので、遠慮して、今日になってしまいました。

こうしてみると、年来の私の真心もようやく通じたのでしょうか。隔ての程が少しく薄らいだようです。ここは御簾の内で、珍しい事もあるものです」と言う。

中の君は気恥ずかしさが増して、言い出す言葉も思い浮かばなかったものの、「過日、法要の報告を嬉しく聞き及びました。その感謝の心をいつものように胸に留めておいたら、謝意の一端でさえ知っていただけないと、残念に存じまして」と、実に控え目に言うのが、奥に退いているため、途切れ途切れしか聞こえない。

中納言はもどかしくなり、「遠くて聞こえにくいようです。ここはじっくりと話したく、またお聞きしたい話もございます」と言うと、中の君も確かにそうだと思い、少しにじり寄って来た。その気配を感じた中納言は胸の高鳴りを覚えたものの、そこはさりげなく、心を鎮めながら、匂宮の中の君に対する思いが、意外にも浅かったという感想を口にする。一方では匂宮を悪く言い、他方では中の君を慰めたりもして、そのどちらにしても神妙な顔で言上した。

中の君としては、匂宮を恨めしく思う心など、口にすべき事でもないので、ただ我が身のつたなさを悲しんでいるかのように、中納言に思わせるべく、言葉少なに言い紛らしながら、宇治の山里にほんのちょっとでも連れて行ってもらいたいと、懸命に訴える。

薫は「それだけは、私の一存ではどうしようもありません。やはり匂宮にその旨を素直に伝えられて、宮の意見に従うべきです。そうでないと、少しでも行き違いがあって、軽々しい事をしたと、匂宮が思われれば、最悪の事態になります。その心配さえなければ、私が一生懸命に道中の送り迎えも、遠慮なく致します。余人とは異なる私の性格は、匂宮も充分承知です」などと言いながら、折を見ては、匂宮を中の君に譲った後悔を忘れず、古歌に、**取り返すものにもがなやいにしえを　ありしながらのわが身と思わん**、とあるように、できるなら昔を今に取り返したいものだと、それをほのめかした。

次第に暗くなっていくまで、長居をするので、中の君は迷惑に感じて、「それでは失礼します。とても気分が悪うございます。またいくらか楽になった折に、何事も申し上げたく」と言って、奥にはいってしまおうとする。

その様子が、薫には実に残念に感じられたので、「それにしても、いつ頃、宇治には行かれるのでしょうか。伸びに伸びている道中の草も、少し取り払わせておきましょう」と、気を引こうとして言上する。

中の君は少しはいりかけたのをやめ、「今月はもう過ぎてしまいます。来月九月の初め頃でもと、考えております。ただ、この事はごく内々の事にしておくほうがいいように思います。何も大仰に匂宮の許可を得る必要はありません」と答える声が、実に可愛らしい。

いつにも増して昔が思い出されて、中の君への恋情が募り、自制できなくなり、寄りかかっていた柱の傍の簾の下から、そっと手を伸ばして中の君の袖を摑んだ。

中の君は、「やっぱり、思っていた通りだ」と思ったものの、何も言えず、必死で身を奥に引っ込めた。中納言はそれをいい事に、実に馴れた手つきで半身を御簾の中に入れ、中の君に寄り添って横になり、「そのつもりではありません。嬉しくも、宇治へはこっそり行ったがよいと言われたのは、聞き違いでしょうか。それを確かめたいのです。よそよそしく思われるような仲ではありません。情けない対応です」と恨む。

中の君は答える気にもならず、心外で憎らしくなるのをやっと抑えて、「思いがけない下心があったのですね。女房たちがどう思うでしょう。あさましい振舞です」と言ってたしなめる。今にも泣き出しそうな様子は当然であり、気の毒ではあったが、薫は、「これくらいは罪になりません。この程度の対面は昔もあった事を、思い出して下さい。亡き大君が許していたではありませんか。好色で無謀な心など持ち合わせておりません。だから安心して下さい」と言う。

落ち着き払った態度ではあるものの、この何か月もの間、中の君を匂宮に渡した後悔が燻っている胸の内を、しみじみと訴えて、中の君の袖を放す気配もないので、中の君はどうする事もできない。辛いどころではなく、これが全く気心の知れない男であればまだしも、旧知の人の振舞なので、余計当惑されて不愉快そのものであった。

泣き出してしまったため、薫は「これはどうした事でしょう。泣くなど子供じみています」と言いつつ、泣く姿が言いようもなく可憐で美しく、また一方で思慮深く、こちらが気が引ける程の奥床しさもある。宇治で一夜を過ごしたあの折よりも、一段と女盛りになっているので、自らこの人を他の男のものにしてやったため、このように煩悶するのだと、悔やみに悔やまれ、『古今和歌六帖』に、

神山の身をうの花のほととぎす　くやしくやしと音をのみぞなく、とあるように、声を上げて泣かずにはいられなかった。

近くに控えている女房が二人ほどいるものの、見知らぬ男が闖入したのであれば、これは何事ぞ、と側にも寄ろうが、いつも親しく話し合っている二人の仲なので、子細あっての事だろうと思い、側にいるのが憚られて、素知らぬ顔でそっと離れて行ってしまったのは、中の君にとって気の毒であった。

一方、薫としては、ついつい昔を後悔する胸の内を抑え難かったものの、以前も実事には及ばなかったくらいの、稀な思慮深さの持主なので、やはり今回も、自分の欲望のままに突っ走るような行為には及ばない。この辺りの二人のやりとりはここに綴るのも遠慮され、薫中納言としては、訪問した甲斐もないとはいえ、人目が気になるので、万事を考え直して退出した。

まだ宵の口と思っていたのが、明け方近くになり、見咎める人がいるのではと心配になるのも、中の君が気の毒だからであった。「体の具合が悪いとは聞いていたが、なるほどそうだった。恥ずかしそうにしていたのは、懐妊のしるしの腹帯のためだ。それに気づいて、痛々しくなり、手も出せなかった。いつもながら、愚かな我が心だ」と思いつつ、「思い遣りがない行為に及ぶのは、やはり本意ではない。その場の激情にかられて、無分別な行為に及んだ後では、再び逢うのは容易でない。無理を冒してまで逢いに行くのも、気苦労が多い」と感じていた。

中の君とて、匂宮と私双方について、悩むはずだと、冷静に考えてみるが、思いは募り、『後撰和歌集』に、**逢わざりし時いかなりしものとてか　ただ今の間も見ねば恋しき**、とある通り、別れて来たばかりの今も、まだ恋しく思われるのが、どうにも抑え難い。是非とも中の君と契りたいと思うのも、ままならぬ恋心ではあり、以前よりは少しほっそりとして、上品で可愛らしかった中の君の様子が、今も離れているようには思えず、その面影が我が身にぴったりと寄り添っている感じがして、呆然となる。

「そう言えば、宇治にどうしても行きたいと口にされた。望み通りに連れて行ってやろうか」と思う反面、「しかし匂宮が許すはずはない。こっそり連れて行くのも、事は面倒になる。どうすれば、傍目にも見苦しくなく、思いを成し遂げられるだろうか」と、心ここにあらずの態で、物思いに耽りながら横になった。

まだ明けやらない朝まだきに、薫中納言から中の君に文が届き、いつものように手紙を縦に折り畳んで、包み紙の上下を折った正式の書状の体裁になっていた。

いたずらに分けつる道の露しげみ
　昔おぼゆる秋の空かな

空しく思いを遂げられずに、帰って来た道の草露にしとどに濡れてしまい、かつての宇治での一夜が思い出される秋です、という恨みであり、古歌の、身を知ればうらみぬものをなぞもかく　ことわり知らぬつらさなるらん、を引歌にしていて、「あなたの対応の冷たさは、合点がいきません。申し上げる言葉もございません」と、書き添えられていた。

この返事をしないのも、女房たちが例のない事として不審がるはずなので、中の君は辛いものの、「お手紙拝見しました。気が滅入っており、お返事はできかねます」と書きつけたのみで、文を貰った薫は、あまりにも言葉少ない手紙だと物足りなく、昨夜の趣のある姿のみが恋しく思い起こされた。

中の君は、多少は男女の仲の機微(きび)がわかったのだろうか、あれほどの狼藉(ろうぜき)をひどいと思った割には、こちらを一途に嫌うでもない。実に洗練された応対で、気品に溢れた反応を示しながら、困惑しつつも、こちらを柔らかになだめすかして、巧みに帰らせた心映えを思い出すと、薫は却(かえ)って悲しくも悔しく、あれこれと心惑いがして、やりきれなくなる。

万事につけ立派になられたものだと、昨夜の中の君の態度が思い起こされ、「いや仮に、匂宮が中の君を捨てれば、もはや自分を頼りにする他ないだろう。そうなったら、公然と心安く逢うのは難しいとしても、人目を忍んで逢う仲としては、これ以上の人はおらず、自分としては最愛の人になるだろう」と、もう一途に中の君の事が脳裡(のうり)から去らないのも、実にけしからぬ心であった。

あれほど思慮深く賢い人柄なのに、男というものはかくも情けないものである。亡き大君を偲ぶ悲しみは、言っても甲斐がない事なので、これほど苦しい思いはしなかったものの、この中の君に関しては、様々に思い巡らされ、「今日は匂宮が二条院に赴かれました」などと、人が言うのを耳にすると、後見する気は失せ、胸塞(ふさ)がれて、匂宮が何とも羨ましかった。

幾日も中の君を訪れなかったので、我ながら情けなくなり、匂宮は突然、二条院に赴いた。中の君も、匂宮に心隔てがある素振(そぶ)りなど、微塵(みじん)も見せまいとする。宇治の山里に帰ろうと思い立った事についても、信頼していた中納言に、嫌らしい下心があるとわかったので、『拾遺和歌集』に、**うきながら消えせぬものは身なりけり　うらやましきは水の泡かな**、とある通り、この世は本当に身の置き所もないと感じられ、やはり自分は不運な女だったと覚る。この先、命が消えない間は、流れに従って穏やかに過ごそうと諦め、いかにもけなげに、素直な態度で接したので、匂宮も益々いとおしく、嬉しく思い、長い間の無音を、繰り返し言葉を尽くして詫(わ)びた。

中の君は、腹も少し膨（ふく）らみ、薫に気づかれて恥ずかしく思った、懐妊を示す腹帯を結んでいて、その有様も実にけなげである。匂宮はこんな人を見た事がなかったので、物珍らしいとさえ思う。これまであの息苦しい六条院で暮らしていたため、この自分の二条院はいかにも気楽であった。万事が親しみ深く、ひとかたならない愛情の約束を、これでもかこれでもかというように口にすると、中の君は、男というものはかくも口先が上手なのかと、昨夜、強引に迫った薫の振舞をも思い出す。

これまであの中納言は、優しく思い遣りのある心の持主と信じていたが、こうした男女の情愛の点では、あれはあるまじき一件だったと思われ、匂宮が口にする将来の約束など、信頼はできまいと疑いながらも、多少はその言葉に耳を傾ける。

それにしても、あの薫中納言は自分を油断させておいて、思いがけなく御簾の中にはいって来たわけで、亡き大君とは男女の仲にならないままで終わったと、語ったその心映えは、滅多にない殊勝なものと思っていたが、それでもやはり気を許すべきではなかったと、反省させられた。いよいよ用心しなければならないと感じられるので、匂宮が長く不在である事が、何か空恐ろしくなり、言葉に出しては言わないまでも、これまでよりは少し甘えたようにしたので、匂宮も限りなく愛らしいと思った。

ところが、中の君の装束に、あの薫中納言の移り香が実に深く染みついていて、それは世間並のものを薫き染めたのとは違い、明瞭（めいりょう）な匂いである。匂宮は香道（こうどう）の達人（たつじん）であるので、これは怪しいと疑い、一体どうした事かと問い探った。中の君は身に覚えのない事ではないため、返事に窮して困惑するしかない。

匂宮はそれを見て、「思った通りだった。やはり、こうなると思っていた。中納言が中の君に対して、平静ではおられまいと、前々から心配していた」と、胸騒ぎを覚えるしかなかった。中の君の方も実は、匂宮から疑われないように、単衣の下着から表着まですべてを着替えていたのに、妙な事に、中納言の移り香が思いがけなくも、身に染みついていたわけである。

「これほどまでに、中納言の移り香が身に染みついているのであれば、すべてを許したのでしょう」と、匂宮があれこれと聞き辛い事を口にするので、中の君は情けなくなり、身の置き所もないままでいる。

すると、匂宮は、「私はあなたをこの上なく愛しているのに、『古今和歌六帖』に、**人離れば我こそ先に忘れなめ　つれなきをしも何か頼まん**、とある如く、相手から捨てられる前に、先に自分から夫を裏切ったのですね。これはあなたのような身分の者がする事ではありません。それにまた、あなたが疎んじる程、私は長い間不在でいたでしょうか。思いの外に情けない心です」と、そのままここには書けないくらいの、聞くに耐えられないひどい言葉を投げかけても、中の君が押し黙っているので、いよいよ癪に障って、歌を詠みかけた。

また人に馴れける袖の移り香を
私が身にしめて恨みつるかな

私以外の人に馴れ親しんだ移り香が、我が身に染みて心底恨みたい、という憤慨であるものの、中の君も、余りに的はずれの事を匂宮が言い募るので、返事のしようもなかったが、黙ってもおけずに返歌した。

見馴れぬる中の衣と頼めしを
かばかりにてやかけ離れなん

馴れ親しんだ夫婦として、あなたを頼みにしていたのに、この程度の事で縁が切れてしまうのでしょうか、という反発で、「かばかり」に香ばかりを掛けていた。返歌しながら、つい泣き崩れる様子が、限りなくいじらしいので、これだからこそ中納言も懸想するのだと、匂宮は心中穏やかならず、自らも涙をほろほろと流す。

これも色事に長じた心の発露であり、たとえ本当に大きな過ちを犯したとしても、ひたすら中の君を恨む事はできかね、中の君の可憐な痛々しさを目の前にして、冷淡な態度を取り続けられず、途中で言いさして、一方では機嫌を取った。

翌日も、匂宮はのんびりと寝てから起きて、洗面具や朝粥なども、中の君のいる西の対に持って来させた。部屋の調度も、あの六条院の輝くばかりの高麗や唐土の錦や綾を、裁ち重ねているのを見馴れた目からすると、この二条院は世間並の親しみが感じられ、女房たちの姿も、着古して糊の落ちた身なりの者もいて、いかにも心静かに見ていられる。

中の君も、柔らかな薄紫色の袿を何枚か重ねた上に、表は紅梅色、裏は青の撫子襲の細長を着て、しどけなくくつろいでいる様子が、六条院の何事もきちんと整い、大仰に飾り立てた女盛りの六の君の衣装や、その他の諸々の物と比較しても、見劣りしているようには思われない。逆に親しみが持てて美しく、匂宮の中の君に対する並々ならない愛着ゆえに、中の君が劣っているようには見えず、ふっくらとして可愛らしく肥えていた中の君が、今は少しほっそりと痩せ、肌の色は益々白くなり、上品で美しかった。

匂宮は、こうした移り香などのような、明白な証拠がなかった時でも、情緒豊かで可憐な面で、中の君は他の女に数段勝っていると思っているだけに、中の君を同母兄弟ではない男が、側近くに来て言葉を交わしたりして、折に触れて、その声や振舞を見聞きする事が長くなると、どうして冷静でおられようか、必ずや恋心を抱くに違いないと、自分の尋常でない色好みの性分に照らし合わせて、重々わかっているため、常に気をつけていた。

はっきりした証拠になる文などがないか、手近にある御厨子や小唐櫃などを、さりげなく探したものの、そんな物はなく、ただ実直で言葉少なに書いてある手紙などが、雑作なく他の物と一緒にしてあるので、どうもおかしい、こんな手紙ばかりではないはずだと、つい疑念が生じて、いよいよ今日は心穏やかでなくなるのも、当然ではある。

あの薫中納言の人品にしても、情愛を知った女であれば魅了されるはずであり、この中の君がとんでもない事として、拒む事などないはずだ。いかにも似合いの二人なので、きっと相思相愛の仲だろうと、思いを巡らすと、情けなくも腹立たしく、嫉妬にかられる。

どうしても気がかりなので、その日も出かけられず、六条院の六の君には、手紙を二度三度と書き送る。

それを見た老女房たちは、「昨日まであちらにいらしたのに、いつの間にこんなに言葉が積もるのだろう」と、不満げに呟き合った。

薫中納言は、このように匂宮が二条院に籠りきりでいるのを聞いて、面白くないと思うものの、これはどうしようもない、夫婦だから当然で、それを羨望するのは不遜であり、もともと中の君の後見として世話を始めたのに、こんな風に嫉妬すべきではないと、強いて思い返す。匂宮はやはり中の君を見捨てなかったのだと、一方では嬉しくもあった。

　中の君に仕える女房たちの衣装が、糊が落ちてなよなよと、着古されているのを思い遣って、母の女三の宮がいる三条宮に参上して、「何か適当な衣類が手元にございましょうか。入用な事がありますので」と言う。

　女三の宮が「来月の仏事のお布施のために用意していた白い衣があります。染めた物は今は特にないので、すぐ準備しましょう」と答えたため、「いえ、そこまでの必要はございません。大した用でもないので、ある限りで結構です」と申し上げる。

　御匣殿などに問い合わせて、多くの女房装束やいくつかの細長など、ある物を揃える。それに染めていない平絹や綾絹なども加え、中の君自身の衣装としては、薫が自分の衣として準備していた、紅の絹で、砧で打って光沢を出した、特に美しい擣目に、白い綾をいくつも重ね、女用の袴の一式はなかったのに、どうしたわけか袴の腰紐がひとつあったので、それを結び添えて、和歌を贈った。

　結びける契りことなる下紐を
　　ただひとすじに恨みやはする

　他の人とこの腰紐のように縁を結んだあなたを、どうして今更一途に恨んだりできましょうか、という弁明で、宇治以来、中の君に仕えている年配の女房で、中の君とも気心が知れていると思われる、大輔の君宛にこれらの衣類を贈り、「取りあえず、見苦しい物を差し上げます。うまく取り繕って下さい」と伝言をする。

　中の君の装束は目立たないようにであっても、特に丁重に衣箱に入れ、上包みで包まれていて、大輔の君はこれらの進物を中の君には見せないものの、これまでもこうした中納言の心遣いは常の事であり、見馴れているため、むげに突き返して知らぬ顔などせず、迷わずに女房たちに配分して、それぞれ仕立てたりした。若い女房たちで、中の君の側近くに仕える者などには、特に立派に衣装を調えさせ、下仕えの女たちで、ひどくみすぼらしい身なりの者たちには、白い袷など派手でないのが、かえって似合っていた。

　薫中納言以外に、このように何事につけて、後見をしてくれる者はいるはずはなく、一方の匂宮は、中の君への並々でない愛情から、万事不自由がないように気を配ってはいるものの、細々とした内々の事までは気がつかない。この上なく人から大切にされて育っているだけに、生計が立たず、みじめな思いをする事が、いかに苦しいのか、わからないのも道理であり、風雅の道に心を砕き、花の露をもてはやして遊ぶのが、世の常だと思っているくらいであった。

　ところが、格別に情愛をかける中の君のために、匂宮は、自然と折々につけ、実生活の事まで面倒を見てやり出したため、これまでの行いとは異なり、「そこまでしなくても」と、非難めいた陰言を口にする乳母もいた。

　女童で身なりがよくない者が、時々側に交じっているのが、中の君は気恥ずかしく、この二条院とて、立派過ぎて分不相応だと、これまで思っており、ましてこの頃は、世間で評判になっている六条院の豪華さに対して、この二条院の匂宮付きの人たちが、先方に行ってこちらと見比べると、さぞかし貧相に思うに違いないと、心を痛めて情けなく思っていた。

そうした事を、薫中納言は実によく見通して、もし気心の知れない相手であれば、煩わしく思う程の、細やかな心遣いで、中の君を軽んじるわけではないが、細々とした贈物をして、わざと大仰に調えさせては、逆にこれまでになかった事と、怪訝に思う向きもあるかもしれないと考えている。

さて今度は、母の女三の宮の手許にあったものではなく、改めていつものように、薫中納言の贈り物としてふさわしい豪華な女房たちの衣装を調えさせ、中の君用の小袿も織らせ、綾の布地などを、大輔の君に贈っていた。

この薫中納言は、匂宮に劣らず特別に養育されていて、自信たっぷりで気位も高く、この上なく気品もあったものの、故八の宮が宇治の山里に住んでいる様子を見てからというもの、生活の困窮さは辛いものだと思い至り、世間一般の事にも配慮が行き届き、深い思い遣りを持つようになっていた。これも、何とも痛々しい故八の宮の感化のためと思われた。

こうして薫は、やはりどうにかして、中の君の後見として、安心できる者でありたいと思うものの、恋慕の心が苦しいので、手紙などを以前よりは心をこめて書く。ややもすると、胸の中に秘めておけない、恋心をほのめかすので、中の君は実に情けない身の上だと嘆きつつ、「これが全く知らない相手であれば、非常識だと冷たく突き放せる。しかし昔から、ちょっと変わっていても、頼りにしてきた人なので、今更不仲になっても、人からは不審がられるだろう。

重荷にはなっても、浅からぬ配慮や親切さは無視できない。とはいっても、互いに心を通じているようなつきあい方も、憚られる。ここは一体どうすべきか」と、千々に思い乱れるばかりであった。仕える女房たちも、多少相談できる若い者はみんな新参で、馴染み深い者は、あの宇治の山里以来の古参女房であり、心をひとつにして、悩み事を話し合える女房はいない。亡き大君（おおいぎみ）を思い出さない折はなく、もし大君が生きていれば、薫中納言もこんな恋心を抱く事はなかっただろうと、いかにも悲しく、匂宮が冷たくなりはしないかという心配よりも、この悩みの方が苦しかった。

　薫も自分の思いを抑えきれないまま、例によって、しめやかな夕べに二条院を訪れる。中の君はそのまま簀子（すのこ）に褥（しとね）を差し出させて、「生憎（あいにく）今は気分が優（すぐ）れず、お話できません」と、女房に言わせた。

　薫は実に恨めしく、落涙しそうになるのを、人目があるので、やっとこらえながら、「気分が悪い時は、見知っていない僧でさえ、祈禱のために側近くに参上いたします。この私を医師（くすし）などと同列に見なして、御簾（みす）の中に入れて下さいませんか。このように人を介しての応対では、参上した意味がございません」と言う。

　いかにも不愉快な様子なので、先夜の二人の親しげな様子を見ていた女房たちが、「確かに、これでは失礼にあたります」とたしなめ、母屋の御簾をしっかり下ろして、夜居（よい）の僧が坐る廂（ひさし）の間（ま）に薫をお入れした。中の君は実に気分が悪いとはいえ、女房たちがそう言うので、あまり突き放すのも申し訳ないと思い、気が進まないまま、少しにじり寄って、薫と対面した。

　中の君がか細い声で時々応じる様子が、かつて大君が病悩しはじめた頃と似ていて、薫は不吉で悲しい。心も暗くなって返す言葉もなく、気を鎮めてから声をかけつつ、中の君が余りに奥の方に引っ込んでしまったのが恨めしくなり、簾の下から手を入れて、奥の几帳（きちょう）を少し押しやり、例によって馴れ馴れしそうに近寄った。中の君は困り果て、少将と呼んでいた女房を呼び寄せ、「胸が痛くてたまりません。しばらく押さえて下さい」と言う。

　それを聞いた薫は「胸の痛みは、押さえつけると逆に苦しくなるのに」と思い嘆いて、坐り直し、心配でならず、「どうしてこんなにいつも、病がちでおられるのでしょう。人に聞くと、懐妊した人はしばらくは具合が悪くても、そのうち回復するもののようです。心配し過ぎではありませんか」と言う。中の君は恥ずかしくなり、「胸はいつもこんな具合です。亡くなった大君も、こんな風でした。長生きできそうもない人がかかる病気のようだと、世間では言っているようです」と答えた。

薫は確かに、誰もが千年も生きる松のようには、命長らえない世の中だと、思うにつけて中の君が気の毒で、しみじみといとおしく感じられる。この召し寄せた女房に聞かれるのも構わず、聞かれては困る事は口にしないまでも、以前から抱いていた恋心などを、中の君にはわかっても、他の人には不審に思われないように、取り繕って無難に口にするのを、なるほどこれは普通ではありえない心遣いだと、側に控えている少将は感心した。

薫は何事につけても、亡き大君を尽きる事なく思い起こし、「私は幼い頃から、俗世を思い捨てて一生を送りたいと、ひたすら思って過ごして来ました。そうなるべき前世からの因縁(いんねん)なのか、大君とは親しくなれないまま、一途な思いを抱いて参りました。それがきっかけで、私の本意である仏道への聖心(ひじりごころ)が揺らいでしまったようです。

大君を失った心の慰めとして、あちこちの女とかりそめの逢瀬を結んだのも、少しは気が晴れるのではと思ったからです。しかしどうしても、大君以外に心が向く事はなかったのです。あれこれと思い煩った挙句、心が強く惹かれる相手がいないまま、あなたに対して好き好きしい振舞をしているのではと、誤解されては困ります。人妻であるあなたに対して、不届きな下心があるのなら、それは問題外です。

しかしこのくらいの近さで、時々、私から思う事を述べ、あなたから返事を貰うなどして、親しく言葉を交わすのは、誰も咎めないはずです。世間並の男とは違って、真面目一方の私の性分は、誰もが認めています。どうか安心して下さい」などと、恨んだり泣いたりして言いかける。

中の君は、「油断ならないと思っているのではありません。そうでなければこうして、人が妙だと思う程まで、親しくお話はできません。これまで長い間、万事につけてお世話していただいた事は、存じ上げております。世間にも例のない程に、頼りにしているあなた様です。今はむしろ、宇治行きに関しても、こちらからお願いしているくらいです」と言う。

薫は、「そんなに、あなたから頼られた機会があった事など、覚えていません。しかし、あの宇治行きに関して、今もそのように重大に考えておられるのでしょうか。あの山里へ行く準備として、私をようやく使おうと思われているのですね。とすれば、私の好意をわかっておられる証拠であり、申し出はないがしろには致しません」などと応じる。

それでもどこか恨めしく思って、なおも言い寄ろうとするものの、側で聞いている少将がいるため、思いのたけは言えないまま、外をしみじみと眺めると、少しずつ暗くなるにつれて、虫の声だけがはっきり聞こえた。

池の中島(なかしま)の築山(つきやま)付近は薄暗く、物の輪郭(りんかく)も見えない中で、薫中納言がいかにもしんみりした様子で、柱にもたれて坐っているのを、御簾の内の中の君が煩わしいと思っていると、薫が『古今和歌六帖』の、**恋しさの限りだにある世なりせば　年経ば物は思わざらまし**、を静かに吟詠(ぎんえい)したあと、「どうしたらいいのか、思い惑っています。あの『拾遺和歌集』にある、**恋(こ)いわびぬ音(ね)をだに泣かん声立てて　いずれなるらん音なしの里**、のように、音がない所で声を上げて泣きたい気がします。あの宇治の山里付近に、わざわざ寺とまではいかなくても、亡き大君を偲ぶ人形(ひとがた)を作るなり、絵にも描いたりして、回向の勤行に励みたいと思うようになりました」と訴える。

中の君は、「それは心に沁みる発願ですが、一方では、あの『古今和歌集』の、恋せじと御手洗川にせし禊　神は受けずぞなりにけらしも、の如く、祓えの後は川に流す人形を連想させます。それでは大君が可哀想に思えます。前漢の元帝が王妃を選ぶために肖像を描かせた折、王昭君だけが絵師に金品を贈らなかったので、醜く描かれたという王昭君の故事を思い起こします。そうやって絵師が黄金を要求しないかと、懸念されます」と言う。

「全くそうなのです。そうした工匠も絵師も、こちらの心にかなうような仕事はしてくれないでしょう。近い世でも、描いた花から、空に花びらが散ったという匠がいたと言います。そんな神仏の化身のような者がいればいいのですが」と薫は言い募る。

万事につけ亡き大君の事を忘れずに悲嘆している姿が、いかにも情愛深く思えて不憫なので、中の君がもう少し薫の方ににじり寄り、「人形の話で、奇妙にも、これまで思いあたる事もなかった話を思い起こしました」と言い出した様子が、少し打ち解けていて薫は嬉しくなる。

「一体何事でしょうか」と言いつつ、几帳の下から中の君の手を捉えたため、中の君はひどく困惑しながらも、何とかしてこんな自分への執着をやめさせ、平穏につきあいたいと思ったので、直近に控えている少将の手前もあり、さりげないふりをして、「実はこれまで長年、そんな者がこの世にいるとは知らずにおりました人が、今年の夏頃に、遠国から上京して、わたくしを尋ねてきたのです。疎遠には思わないにしても、親しくする必要もあるまいと思っていましたが、その本人に会ったのです。

それが亡き大君と、不思議なくらい似通っていて、しみじみと懐しく思われてなりませんでした。

あなた様は、わたくしが大君の形見だと思い、またそう言っておられるようですが、全く似ていないと、二人を知っている女房たちは言います。ところが、理不尽にも、似るはずのないその人が、大君に似ているのはどうしてでしょうか」と言う。

薫は夢物語かと思って聞き、「それなりの理由があって、そのように親しく訪ねて来たのでしょう。どうして今まで、その事をほんの少しでもおっしゃらなかったのですか」と言うと、中の君は、「さあ、わたくしを訪ねて来た理由も、わかりかねるのです。亡き父宮は、わたくしと大君が拠(よ)り所なく、この世にみじめな状態で残されるのを、心配しておられました。

今はわたくしひとりが生き残り、父宮の懸念をひしひしと感じております。その上に、そんな人までが出て来て、世間の噂になれば、父宮にとっては不面目(ふめんぼく)になるはずです」と言う様子から推(お)し量(はか)ると、どうやら八の宮が密(ひそ)かに情けをかけた女がいて、『後撰和歌集』に、**結びおきしかたみのこだになかりせば　何にしのぶの草を摘まし**、とあるように、忘れ形見となる子を残したのだろうと、薫は納得した。

薫は、大君に似ているという血縁の女に心をそそられて、「これだけ聞いても、何の事かわかりません。どうせなら全部言って下さい」と、もっと聞きたいと思うものの、中の君は八の宮の名を汚(けが)さないかと憂慮(ゆうりょ)して、詳しくは語らず、「捜し出そうと思うのであれば、おおよその場所は言えるものの、詳しくは存じません。詳細に言ってしまうと、期待はずれになるのが心配です」と言う。

『長恨歌(ちょうごんか)』にあるように、皇帝の命令で、道士(どうし)が海上の蓬萊山(ほうらいさん)に、亡き楊貴妃(ようきひ)の霊魂を捜し出したように、亡き大君の霊魂を求めるためには、どこまでも一心に突き進みたいのです。件(くだん)の人は、楊貴妃程の人ではないかもしれません。しかし大君への思いを紛らす方法がないよりはと思って、大君の人形を発願した程です。どうして、その件の人を、山里の本尊と思ってはいけないのでしょうか。ですので、どうか一部始終を教えて下さい」と、性急に薫は責め立てる。

中の君は、「さあ、そこはどうでしょう。亡き父宮も認めなかった人について、こうして打ち明けたのも、口が軽いと反省させられます。変幻自在の神業の匠を捜している、あなたの心がお気の毒なので、このように口に出してしまったのです」と言い、さらに「その人は、本当に遠く離れた田舎で、長年暮らしていました。その母親が、田舎育ちを不憫に思って、強いてわたくしを頼って、捜し求めて来たのです。そっけない応対もできずにいたところ、本人がやって来ました。

ほんのちょっと見ただけだからでしょうか、すべての点で、思った以上に見苦しくないように思いました。母親はこの娘をどのように扱っていいか、悩んでおりました。あなたが大君を偲ぶ山里の本尊として、仏にしてもらえれば、全く願ってもない事でしょう。そこまでの価値はないかもしれませんが」と薫に伝える。

薫は「さりげなく、我が執拗な心を煩わしがって、別な方に向けようとしているのだ」と、中の君の心中が見透かせるのは、恨めしいものの、中の君に心惹かれて、「中の君に対する自分の執心を、とんでもない事と心底から思っているのに、あからさまに冷たく扱わないのは、やはり自分の心を理解している証拠だ」と思って、胸を躍らせているうちに、夜もいよいよ更けていく。

御簾の内にいる中の君は、女房たちの手前を憚って、隙を見て奥の方にはいり込んだため、薫はもっともな事だと合点がいくものの、やはり恨めしくて辛い心を鎮められそうもない。涙がこぼれかけたのも体裁が悪く、千々に思いは乱れるとはいえ、ここで無謀な振舞に及ぶのは、いかにも見苦しく、自分にとっても不利になるので、何度も思いとどまり、常日頃にも増して嘆息しつつ、退出する。

「このように思い詰めていると、どうなるのだろう。苦しいばかりだ。どうしたら世間からなじられないようにしながら、思う心が実現するのか」と、自分は恋路に未熟なのだろうかなどと、自分のためにも中の君のためにも、安穏としておられない事を、薫はあれこれ思い悩んで夜を明かす。

「大君と似ていると中の君が言った人も、どうしたら真偽の程がわかるのか。その程度の身分であれば、言い寄るのも難しくはない。しかしその相手が期待はずれであれば、逆に面倒になる」などと、やはりその女には心が向かなかった。

薫は、宇治の八の宮邸を長らく訪ねないでいると、亡き大君と縁遠くなるような気がして、ひたすら心細くなり、九月二十日過ぎに宇治に向かうと、風だけが辺りを吹き払い、寂漠(せきばく)として荒々しく、宇治の川音のみが家の番人といった風情で、人影もない。山荘の中を見ると、心が暗くなり、限りなく悲しくなって、弁の尼を呼び出すと、襖障子(ふすましょうじ)の出入口に、青鈍(あおにび)の几帳を持って来て立て、参上した。

「誠に恐ろしい事ですが、以前にも増して尼姿が醜くなってしまいました。対面は憚られます」と言って、まともには姿を見せない。

薫は、「あなたがここで、どんなにか物寂しい思いをしているだろうと、気になっていました。あなた以外に心が通じる者は他になく、亡き人の思い出話でもしようと思って、赴きました。あっという間に過ぎた歳月です」と言い、目に涙を浮かべた。

老いて涙もろくなった弁の尼は、いよいよ涙をこらえ難く、「亡き大君が中の君の身の上について、必要以上に嘆いておられたのも、ちょうど今の空模様の頃でした。それを思い出すと、落涙をこらえられません。風が身に沁むのは、どの季節もそうですが、秋の風は一段とこたえます。『古今和歌集』に、**いつとても恋しからずはあらねども　秋の夕べはあやしかりけり**、とある通りです。確かに、大君が心配されていたような結果になってしまいました。匂宮と中の君の件について、仄聞して以来、あれこれ思い悩んでおります」と言う。

「何事も、長生きしているうちに好転するものです。大君が中の君について、深く思い悩んだまま亡くなったのは、私の責任のように思えて、今でも悲しいのです。匂宮が夕霧左大臣の婿になったのは、親王としては世の常の事です。そうであっても、中の君との仲は心配ありません。それよりも、何と言っても、火葬の煙となって昇られた大君だけは、取り返しがつきません。死は誰も逃れられないものとはいえ、誰かが先に死に、死後に残されるのは、どうしても諦めがつきません。『古今和歌六帖』に、**末の露もとの雫や世の中の　後れ先立つためしなるらん**、とある通りです」と薫は言って、また泣く。

薫は阿闍梨を山寺から呼び寄せ、例によって亡き大君の命日の法要のために、経典や仏像の手配などを命じつつ、「さて、ここに時折訪れても、今更、甲斐のない悲しみに悩まされます。悩んでも仕方がないので、この山荘の寝殿を壊して移築して、あの山寺の脇に御堂を建てたいと思っています。どうせなら、すぐにでも始めたいのです」と言って、堂をいくつと定め、それらを結ぶ廊、僧房など、必要な事々を書き出し、指示を出す。

「それは実に尊い事でございます」と阿闍梨は答えて、その功徳を説明する。

薫は「故八の宮が由緒ある住居として、この地を選んで造られた邸を、解体するのは非情に見えるかもしれません。しかし、故宮の志（こころざし）も功徳を積む事にありました。あとに残す姫君二人に配慮して、この地を決められたのではないでしょうか。今は、匂宮兵部卿の北の方である中の君の所有になっているはずです。となれば、この山荘をそのまま寺にしても、不都合ではないでしょう。

とはいっても、私の一存ではどうにもなりません。場所も余りに宇治川に近く、対岸からは丸見えですので、やはり寝殿を壊して、御堂にした方がよいと考えたのです」と言うと、阿闍梨は、「いずれにしても、実に賢くも尊いご発案です。その昔、愛する人との死別を悲しんで、その遺骨を包んで、年余の間、首にかけていた人がいました。その人も仏の導きで、その骨袋を捨て、ついに仏道にはいったのです。

この今の寝殿をあなたがご覧になって、心が乱れるのは、一方では発心（ほっしん）の妨げになります。他方、御堂造営は、後の世で極楽に通じる道になりましょう。御指示に従って、さっそく着手いたしましょう。暦（こよみ）博士が吉日とする日を選んで、宮大工の匠を二、三人こちらに手配して下さい。その他の細々した事柄については、経典にある作法に従って作業を進めます」と答えたため、薫はあれこれの指示を出して、近くにある荘園（しょうえん）の者を呼び集め、今後の段取りについて、阿闍梨の言う通りに、仕事へ取りかかるように命じる。あっという間に日が暮れたので、その夜は宇治に泊まった。

薫は「この邸もこれが見納めだろう」と思いつつ、あちこち見て回ると、御本尊や八の宮の持仏などは、すべて山寺に移しているため、弁の尼の勤行（ごんぎょう）の仏具だけが残っていた。弁の尼自身もいかにも頼りなげに住んでおり、「この先どうやって暮らしていくのか」と思いながら、「この寝殿は建て替えなければならなくなりました。完成するまでは、あちらの廊に住んで下さい。京の中の君に送るべき物があれば、荘園の者を呼んで、あなたから運ばせて下さい」と、諸々の用件を話し合う。

他の所では、こんな年老いた尼を大切に扱う事もないのだが、夜になっても、弁の尼を近く休ませて、昔話をさせると、弁の尼は亡き柏木衛門督の生前の様子を、他に聞く人もいないので、ありのままに詳しく語り出し、「いよいよ死が近くなった時、生まれたばかりのあなた様の姿を見たいと言われました。その折の様子がつい思い出され、今このように年老いてから、あなた様にお会いするというのは、感無量です。

これも、亡き父君が生きておられる時に、親しく仕えてきた効験の発露かと、嬉しさと悲しみが入り交じっております。心ならずも長生きしている間に、様々の事を見て参りました。身に沁みて感じた事も多く、何とも恥ずかしく身の縮まる思いです。中の君からも、時々は京に上って顔を見せなさい、音沙汰もなく引き籠っているのは、自分が見捨てられたように感じる、と折につけご伝言があります。しかしわたしは不吉な尼姿ですので、阿弥陀仏以外の方には、お目にかかりたい人もなくなりました」と言う。

亡き大君の事についても、話は尽きず、生前の様子などを語り合い、あの折にはあのように言われたとか、花紅葉の色を眺めて、行きずりに詠じた歌にまつわる逸話など、その場にふさわしく語り出し、感激の余り声を震わす。

薫も「大君はおっとりとして、口数は少なかったが、奥床しい人であった」と、益々懐しくなって耳を傾ける。「その点、中の君はもう少し今風で、はっきりした性格だ。心を許さない人は、冷たくあしらう面があった。しかしこの自分へは誠に思い遣りがあり、情愛のある接し方をされる。この先もこんな関係でいたいと考えておられるようだ」と、心の内で二人を比較しながら、話のついでに、薫は大君の形代である例の女君について語り出す。

弁の尼は「その人が今も京におられるかどうかは知りません。人づてに聞いただけの女君のようです。亡き八の宮が、まだこのように宇治の山里に住まわれる前です。北の方が亡くなって間もない頃、中将の君という者が仕えておりました。上臈(じょうろう)の女房で、気立ても決して悪くありません。その女房と、八の宮がごく内密に愛情を交わされました。それに気づく人もなかったのに、たまたま女子を産んだのです。八の宮も自分の子だろうと、思い当たられたようです。しかし厄介な事になったと思われ、その後は二度と関わりはなくなりました。そこまで懲(こ)り懲(ご)りしなくてもよさそうでしたが、やがて仏道一筋の聖のような暮らしぶりになられたのです。

相手の中将の君も身の置き所がなくなり、出仕できないまま、陸奥守(みちのくのかみ)の妻になりました。ところが先年、上京して来て、その赤子(あかご)が無事に成長している旨を、わたし共にそれとなく伝えてきたのです。生前の八の宮もそれを聞かれ、決してこんな事を知らせて来るな、と冷たく拒絶されました。中将の君は知らせた甲斐がなかったと、落胆(らくたん)していました。

その後、夫が今度は常陸介(ひたちのすけ)になり、一緒に下向(げこう)して行きました。この数年間は、何の音沙汰もなかったのですが、この春、上京して、夏に二条院に参上し、中の君を訪問したと、ちらりと耳にしました。その女君は、二十歳くらいになっているのではないでしょうか。とても美しく成長したのが痛々しいと、少し前には中将の君の手紙に、長々と書いてあったようです」と伝えた。

事情を詳しく聞いた薫は、「それであれば、その女君が大君に似ているというのも本当だろう。会ってみたいものだ」と考え出して、「亡き大君に少しでも似ている人であれば、あの『長恨歌』に、天に昇り地に入りて之(これ)を求むること遍(あまね)し、とあるように、知らぬ異国まで尋ねて行きたいくらいです。その人は八の宮が我が子として認めなかったとはいえ、確かに血縁の女君です。わざわざではなくても、母君からこちらの方へ便りがあった時には、ついでに私が言っていた事を伝えて下さい」と言い置く。

弁の尼は、「その母君は、故八の宮の北の方の姪にあたります。わたしにとっても縁続きではありますが、当時は別々の土地にいて、親しいつきあいはありませんでした。先立って、京の中の君に仕える大輔が寄越した文には、その女君が亡き八の宮の墓参だけでもしたいと言っており、その節はよろしく、と書いてありました。とはいえ、まだここには格別の消息はありません。今後連絡があれば、あなた様がそう言われていたと伝えます」と答えた。

夜が明けたので、帰京しようと思い、薫は昨夜、従者が後れて持参した絹や綿などの類を、阿闍梨に贈り、弁の尼にも与え、法師たちや弁の尼の下仕えの者にも、衣料として麻織の衣を下賜する。こうした心遣いが絶えないので、寂しい住まいながらも、身分の割には見苦しい点などなく、心静かに勤行ができていた。

木枯がこらえ難い程激しく吹き抜けるため、木の葉の残った梢とてなく、散り敷いた紅葉を踏み分けた人の足跡がないのは、『古今和歌集』の、**秋は来ぬもみじは宿に降り敷きぬ　道踏み分けて訪う人はなし**、の通りだった。薫は辺りを見回しながら、すぐには退出できず、実に風情のある深山木に這う蔦の紅葉の色が、まだ残っているので、「せめてこれだけでも」と言って、少し引き寄せ取らせたのも、京の中の君への土産らしく、従者に持たせて、独り言のように詠歌した。

やどり木と思い出でずは木のもとの
旅寝もいかに寂しからまし

かつてここに宿った事を思い出さなかったら、宿木の這う木の下の旅寝も、どれほど寂しかったろう、という感慨で、「やどり木」に宿木を掛けており、耳にした弁の尼も返歌する。

荒れ果つる朽木のもとをやどり木と
思い置きけるほどの悲しさ

荒れ果てて朽ちた木のようになった、老残のわたししか住んでいないこの家を、かつて宿った所として覚えていて下さったのが、心に沁みます、という謝意であり、『古今和歌集』の、**かたちこそ深山隠れの朽木なれ　心は花になさばなりなん**、を連想させ、あくまで古風な詠み方ではあるものの、品に欠けてはいないと、薫は多少は心を慰められた。

薫が中の君に蔦紅葉を届けさせたのは、ちょうど匂宮が来ている折で、「南の三条宮からです」と使者が言って、何げなく持参する。中の君はいつものように厄介な文面であったらどうしようと困惑したものの、匂宮の前で隠す事もできずにいると、匂宮は「美しい蔦紅葉です」と言いつつも怪訝に思い、文を取り寄せて、中味を見た。

この頃はいかがお過ごしでしょうか。宇治の山里に行って参りました。『古今和歌集』に、**雁の来る峰の朝霧はれずのみ　思い尽きせぬ世の中の憂さ**、とあるように、峰の朝霧に憂いが尽きない思いをしました。この晴れやらぬ悲しみについては、いずれ訪問した際、私から申し上げます。あちらの寝殿を御堂にする件については、阿闍梨に段取りを申しつけました。あなた様の許可を得た上で、建物を移す作業に取りかかります。どうか弁の尼に、必要な事柄を申しつけて下さい。

などと記してあるので、匂宮が、「よくもこうまで、さりげなく書いています。きっと私がここに来ているのを聞いたからでしょう」と言うのも、多少は図星であり、中の君は事なきを得て、ほっとした。

匂宮がこのように邪推（じゃすい）しているのが気に入らず、不満げにしている姿は、どんな落ち度も許してやりたい程、魅力充分である。匂宮は「返事を書いて下さい。私は読みませんので」と言い、そっぽを向いたので、中の君は、知らぬ顔をして書かないのも却って疑惑を招くので、筆を執（と）った。

宇治の山里に行かれたそうで、羨ましく存じます。あの寝殿は、言われた通り、御堂に改築した方がよいと思っていました。宇治の山荘を、荒れたままにしないでいたのも、山奥の住み処（すみか）を探すよりも、そこがいいと考えたからです。ちょうど『古今和歌集』に、**いかならん巌（いわお）の中に住まばかは　世の憂き事の聞こえこざらん**、とある通りです。どのようにでも、適当に処理していただければ、ありがたく存じます。

文面を読んだ匂宮は、中の君と薫中納言の仲は特に咎められるような間柄ではなかろうと思う一方で、自分の好き心に照らすと、何事もないはずはなかろうと思われ、心中穏やかではない。

枯れかかった前栽の中に、尾花が他の草花よりも際立っていて、手をさし出して招いているようで風趣豊かである。ちょうど『古今和歌集』の、**秋の野の草の袂か花薄 穂に出でて招く袖と見ゆらん**、の通りで、まだ穂が出ていないのが、露の玉を留めて、はかなく風に靡いている様子も、いつもの光景ではあるものの、夕風がやはり情趣深く、匂宮は詠歌する。

穂に出でぬ物思うらし篠薄
招く袂の露しげくして

あなたは表に出さずに、誰かを思っているようです、ちょうど穂を出さずに篠薄が手招きする袂が、涙の露でしとどに濡れているように、という邪推で、『古今和歌集』の、**わぎも子に逢坂山の篠薄 穂には出でずも恋いわたるかな**、を下敷にして歌を詠みかけ、着馴れした袿の上に直衣だけを着て、琵琶を弾き出す。

黄鐘調の短い曲を、手馴らしにしみじみと演奏したので、中の君も興味を持っている琵琶の音であり、いつまでも恨めしがっているわけにもいかず、小さな几帳の端から、脇息に寄りかかって、わずかに顔を覗かせている。その姿はずっと見ていたい程愛らしい。中の君は律義に返歌する。

あき果つる野辺の気色も篠薄
ほのめく風につけてこそ知れ

秋が終わった野辺の景色も、篠薄がほんのりと吹く風によって知るように、あなたがわたくしにすっかり飽き果てた様子がわかります、という慨嘆で、「秋（あき）」に飽きを掛けており、詠歌のあとに「我が身ひとつの」と口にしたのも、『古今和歌集』の、月見れば千々（ちぢ）に物こそかなしけれ　我が身ひとつの秋にはあらねど、や、『拾遺和歌集』の、大かたの我が身ひとつの憂きからに　なべての世をうらみつるかな、をほのめかしていて、中の君は、つい涙ぐんだのがさすがに恥ずかしく、扇で顔を隠す。

その心の内を、匂宮は痛々しいと推し量る一方で、「こんな風に可憐だからこそ、あの薫中納言も中の君を諦められないのだ」と、邪推は強くなり、いよいよ恨めしくなる。

菊の花がまだすっかり色変わりせず、特に入念な手入れをさせているこの二条院では、花は移ろうのが遅い中で、不思議に一本だけが見事に咲いていた。匂宮はそれを折り取らせ、『和漢朗詠集』にある句の、「是（これ）花の中に偏（ひとえ）に菊を愛するにはあらず　此（こ）の花開きて後更（のちさら）に花の無ければなり」を朗誦（ろうしょう）したあと、「某（なにがし）の皇子がこの菊の花を賞（め）でていた夕べに、天人（てんにん）が翔（かけ）り降りて来て、琵琶の秘曲を教えたそうです。しかし何事も浅薄（せんぱく）になってしまった今の世は、演奏するのも面白くありません」と言って、琵琶を弾きやめて下に置く。

中の君は残念に思い、「今の世の心は浅はかであっても、昔から伝わっている琴の技は浅はかであるはずはございません」と言いつつ、自分の知らない曲などをもっと聴きたげな様子なので、匂宮は「それなら、ひとりで弾くのは物足りません。合奏して下さい」と言って、女房を呼んで箏（そう）の琴を持って来させて、中の君に弾かせようとした。

ところが、中の君は、「昔であれば手習いした父宮もいたのですけれど、しっかり習い終えないままになりました」と答えて、恥ずかしがって手も触れない。匂宮は、「これくらいの事でも、私を遠ざけるのですか。情けないです。近頃通っている左大臣邸の六の君は、まだ打ち解ける仲ではないのに、未熟な習い始めの琴でも、隠したりはしません。

なべて女は従順で、気立てが素直なのがよいと、薫中納言も断言していたようです。中納言に対しては、このように恥ずかしがらないのではないですか。この上なく親しい仲のようですから」と、真顔で恨み言を口にする。

中の君は嘆息しつつ、少しばかり箏を弾く気になると、絃が緩んでいたので、匂宮が高めの軽い音調の盤渉調に調絃する。中の君が弾き出した爪音の音色も素晴らしく、匂宮が催馬楽の「伊勢の海」を謡う。

〽伊勢の海の清き渚に潮間に
なのりそや摘まん
貝や拾わんや
玉や拾わんや

匂宮の声は上品で美しく、女房たちは几帳の背後近くに寄って来て、満面の笑みを浮かべる。ある女房は、「匂宮がもうひとりの女君に心を寄せておられるのは辛いとはいえ、身分柄、仕方ありません。やはりわたし共の主人は幸せな方と言えます。こうした匂宮との間柄で世の中に出るなど、宇治の山里住まいでは不可能だったでしょう。それなのに、またそこに帰りたいとおっしゃっているのは、全く情けない事です」などと言い募るので、若い女房たちが「騒々しいです。静かに」と制した。

匂宮は中の君に琴などを教えながら、二条院に三、四日引き籠っていた。六条院には物忌みを口実にしていたため、先方では恨めしく思い、夕霧左大臣が内裏から退出する帰途、二条院に参上する。

匂宮は「仰々しい正装で、何をしに来られたのか」と気に入らなかったものの、あちら側の寝殿に行って対面すると、夕霧左大臣は、「格別な用事はございません。この二条院にも長らくご無沙汰をしています。つい往時が偲ばれ、感慨深いものがあります」など、昔の思い出話をいくつか披露して、そのまま六条院に向かうべく匂宮を外に連れ出した。

そこには子息の君たちや、それ以外の上達部、殿上人など、実に多くの供人が付き従っていて、その威勢の盛んなのを見ると、こちらは比肩すべくもなく、胸塞がる程である。女房たちもそっと左大臣を覗き見て、「それにしても御立派な左大臣です。子息のどなたも若い盛りで、美しくあられるのに、父君の品格に匹敵する方はおられません。感動します」と言う者もあり、また「あれほどの身分と権勢がある方なのに、わざわざ自ら迎えに見えるとは、憎らしくもあります。匂宮と中の君の夫婦仲も、安穏としていられません」と、嘆きながら溜息をついている者もいた。

中の君自身も、昔からの住まいと、自分の出自を考えると、華麗な左大臣家の勢いには太刀打ちできず、自分は、はかない身の上だと、いよいよ心細くなったので、やはり気安い宇治の山里に籠ってしまうのが、無難だろうと思っているうちに、年も暮れた。

正月の末頃から、中の君が普段と異なる様子で苦しむのを、匂宮はまだ経験した事がない事態なので、一体どうなるのかと心配して、安産祈願の祈禱などを、あちこちの寺で数多くやらせていた。さらにまた新しく加えて修法（ずほう）を始めさせており、それでも中の君がひどく苦しがるため、明石中宮からも見舞がある。中の君と匂宮の結婚はもう三年になるとはいえ、匂宮の愛情は並々でなかったものの、世間一般ではさして重々しい扱い方をしていなかった。ところが、いよいよ出産と聞いて態度を一変させ、方々からの見舞も相継いだ。

　薫中納言は、匂宮が中の君を案じて大騒ぎしているのに劣らず、どのような具合なのかと心を痛め、気がかりで辛い思いから、後見として作法通りの見舞はするものの、何度も参上するわけにもいかず、密かに祈禱などをさせていた。

　その一方で、ちょうどこの時期、女二の宮の裳着（もぎ）がさし迫り、世の中はこの噂で持ち切りで、準備に大騒ぎし、その支度（したく）は万事が帝の一存で進められていた。

　後見がない事が却って好都合に見え、亡き母、藤壺女御がこのための用意をしていたのはもちろんで、調度類や衣装の飾りつけを行う作物所（つくもどころ）や、しかるべき受領（ずりょう）たちも、それぞれに調達して献上する品々も限りなかった。裳着のあとに、薫中納言が婿として参上するようにとのご意向があったため、薫としてもそれについて心の準備をするべき時期であったのに、いつもの性分から婚儀には気が進まず、専ら（もっぱら）中の君の出産ばかりを心配していた。

　二月の初め頃、一月の除目（じもく）の補充として、薫中納言は権大納言になり、右大将を兼任する。夕霧左大臣が兼任していた左大将を辞任したので、そこに前の右大将が昇任して就任したため、空（あ）いていた地位であった。その御礼言上（ごんじょう）に薫はあちこちを巡ったあと、この二条院にも参上する。

　中の君がひどく苦しそうで、匂宮もその西の対（たい）にいた折だったので、薫もそこに赴く。匂宮は祈禱の僧たちが控えているので不都合だと思い、鮮やかな直衣や下襲を着て威儀を正し、薫の拝礼に応じて階から下り、答拝をした。その様子は、二人共に実に優美である。

薫が「このまま今夜は、近衛府の者たちに禄を与える宴を設けますので、ぜひご臨席を」と、招待すると、匂宮は中の君の身を案じて迷っているようであった。

その饗応はかつて夕霧左大臣が行ったのに準じて六条院で実施され、相伴の親王たちや上達部は、大臣の大饗にも比肩する程で、騒々しいくらいに集まった。

匂宮も参上したものの、中の君が気になって、宴が終わらぬうちに急いで帰ったため、左大臣家の方では、「全く失礼なやり方だ」と不満顔である。というのも、二条院の中の君とて親王の子女であり、こちらの六の君には決してひけを取らないとはいえ、今の世間の声望が絶大なので、横柄な考え方に傾くのかもしれなかった。

やっとの思いで、その明け方に中の君が出産したのは男君で、匂宮は期待通りであり、心から嬉しく思った。薫右大将も、自分の昇進の喜びに加えて、嬉しく思い、昨夜、匂宮が饗宴に出席した事に礼を言上するとともに、出産の祝いも添えるため、穢れを避けて立ったまま挨拶をしに参上する。匂宮がこうして二条院に籠っているため、こちらに祝い言を述べに参集しない者は誰ひとりいなかった。

産養や三日の夜は、例によって匂宮家の内々の祝事であり、五日の夜は、薫右大将から強飯の握り飯の屯食五十具、碁の勝負に賭ける碁手の銭、強飯を椀に盛った椀飯などは、世間の通例に従い、産婦の中の君が食べる台付きの折敷衝重三十、赤ん坊の産着を五枚一揃えにして、包み着など大仰ではなく地味にしたものの、よく見ると、特別に新しい趣向が凝らされているのが伺われ、匂宮にも、沈香の若木である浅香で作った折敷、高杯などが贈られ、五穀の餅に甘葛をかけて練った粉熟が提供された。女房たちには衝重はもちろん、檜の薄板で作った破子三十に、様々に手を尽くした料理が入れてあり、人目には仰々しく見えないような配慮がされていた。

七日の夜は、明石中宮主催の産養なので、参上する人々の数は実に多く、中宮大夫以下、殿上人や上達部などが数えきれない程に参集し、帝もそれを聞いて、「匂宮が初めて人の親になったのだから、どうして知らん顔でいられよう」と言って、若宮に守りの太刀を贈られた。

九日の夜は、今度は夕霧左大臣が担当し、六の君の事で中の君を快く思ってはいないとはいえ、匂宮の思惑も考慮して、子息の公達たちが多く参上した。万事が滞りなく進み、中の君自身もこの数か月以来、ずっと思い悩み、体調も優れず、心細さも尽きなかったのに、こうして晴れやかで、当世風の行事が続いたので、多少は慰められたはずであった。

薫右大将は、こうして中の君が一児の母となってしまったため、いよいよ自分とは縁遠くなってしまうのではないか、さらにここで匂宮の愛情も深まっていくに違いなく、実に残念だと思う一方で、当初からの自分のはからいを思い起こせば、その通りに事が運んだのを、嬉しくも感じていた。

こうして二月の二十日過ぎに、亡き母ゆかりの藤壺に住む女二の宮の裳着の儀式が催され、その翌日に薫右大将が婿として参内し、初夜の儀式は目立たないように行われた。これまで天下に響き渡るくらいに帝が大切にして来られた女二の宮に、臣下の者が連れ添ったのは、やはりどこか物足りなく、女君が可哀想であり、「帝のお許しがあったとはいえ、今すぐにこのように結婚を急がなくてもよかったのに」と、非難がましく言う人もあった。

帝は思い立った事はてきぱきと処理する性分なので、これまでに薫を先例がないくらい、どうせなら華々しい扱いにすると心に決めておられるようである。このように在位の盛りの間に、まるで臣下のように婿取りを急がれた例は珍しいはずである。

夕霧左大臣も、「これは希代未聞な薫右大将の信望と強運です。亡き六条院の源氏の君でさえ、朱雀院が晩年になって、出家された時に、ようやく妻として、薫右大将の母である女三の宮を迎えたのです。それに対して、この私は誰も認めてくれなかった、朱雀院の女二の宮で、亡き柏木衛門督の妻であったあなたを拾い取ったのです」と言い出すので、当の落葉宮はいかにもその通りだと思い、恥ずかしくて返答もできない。

結婚三日の夜は、女二の宮の母方の伯父である大蔵卿を始めとして、女二の宮の後見役として、帝が任命した人々や、女宮の家司に下命して、内々ではあるが、薫右大将の前駆や随身、車副、舎人などまで、帝は禄を下賜される。

その夜の儀式は臣下の家と同様で、こうした婚儀のあとは、薫は女二の宮の許に忍びながら通う。心の内では今だに亡き大君の事が忘れられず、昼は実家の三条宮で一日中物思いに沈み、暮れると仕方なく宮中に急いで参上する日々が続いていた。これまで経験もした事がなかっただけに、いかにも辛くて億劫なため、女二の宮を宮中から連れ出して、自邸に迎えようと決心する。

母の女三の宮も大喜びして、今自分が住んでいる寝殿を譲ろうと言ってくれたのに、薫は「それは余りに畏れ多い事です」と言って、寝殿の西北にある念誦堂と寝殿との間に、廊を増築させる。母、女三の宮は寝殿の西側に移る予定にし、東の対なども、以前焼失した後に立派に新築したのを、さらに一段と磨きをかけ、細心の注意を払って調度品なども調えさせた。

こうした薫右大将の配慮を、帝も聞かれて、結婚したばかりなのに、もう気を許して婿の家に移ってしまうのが心配であり、これも帝とはいえ、子を思う親の心は世間と同じだからであった。

薫の母の女三の宮の許に送った使者に帝が託した手紙では、この女二の宮の事を重々頼んでおられる。女三の宮としても故朱雀院が特別に自分の事を宜しくと、今上帝に申し置かれたので、尼の身になっても声望は衰えず、何事も出家前と変わらず、帝に奏上した事は必ずや聞き届けられる程、帝の心遣いは深いものがあり、感謝するしかない。

こうして帝と女三の宮という尊い方々が交互に、この上なく大切に扱っているのに、当の薫は奇妙にも、心の中では大して嬉しくも思わず、いつものように物思いに沈んで、宇治の寺の造営を急がせた。

薫は、匂宮の若宮の生後五十日になる日を数えつつ、その祝い餅の用意に細心の注意を配り、銀製の籠物や檜破子などまで、念入りに点検して、世間並にしてはならないと思って、沈や紫檀、銀、黄金など、その道の細工師たちを多く三条宮に迎え入れた。誰もがそれぞれ、他の者に負けてはならじと、趣向を凝らして細工していた。

薫自身も、例によって匂宮が不在の時を狙って二条院に赴き、その様子はそう思って見るからか、今までよりも重々しさと高貴さを兼備しているように見えた。中の君も薫が帝の娘婿になった今は、いくら何でも自分に対する好き心など消えているだろうと思い、安心して対面すると、薫は以前と同じような心地でいて、まず涙ぐんでから、「心にそぐわない結婚をしてしまい、これまで以上に思い悩んでいます」と、遠慮せずに嘆く。

中の君は、「それはとんでもない言い草です。もし人に聞かれでもしたら、大変な事になります」などとたしなめたものの、傍目にはこれほどの慶事でも気が紛れずに、亡き大君を忘れ難く思っているとは、何とも深い情愛だと、その心中が思い遣られる。大君がもし生きていたらと、残念がる一方で、仮に大君が存命で、薫と結婚していたとしても、結局は自分と同じ境涯（きょうがい）になったはずで、互いを羨むような事はなく、我が身を恨めしく思い合っているに違いなく、万事につけて人の数にもはいらない身の上では、世間の人並の華やかな事など、ありえないのだと思われ、ますます、あの大君が最後まで薫を突き放したのは、やはり深い思慮であったと、納得した。

薫が若宮をどうしても見たいと言うので、中の君は気恥ずかしかったが、そんなによそよそしくする事などあるまい、煩わしい自分への懸想の一件で、恨まれるのを別にすれば、それ以外の事で、薫の心に反するような振舞はするまいと思うので、自分では返答せず、乳母（めのと）に若宮を抱かせて御簾の外に出した。言うまでもなく匂宮と中の君の間に生まれた子なので、可愛らしくないはずはなく、不思議な程に色が白く、声を上げて何か言ったり、にっこり笑ったりするのを見ると、薫は我が子として世話をしたくなる。

これも薫がこの世を捨て難いと思ったからだろうか、あのはかなく亡くなった大君が、世の常のように自分と結婚して、こんな可愛い子種をこの世に残し置いてくれたら、とばかり思われて、つい最近、晴れやかな結婚をした女二の宮に、早く自分の子ができるといいなどとは、決して思わないのは、何とも扱い難い薫の心であった。軟弱でひねくれた人間として語るのは、残念ではあるものの、そんなみっともない人を、帝が特別に選んで婿として親しくするはずはなく、やはり宮中での実務に関しては、頭抜（ずぬ）けて配慮が行き届いていると想像された。

本当にこのような無邪気な若宮を、中の君が見せてくれたのに感激した薫は、いつもよりは親密に話をしているうちに、日が暮れてしまい、このまま夜更けまでこの場にいたいと思うものの、女二の宮がいるのでそうもできかね、嘆息をしながら退出する。

女房たちは、「何とも素晴らしい、薫大将の匂いです。あの『古今和歌集』に、折りつれば袖こそ匂え梅の花　ありとやここに鶯の鳴く、とあるように、鶯も飛んで来そうです」と言い、薫の生来の芳香が残ると、匂宮に知れるため、困惑している若い女房もいた。

夏になると、宮中から見て三条宮は塞がる方角にあたるので、四月の初旬、立夏になる前に、薫は女二の宮を三条宮に迎える段取りになった。その前日、女二の宮が住んでいる藤壺に帝が赴かれ、藤の花の宴を催す事になり、御殿の南の廂の間の御簾を上げ、玉座の椅子を置き、これは公の行事なので、藤壺の主である女二の宮の奉仕ではなく、上達部や殿上人の饗応などは内蔵寮で準備をした。

夕霧左大臣や按察大納言、藤中納言、左兵衛督、親王たちでは匂宮や常陸宮などが伺候し、南の庭の藤の花の下に、殿上人の席が設けられた。後涼殿の東に楽所の人々が坐り、暮れゆくにつれて、春の調子である双調で、箏や和琴、琵琶などが演奏される。堂上の奏楽には、女二の宮方から様々な琴や笛などが提供され、夕霧左大臣を始めとして、帝の御前に次々と取次いでは差し上げた。

故六条院源氏の君が自分で書いて、女三の宮に与えた琴の譜二巻が、五葉の松の枝に結んであるのを、夕霧左大臣が薫右大将から取次ぎ、その所以を説明する。

次々に演奏された、箏の琴、琵琶、和琴などは、すべて朱雀院から女三の宮に伝領された遺品であった。横笛は、あの柏木が夕霧の枕元に立って伝えた逸品であり、帝がかつて比類ない音色だと賞讃された事があるので、今回のような豪華な宴会の機会を逃しては、将来また好機があるとは思えず、薫が取り出す。夕霧が和琴、匂宮が琵琶など、それぞれに得意な楽器を賜り、特に薫は横笛を世にまたとない音色で吹き立て、殿上人の中でも、唱歌に秀でた者たちを呼んで、実に盛大な管絃の宴になった。

女二の宮方から粉熟の菓子が提供され、沈の折敷四つ、紫檀の高坏、藤色がまだらに染められた村濃の打敷には、藤の折枝が刺繡されていて、銀の容器、瑠璃の盃、紺瑠璃の瓶子があった。左衛門督が帝の給仕役を務め、帝から盃を渡すのに、大臣ばかりではつまらなく、親王の中に適役がいないため、薫右大将が指名され、遠慮したものの、帝からも促されたため、盃を捧げ持つ。

「おし」と言う声と物腰は、型通りの公の作法であるのに、他の人と違って見えるのも、今は帝の娘婿として見るからか、一段と立派であり、盃に酒を受けて飲み、階を下って拝舞する姿は、比肩する人もない程である。上臈の親王や、大臣などが天盃を受けるのでさえ、栄誉であるのに、婿として引き立てられている薫の信望は並大抵ではなく、稀有であっても、官位による席次は決められているので、下座に戻って坐るのも、気の毒ではあった。

按察大納言は、自分こそが女二の宮と結婚する栄誉を得たいと思っていたのに、何とも残念だと口惜しがりながら坐っていて、というのも、かつて女二の宮の母の藤壺女御を思慕していた事があり、入内後も諦められずに文のやりとりをしていた経緯があった。最後にはこの女二の宮を得たくなって、後見になる希望をそっと申し出たものの、女御は帝に奏上しないままに終わってしまっていた。

何とも歯がゆく、「薫右大将の人柄は、確かに前世からの宿運も良いようだ。しかし在位の帝から、かくも仰々しく、婿として遇されていいものか。前例もなかろう。内裏の中で、帝のおられる近くで、臣下の右大将がのうのうと妻の許に通い、最後には饗宴までも催すとは、何たる事か」と、不満たらたらではあったが、藤の宴には興味をそそられて参上し、心の内で腹立たしく感じていた。紙燭を点して、参会者はそれぞれ詠歌を献上し、次々と文台に近寄って、歌を書いた懐紙をそこに置く様子は、各自自信たっぷりだったとはいえ、例によって陳腐で古臭い歌ばかりと思われる。ここにはいちいち書き出さないが、上出来の部類であっても、位が高いからといって格別な歌ではなさそうで、そのうちの一首か二首をここに記す事にする。まず薫右大将が庭に下って、帝の挿頭にと藤の花を折って差し出した時の詠歌がある。

すべらきのかざしに折ると藤の花
　およばぬ枝に袖かけてけり

天下を統べる帝の挿頭として、折り取ろうとした藤の花ですが、これまで触れる事もできなかった高貴な藤壺の藤に、袖をかけてしまいました、という恐縮で、「藤の花」は女二の宮を指しており、その態度は我が者顔であったのが小憎らしい。帝の御製は次の和歌だった。

よろず世をかけてにおわん花なれば
　今日をも飽かぬ色とこそ見れ

万代にわたって美しく咲く花なので、今日も見飽きない華麗な色をしている、という嘆美であり、延喜御製（醍醐天皇）の、かくてこそ見まくほしけれ万代を　かけてにおえる藤浪の花、に依拠されていた。夕霧の詠歌は、

君がため折れるかざしは紫の
　雲に劣らぬ花の気色か

帝のために折った挿頭の藤の花は、めでたい紫雲にも劣らない美しさです、という賛美で、『拾遺和歌集』にある、藤の花宮の内には紫の　雲かとのみぞあやまたれける、を引歌にしていた。紅梅按察大納言の詠歌は、

世の常の色とも見えず雲居まで
　たちのぼりたる藤波の花

世にありふれた花の色とも見えません、宮中にまで生き伸びて波打つ藤の花は、という嘆息で、「伸びている藤」は薫を指しているようで、腹を立てている按察大納言の詠歌らしかった。このように格別な興趣もない歌ばかりで、一部には聞き違いがあったかもしれないものの、夜が更けるにつれて、管絃の宴はいよいよ佳境にはいり、薫が催馬楽の「安名尊」を、この上ない美声で謡った。

〽あな尊
今日の尊さや
古も　はれ
古もかくや有りけんや

今日の尊さ
あわれ　そこ良しや
今日の尊さ

按察大納言も、かつては美声で名高かっただけに、今も、まだ堂々たる歌声で薫に合わせて謡い、夕霧左大臣の七男で殿上童（てんじょうわらわ）になっている子息が、笙（しょう）の笛を吹き、いかにも可愛らしかったので帝が衣を与えられた。その返礼に夕霧が庭に下りて拝舞をし、帝は暁（あかつき）近くになって還御（かんぎょ）し、数多い禄については、上達部や親王には帝から、殿上人や楽所の人々には、女二の宮の方から、身分に応じた下賜があった。

そして当夜、女二の宮は三条宮に移り住み、その儀式は実に特別であり、帝付きの女房は全員お供をするように命じられた。女二の宮は網代庇車（あじろびさしのくるま）に乗り、女房たちは庇のない糸毛車（いとげのくるま）三両、金飾りのある檳榔毛車（びろうげのくるま）六両、通常の檳榔毛車二十両、網代車二両に、女童（めのわらわ）と下仕（しもづか）えの女房が八人ずつ乗り、さらに薫の方からの出迎えの牛車十二両には、本邸の女房たちが乗る。供奉（ぐぶ）する上達部、殿上人に対しては、薫側から言い尽くせない禄が与えられた。

こうして迎え入れた女二の宮に、くつろいで会ってみると、実に美しく、小柄で上品で、ゆったりとしておられて、特に難点もなさそうなので、薫は自分の宿世も捨てたものではないと、自負はするものの、亡き大君が忘れられるのであればよいが、今なお心を紛らす折もなく、大君が恋しくてたまらない。そこでもはやこの世では自分を慰める方法もないと思い、死んで成仏（じょうぶつ）した来世に、こんなに苦しい思いをした大君との因縁を、前世のどんな罪の報いかと、明らかにした上で、思いを断ちたいと考え、宇治の寺の造営に一心不乱に取り組んだ。

賀茂祭(かもまつり)などの騒々しい時期をやり過ごして、薫は二十日過ぎに例の如く宇治に行く。改築中の御堂を見て、必要な事を指図したあと、自らを朽木と詠んだあの弁の尼の許を、素通りするのも可哀想なので、そっちの方に赴くと、さして目立たない女車が一両、荒々しい東国(あずま)の男で、腰に矢籠(しこ)をつけた者を大勢引き連れ、下仕えの者も多数従えて威風堂々(いふうどうどう)、ちょうど宇治橋を渡ってくるのが見えた。

薫は何とも田舎じみている輩(やから)だと思い、先に八の宮邸の中に入ってみる。前駆(さき)の者たちが外で立ち騒いでいる中に、この女車も八の宮邸に向けてやって来るようで、随身たちががやがやと騒ぐのを制して、「あれは何者か」と尋ねさせると、ひどい東国訛(なま)りの男が、「前常陸介の姫君が長谷寺(はせでら)に参詣(さんけい)して、その帰りです。行きがけにもここに泊まられました」と答える。

「そうか、話に聞いていた例の人かもしれない」と薫は思い出し、供の者たちを他の所に隠して、「早く御車(みくるま)を入れなさい。ここにまた別な客が泊まっているが、それは北面(きたおもて)にいるので」と言わせた。

薫の供人は皆狩衣(かりぎぬ)姿で、さして仰々しい身なりではないものの、その気配から高貴な身分の人がいるとわかるのか、一行は困惑しながら、馬などは遠ざけて恐縮の態(てい)でおり、女車を邸内に入れ、廊の西の端に寄せた。

この寝殿はまだ新造したてで調度はなく、簾もかけていないため、格子を下ろして閉め切った廂の、中央の二間を仕切っている襖障子の穴から、薫は覗き見するつもりで、衣ずれの音のする衣は脱ぎ、直衣(のうし)と指貫(さしぬき)だけでいた。女車の中の姫君はすぐには牛車から降りずに、弁の尼に連絡して、このように身分の高そうな人がいるが、一体誰なのかと、問い合わせているようであった。

その前に薫は、牛車の主が例の姫君だと聞いた際に、「決してここに私が来合わせている事は言うな」と口止めさせていたので、みんな心得ており、「早く降りなさい。客人はいるものの別の所です」と、女車に伝えた。

同乗していた若い女房が最初に降りて、簾を上げているようで、前駆の無粋な者たちよりは、この女房は馴れた感じで見栄えもよく、さらにもうひとり年配の女房が降りて、「早く出て下さい」と言う。中から「何だか人目があるような気がします」と応じる声が、かすかではあるが上品に聞こえ、女房が、「またいつものように慎重すぎます。こちらの邸は、前に来た際も格子を下ろしたままでした。ですから、他から見られる心配はございません」と、ご機嫌な調子で言う。

姫君がおずおずと降りて来たのを見ると、頭の形やほっそりとした容姿が上品であり、なるほどいかにも亡き大君そっくりで、扇で顔を隠しているため、顔が全く見えないのがもどかしい。胸を高鳴らせながら見ていると、牛車は簀子よりも高く、先の女房たちは簡単に降りてしまったのに、女君は難渋しながら、長い時間かけてやっと降り、膝行して室内にはいった。

濃い紅の袿に、表が紅梅、裏が青の撫子襲と思われる細長に、若苗色の小袿を着ていて、高さ四尺の屏風を、この襖障子に添え立てているとはいえ、穴はその上から覗ける高さなので、室内の様子が全部見える。

姫君はこっちを気にしてか、反対の方を向き、物に寄りかかって横になると、女房たちが、「姫君はとてもお苦しそうでした。泉川の渡し舟も、今日は増水していて本当に恐かったです。前回の二月には、水が少なかったので平気でした。とはいっても、こうして出歩くのは、東国路を思うと、どこも恐ろしい所はありません」と、女房二人は大して苦しい様子ではない。主人の姫君は無言でぐったりとひれ臥していて、腕を出しているのが、ふっくらとして美しく、とても常陸介程度の姫には見えず、いかにも上品だった。

薫は腰が痛くなる程までに、じっと立ち尽くしていて、人がいる気配を覚られまいとして、なおも動かず覗き見していると、若い女房が、「いい匂いがします。とても素晴らしい薫物（たきもの）の香りです。尼君が薫い（た）ておられるのでしょう」と言う。年配の女房も「本当に素敵な薫物の香りです。都の人はやはり優雅で、今めいています。常陸の前国守（さきのこくしゅ）は、自家の香（こう）こそ、天下一品だと鼻高々でしたが、東国ではこんな薫物の香りは、とても無理でした。ここの尼君は、住まいはこのように質素ですが、装束も立派で、鈍色（にびいろ）や青鈍色など、出家の人の衣でも実に綺麗（きれい）です」と、賛美している。

すると向こうの簀子から女童が来て、「白湯（さゆ）など、差し上げて下さい」と言いつつ、多くの折敷などを次々と運んで来て、女房も果物を取り寄せる。「どうかこれを召し上がって下さい」と言いつつ姫君を起こすが、起きないので、二人で栗などの類（たぐい）を、ぼりぼりと食べ出した。そんな様子など見聞した事もない薫は、辟易（へきえき）して身を退けたが、また覗き見したくなり、何度も襖障子に近寄って凝視（ぎょうし）する。

これまで薫は、姫君よりは勝る身分の女房たちを、明石中宮の邸を始めとして、あちらこちらで、容貌（ようぼう）の美しい人も、気品の高い人も、見飽きる程に見ている。並の相手でなければ、目にも心にも留まらず、余りに生真面目（きまじめ）過ぎると人から非難される程の性分なのに、ただ今度だけは、どこがどうと素晴らしく見える取り柄もない人なのに、立ち去り難く、じっと目が離せないのも、実に奇妙な気分ではあった。

弁の尼は、薫の方にも挨拶しようとしたが、供人たちが「大将は疲れて、今は休んでおられるので」と、気を利かせた返事をしたため、なるほど、薫大将はこの姫君に逢いたそうにしていたので、この機会に何か話をするつもりで、日が暮れるのを待っているのだと思い込む。まさかこうして覗き見しているとは考えもせず、荘園の管理者たちが持参した破子入りの食物が、弁の尼にも配られたので、東国人たちにも食べさせようと思い、接待の指示をし、自身も身繕いしてから、姫君の方にやって来る。

先刻、年配の女房が褒めていた装束は、確かにすっきりとしており、顔立ちも上品で整い、「昨日戻られるかと、待っておりました。どうして今日、しかも日が高くなってから着かれたのでしょう」と言っているようで、年配の女房が、「姫君がとても苦しそうだったので、昨日は泉川辺りに泊まりました。今朝も、気分が良くなるのをずっとお待ちしておりました」と答える。姫君を起こすと、今やっと起きてきて坐り、弁の尼の手前、恥ずかしいのか、脇を向いているその横顔が、薫の居場所からはよく見えた。

実に美しい目元や髪の生え具合が、あの大君の顔をとくと見たわけではないものの、この姫君を見ると、そっくりであるように、まざまざと思い出されて、いつものように涙がこぼれた。弁の尼に受け答えしている声や様子は、中の君にもよく似ていて、薫は、「何とも魅力のある人だ。こんなに大君そっくりな人を、今まで尋ねようともせず、知らないで過ごしたとは。この人より身分の低い縁者であっても、こんなにも大君に似ているのであれば、ぞんざいな扱いはしない。ましてや、この人は故八の宮が認めなかったとはいえ、確かにその娘だ」と思い定める。

限りなく身近に感じて嬉しく、今すぐにでも這い寄って、「あなたは生きていたのですね」と言って慰めたくなるくらいであった。「長恨歌」にあるように、幻術士を蓬萊の島まで尋ねさせ、楊貴妃の形見の釵だけを入手して、しみじみ見たという玄宗皇帝は、やはりもどかしかっただろうが、この姫君は大君とは別人ではあるものの、心が慰められることもありそうだと思うのも、やはり前世からの因縁があったからなのかもしれない。

一方、弁の尼が姫君と少しばかりの話をして、すぐに奥にはいったのは、女房たちが気づいていた薫物の匂いから、薫大将がこの近くにいて覗き見しているに違いないと思い、立ち入った話もしないままにしたのだろうと推測された。

日が少し暮れかけたので、薫は襖障子から立ち戻り、装束を替え、例によって障子口に弁の尼を呼び、「嬉しい事に、ちょうど良い機会に来合わせました。どうだったろうか、いつかあなたに頼んだ事は」とおっしゃったので、弁の尼は、「あのような仰せ言をお聞きしてから、機を窺っているうちに、去年は過ぎてしまいました。ようやく今年の二月、長谷詣でのついでに、初めて姫君と対面したのです。あの母君には、あなた様の意向はそれとなく申し伝えました。すると、実に畏れ多い、勿体ない身代わりの話ですと、恐縮しておりました。

その時分は、あなた様が婚儀などで忙しいと聞き及び、時機が悪いと遠慮して、事情を申し上げずにおりました。それがまたこの四月に姫君が長谷に参詣して、今日帰る事になったのです。往復の中宿りとして、こうして心安く泊まるのも、故八の宮の面影が懐しいからでしょう。母君の方は、差障があって、今回は姫君ひとりでの参詣になったようです。こうしてあなた様がここにおられるのは、母君には伝えておりません」と答える。

薫は、「姫君の供をしている田舎じみた人々に、この忍び歩きのやつれた姿を見られたくはないので、私の供人たちには口止めをしていました。しかし下人たちまでは、口止めは行き渡らなかったはずで、どうなることだろうか。姫君ひとりだけなら、かえって気安く逢えるでしょう。前世からの因縁が深くて、行き合わせたと、姫君に伝えて下さい」と、薫から言われて、弁の尼は「それはまあ唐突(とう)(とつ)です。そんな宿縁がいつの間にできたのでしょうか」と微笑して、「では、その旨をお伝えしましょう」と答えて、奥にはいるのを見て、薫が独詠する。

貌鳥(かおどり)の声も聞きしにかようやと
　しげみを分けて今日ぞ尋ぬる

美しい貌鳥の顔だけでなく、声までもあの大君に似ているかと、草の茂みをかき分けて、今日もここに尋ねて来ました、という感慨であり、薫がそっと呟くように言ったのを、弁の尼は向こうに行って姫君に伝えた。

第五十七章　取　次

この「宿木」の帖も長くなった。おそらく「若菜」の上や下に匹敵する長さだ。匂宮と六の君の結婚、薫への女二の宮の降嫁を描き尽くし、更に大君の形代としての姫君を登場させるには、それだけの紙幅を要した。姫君の名は浮舟だ。これによって、匂宮と薫の立ち位置が明白になり、浮舟を巡っての二人の動きが描きやすくなる。その詳細はまだ判然としない。しかし浮舟は、これまでに登場させた数多くの女たちとは、おのずと違う道を辿るような気がする。

草稿は、彰子様の側近くにいつも一緒に侍っている、弁の尚侍の君に渡した。書き写したあとは、東宮邸にいる大納言の君に送られるはずだった。そうして十日ばかり経った頃、里居を続けている小少将の君から文が届いた。大納言の君から「宿木」の帖が送られて来て、書写する前に一読したらしかった。

ついに薫右大将が大君の形代を見出しましたね。この姫君こそ、これからの物語を引っ張って行く女君になっていくのでしょう。これまで多くの姫君や女君が登場しました。それらの誰ひとり、似ている人はいません。この姫君も、新しい女の姿を示してくれそうな気がします。

ここに至って、作り主である藤式部の君の意図がわかったような気がします。藤式部の君が描こうとしたのは、百人百様の女の哀しみです。母の哀れさです。百人が百様の女の哀れさを抱えていました。

形代として現れたこの姫君も、これまでと違う女の哀しみを示してくれそうな気がしています。

文にはそう書かれ、歌が添えられていた。

形代に託す命のはかなさは
病みし床ゆえはるけくも見ゆ

薫が形代として託した姫君の命のはかなさは、病んでいるわたしからは、遠く隔たって見えます、という気弱さが記され、やはり小少将の君はまだ病が癒えていないのだと思い、返歌を贈った。

けぢかくて睦みし君にあればこそ
もののあわれをしかと見るらん

こうして親しく睦み合ったあなただからこそ、そこにものの哀れをしかと感じるのでしょう、という相槌で、これは確かに小少将の君が察した通りだった。第一帖の「桐壺」からこの第四十九帖の「宿木」まで、書き続けたのは、女の哀れさを描き尽くすためだった。その最後の女が、大君の形代になる姫君だ。姫君が歩む哀れに満ちた道筋がどうなるのか、詳細にはわからない。

しかし、いみじくも小少将の君が指摘してくれた、ものの哀れが、筆を導く篝火になってくれそうな気がする。

長和二年（一〇一三）が明けて早々、東宮の敦成親王が内裏の凝花舎から彰子皇太后様のおられる枇杷殿に移られた。六歳になった親王とのご対面は、実に一年二か月ぶりだった。そのご成長ぶりには、彰子様も目を細められ、内裏での様子を細かくお尋ねになり、敦成親王も詳しい生活ぶりを懸命にお伝えしようとする。彰子様が頷きながら聞き入られるので、幼い東宮はいよいよ得意になってお話しされる。しゃべり尽くすと、上機嫌で枇杷殿の中を歩き回られ、乳母たちがついて回った。

とはいえ、後日、評判になったのは、この行啓に際しての行列だった。全ての公卿が列に加わったというから、内裏を出てこの枇杷殿まで、近衛大路は人また人で埋め尽くされたはずである。

通常、東宮行啓には、宮司や、ごく親しい近習公卿のみが従う慣習になっている。上達部すべてに号令をかけたのは、道長様に違いなく、これも東宮敦成親王の存在を公卿のみならず、都の人々に見せつけるためだろう。いかにも道長様のやりそうな按配だ。

一月下旬、彰子様が東宮に仕える蔵人、ならびに昇殿を許可する殿上人を選定された。もちろん東三条院から道長様も赴かれ、表面上は二人の合議の上での決定になった。しかし内実は、彰子様のご意見を、道長様が肯定するだけのやりとりだった。

二月、その道長様に宋の商人からの献上品が届けられた。それはそのまま内裏まで運ばれ、帝による唐物御覧のあと、皇族や重臣たちに分配された。彰子皇太后様と東宮様に頒布されたのは、錦や綾の唐織物の他、丁字や麝香、甘松などの香木、顔料の紺青、その他多くの生薬だった。

このあと、道長様が妙なことを思いつかれた。枇杷殿に各自が誇る料理をひとつだけ持ち込み、宴会をする一種物を開催しようというのだ。上達部や殿上人すべてに、その意図が示されたらしい。

しかしこんな大がかりな行事になるとは、彰子様も予想外だったらしく、すぐさま道長様の長男で、彰子様にとっては弟の頼通左衛門督を呼びつけられた。一緒に牛車に乗ってやって来たのは、藤原実資様の養子である資平様だった。すぐさま、彰子様の許にお伺いし、取次いだ。

「どう申し伝えましょうか」と伺うと、彰子様のご返答は明解だった。

「今日の宴は、すぐに中止するように言って下さい。このところ中宮妍子様の許では、盛んに饗宴が行われていると聞いています。懐妊した中宮を祝うためでしょうが、度が過ぎます。その上に、このたびの一種物です。そうでなくても、参加する公卿には既に大変な重荷になっているはずです。道長殿が権勢を誇っている今、誰もがへつらい従っています。内心、面白くない思いの卿相も、多々いるのではないでしょうか。こういう傍若無人な振舞いをしていると、その死後、人の心は一変して、誹謗中傷ばかりが残ります。こうした宴など百害あって一利無しです」

彰子様は真剣におっしゃったあとで、付け加えられる。「藤式部はどう思いますか」

実に鋭利なご判断であり、「異存などございません」とお答えした。

「では、その通りを左金吾と資平殿に伝えなさい。あとは左相府がどう判断されるかです」

彰子様がおっしゃる。左金吾とは左衛門督、左相府は左大臣の唐名で、それぞれ頼通様、道長様を指していた。

簀子の上に待ち受けている二人に、皇太后様のご意向を伝えると、二人は顔色を変え、平伏した。

「皇太后のお言葉は、左相府にさっそく伝えます」

頼通様が答え、すぐさま退出し、二人が戻って来たのは半刻ばかりしてからだった。

「また皇太后に取次を願います。左相府に皇太后のご意向をお伝えしたところ、自らの心身がかんばしくないので、中止するのがよかろう、という意見でございました」

この頼通様の言葉を、そのまま彰子様に取次ぐ。

「左相府がにわかに病悩とは、妙案を思いついたものです。となれば、一種物は中止するしかありません」

安堵したようにおっしゃり、「左金吾には資平殿が随行していますか」と訊かれたので、「一緒に参っております」とお答えする。

「では資平殿には、この沙汰止みを実資権大納言がどう思うか、尋ねるように言って下さい」

実資様は当代第一の故事来歴通であり、彰子様のご信頼は厚かった。

その旨を再び、二人に取次ぎ、またしても半刻後に二人が戻って来る。これで三度目の参上だった。

「言いだされたものの、沙汰止みで、左相府もどこか、ほっとしておられるようでした」

頼通様が言い、ついで資平様が口を開く。

「父は、賢后であられると申しておりました」

この言葉を、奥に戻って彰子様にお伝えすると、「賢后とは、いかにも権大納言の言葉らしい」とご満足の様子だった。「あの実資権大納言が、道長殿の権勢が行き過ぎだと思っているのは、よくわかっています。それも今上帝をかばう心からでしょう。あくまで世を統べるのは帝であって、臣下がそれを凌駕してはならない、というのが権大納言の考えです。道長殿の横柄さを、今上帝が憂えておられるのも知っています」

とおっしゃり、「このことは取次ぐ必要はありません。返事は藤式部から、適当に伝えて下さい」と、笑いながら念を押された。

階近くの簀子に戻って、「一種物はこれで中止です」と、頼通様に伝え、資平様には「権大納言が時々は参上してくれると嬉しい」と申し送った。

これも、彰子様が実資様の賢明さを十二分に評価し、この世の重しと思っておられるからだった。

そして四月、懐妊中の中宮妍子様が土御門殿に移る途中、枇杷殿に立ち寄られた。懐妊すると、身が穢れるので内裏から出なければならない。まずお移りになったのは東三条院だった。しかしあろうことか、そこが火事になり、ほうほうの体で避難されたのが中宮大夫藤原斉信様の郁芳門第だった。いかんせん、そこは手狭なので、東三条院が新築されるまで、土御門殿で過ごされることになったのだ。

彰子様はその途中の立ち寄りを歓迎して、小規模な饗宴と朗詠の会を開かれた。この枇杷殿には、彰子様の妹である威子様、嬉子様もいらしたので、四人の姉妹の久方ぶりのご対面になった。その様子を目を細めて眺めておられたのが、道長様の北の方、四姉妹の母君である倫子様だった。

このとき、彰子様から妍子様に贈られたのが、あの紀貫之の自筆になる『古今和歌集』で、螺鈿の筥に収められていた。

東宮の敦成親王が枇杷殿に行啓されたので、当然ながら乳母の宰相の君と宣旨の大納言の君とも、容易に顔を合わせられるようになった。

「小少将の君の病は重いようです」

そう言ったのは大納言の君だった。「あの『宿木』の帖は、読んだのみで、書写は叶わないと言って来ました。その気力も失せつつあるのでしょう」

病状を懸念するように眉をひそめた。

そうか、あの小少将の君の病は篤いのか。それならば、次の帖を急いで書き、浮舟の身の上を病床で読んでもらおう。そう心に思い定めて筆を執った。


古歌に、**筑波山端山繁山しげけれど　思い入るにはさわらざりけり**、とあるように、筑波山にはいってはみたいものの、麓の山の繁りにまで、強いて分け入るのも、世間に聞こえでもすれば、軽はずみだと非難されそうなので、薫は思い留まって、手紙さえもやらずにいた。

あの宇治の弁の尼からは、浮舟の母である北の方に薫が言った事について、それとなく伝えていたが、当の北の方はそれが本心からとは思えず、「それ程までに、娘の事を調べて知っておられるとは」というくらいに関心を持ったのみで、薫右大将の身分が今の世では比類なく尊いため、「こちらが人並の身分であったならよかったのに」と、万事につけ思案するのみだった。

常陸介の子供は、亡くなった先妻の子が多い上に、今の北の方との間にも姫君と呼んで大切にしている娘がいて、他にもまだ幼い子供が、五、六人生まれており、常陸介は様々にその世話をしていた。一方、北の方の連れ子の浮舟については、他人扱いをするため、北の方はいつも夫を恨みながら、「何とかしてこの娘に、他の娘よりも面目のある結婚をさせたい」と、明け暮れ、連れ子の浮舟を大切に思っていた。

容貌や容姿がありきたりで、他の娘同様であれば、こんなにも悩まず、他の子供たちと同列に世間から思われてもいいのだが、他の者とは違って泥沼の蓮のように、切なくも美しく、畏れ多い程に成長したため、残念で不憫に思っていた。常陸介に娘が多いと聞いて、二流の公達たちから懸想文を送られる事が多く、先妻腹の二、三人の娘は既に縁づけて一人前にしており、今度は大事な我が娘をこそ、願い通りに良縁を得たいものだと念じ、日夜見守って、撫でるように慈しんでいた。

常陸介も賤しい身分の人ではなく、もとは上達部の家柄で、親族にも下賤の者はおらず、財力もひとかどのものがあり、分相応の気位を持って、家も派手にして清らかに住んで、風雅な生活をしているとはいえ、不思議と粗野で田舎人の心が染みついていた。若い頃から東国の遠い世界に埋もれて歳月を送ったからか、『拾遺和歌集』に、**東にて養われたる人の子は　舌たみてこそ物は言いけれ**、とあるように、ものの言い方も普通と違って、東国訛りがあり、権勢のある家を畏れて萎縮する一方で、抜け目のない慎重さも持っている。

風流な琴や笛の道には疎いが、琴を弾くよりも弓を引くのに長け、並の家柄ながら、財力にものを言わせて、若くて教養のある女房を集め、衣装や調度を豪華に調えては、下手な歌を競い合い、夜を徹して物語をし、詩歌を詠み、管絃の遊びをする。端から見ると眩しいくらいに風流に凝っているのを、懸想している公達たちは、「ここの娘は才気があるに違いない。器量も良さそうだ」などと、良い方に噂をし合って、思いを募らせていた。
そうした中に、左近少将といって、年齢は二十二、三、冷静な性質で、学問の上では世間に認められてはいるものの、華やかで当世風の世話ができなかったためか、通っていた女とも手が切れていた男が、財力をあてにしてか、熱心に言い寄って来た。

浮舟の母は、大勢の者が求婚してくる中で、左近少将を「この人は人柄も無難で、考えもしっかりとしており、上品さも備わっている。これ以上の際立った身分の人は、いくら何でもこんな家の娘を求める事もなかろう」と思って、浮舟に取次ぐ。しかるべき折には、風流に返事を書かせ、わが胸ひとつに心づもりする。いかに常陸介が浮舟を粗略に思っても、自分は命に代えてでも浮舟を大事にし、「左近少将も浮舟の美しい容貌を見て、親しくなれば、もはや、なおざりにはできまい」と、心を決めた。

結婚の日取りを八月頃と決め、調度類を調え、ちょっとした遊び道具も作らせる際にも、他とは違って趣向を凝らす。蒔絵にしろ螺鈿にしろ、上出来の物は浮舟用に隠して、多少劣っている物は、「これは趣味の良い物です」と言って、常陸介に見せると、常陸介は価値がわからないまま、大した物ではないのに人が使うと言う物は、すべてかき集めて部屋中に並べる。娘たちはその山のような調度から、わずかに目を覗かせるくらいであった。

琴や琵琶の師を、舞姫に舞や楽を稽古させる宮中の内教坊の辺りから迎えては、娘たちに習わせ、一曲習うたびに、立ったり坐ったりして師を拝んで喜び、禄を取らせるのにも、体が埋まる程に大量の物を与えて騒ぐ。速い調子の曲を習って、風情のある夕暮れに、師と娘たちが合奏する時などには、感激して涙を流し、愚かしい程までに感心した。

一方の母君は多少の教養があるので、それを実に見苦しいと思い、ことさら相手にもしないでいると、常陸介は「私の娘たちを下に見ている」と常に恨んでいた。

さてあの少将は、約束の日を待ちかねて、「どうせなら早く」と催促するので、母君は自分の一存で事を進めるのもひどく遠慮され、少将の本心もわかりかね、初めに縁談を持ち込んだ人が来た折に、近くに呼んで相談をする。

「何かと気兼ねする事ばかりでした。数か月前に申し入れがあって、月日も経ちました。先方も並の身分の人ではないので、勿体なく、申し出を受諾した次第です。

とはいえ、この娘には父親がなく、わたしひとりで世話しているようなものです。ですから傍目には見苦しく、行き届かない面もあろうかと、かねてから懸念していました。こちらには若い娘たちが大勢います。親身になってくれる父親がついている者は、ついそちらに任せ、この浮舟の姫君の身の上のみが心配でした。はかない世の中を見ると、この先が思い遣られます。

しかし少将殿は道理をわきまえた方と聞いています。こんな悩みが杞憂であればいいのですが、もし思いがけない心変わりがあれば、世間の物笑いになって、悲しい事でしょう」

と母君が言ったので、仲人は少将の許に行って、「こうこうしかじかです」と言上したところ、機嫌が一変して、「最初に、常陸介の実の娘ではない事は聞いていなかった。婿としては同じだが、継子では人聞きも悪い。先方に出入りするにも体裁が悪い。よく調べないで、いい加減な事を言って来たものだ」と少将が言うので、仲人も困る。

「私も詳しく知りませんでした。女どものつてで、仰せ事を取次いだのです。娘たちの中でも、特に大切にされている娘だと聞いたので、てっきり常陸介の実子に違いないと思っておりました。別の人の子を持っている事を、問い質さなかったのです。器量も気立ても優れて、母君も実に可愛がり、いずれ晴れやかな高貴な縁組をしようとして、かしずかれていると聞き、思い立ったのです。そこへあなた様が、何とかあの家と繋がりを持ちたいものだと言われたので、もうこの事は知っておられると思い、取次いだ次第です。いい加減な事を言うとの咎めを受ける筋合いはございません」と、腹黒く、弁の立つ仲人が弁解する。

左近少将はひどく下品な態度で、「あんな受領程度の家に、婿として出入りするなど、世間ではまともに認めてはくれまい。しかし今ではさして非難されなくなっていて、大事に後見される事で、身分の劣る者との結婚という不体裁を取り繕う連中もいるようだ。実子も継子も同じだと内々に思っていても、世間では、私がへつらっていると言い立てるに違いない。源少納言や讃岐守などが、婿として得々として出入りしているのに、私だけが常陸介に好感を持たれず、つきあうのは全く肩身が狭いだろう」と不満たらたらだった。

この仲人は、人に追従する曲がった性根の男で、破談になるのは双方に対しても惜しい気がして、「本当に常陸介の実子を望まれるのであれば、まだ若い娘がいるので、そう伝えましょう。北の方の二番目にあたる娘を、常陸介は姫君と呼んで、大変な可愛がりようです」と言う。

すると、少将は、「とは言っても、最初に言い寄った縁談を反故にして、別の娘に申し込むというのは気が引ける。しかし、私の本意は、あの常陸介の人柄が重々しく、思慮深いので、後見になってもらいたくて、思いついたのだ。顔が美しい女を望もうとは考えていない。

家柄が良くて優美な女を願うなら、いくらでもいる。しかし、貧しくて暮らしも不如意で、風流を好む人は、つまるところ何かとみすぼらしく、世間からも人並には思われない。それを見ると、多少人から非難されても、安穏に世の中を渡って行きたいと思っている。常陸介にも、この旨を伝えて、それでも承諾する意向であれば、私は全然構わない」と言う。

この仲人は、妹が西の対に住む浮舟に仕えている縁で、こうした手紙の取次を始めて、常陸介によく顔を知られていない者であるにもかかわらず、いきなり常陸介のいる前に来て、「お伝えする事がございます」と、取次の者に言う。「この辺りに時々出入りしているとは聞いていたが、呼び出した事などない。それが一体何の用だ」と、どこか不機嫌ではあったが、仲人が「左近少将殿からの伝言がございまして」と言うので、常陸介は対面する。

仲人は話しにくそうな顔をして、近寄り、「この数か月、左近少将殿がこちらの北の方に姫君との結婚を申し込んでおられ、承諾されました。この八月の内にと約束されたので、吉日を選んで、待ち焦がれておられました。

ところがです。ある人が、確かに北の方の娘には違いないが、常陸介の実の娘ではないので、公達が婿として通ったら、世間からへつらっているように思われる。受領の婿になるような公達は、妻の親たちが、自分の主君のように思って大切にし、捧げ持った珠のようにお世話をし、面倒を見て後見されるのを、願っています。実際、そうした結婚をする方々がおられるようです。

とはいえ相手が継子では、そうした望みは無理なようで、ろくに婿として認められないまま、他の婿より劣った扱いをされて、通うのは不都合だと、しきりに悪く言う者たちが多くいます。

それで少将も大いに悩まれ、自分は当初から、輝くばかりに立派で、後見として充分頼れる人を選んで、便りを出し始めたのだ、継子だとは全く知らなかったので、ここは元の願い通り、他に幼い姫君も多くおられる事だし、そちらとの結婚を承諾してもらえれば嬉しい、参上して意向を伺って来い、と言われたので参った次第です」と言上した。

すると常陸介は、「全くそんなお申し込みがあったとは、詳しく聞いていません。確かにあれは、実の娘と同様に思っていただいて構わない娘です。私には出来の悪い子が大勢いて、頼りにならない身で、あれこれ世話を焼いているうちに、母親がその娘をないがしろにしていると、ひがみ始めたのです。私には一切口出しさせなくなり、その娘とも縁遠くなってしまいました。

この件については、少将から、かくかくしかじかのお申し出があったとは聞いていました。しかし私めを頼り甲斐があると思っておられる少将殿のお心については、知りませんでした。

そういう事であれば、誠に嬉しいお話です。大変可愛いと感じる娘は、大勢いる中でも、この子のみは、命に代えてでもと思っています。縁組を求めて来る人は多いのですが、今の世の人の心は移ろいやすいと聞いています。結婚させて、却って胸の痛い目を見るのではと懸念され、婿を決められないまま過ごしています。何とかして安心できるような縁組をと、明け暮れ願っています。

左近少将については、父君の故大将殿には、私は若い時から仕えておりました。家臣として少将を拝見した折、実にご立派で、奉公したいとすら思っていました。

ところが、遠い遥かな土地に赴き、長年が過ぎたのです。帰京しても気恥ずかしく、参上してご挨拶もしないまま打ち過ぎましたのに、このようなご意向があったとは。全く以て、娘を差し上げるのはたやすい事です。ただ、あの母親がこの数か月の少将のお望みを、私が曲げたように、考えるのが気がかりです」と、非常に細かく話す。

仲人は「うまくいきそうだ」と嬉しがり、「それは、気遣われる事でもございません。少将殿は唯一、あなた様の許可を願っておいでです。まだ幼くても、実の子として大切にしようと思われている姫君をこそ、相手にしたい、継子などには関わりたくない、とおっしゃっています。

少将の人柄は誠に高貴で、世間の評判も優れているお方です。若い公達だからといって、好色めいて、貴人ぶってもおられません。世情にも通じておられ、所有の土地も多くございます。今のところ財力には恵まれていないようですが、自ずと高貴な風格が備わっている様は、並の身分の者が限りなく富裕で勢いを持っているより優れておられます。

来年は四位になられます。今度の蔵人頭昇進は間違いなく、これは帝が直々に口にされたようです。帝も、そなたは万事において不足がない臣下なのに、まだ妻を決めていないとは残念、早々にしかるべき人を選んで後見を作れ、そうすれば私がいるのだから、上達部にしてやろう、今日明日にでもそれは可能、とおっしゃられたようです。何事につけ、この君こそが、帝に親しく仕えておられると聞いております。

その性分も実に堅実で重々しく、勿体ない程の婿殿です。こう聞けば、もう決心なさったほうが、よろしいでしょう。あの方には、方々から婿に迎えたいと申し出があるようなので、こちらで渋っておられると、思いを変えられるかもしれません。ここはもう、結構な縁組ではなかろうかと存じ、申し上げているのです」と、べらべらと調子よく述べ立てる。

心底からの田舎者である常陸介は、にんまりとしながら聞き入って、「今の財力が心許ないなどとは、言わないで下さい。私めが生きているうちは、頭の上に捧げてでも大切にします。心配や不満などご無用です。たとえ私の寿命が尽きて、お仕えできなくなっても、遺産の宝物、所有の土地など、どれひとつ遺産争いをする者はおりません。

子供は多いのですが、あれは初めから特別に可愛いがっていた娘です。ただ少将が真心から愛して、お世話して下さるのであれば、たとえ大臣の位を望まれて、世にまたとない宝物を、すべて使おうとなさっても、無尽蔵に提供できます。今上帝がそのように、昇任について申されているのであれば、後見については任せて下さい。この縁組は、あちら様にとっても、私の娘にとっても、幸いかと思います。いやきっとそうでしょう」と、満足げに応じた。

仲人は喜び勇んで、浮舟付きの女房である妹にも内緒で、北の方にも寄りつかず、常陸介の返事を、全く結構至極な事と思って左近少将に伝えると、少将は多少田舎じみているという気はしたものの、悪い気はせず、にんまりとするが、まさか大臣の位を買うための財を得る縁組になれば、余りに仰々しい事だと、気になった。

「ところで、北の方には、その旨を話したのか。その気になっておられるのを、反故にしては、非常識にも程があると非難する向きもあろう。そこはどうしたものか」と左近少将が躊躇するので、仲人は、「いいえ、これは簡単です。北の方も常陸介との間にできた姫君を本当に大切にして、育てておられました。ただ連れ子の姫君が、娘たちの中で最年長であり、年も大人びているのを不憫がり、そちらの方に縁談を持っていかれたのです」と言う。

左近少将は「この何か月も、連れ子の姫君を並はずれて大切にしたと言っていたのに、唐突にそう言うのも妙だ」と思うものの、「とはいえ、ひどい男と一度は非難されても、この先長く頼り甲斐のある結婚こそ」と決心し、抜け目のない心でそう思い定めたので、日取を変えずに、北の方と約束した日の暮れに、通い始めた。

これより数日前、北の方は、密かに結婚の準備を急いで、女房たちの衣装を誂え、調度の飾り付けなど、趣深く調えつつ、姫君の浮舟に髪を洗わせ、身繕いをさせる。

少将程度の男と結婚させるのが惜しく、勿体なくなり、「可哀想だ。八の宮に認められて育っていたら、すべてが変わっていたろう。八の宮は亡くなられたが、薫大将がおっしゃっているように、分不相応ながらも、申し出があれば、決心しない事などあるはずがない。内心ではそう思っていても、世間の評判となると、常陸介の実の娘と同じにされる。真相を聞いて知る人も、却って父宮に認められない娘として、軽蔑するに違いなく、これも悲しい」と思い続け、「とはいえ仕方がない。娘盛りが過ぎてしまうのも、勿体ない。家柄もよく世間体も無難な人が、こうして熱心に言い寄られたので」と、自分の一存で決めた。

これも、仲人の巧言のせいかもしれず、男の常陸介でさえ言い含められたのだから、まして女はいともたやすく騙されたのだった。

約束の日が明日明後日に迫ったと思うと、北の方は心も急いて、浮舟の部屋にじっとしてもおられず、そそくさと歩き回っていると、常陸介が外からはいって来て、長々と、ひと息でまくしたてる。

「私を除け者にするとは。私の可愛い娘に求婚された方を奪おうとするのは、心外で、浅はかな心です。あなたの立派な連れ子の娘を、望むような公達など、おられるはずはない。賤しくて、みっともない私のような者の娘を、わざわざ捜し出して望まれた方がおられる。あなたが上手に企てた事は、少将が本意ではないと言って、他家の婿に心変わりされるところだった。それならと思い、同じ事なら望み通りに、私の娘との縁組を許可申し上げた」などと、無遠慮も甚だしく、人の心もわからない男のように、言いたい放題を口にする。

北の方はあきれてものも言えず、しばらく考えていると、情けなさが次から次へと込み上げ、落涙しそうになったため、そっとその場を立った。

浮舟の姫君の所に来てみると、実に可愛らしく優雅そのもので、こんな結果になっても、他人には劣らないと北の方は思って、心を慰め、乳母と二人で、「情けないのは人の心です。どの子も同じように育てていますが、この姫君が縁づく婿殿には、この命を譲ってもいいとさえ思っています。実の親がいないと聞いて軽蔑し、まだ幼く大人にもなっていない娘に、浮舟の姫君を飛び越えて、言い寄るべきでしょうか。こんな情けない縁組を、近くで見聞きしたくもない、と思うものの、常陸介は晴れがましく感じて、結婚を受け入れています。ここは、あちらはあちら、こちらはこちらで割り切り、今後は一切口出しはすまいと思います。何とか、ここ以外の所で、しばらく過ごしたいのです」

と、泣きながら言う。

乳母も実に腹立たしく、自分の主人の姫君をよくも蔑んだと思い、「これは、不幸中の幸いで破談になったのかもしれません。こんなに心変わりをする少将であれば、姫君の本当の価値などわかるはずはありません。我が姫君は、思い遣りがあって思慮深い方にこそ、縁づけてさしあげたいものです。

あの薫大将の顔立ちや御様子は、ほのかに見ただけですが、素晴らしく、こちらの命が延びるような気がいたしました。それにまた、大将は姫君に心を寄せておられるようです。ここは宿運に任せて、大将殿に近づいてもよろしいのではありませんか」と進言する。

北の方は、「そんな恐ろしい事など口にしないで下さい。人の噂では、薫大将は長年、並の人とは結婚などしないとおっしゃって、右大臣や按察大納言、式部卿宮などが、熱心に縁談を持ち込まれても、聞き捨てた挙句、帝が寵愛された姫君を娶られたというではありませんか。本当に心から女を愛されるとは思えません。姫君を母君である女三の宮に仕えさせて、時々は情けをかける召人くらいとは、思って下さるかもしれません。それはそれで確実な仕え先でしょうが、やはりひどく胸が痛む思いがする事です。

また匂宮兵部卿の奥方である中の君は、世間では幸いな人だと噂しているようです。とはいえ、物憂げに悩んでおられるのを見ると、何はともあれ、浮気心のない男こそ、安心も信頼もできます。これは自分の経験に照らしても、そう言えます。亡き八の宮は、情愛が深く、ご立派で優雅そのものでした。それでもこのわたしを、人の数には入れて下さいませんでした。それがどんなに辛かったか。

今の夫の常陸介は、全くもって情知らずで、不細工な人ですが、わたし一筋に思ってくれているのがわかるので、これまで長年、安心して暮らしてきたのです。折につけての意見の相違から、今回のように憎らしく思い遣りに欠ける面はあっても、女の事で嘆いたり、恨めしく思った事はありません。互いに言い争っても、納得がいかない事は、はっきりさせてきました。

上達部や親王たちで、上品で優雅な、こちらが気後れするような方の側近くで仕えたとしても、自分が人の数に入れてもらえなければ、どうしようもありません。万事がわたしの身から出た錆だと思うと、姫君の事が何かにつけ悲しくなります。どうしたら世間の物笑いにならないように、姫君を処遇してやれるのでしょう」と、語り合った。

常陸介は娘の結婚の準備に余念がなく、「女房などはこっちの姫君の方に、見目の良い者が大勢いるようですので、当分は私の娘の方に置かせて下さい。ここは帳台など、新しく調えられた居室のようですし、事が急変したので、娘はここに移しましょう。そうすれば模様替えの必要もありません」と言いつつ、西の対に来て、立ったり坐ったりして、飾りつけに懸命であった。
見た目が良くてすっきりとし、あちこち必要に応じて整理された部屋に、したり顔で屏風(びょうぶ)などを運び込み、むさ苦しいまでに立て並べ、厨子(ずし)や二階厨子などを、あきれんばかりに置き加え、得意になって用意をする。北の方は見苦しいと思うものの、「口出しはしない」と言っていたので、傍観(ぼうかん)して、浮舟を西の対の北寄りの部屋に移させた。

常陸介は北の方に、「あなたの心はもうわかった。同じ娘なので、いくら何でもここまで見放しはしないだろうと思っていました。まあ、いいでしょう。世の中には、母のない子もいるのですし」と言って、昼から乳母と二人きりで、入念に娘の装いを整えさせる。醜くもなく、十五、六歳くらいで、大変小柄でふっくらとして、髪は美しく、小袿(こうちき)程の長さがあり、裾は豊かでふさふさとし、これを常陸介は誠に美しいと思って、撫(な)で繕った。

「いや何とも、別の娘を貰おうと思っていた男を選んでしまった。とはいえ、人柄も勿体ない程で、格別に優れているお方であり、我も我もと婿に取りたがる人が多いようなので、他に取られても口惜(くちお)しい」と、あの仲人に騙されて、とやかく言うのも、実に愚かである。

少将も、このところの待遇が豪勢で申し分がないため、何の不都合もなかろうと思い、約束した夜の日取りも変更せずに、通い出した。北の方と、浮舟の乳母は、全く情けなく思うものの、素知(そし)らぬ顔でいるのも偏屈者(へんくつもの)ととられるので、ともかく婿の世話はするとはいえ、意には添わないため、匂宮の北の方である中の君に手紙を送った。

これといった用件もなく手紙を書くのも、余りに馴(な)れ馴れしいと考え、思いのままにお便りもできずにおります。実は娘に身を慎(つつし)むべき事がありまして、しばらく方違(かたたが)えをさせようと思案しております。ひっそりと目立たない所に置いていただけるような、隠れ所はありませんでしょうか。あれば限りなく嬉しく存じます。人の数にもはいらないわたしひとりの力では、とても庇(かば)いきれず、不憫な事のみ多い世の中ですので、お頼り申し上げる方としては、あなた様しかおらず、ここにこうして文をしたためました。

と、泣き泣き書かれた手紙を、中の君は哀れだと思いながら読んだものの、亡き八の宮が最後まで認めなかった人を、自分ひとりだけ生き残って、親しく相談に乗るというのも気が引ける。また、かの姫君がみっともない恰好(かっこう)で世に落ちぶれるのを、知らん顔で聞き捨てるのも心苦しく、格別の事のないまま、お互い離れ離れになるのも、故父宮にとっては見苦しい事に違いないと、あれこれ思い煩(わずら)っていた。

側に仕える女房の大輔(たいふ)の君宛にも、母君は実に切ない文を送っていたので、「何か理由があるのでしょう。意地悪で冷たいご返事は、なさらないで下さい。こうした劣り腹の者が、姉妹の中に交じっているのも、世の常ではございます。故八の宮は余りにも冷淡でございました」などと、中の君に進言する。

母君に対して大輔の君は、「それでは、あの西廂(にしびさし)に、人目につかない場所を用意します。ひどくむさ苦しい所ですが、それでも構わないのであれば、しばらくの間でも、どうぞ」と言付けたので、母君は非常に嬉しがり、人知れず常陸介邸を出た。浮舟の姫君にも、中の君の側で親しくさせてもらいたいと思っていたので、こういう事態になったのが、却って嬉しかった。

常陸介は、婿の少将に対する歓待を、この上なくめでたいものにしようと思うものの、どうすれば豪勢になるのかわからず、ただひたすら、東国産の目の粗い絹などを、簾の下から丸めて転がすように投げ出して引出物にし、食物も所狭くなる程、運び出して賑やかに与える。そのため、下人などは、それを実にありがたがり、左近少将も「全く申し分ない。我ながら見事に相手を選び取ったものだ」と満足した。

一方の北の方は、「これ程の騒ぎを見て、素知らぬふりをするのも、ひねくれていると思われる」と我慢をして、夫のするがままにさせ、婿が通って来る居室や、供人の控え所など、部屋を調えるのに大わらわであった。家は広いとはいえ、もうひとりの娘婿の源少納言が、東の対に住んでいて、その他の息子たちも多く、空いた部屋もない。浮舟の姫君が住んでいた所に、客人の少将が住み着いたため、姫君を廊などの端っこに住まわせるのも不憫なので、あれこれ思案した挙句、匂宮邸を思いついたのだった。

浮舟の母である中将の君は、「姫君には親類縁者がいないため、軽蔑されているに違いない」と思い、特に娘として認められなかった八の宮の筋である、中の君の住む邸に強引に赴く。

乳母と若い女房を二、三人連れ、匂宮の二条院の西廂北面にある、人目のない遠い所に部屋を設けてもらうと、長年こんなにも疎遠ではあったとはいえ、中の君の母の姪がこの中将の君なので、よそよそしく思うべき人ではなく、中将の君が参上して来た折など、中の君は恥じたりせずに対面する。その様子は誠に立派で、気品が備わり、また生後半年の若宮の相手をしているお姿は、実に羨ましくも感慨深い。

一方の中将の君は、「自分も、故八の宮の北の方とは、かけ離れた人間でもない。八の宮に女房として仕えたばかりに、人並に扱ってもらえなかった。だから悔しい事に、世間からは蔑まれるのだ」と思うと、こうやって強引に親しくしてもらうのも不愉快である。浮舟の姫君の物忌(ものい)みと言っていたので、人も近づかず、今回はゆっくりと中の君の暮らしぶりを観察した。

匂宮が赴かれたので、母君はそのお姿が見たくて、物の隙間(すきま)から覗いてみると、実に気高(けだか)く、あたかも桜の花を折って来たような美しさがある。頼もしい夫だと思って、恨めしい点はあっても、その意に従ってきた常陸介よりも、姿や身分も遥かに上回っていると見える、五位や四位の官人たちが、揃って跪(ひざまず)いて御前に控え、あれこれと、報告を家司(けいし)たちが申し上げる。まだ若々しい五位の者で、顔を知らない者が多いなか、式部丞兼蔵人(しきぶのじょうけんくろうど)である先妻腹の継子が、帝の使者として参上して来たものの、匂宮の側近くに寄れない。

「ああ、これは一体どういうお方なのだろう。こうしてこの方の側におられる中の君は、何とも素晴らしい。これまでは、いくら立派な人々と言っても、辛い目に遭(あ)わせるのではないかと、何となく遠くから想像していた。しかしこれは、とんだ間違いだった。こうして匂宮の姿や顔を見ると、七夕(たなばた)のように、年に一度の逢瀬(おうせ)であっても、こうやって通っていただけるなら、大変ありがたい事だ」と、母君は考える。

匂宮は若宮を抱いてあやし、中の君が低い几帳(きちょう)を間に立てていたのを、押しやって何か言葉をかけておられる。その二人の顔は実に美しく、似合いの夫婦であり、亡き八の宮が寂しく暮らしていた様子と、つい比べて、「同じ宮でありながら、天と地の開きがあるものだ」と思った。

匂宮と中の君が御帳台(みちょうだい)の中に入られたので、若宮は若い女房や乳母たちが相手をする。人々がここ二条院に参集して来ても、匂宮は疲れているという口実で、一日中そこで過ごす事にし、食事はそこで摂っておられた。

万事が気高く、優美そのものなので、覗き見していた母君は、「我が家では贅を尽くした生活をしていたと、見もし思いもしていたけれど、これに比べれば情けない限りだった」と思う。自分の娘も、このように高貴な方に並べても、さして見劣りはするまい。権勢を梃子にして、父親の常陸介が妃にでもしてやろうと考えている娘たちは、同じ我が子でも、気品が全然劣って感じられるので、「高貴な血を引く浮舟は、やはり今後も、志は高く持つべきだ」と、ひと晩中、姫君のこれからの未来に希望を持った。

匂宮は、日が高くなって起き出し、「母の明石中宮が例によって、体調が思わしくないようなので、今から参内する」と言って、装束を整えておられる。その姿が見たくなった浮舟の母君が覗くと、きちんと正装したお姿が、比類なく気高く、魅力たっぷりの美しさであった。若宮を放さずに遊び相手をし、粥や強飯などを食べて、ここ西の対から出立された。

今朝から参上して、侍所の詰所に待機していた供人たちが、この時になって御前に来て、何か申し上げている中に、小ぎれいにしてはいるが、何の取柄もなさそうな男で、顔もよくないのが、直衣を着て太刀を身につけていた。

匂宮の前では平凡そのものであり、女房たちが、「あの男が、常陸介の婿になった少将です。当初は、こちらにおられる姫君をと決めていたのに、常陸介の実の娘に乗り換えたそうです。まだ半人前の娘なのに、婿として大事にしてもらおうという下心があったのです」「でも、こちらの姫君は何も言われません」「わたしは、あの少将の家の筋の者から聞いたのです」など、女房同士は、浮舟の母君が聞いているとも知らずに噂している。

母君は胸塞がり、あの少将を無難な相手と思っていたのが後悔され、「やはりあの男は、大した事もなかったのだ」と、益々軽蔑するようになった。

若宮が這い出して、御簾の端から覗いているのに匂宮は気がつき、引き返して傍に寄る。「中宮の気分がよろしかったら、すぐに戻って来ます。御加減が悪いようであれば、今夜は内裏に泊まります。今はひと晩逢わないのも、辛くて気がかりです」と言いつつ、しばし若宮をあやしたあと、出かけて行かれるご様子が、繰り返し見ても見飽きない程に、輝くばかりの美しさがあった。

匂宮が退出されたあとは、物寂しい気分になり、母君はしばしぼんやりしていたが、ようやく中の君の前に出て、先刻の匂宮の様子を褒めちぎると、中の君は田舎じみた感想だと言って笑われる。母君は、「故北の方が亡くなられた時は、あなた様はまだいたいけな赤子でいらっしゃいました。この先どうなるのだろうかと、わたし共女房も、亡き八の宮も、嘆くばかりでした。しかし類稀な運勢であられたからこそ、あんな山深い所でも、立派に育たれたのです。残念なのは大君が亡くなられた事です。これればかりは心残りです」と、涙ながらに言った。

中の君ももらい泣きして、「世の中が恨めしく、心細い折もありました。一方で、こうして生き長らえていて、多少は思い慰められる折もあります。昔、頼りにしていた両親に先立たれたのは、世の常の事なので諦めがつきます。亡き母については、顔も知らないままですので、それなりの悲しみはありますが、大君が亡くなったのは、いつまで経っても悲しみが尽きません。この故大君に対する思いが変わらないと、あの薫大将が何度もわたくしに訴えられます。浅からぬその心の程を見るにつけ、実に残念です」と言う。

母君は、「大将に関しては、この世に例がない程、帝が大切に考えておられるようです。さぞ得意満面でしょう。しかし、あの大君がご存命でしたら、女二の宮との結婚はなかったのではないでしょうか」と言上する。

中の君は、「さあ、それはどうでしょうか。生きていたら、姉も妹も、正妻にはなれなかった、同じようなものと、笑われるような気がしますから、いよいよ辛かったでしょう。大君と添い遂げられなかったからこそ、大将殿には心残りがあるのだと思います。とはいえ、不思議な程、あの殿は昔を忘れずに、故八の宮の後の世の事までを考え、追善供養など世話をしてくださっています」などと、率直に話す。

母君も、「その亡くなった大君の身代わりとして、この物の数にもはいらない、わたしの娘を引き取って世話しようと、大将はあの弁の尼におっしゃいました。しかし、はい、そうですかと、その気になる話でもございません。それでもこれは、『古今和歌集』に、**紫の一本ゆえに武蔵野の　草はみながらあわれとぞ見る**、とある通り、大君と血縁関係にあるからだと、畏れながら感じております。大将殿も、何と心深い方なのでしょうか」などと言うついでに、この姫君をこの先どうしたものか悩んでいる旨を、泣く泣く語った。

詳細ではないが、こちらの女房も仄聞していると思うので、継子と知った少将が、姫君を下に見て破談に至った事情などを、それとなく話して、「わたしが生きている限りは、朝夕の慰めにして面倒を見る事ができます。しかしわたしの死後、思いもかけない境遇に落ちぶれ、流浪するはめになるのが、悲しくもあります。尼にして深い山に住まわせ、世捨人として結婚は諦めさせる手もあると、悩んだ末に思い詰めています」と申し上げる。

中の君は、「本当に気の毒な身の上のようです。しかしそうやって、人から軽蔑されるのは、わたくしたちのように親を亡くした者には、よくある事です。とはいっても、山住みには耐えられないものなので、故父宮が宇治を離れるなと遺言されたのに、こうして思いがけず俗世で生きています。そう考えると、姫君に山住みなどふさわしくありません。ましてや尼になるのは、全く惜しい美しさです」と、実に大人びて忠告されるので、母君は心底嬉しくなる。その様子は年は取っているものの、風情がなくはなく、小ぎれいにしており、一方で、余りに太ってしまっているのが、いかにも裕福な受領の常陸殿といった感じになっていた。

母君は、「亡き八の宮が、冷たく見捨てられたので、娘はいよいよ人並でなくなり、世間からも軽く見られている、と思っておりました。しかしこうしてあなた様にお会いして、お話しさせていただくと、昔の辛さも慰められます」と言い、長年の身の上話や、『古今和歌六帖』の古歌、**塩釜の前に浮きたる浮島の　浮きて思いのある世なりけり**、にあるように、陸奥国（みちのくに）での切ない生活についても語る。

「『古今和歌集』に、**世の中は昔よりやは憂かりけん　わが身ひとつのためになれるか**、とあるように、どうしてわたしばかりが辛い目に遭うのだろうと思っていました。相談する相手もいない常陸介一家の様子も、今申し上げた通りです。こうやって、いつもお側にいたいと思うようになりましたが、常陸介の所では、出来のよくない子供たちが、大騒ぎしながらわたしを待っている事でしょう。さすがに心が落ち着きません。

こんな身分に身を落とした自分が、情けなかったと、思い知っております。この娘については、ひとえにあなた様にお任せして、わたしは与り（あずか）知らない事に致しましょう」などと、全幅（ぜんぷく）の信頼を寄せて願うので、中の君は納得して、この異腹の妹には見苦しくない身の上になって欲しいと思った。

姫君の顔立ちと人柄も、憎めそうもないほど可憐で、恥ずかしがる様も過度ではなく、見た目もよく、おっとりしていても才気がなくはなく、近くに控えている女房たちにも、上手に顔を隠して坐る。ちょっとした話しぶりも、「昔の大君にとてもよく似ている。これは、あの大君の人形を求めている方に、見せてやりたい」と、中の君が思われた矢先、「大将殿が参られました」と、取次が言った。

例によって女房たちが几帳を整えて、迎える準備をすると、居合わせた母君が、「それでは大将殿を拝見致しましょう。ほのかに姿を目にした者が、実に素敵なお方だと申しておりました。とはいっても、匂宮のご様子とは比較にならないでしょう」と言うと、控えている女房たちは、「いえいえ、どちらが優れているとは到底決められません」と言い合う。

母君は、「どういうお方が、あの匂宮を打ち負かせるでしょう」などと言っているうちに、ちょうど今、牛車から降りたようだと耳を澄ましていると、やかましいまでに前駆の声がするものの、すぐには現れない。待ち遠しくなった頃、歩み入って来るお姿を見ると、確かに、ああ素晴らしい、風情たっぷりであるとは見えないものの、優雅かつ高貴で、美しく、何となく対面するのもこちらが気恥ずかしく、つい額髪なども直してしまいそうに、比類なく立派であった。

内裏からそのまま赴かれたのか、前駆の者たちが大勢いる気配がし、薫大将が、「昨夜、明石中宮様のお加減が悪いと聞いて、参内しておりました。親王たちは来られておらず、お気の毒なので、匂宮の代わりと思い、今まで伺候しておりました。匂宮は今朝も、大変遅くなって参内なさいました。失礼ながら、これはあなたの過失ではないかと推察しております」と申し上げると、中の君は「それは実に思慮深い、並々ならぬお心配りです」とのみ答えた。どうやら薫大将は、匂宮が宮中に泊まったのを見届けてから、下心があってこちらに参上したようだった。

薫はいつものように、実に親しげに話し出し、何につけても亡き大君の事が忘れ難く、世の中がいよいよ物憂くなってきた旨を、あからさまには言わずに、ほのめかすので、中の君は、「どうしてこんなにも、姉君に執着するのだろう。やはり当初から深い思いを訴えておられた事なので、今でも忘れまいとしているのだろうか」と、思ってはみる。

とはいえ、人の真情はその様子からわかるので、『白氏文集』に、「人は木石に非ず　皆情あり」と記されているように、中の君も岩木ではないので、見ているうちに大将の心の内がしみじみと窺われた。さらにまた中の君への思いを恨めしげに言うため、困惑して嘆息をし、そんな薫の心をそらすべく、『古今和歌集』に、**恋せじと御手洗川にせし禊　神は受けずぞなりにけらしも**、とある通りにあの人形の事を口にする。

「あの姫君が、ごく内密にこちらに来ています」と、ちらりと話したため、薫はその姫君の話をおざなりな思いで聞き流す事はできず、逢ってみたいとは思うものの、にわかにそちらに心を移す気はさらさらなく、「そうはいっても、その本尊の姫君が願いを叶えて下されば、尊くもありましょう。とはいえ、あなたの事で悩むようであれば、悟りの心も濁ってしまいます」と申し上げる。

中の君が挙句の果てには「何とも困った聖心です」と、かすかに笑う様子も好感を持った。薫は、「さあ、そうであれば、私の心をすべて先方にお伝え下さい。あなたの今の言い逃れの言葉を思い出すと、不吉です」と、大君が中の君を身代わりに立てたあと、亡くなったのを思い出して、涙ぐみつつ詠歌する。

見し人の形代(かたしろ)ならば身に添えて
恋しき瀬(せ)々(ぜ)の撫(な)で物にせん

その方が亡き大君の身代わりであれば、傍(そば)に置いて、恋しい折々に、その思いを移して流す紙人形にしましょう、という追慕(ついぼ)で、流れそうになる涙をこらえていると、中の君も返歌する。

みそぎ河瀬々にいださん撫で物を
身に添う影とたれか頼まん

撫で物の紙人形は、禊川(みそぎがわ)の瀬に流してしまう物です、そうであれば、傍に置いていただいても、誰が安心するでしょうか、という説諭(せつゆ)であり、「『古今和歌集』に、**大幣(おおぬさ)の引く手あまたになりぬれば思えどえこそ頼まざりけれ**、とあるように、あなた様を誘い寄せる女が大勢いるようですので、わたくしの妹が可哀想です」と言う。

薫は、「やはり『古今和歌集』に、**大幣と名にこそ立てれ流れても ついに寄る瀬はありというもの**を、とある通り、最後に寄る瀬は、言うまでもなく、あなたの所です。私は実に忌(いま)々(いま)しくも、はかなく消える泡以下の者です。水に捨てられる形代とは、誠に私の事です。ちょうど『古今和歌集』に、**水の泡の消えでうき身といいながら 流れてなおも頼まるるかな**、とある如(ごと)くです。この思いを、どうやって慰めましょう」などと言い募った。

暗くなると厄介になり、ここに仮の宿りをしている母君と姫君も、変に思うに違いない。中の君は「今宵はともかく、早くお帰り下さい」と言って、なだめて退出を促すと、薫は、「それではその客人に、私がかくも長年、こうした願いを持って過ごしてきた事を、突然の思いつきだと軽々しく考えないように、言い聞かせて下さい。そうすれば私も恥をかかずにすみます。全くもって、こうした恋路には不慣れな身ですので、何事につけ愚かさが出ます」と言い置いて帰った。

母君は「何とも素晴らしい。この上ない立派なお方だ」と感嘆し、乳母が少将との破談のあと、唐突に思いつき、その後もしばしば口にしたのを、とんでもない事だと反対したのに、この薫大将のお姿を目にすると、天の川を渡る年に一度の逢瀬でもいいので、このような彦星の光を待ち受けさせたいと思う。そして我が娘は、並の人間との結婚には惜しい器量の持主なのに、東国の下品な男ばかりを見慣れて、あの少将ごときを大したものだと思ったのを、後悔するまでになった。

薫大将が寄りかかっていた真木柱や敷物も、あとまで匂う移り香が強く、敢えて言葉にすると、わざとらしくなる程に素晴らしく、時々姿を見ている女房たちでさえ、見るたびに褒め讃え、「経などを読むと、優れた功徳について記されているようです。その中でも、香りのよい事を尊さの第一に説いてあるのも当然です」とか、「法華経の薬王品にも、『この人、現世に口の中から帝に青蓮華の香を出し、身の毛孔の中より常に牛頭栴檀の香を出さん』と書いてあります。牛頭栴檀というのも恐ろしげな名前ですが、あの大将が近くで身動きされると、仏はやはり本当の事を説いておられると納得します。それもあの方は、幼い時から仏道に励んでこられたからです」と言う者もいる。「また前世が知りたくなるような立派なご様子です」など、口々に褒め立てるのを、母君はにんまりとして聞いていた。

中の君は、薫が内密に言った事を、母君にほのめかしながら、「薫大将は、一度思い立った事は、執念深い程、態度を変えられません。確かに、帝の娘の女二の宮と結婚しているという今のお立場からすれば、煩雑な気がするでしょうが、尼にするのも、大将の申し出を承諾するのも、考え方次第では同じです。ここは運を試したらどうでしょう」と言う。

母君は、「辛い目には遭わせず、人からも蔑まれまいと思ったからこそ、『古今和歌集』に、**飛ぶ鳥の声も聞こえぬ奥山の　深き心を人は知らなん**、とあるように、山奥に住もうとまで考えておりました。お言葉通り、あの方の容姿や振舞を拝見した今、思う事がございます。たとえ下仕えの身であっても、ああしたお方の側に仕えるのは、甲斐のある事でしょう。ましてや、若い我が娘は心を寄せるに違いありません。

とはいえ、物の数にもはいらない身ですので、いよいよ物思いの種を蒔かせる事になります。『伊勢物語』に、**今はとて忘るる草の種をだに　人の心に蒔かせずもがな**、とある通りです。身分の高さ低さにかかわらず、女というものは、こうした男女の事で、この世のみならず、あの世まで苦しむ身になります。そう思うと、不憫でなりませんが、ここはあなた様の心にお任せ致します。ともあれ、どうかお見捨てなく、世話していただければと存じます」と言上するので、中の君は気が重くなり、「さあ、これまでの大将の思慮深さは認めるとしても、この先はどうなるか」と嘆息をして、それ以上は口にされなかった。

夜が明け、常陸介邸の迎えの牛車が来て、常陸介の伝言から、ひどく腹を立てている様子が伺われた。母君は中の君に、「畏れ多くも、万事宜しくお願い申し上げます。やはり娘は、ここにしばらく忍ぶ身で置かせて下さい。『古今和歌集』に、**いかならん巖の中に住まばかは　世の憂き事の聞こえ**

こざらん、とある通り、巌の中で将来どうするか、わたし共で思案したく存じます。数ならぬ身の娘ですが、お見捨てなく、何事も教え聞かせて下さい」と言上して帰って行く。

　残された浮舟の姫君も、実に心細く、初めての事なので母君と別れるのが寂しい一方、豪華で今めいているこの邸で、しばらくの間でも、姉である中の君に親しくしていただくのは、さすがに嬉しかった。

　母君の牛車を引き出す頃に、空も少し明るくなり、匂宮もちょうど内裏から退出する時分であり、若宮の事が気になり、忍びつつ、牛車も通常の檳榔毛車(びろうげのくるま)ではなく、粗末な網代車(あじろぐるま)で帰宅すると、ちょうど、母君の牛車とかち合う。

　母君の乗る牛車は横に控えたので、匂宮は牛車を廊に寄せさせて降りつつ、「あれは何の牛車だろう。暗いうちに急いで出て行くのは」と目を留めて、聞きにやらせたのも、こうして暗いうちに退出するのは、忍び逢う女の所から帰るものだと、自分の経験に照らして思うのも、気味が悪い程であった。

　母君の供人が「常陸殿が帰られます」と答えると、匂宮の前駆(さき)の若い者たちが「殿とは笑止千万(しょうしせんばん)」と笑い合うのが聞こえた。母君は、なるほど自分はこよなく劣った身分だと悲しくなり、姫君の事を思いながら、自分も人並の人間になりたいと考え、まして姫君を平々凡々の身分に落とすのは、何としても惜しい気がしてくる。

　匂宮は部屋にはいり、「常陸殿という人を、ここに通わせているのですか。風流な明け方に急いで出て行った車副(くるまぞい)の従者など、どこか子細(しさい)ありげでした」と、相も変わらず薫との仲を疑って問い質(ただ)す。

中の君は聞き苦しくも心外で、「昔からの女房の大輔などが、まだ若い頃、友人だった人です。特別華やいでも見えないのに、意味ありげな言い方です。人が聞き咎めるような事ばかり、いつも取沙汰されます。これは濡れ衣で、『後撰和歌集』に、**思わんと頼めしこともあるものを　無き名を立てでただに忘れぬ**、とある通りです。もうこうした邪推はやめて下さい」と、顔を背ける様子が可愛らしくも美しい。

匂宮は夜が明けるのも知らずに寝ていたが、人々が大勢参上して来たので、寝殿に渡られる。明石中宮は大した病気ではなく、回復されたので、誰もが楽しげで、夕霧左大臣家の公達などと、碁打ちや韻塞ぎなどをして、遊んでいるうちに夕方になり、西の対の中の君の部屋に匂宮が赴くと、中の君は洗髪中であり、手のすいた女房たちも各自休んでいた。

御座所には人もおらず、小さな女童がいたのを中の君の方へ遣わして、「生憎の洗髪で、私はどうしようもなく退屈です。寂しくしているより他はないです」と申し上げなさると、「申し訳ございません。いつもはあなた様が不在の時に洗髪をされるのです。どうしたわけか、日頃は洗髪が億劫のご様子で、今日を逃すと、今月は吉日はありません。九月は忌む月、十月は神無月で髪なし月です。それで今日になってしまいました」と、大輔の君は気の毒がる。

若宮も寝たので、女房たちは、若宮のいる部屋にみんな行っていて、匂宮は立ち止まったり行き来したりなさっていると、西廂の方に、見慣れない女童がいるのに気がつく。新しく来た童かと思い、ちょっと覗くと、襖障子が細目に開いている隙間から中が見え、障子の向こう一尺ばかり離れた所に屛風が立ててあった。その端に几帳が簾に添えて立てられ、几帳の帷子一枚を横木にかけ、表は薄紫、裏は青の紫苑色の袿に、表が青の縦糸に黄色の横糸、裏に青の女郎花の織物と表着が重なっており、袖口がはみ出しているのも、屛風の一面が畳まれているためで、はからずも外から見えているらしい。

匂宮は、これは新参の女房で身分は決して低くない者だと思い、母屋から西廂に通じる襖障子を、細心の注意で押し開け、そっと歩み寄ったが、その女は気づかない。こちら側の廊に囲まれた壺庭の前栽が、実に色彩豊かに咲き乱れ、遣水付近の高い石垣が趣深く、女は端近くで物に寄りかかって、ぼんやりと物思いに耽っていた。

匂宮は開いている中の障子を今少し押し開け、屛風の端から覗くと、女は匂宮とは思わずに、こちらに来馴れている女房だろうと考えたのか、起き上がったその有様が本当に美しく見える。いつもの好き心から見過ごしもできず、衣の裾を捉えつつ、こちら側の障子は閉めて、障子と屛風の間に坐ると、様子が変だと思った女は、扇で顔を隠して振り向いたが、その姿の見事さに、匂宮は息をのんだ。

扇を持たせたままで、その手を捉えて、匂宮は「どなたですか。名前を聞かせて下さい」とおっしゃる。浮舟は気味悪がり、匂宮が屛風の陰で顔を隠して誰ともわからないように用心したため、あの並々でない心を寄せている右大将だろうか、よい匂いがするのもそうだと思い、恥ずかしい限りであり、まごまごしていた。

乳母は普段と様子が違うのを妙だと思い、反対側の屛風を押し開けてはいり、「これはどういう事でございましょう。けしからぬ事でございます」と言うが、匂宮は一向に気にされない。こうした突然の振舞を、うまく言い繕える本性なので、何やかやと口説くうちに、日も暮れてきて、「誰だと名乗らないうちは、放しません」と言いつつ、馴れ馴れしく横になられたのが、匂宮とわかった乳母は、言葉を失って呆然としていた。

明かりを釣り燈籠(どうろう)に点(とも)して、「奥方様はすぐにお戻りになります」と人々が言っているのが聞こえる。中の君の部屋の前以外、格子(こうし)を下ろしているらしい。

こちらは離れのようになっていて、高い棚厨子(たなずし)一対(つい)ばかりを立て、袋にしまい込んだ屏風を所々に立てかけ、どこか雑然としたまま放置されているが、こうして客人が滞在するというので、母屋と西廂北面の間は、人が通る道として、障子を一間(ま)分程開けてあるところ、右近(うこん)という、中の君に仕える女房の大輔の娘が来る。格子を下ろしながら、近寄って来て、「これは暗いです。まだ明かりも点されていません。格子を下ろすのは苦労するけど、急に下ろしてしまったら、暗くてまごつきます」と言いながら、また格子を引き上げるのを、匂宮は苦々(にがにが)しく思っている。

乳母もまた困った事になったと思いながらも、遠慮もしない性急かつ勝気な人なので、「ちょっと聞いて下さい。ここが大変奇妙な事になっております。どうしていいかわかりません。動けないのです」と呼びかけた。

「一体何事ですか」と右近が言って探り寄ると、直衣(のうし)を脱いで袿姿になった男が、実にいい匂いをさせて添い寝しているので、匂宮のいつものけしからぬ振舞だと気がつき、女の方が同意しているはずもないので、「なるほど、これは大変見苦しい事です。この右近は匂宮に何と申し上げようもありません。ともかくすぐあちらに戻って、奥方様にだけはそっと申し上げましょう」と言いつつ、立ち去って行った。

とんでもない不始末になったと女房たちの誰もが思うものの、当の匂宮は平気であり、「驚く程上品で美しい女だが、一体誰なのか。右近の話からしても、ごくありきたりの新参女房ではなかろう」

と、首をかしげつつ、相手が名乗らないのを恨んでおられる。女は嫌だとはっきり態度には出さないものの、死ぬほど辛く思っているらしいのが不憫なので、匂宮はなだめながら機嫌を取った。

右近は中の君に、「これこれの事態でございます。お気の毒に、姫君はどう思われているでしょう」と言上すると、中の君は、「またいつもの情けない振舞です。あの母君も、匂宮をどんなに浮ついた、けしからぬ方と思うでしょう。こちらに預けて安心されていたのに」と残念がる。「匂宮には何と言ったらいいか。仕えている女房たちでも、少し若くて見目がいい者には、目をつけてしまう困った性分だ。とはいえ、どうやってあの姫君に気がついたのだろう」と思い、あきれ果て、ものも言えないでいた。

右近は、「今日は、上達部が多数参上されたので、匂宮は遊びに興じて、いつもこうした時は、遅くなって赴かれますので、女房たちも安心して休んでいました。それにしても、これはどうしましょう。あちらの姫君の乳母は、気が強い人です。ぴったりと側に坐って、匂宮を睨みつけ、今にも摑み取って引き剝がさんばかりでした」と、同僚女房の少将と二人で気の毒がっていた。

そこへ内裏からの使者が来て、明石中宮が、この夕暮れから胸を病んでいたのが、今悪化して、ひどく苦しんでおられる旨を伝えた。

右近は「折も折、お生憎の病気です。すぐ匂宮にお知らせします」と言って退出すると、少将は「さあ、もう今となっては遅いかもしれません。びっくりさせるとお可哀想です」と言うので、右近は「いえ、まだそこまでは達していません」と応じつつ、ひそひそと話している。

それを聞いた中の君は、「全くもって、困った匂宮の性分だ。多少なりとも分別のある人は、このわたくしまでも疎ましく思うに違いない」と考えてしまう。

右近は匂宮の許に参上して、使者の言葉よりもさらに急を要するように言上するが、匂宮は動くご様子もない。「誰が使いとして来たのですか。例によって大袈裟に言って驚かしているのです」と応じたので、「中宮職の侍で平重経と名乗っておりました」と答えると、匂宮はここを離れるのがどうにも残念で、人目も憚らない様子である。

右近は立って行き、この使者をわざわざ西の対の西廂に呼んで、問い質すと、使者の言を取次いだ匂宮家の家司までやって来て、「兄宮の中務省長官も参内されました。中宮大夫もたった今、内裏からこちらに戻る途中で、牛車を引き出しているのを目撃しました」と言う。匂宮は、「これまで時々病が重くなる折もあった。参内しないと、悪評も立って体裁を欠く」と思われ、恨みがましく、後の約束を言い残してその場を離れた。

浮舟は、恐ろしい夢から覚めたような心地で、汗びっしょりになって横になっている。乳母が扇であおぎつつ、「ここの住まいは、万事につけ不都合です。こうして匂宮が来られたからには、もはやよい事はありますまい。恐ろしい限りです。この上ない尊い方と言っても、あの油断も隙もない振舞は困りものです。

他の無関係の人なら、良いとも悪いとも思われても構いません。しかしこの場合は、相手は姉君の夫であって、人聞きも悪うございます。そう思ってわたしは、顔を不動明王の降魔の相にして、睨みつけていたのです。すると匂宮は、わたしをひどく醜い下品な女と思われて、わたしの手をそれはそれはきつく、つねられたのです。全く、下々の者の恋愛沙汰そっくりで、笑い出しそうになりました。

あちらの常陸介の邸では、今日もご両親の大変な言い争いがあったようです。常陸介の言い分は、母君があなたひとりを大切にして、他の子供たちを放り出したまま、婿の少将が来ているにもかかわらず、外泊したのは、全く見苦しいというものです。その叱り方も荒々しく、下仕えの者でさえ、聞いて気の毒がっていました。すべてあの少将が悪いので、憎らしくてなりません。今回の破談がなければ、内々では厄介な事が時折あったとしても、穏便に今まで通り、向こうで暮らせたのです」などと、泣きながら言う。

浮舟は今はただ、あれこれ思いを巡らす余裕もなく、ひどく気恥ずかしいばかりで、経験した事のない目に遭っただけに、中の君がどう思われるのか、それだけを案じて切なく、泣き臥してしまう。乳母は不憫がり、「そう嘆く事はございません。母君がない人こそが、頼り所がなくて悲しいのです。世間から見ると、父親がいないのは口惜しいとはいえ、意地の悪い継母から憎まれるよりは、父なき人のほうがずっとましです。ここは母君がうまく処理して下さるでしょう。どうか悪い方に考えないで下さい。

何はともあれ、初瀬の観音が後ろに控えて、哀れと思って下さっているはずでございます。旅に慣れないお体で、姫君は初瀬には何度もお詣りしておられます。人はこうして、蔑んでいますが、こんな幸せな宿運だったと、いつか驚くような事がありますようにと、わたしは祈っております。あなた様が世間の笑い者で終わるはずはございません」と、何の不安もないように慰めた。

匂宮は急いで参内するようであり、内裏に近い方なのか、正門ではなく西の門から出かけていて、何か命じる声も上品この上なく聞こえる。趣のある古歌を口ずさみつつ、通り過ぎる間、浮舟はわけもなく嫌な気分になっており、匂宮の宿直に伺候する役人たちが十人ばかり、公用の馬を引き出して、一緒に供をして内裏に向かった。

中の君は姫君が気の毒で、嫌な思いをしているだろうと察して、事の次第は知らない顔で、「明石中宮が病悩のため、匂宮は退出されました。今夜は宮中で宿直でしょう。わたくしの方は、洗髪のあと気分が良くなく、寝られずに起きています。どうかこちらにお越し下さい。そちらでは退屈でしょう」と言ってやると、「気分が大変悪く、養生しております」と、浮舟が乳母を通して返事をする。

「どんなご気分なのでしょうか」と、折り返しの問い合わせがあり、「どこが悪いともなく、ただひどく苦しいのです」と言うので、女房の少将と右近は目くばせをして、「きまりが悪いのでしょう」と言い合うのも、何でもない場合よりも痛ましい。

中の君は、「実に残念で気の毒な事になってしまった。薫大将が関心を寄せていたので、この一件を知ったら、軽薄極まる女だと軽蔑するだろう。匂宮のような好色な人は、聞くに耐えないような事にも、恨み言を言われる。その一方で、多少心外な事があっても、自分に照らして大目に見るようだ。ところが薫大将は口には出さずに、内心で嫌だと思う事は、とことん、こちらが気恥ずかしくなる程、深く考えられる。

そう思うと妹には、不本意な悩みが加わり、可哀想な身の上だ。長年、見ず知らずのままに過ごして来た姫君ながら、気立てや容貌は、放っておけないくらい可憐で痛々しい。男女の仲は、何とも難しく、厄介ではある。

自分はといえば、不満な点は多いものの、妹と同じく、はかない身になって当然でありながら、そこまで落ちてしまわなかったのは、実に幸いだった。あとはただ、困った執念で、このわたくしに心を寄せている薫大将が、角を立てずに諦めてくれれば、煩わしい事はなくなる」と思う。

大変豊かな髪なので、すぐには乾かず、起きているのもひと仕事であり、白い袿を着ているその姿は、ほっそりとして美しい。

　こちらにいる妹の浮舟は、本当に気分が悪くなってしまう。乳母も、「これは誠に困った事態です。このままでは何か事があったと思われます。ですから、平気な顔をして姉君にお会い下さい。右近の君などには、こちらから事の次第を、最初から話します」と、無理に浮舟を連れて行き、母屋と西廂の間にある障子の近くに来て、「右近の君に、申し上げたい事がございます」と言う。

　右近が立って行くと、「大層不可解な事があったため、姫君は熱を出されています。本当に苦しそうで、おいたわしい限りです。中の君の御前で慰めていただければと存じます。ご自身は何の過失もないのに、情けないと思い悩まれています。多少なりとも男女の仲を知っているのならともかく、そうではない方なので、動転しておられるのも当然です。傍目にもお可哀想でなりません」と訴えながら、浮舟を中の君の前に参上させた。

　浮舟は呆然としながら、人からどう思われているのかを考えると、実に恥ずかしいものの、もともと大変素直でおっとりしている性分なので、黙って坐る。額髪などが涙でひどく濡れているのを隠して、灯火に背を向けている様子は、右近たちが比類ない方だと思っている中の君と比べても、遜色はなく美しい。

　右近と少将の二人だけは、「この姫君に匂宮が執心すると、心外な事が起こるに違いない。ここまで美しくなくても、目新しい女君には気を引かれる性分だから」と思いながら、中の君の前で恥じて顔を背けてばかりはいられない浮舟を眺めつつ、その場に坐っていた。

　中の君は心から親しげに、「どうか、いつもと違う住みにくい所だとは思わないで下さい。姉の大君の亡き後、残された我が身が恨めしく、生きている心地もしないまま過ごしてきました。あの大君にとてもよく似ておられる姿を拝見すると、慰められて胸が詰まります。親身に思ってくれる人もないわたくしにとって、昔の姉君と同じように、心を寄せて下されば、嬉しく存じます」と話した。

　浮舟は気後れがし、田舎で育ったゆえに返事の仕様がなく、「長い間、遥か遠くのお方だと思っておりました。それがこうしてお目にかかれるのは、何事も慰められる心地がします」と、大変若々しい声で答えた。

　中の君は、絵などを持って来させ、右近に詞書（ことばがき）を読ませながら、眺めていると、浮舟は恥じてばかりはおられず、熱心に見入る。その灯火に照らされた姿は、欠点とてなく、繊細な感じで美しく、額の辺りや目元がほんのりと匂うようであり、おっとりとした上品さは、亡き大君にとてもよく似ているので、中の君は絵には特に目も向けない。

「本当にしみじみと、懐しい顔だ。どうしてこうも瓜（うり）二つなのだろう。亡き大君は父親似で、わたくしは母親似だと、昔を知る女房たちは言っていたそうだ。誠に、似ている人というのは、特別な思いがする」と、大君の面影とこの姫君を思い比べて涙ぐみつつ、「大君はこの上なく上品で気高くあられた。その一方で、優しく物腰も柔らかく、そこが欠点と思われる程に、なよなよとして今にも折れそうな風情があった。

　この妹は、まだ立振舞が物馴れず、万事につけて恥ずかしげであるためか、見栄（みば）えのする優美さでは劣っている。ここに重々しさが加われば、あの薫大将が世話するにあたっても、体裁が悪い事はなかろう」などと、ついつい姉らしい気構えで世話しようと思う。

　話などをして、明け方近くになって寝る段になり、中の君は浮舟を脇に寝かせて、亡き八の宮の思い出や、生きていた時の暮らしぶりなど、全部ではないものの語り聞かせると、浮舟は亡き父宮がとても慕わしく、会えないままに終わった事を、ひどく残念で悲しいと思っていた。

他方、昨夜の出来事を知っている女房たちは、「本当はどうだったのでしょうか。とても愛らしい姫君なのに」とか、「中の君が姫君をどんなに大切に思われていても、もう匂宮との仲はできてしまっているので、その甲斐はないでしょう。可哀想です」と言う。

右近は、「そんな事はないでしょう。あの乳母がわたしを捉えて、懸命に訴えた真剣さからすると、何事もなかったはずです。匂宮も、古歌にある通り、**臥すほどもなくて明けぬる夏の夜は　逢いても逢わぬ心地こそすれ**、と吟詠されていました」と反発すると、「さあどうでしょうか。わざとそう詠じられたのかもしれませんし、本当の事はわかりません」「とはいっても、昨夜目にした灯影では、とてもおっとりされていて、何か事があったようには見受けられませんでした」などと、ひそひそ話をして気の毒がった。

乳母は牛車を呼んで、常陸介邸に戻り、北の方に事の次第を報告すると、北の方は胸もつぶれんばかりに驚き、「中の君の女房たちもけしからぬ事だと言いもし、思いもしているに違いない。中の君自身もどう思われているか。こうした筋の嫉妬心は、貴い身分の人でも変わりはないはず」と、自分の経験からも、じっとしておれなくなり、夕方に二条院に参上する。

ちょうど匂宮は不在であり、北の方はほっとしながら、「不思議な程に心幼く見える娘を、こちらに参らせて、どうぞ宜しくと、お頼み致しました。ところが、近くにいたちでもいるような心地がして、落ち着きません。常陸介の家の者たちからも憎まれ、恨まれております」と言上する。

中の君は、「姫君はそう幼げには見えません。ところがこうやって、母君がこちらを窺うような目つきをされているのが、気になります」と言って笑われた。その気後れがする程の美しい目元を見ると、北の方は恥ずかしくなり、中の君がどう思っておられるのかが気になり、それ以上は責められず、「娘をこうしてここに置いていただければ、長年の願いが満たされ、人が聞いてもなるほどと思い、晴れがましい事と思っておりました。しかしやはり、これは遠慮すべきでございました。山深い所で尼にでも、という当初の思いは変えるべきではありませんでした」と申し上げて泣いた。

中の君は気の毒がり、「ここに置いて、何がどう心配なのでしょうか。いずれにしても、冷たく放っておくような事は致しません。無礼を働くよくない人がいて、時々手を出すにしても、それはみんなが承知しているので、不都合になるような事は致しません。なのに母君は、何を心配なさるのでしょうか」と訊かれる。

「いえ、決してあなた様が冷たく放置されるとは思いません。恥ずかしくも八の宮から認められなかった点については、今更とやかく申し上げる事もございません。しかし、わたしも、あなた様の母君の姪であり、そのような見捨てられない絆をこそ、頼みにしております」などと一心に言上する。そして、「明日と明後日は、固い物忌みですので、物忌みがしっかり守れるような所で、姫を過ごさせ、そのあと再び参上させます」と申し上げて、浮舟を連れて出て行く。

中の君は「実に気の毒で、不本意だ」と思うものの、引き留める事はできなかった。

母君は、余りに唐突な出来事に、気も動転していたので、丁重な挨拶の言葉も残さずに退出したが、実はこうした方違えのために、小さな家を前から用意していた。それは三条付近にあって、瀟洒な家ではあっても、まだ造りかけであり、室内の調度も調えていなかった。

「あなたひとりを、万事につけ、充分な世話ができずにいます。思い通りにならないこの世では、生きていくのも大変です。わたしだけであれば、身分も低く、品もない者として、ひたすら人目を忍んで、隠れるように過ごせます。

しかしあなたは、中の君とは血の繋がりがあります。それを認めてくださらなかった八の宮には恨みが残るとはいえ、中の君との絆を頼って近づいたのですが、そこに不祥事(ふしょうじ)が生じでもしたら、世間の物笑いになります。ここは仕方ありません。あなたには不都合な所ですが、誰にも知らせず、隠れていなさい。いずれ、何とかします」と言い残して、母君は自分だけ帰ろうとした。

すると浮舟は泣き出し、この世に生きているのも肩身が狭いと、思い屈している様子が、実に哀れであり、親から見ても、このままでは勿体なくも、惜しいので、何とかして穏やかに望み通りの縁組をしたいと思う。その反面、あのような不届きな一件があって、人から蔑まれ、人の噂になるのも懸念され、分別がないわけでもない母君だが、いくらか短気で、多少なりとも自分勝手であった。

あの常陸介邸に浮舟を居させて、人目につかないように隠れさせる事はできたものの、そうやってこそここそ隠れるような暮らしをさせるのは不憫なので、この家にと考えたとはいえ、長年一緒にいて、明け暮れ顔を合わせてきたので、お互いに離れて暮らすのは心細い。

耐え難いと感じつつも、「この家はまだ造作中で、不用心な所です。そのつもりで用心して下さい。あちこちの部屋にある調度などは、こちらに運ばせて使って下さい。宿直の者などについても、何かと言いつけています。それでも心配で気がかりですが、常陸介邸ではわたしの不在を恨んでいるので、帰ります」と、泣きながら帰って行った。

常陸介は、婿である左近少将の世話を、何よりも大事だと思ってかしずいているのに、北の方が一緒になって世話を焼かないのが見苦しいと恨むので、母君は実に情けなく、この少将のせいで、こうしたごたごたも生じたのだと思う。

この上なく大切にしている浮舟があんな有様なので、辛くて情けなく、少将の面倒など見る気がせず、その上、匂宮の御前では少将がみすぼらしく見えたので、今では全く軽蔑していて、宝物の婿として大切に思う事など、もはや、やめてしまった。

「この常陸介邸ではどんなに見えるだろうか。まだそのくつろいだ姿は見ていない」と思い、少将がのんびりとくつろいでいる昼頃、母君は、西の対にやって来て、物陰から覗く。白い綾織の着馴れた単衣で、今様の紅色の砧で打って艶出しをした袿を着て、端近くで前栽を眺めるために坐っている姿は、「どこが劣っているだろうか。実に美しく見える」と思われた。

娘はまだ半人前の未熟さで、無邪気に寄り添っているものの、中の君が匂宮と並んでいた折の二人の姿を思い出すと、「これは期待はずれの二人の姿だ」と思う。控えている女房たちに何か冗談を言って、くつろいでいる姿は、あの二条院で見た貧弱な見劣りのする男には見えない。

「あの匂宮邸にいたのは、別の左近少将だったのか」と思った時、少将が、「匂宮兵部卿邸の萩は、やはり特段の趣があった。どうしてあんなに種類が多いのだろうか。同じ萩でも、枝ぶりの美しさが違う。先日も参上したのに、匂宮が出かけられる時だったので、手折れなかった。匂宮が古歌の、うつろわんことだに惜しき秋萩を　折れぬばかりもおける露かな、と口ずさんでおられた。その光景を、あなたたちに見せたかった」と言いつつ、自分でも歌を詠んでいる。

母君は、「何ともこれは笑止千万、少将の悪い性格は、どうしようもない。匂宮の前では、この上なく見劣りがしていたくせに、何を大層ぶっているのだろう」と、呟かずにはいられなかったものの、風流心は持ち合わせているようなので、どう返歌するのかと思って、試しに和歌を贈った。

しめ結いし小萩がうえも迷わぬに
　いかなる露にうつる下葉ぞ

あなたが標を結った小萩は乱れていないのに、いかなる露で色が変わった下葉でしょうか、という問いかけで、「小萩」は浮舟の姫君を指し、「露」は常陸介の娘、「下葉」は少将を意味していて、左近少将も姫君を勿体なかったと思って返歌した。

宮城野の小萩がもとと知らませば
　露も心をわかずぞあらまし

宮城野の小萩と知っていたなら、露は分け隔てはしなかったでしょう、という弁解で、「宮城野」は八の宮を指し、「何とか私の口から申し開きをしたいものです」と少将が応じる。

母君は、左近少将が故八の宮の事を聞き及んでいるらしいと感じて、今まで以上に、何とか浮舟を中の君と同じようにしてやりたいと考えているうちに、あの薫大将の姿や顔が自然に恋しくなる。面影が眼前に浮かぶ一方、あの匂宮も同様に立派だと思っても、今回の件があったので心にも留まらず、娘を下に見て押し入って来たのが悔しくも恨めしい。

「あの薫大将は、さすがに娘を求める心映えはあっても、唐突に言い寄ったりはなさらない。さりげない顔をしておられるのは、見事ではある。私でさえも万事につけて思い出されるのだから、娘はましてや、何かにつけて思い出していよう。我が婿にしようとして、こんな憎らしい左近少将を念頭に置いていたのが悔やまれる」と、ひたすら浮舟の事が気になる。物思いのみが募り、ああしようか、こうしようかと、様々に好ましい将来を思い描いたものの、実現困難ではあった。

母君は、「あの薫大将が妻にされている女二の宮は、尊い身分や品格からしても、大将以上に尊い。そうした大将であれば、どれほどの女に関心を持つだろうか。世間の有様を見聞きすると、優劣は、賤しい身分か、尊い身分かということや、容姿や気立てでも決まってくる。自分の子供たちを見ても、この浮舟に比べられる娘はいない。

この家の中で見ると大したものに思える左近中将も、あの匂宮と見比べると、全く見劣りがした事でも、よく理解できる。だから今上帝が大切に育てられた姫宮を、妻に迎えているような方の目からすると、自分たち母娘は恥ずかしい限りで、物の数にもはいらないだろう」と思うと、ただもう心は呆然となるばかりだった。

一方の浮舟は、三条の仮住まいは、する事もなく、庭の草もうっとうしい感じがして、下賤な東国訛りの男たちが出入りするのみで、慰めに見る前栽の花とてない。雑然として、気分も晴れないままに明かし暮らしていると、中の君の様子が思い出され、若い娘心から恋しく思われた。

あの困った振舞に及んだ匂宮の様子も思い浮かび、あれは一体何だったのだろう、何かいろいろ口に出して言われていたし、あとに残った良い匂いの移り香さえも、まだ残っている気がし、それを含めて、あれは恐怖だったたと改めて思った。

母君は常陸介邸に帰るとすぐに、実にしみじみとした手紙を送ってきたので、浮舟は、「母君は本当に心底から心配されている。しかし自分はその値打ちもない」と思わず泣けてきて、「どんなにか退屈で、こんな事は初めてだと思っているでしょうが、しばらく辛抱して下さい」という文面に対して、「いいえ退屈などはしておりません。気楽にしています」と返事を書き、歌を贈った。

ひたふるにうれしからまし世の中に
　あらぬ所と思わましかば

ここが辛い世を離れた住まいだと思えるならば、どれほど一途に嬉しいでしょう、という感傷で、『拾遺和歌集』の、**世の中にあらぬ所も得てしかな　年ふりにたる形かくさん**、を踏まえていた。母君は姫君が幼げながらも言ってきたのに、ほろほろと涙して、かくも放浪させているような目に遭わせているのが、辛くも悲しく返歌した。

憂き世にはあらぬ所を求めても
　君が盛りを見るよしもがな

辛いこの世とは異なる別の世を探し当ててでも、あなたが幸せに栄える時を見たいものです、という願いと励ましであり、この後もありきたりの歌を詠み交わして、母と娘は心を慰めた。

一方、薫大将は例によって秋も深まる頃、もう習慣になってしまった、寝覚めのたびの大君の回想が、悲しくも思い起こされるので、宇治の御堂が完成したと聞いて、自ら宇治に赴く。

しばらく見ていなかったため、山の紅葉までが目に新鮮で、解体した寝殿は今度は実に明るく造られ、昔は全く簡素で聖の住まいのようだったのを思い出す。故八の宮の事も思い起こされて、こうして改築したのも残念に思われ、常にも増して物思いに沈むばかりであった。

元の住居の調度は仏間らしく尊い感じがして、片側は姫君向けに繊細なしつらえにして、一様でなかったのを、ひなびた網代屛風その他の粗末な物は、御堂の僧坊の調度として、わざわざ置かせ、こちらの御堂には、山里にふさわしい調度を新しく作らせ、簡略ではなく、美しくも格式高い趣に調えられていた。遣水の辺りの岩に腰をかけて、薫は物思いに沈み、すぐには立てないままに詠歌する。

絶え果てぬ清水になどかなき人の
面影をだにとどめざりけん

涸れてしまわないこの清水に、どうして亡き人々は面影だけでも留めてくれなかったのだろう、という追慕で、涙を拭いながら、弁の尼の部屋に立ち寄ると、その悲しみに満ちた姿を目にした弁の尼も、顔を歪めて泣き顔になる。

薫は長押に軽く坐って、簾の端を持ち上げて話をすると、弁の尼は几帳の奥に隠れて坐る。話のついでに薫は、「あの姫君は、先頃から匂宮邸にいると聞きました。そう聞いても、気後れがして便りもしていません。やはり、あなたから私の意向を伝えて下さい」と言うと、弁の尼は、「先日、あの母君から便りがありました。物忌みのための方違えで、あちこちに住まいを移しているようです。最近も粗末な小家に身を隠しているそうで、お気の毒です。母君は、宇治がもう少し近ければ、そこに移すと安心ですが、途中の険しい山道を思うと、決心がつきません、と書いて寄越しました」と伝える。

　薫は、「人々がそんなにも恐ろしく思う山道に、私のみが相変わらず踏み分けて来ています。どんなにか深い契りなのだろうと思うと、胸が痛みます」と言って、またもや涙ぐむと、「それであれば、その気安い小家に連絡して下さい。あなた自身が出かけて下さるといいのですが」と頼んだので、弁の尼は、「お言葉を伝えるのは容易です。とはいえ、今さら京を見るのは気が重いです。匂宮邸にさえも伺えておりません」と応じた。

「どうしてでしょう。あれこれ人が言うのであればともかく、愛宕山の聖僧でさえも、時によっては山を下ります。深い誓いを破って、人の願いを満たして下さる事こそ、尊いと言えます」と言うと、弁の尼は「わたしは衆生済度さえも致しません。世間に悪い噂が立っては困ります」と固辞する。

　薫は「やはりこれは良い機会ですので」と、いつもと違って言い張り、「明後日辺りに、牛車を向かわせます。その仮住まいの場所を調べておいて下さい。決して馬鹿馬鹿しい過ちはしません」と微笑する。

　弁の尼は煩わしくなり、「何を考えておられるのだろう」と思いつつ、「浅はかな性格ではないので、自分の名誉のためにも外聞の悪い事はされまい」と考えて、「承知いたしました。あなた様の三条宮に近い所です。先方に前以て手紙を出して下さい。わたしがしゃしゃり出て、お二人の仲を取り持ったように思われると困ります。伊賀の狐が老女に化けて、仲人役をしたように思われるのはご免でございます」と言う。

　薫は、「文を遣るのは簡単です。しかし世間の噂は困ったもので、右大将が常陸介の娘に恋い焦がれていると、取沙汰するやもしれません。その常陸介は荒々しい人のようですし」とおっしゃるので、弁の尼は笑い出して、前以ての手紙がないのを遺憾だと思った。
暗くなったので、薫大将は宇治を出、下草の趣ある花や、紅葉などを折らせて、女二の宮に見せるための土産にする。

女二の宮はそうした風流ぶりも理解する人である一方、薫の方は女二の宮に遠慮する面があって、親しく打ち解ける風ではなかった。父帝からも世間の親並に、母の女三の宮からも宜しくと頼まれており、薫としては誠に重々しい妻として、大事に扱っているため、帝からも母からも大切にされている妻に奉公しているようである。そこへ厄介な恋心が加わったのは、実に苦しい事態になっていた。

約束した日の早朝、薫は気心の知れた下侍ひとりと、従者としては顔が知られていない牛飼童を選んで、宇治へ行かせ、「荘園の者で、田舎じみた者を召し出して、供にせよ」と命じた。

弁の尼は必ず上京するように薫から言われていたため、ひどく遠慮したものの、顔を整え身繕いをして、牛車に乗る。野山の景色を見ていると、昔からの数々の出来事が思い出され、一日中物思いに耽り、暮れてから三条に着いた。

三条の家は、寂しく人目もない所であり、牛車を引き入れ、「これこれの用向きで参上しました」と、宇治から道案内をして来た男に言わせると、初瀬詣での時に供をしていた若い女房が出て来て、弁の尼を牛車から降ろす。一方で浮舟は、貧相な家でぼんやりと物思いをしていた頃だったので、昔話ができる人が来たと嬉しくなって呼び入れた。

父の八の宮に仕えていた人だと思うと懐しく、弁の尼が、「おいたわしいあなた様のお顔を見て以来、人知れずいつも思い出しておりました。しかしこうして今は、この世を思い捨てた身ですので、あの匂宮邸にも参上しておりません。ところが薫大将が、不思議なまでに、熱心に頼まれるので、気を奮い立たせて参りました」と言上する。

浮舟も乳母も、以前、姿を見て以来、立派な右大将だと感じていただけに、まだ心にかけてくれているのがしみじみと嬉しい気はするものの、突然このように計画を練っていようとは思いも寄らなかった。

宵が過ぎる頃、「宇治から使者が来ました」と言いつつ、門を密やかに叩く音がすると、人々は弁の尼への使いだと思い、弁の尼が門を開けさせると、牛車を引き入れる気配がした。使者が牛車で来たのは変だと思っているところへ、「弁の尼様にお目にかかりたい」と言いながら、宇治近くの荘園の管理人の名を名乗ったため、弁の尼が戸口にいざり出る。

小雨の降る中、実に冷たい風に乗って、喩えようのない香りが漂ったので、薫大将が来た事がわかり、誰もが心を躍らせずにはいられない。その様子がご立派であり、こちらは出迎える準備もしておらず、貧弱なまま、予期もしていなかったので、みんな「一体どういうご用向きなのでしょうか」と言い合った。

薫は「気兼ねしない所で、長年積もった思いを申し上げたく思います」と取次がせると、浮舟はどう返事していいか困惑している様子なので、乳母は見かねて「こうしてお越しになられたのです。立ったままで帰らせるのは不都合でございましょう。常陸介邸の母君にそっと伝えましょう。ここから近い所なので」と言う。

弁の尼は、「気の利かない事をおっしゃる。そんな必要はありません。年若いお二人が語り合ったところで、すぐに深い仲になるわけでもありません。右大将は奇妙な程に気長で、思慮深い人です。相手の許しがないのに、馴れ馴れしくはされますまい」などと言い合っているうちに、雨は次第に激しくなり、空も真っ暗になった。

夜回り中の宿直の者が変に訛りのある声で、「邸の東南の隅の崩れた所が、ひどく無用心です。この客人の牛車を、引き入れるのであれば引き入れ、門を閉めなさい。こうした客人の供人は、どうも気が利かない」と怒鳴っているのも恐ろしい。

薫は聞き馴れない気がして、『万葉集』の歌、苦しくも降り来る雨か三輪の崎　佐野のわたりに家もあらなくに、などと口ずさんで、田舎じみた簀子の端の方に坐って、詠歌した。

さしとむる葎やしげき東屋の
あまりほどふる雨そそきかな

この家には、戸口を閉ざす葎が繁っているのだろうか、東屋の雨の雫が激しい中で、随分と待たされている、という不満で、「そそき」は雫であり、「あまり」は軒下を意味して、あまりに降るに掛け、「降る」も経るを掛けており、下敷になっているのは、催馬楽「東屋」の「東屋の真屋のあまりのその雨そそぎ　我立ち濡れぬ殿戸開かせ」であった。薫大将が雨の雫を払うと、風に乗って来る芳香が、不思議なまでに匂い立ち、東国の田舎人たちも驚いた。

あれこれと言い逃れをする方法もないため、南の廂に御座所を用意して、薫をお入れしたものの、浮舟は心安くは対面しないので、女房たちが無理に近くに押し出す。遣戸を閉めて、隅を少し開けたところ、薫は、「これはまた恨めしい隔ての戸です。あの『今昔物語』にある飛驒の名工が、どこからはいろうとしても、四方の戸が閉じてはいれない小堂を造ったのと同じです。こんな戸の外に坐ったためしは、まだありません」と不満たらたらのため、弁の尼が開けてさしあげる。

中にはいった薫は、姫君を大君の身代わりにする願いなどは口にせず、ただ「思いがけず物の陰から見かけて以来、恋しさが募っております。これはそうなるべき運命なのでしょう。自分でも不思議な程、あなたに恋い焦がれております」などと語り聞かせる。姫君の様子はおっとりとして愛らしく、見劣りなどもせず、身を任せたため、薫は心底からいとおしいと思った。

間もなく夜の明けた心地がするのに、鶏などの声はなく、大路(おおじ)に近い所のため、だらしない声で何やら聞いた事もない物の名を呼びつつ、物売りが一団となって行く物音がする。こうした夜明け近くに見ると、物を頭に載せた物売りの姿が、角(つの)の生えた鬼に見えるのだと思って、外の音をお聞きになるのも、こんな蓬(よもぎ)の生えた貧相な家に泊まった経験などないので、興味津々(きょうみしんしん)であった。

宿直人のある者は帰宅し、ある者は眠りについた様子なので、薫は人を呼び、牛車を妻戸に寄せさせ、浮舟を抱き上げて牛車に乗せたので、誰も彼もが思いもしなかった事態にうろたえ、「結婚には不吉な九月ですので、困ります。どうなりましょうか」と女房が嘆く。弁の尼も気の毒がり、唐突な成行きとはいえ、「何かお考えがあるのでしょう。心配はいりません。明日は節分(せつぶん)ですから」と言いつつ慰めると、確かに今日は十三日で、季節の変わり目だった。

弁の尼が、「今回はお供できかねます。中の君がこの件を聞かれもしましょう。こっそり上京して、そのまま帰るのも不都合です」と申し上げると、薫はこの事を早々に中の君に伝えるのも気恥ずかしいので、「それは、あとからでも謝罪して下さい。道先案内がなくては頼りない場所です」と、無理やり供をするようにとおっしゃる。「誰かひとり女房がお供するのがよかろう」と言われたので、弁の尼は浮舟に仕える女房の侍従(じじゅう)を同乗させ、浮舟の乳母や、尼君の供をしていた女童などは、あとに残されて茫然自失になった。

近い所かと思ったのは間違いで、行先は宇治であり、薫大将は牛などを途中で取り替える段取りもしておられ、加茂の河原を過ぎ、法性寺付近にさしかかる頃、夜はすっかり明けた。

同乗している若い侍従は、ほんの少し薫の姿を見てから感激して、慕う心が生じているため、世間体はもう気にしていない。

一方の浮舟は、余りの思いがけなさに狼狽しつつ、うつ伏せになっているので、「大きな石のある道中は辛いです」と薫は言って、浮舟を抱く。

羅の細長で牛車の前後が仕切られているとはいえ、明るく出た朝の光が透けてくるので、弁の尼はきまりが悪くなり、「亡き大君のお供をして、このような光景を見たかった。長生きすると、予想もつかない目に遭う」と思って悲しくなり、こらえても顔は歪んで涙が流れてくる。

これを、侍従は逆に憎らしく感じて、こうしためでたい結婚の始めに、尼姿の者が同乗しているのさえ不吉に思う。どうしてこんなに涙ぐんでいるのかと、愚かで憎らしいと思いつつ、老人はともかく涙もろいものだと、事情を知らないまま考えていた。

薫大将も、目の前の浮舟が気に入らないわけではないが、空の景色を眺めていると、過ぎた日の恋しさが増し、山深くはいるに従い、心の内にも霧が一面に立ち込める気がする。ぼんやりと思いに沈みつつ寄り添う袖が、浮舟の袖と重なったまま、長く外に垂れていたのが、宇治の川霧に濡れて、紅色が直衣の淡藍色と重なり、喪服を思わせる不吉な、青味のある紫の二藍に変色しているのを、急坂で車体が傾いた時に気がつき、車の中に引き入れ、詠歌した。

形見ぞと見るにつけては朝露の
　ところせきまでぬるる袖かな

大君の形見として見ていると、辺り一面に露が置くように、絞るまでに涙に濡れる私の袖だ、という感慨で、思わず独り言のように呟かれる。それを弁の尼も聞いて、同じように絞るまで袖が涙に濡れるのを、若い侍従は、わけのわからない見苦しさだと思い、嬉しいはずの道行きに、不快さが加わった心地がした。

弁の尼がこらえきれないように、鼻をすするのを聞いた薫は、自分もそっと鼻をかんで、浮舟がこんな様子をどう思うのかと考え、可哀想なので、「長年、この山道は何度も行き来しました。それを思うと、どことなく心が沈むのです。あなたも少し起き上がって、この山の景色を見て下さい。気分が随分と悪いのですか」とおっしゃって、無理に起こす。

程良く扇で顔を隠しつつ、遠慮がちに外を見やる目元が、まざまざと大君を思い起こさせるものの、余りに素直過ぎて、おっとりしているのが、頼りなげである。「あの大君は本当に子供っぽい面もあったとはいえ、心遣いは決して浅くはなかった」と、今尚やり場のない悲しさは、『古今和歌集』に、**わが恋はむなしき空に満ちぬらし　思いやれども行く方もなし**、とある通り、空(むな)しい空に充満しているようだった。

宇治に到着すると薫は、「ああ亡き大君の魂は、ここに宿って見ているのだろうか。誰のせいで、私はこうもさ迷い歩くのか。大君以外の誰のせいでもない」と思いながら、牛車を降りて、心遣いしてそこを離れる。浮舟は、母君がどう思うかが嘆かわしいものの、薫が優雅なお姿で、心をこめて優しく話しかけてくださるので、慰められて牛車を降りた。弁の尼はわざと一緒には降りずに、牛車を廊に寄せたため、「特に気を遣うような住まいでもないのに、心遣いが過剰だ」と思って、薫は眺めていた。

荘園からは例によって、人々が騒がしいまでにやって来て、浮舟の食事は弁の尼から出す。道中は樹木が繁って暗かったものの、ここの風情は晴れ晴れとしていて、川の景色や山の色も引き立つような邸なので、眺めやった浮舟は日頃の塞いだ心が慰められるような気がする。その一方で、薫大将がこの先自分をどうするつもりなのかがわからず心配していると、薫は京に向けて手紙を出した。

まだ御堂の中の飾りつけが調っていないのを、先日、見届けたので、今日の吉日に急いで宇治に来ております。しかし気分が優れず、物忌みだったのを思い出しました。今日明日はここで謹慎する予定にしています。

と、文は母の女三の宮と、妻の女二の宮の双方に宛てたあと、くつろいだ薫大将の姿は一段と美しい。部屋にはいって来られるのも恥ずかしいと思いつつ、身を隠す所もなく、浮舟はじっと坐っている。その装束は色を様々に、よかれと思って仕立てて重ねてはいるものの、やはり少し田舎じみた点があるのを見ると、亡き大君が着馴れた衣装を上品に優美に着こなしていたのが思い出され、この浮舟は髪の裾の美しさは繊細で品があり、女二の宮の髪の立派さにも劣らないと思って、薫は眺める。

一方で、「自分はこの姫君をどうしようとしているのか。今すぐに格式ばって、あの三条宮に迎えるのも、人聞きが悪かろう。かといって、大勢の女房たちと同列に扱って、ないがしろにするのも不本意だ。しばらくはここに隠しておこう」と思いつつ、逢わずにいるのは寂しく、可哀想でもあり、その日はしみじみと語り合って過ごした。

故八の宮の事も持ち出して、冗談も交え細々とした思い出話を懐しげに話し出すと、浮舟はひどく遠慮がちで、恥じ入るばかりなので、どこか物足りないと感じるものの、「まあこれはこれでいい。頼りないのは美点でもある。教えながら面倒を見てやろう。田舎じみた風流心を身につけて、下品で軽薄だったりしたら、そんな形代は必要ではない」と考え直す。

以前ここにあった琴や箏の琴を取り寄せさせ、「こんな楽器の演奏など、ましてできるはずはない」と、薫は残念がり、ひとりで弾いていると、「八の宮の亡きあと、ここでこうした楽器には、実に久しく手を触れていない」と、我ながら目新しく感じる。

大変懐しく弾きすさびつつ、物思いに耽っているうちに、月が昇ってきたので、「八の宮の琴は大仰ではなく、本当に趣があり、心に沁みる演奏だった」と思い起こされた。

「昔、どの方もここにおられた頃に、あなたも一緒に育っていれば、もう少し感慨深いでしょう。八の宮のご様子は、他人の私でさえも恋しく、しみじみと思い出されます。どうして、あなたはあんな東国に長年暮らしておられたのですか」と薫が訊くので、浮舟は一層恥ずかしくなり、時節に合わない白い扇をまさぐって、物に寄りかかるばかりだった。

その横顔はどこまでも白く、額髪の間に見えるしっとりとした美貌は、大君が思い出される程で、感無量であり、薫は、「ましてや、こうした音楽の面も、身代わりとして教えてやりたい」と思い、「この和琴は、少し弾いた事がありますか。『あわれ我が妻』、つまり『東琴』ですので、多少はたしなんだでしょう」と尋ねる。

「そうした大和言葉さえも、不似合いな暮らしでした。まして和琴などはとても」と浮舟が答えたので、薫は「大和言葉」に和琴を掛けて応じた浮舟に機知を感じて、「これは見苦しくない。才気もありそうだ」と思う。ここに置いて、思うままに通って来られないのも残念で、辛くなったのも、情が湧いてきたからかもしれなかった。

琴は押しやって、薫は浮舟の持つ白い扇から、『文選』の「怨歌行」にある漢詩を連想して、漢の帝の女官の班婕妤が、他の妃に帝の寵を奪われて、夏の白い扇が秋になって捨てられたのを、我が身に喩えた故事と、やはり『文選』の「風賦」に採られた、楚の王が蘭台で夜琴を弾いた故事も思い起こす。

かつての八の宮の琴の音と重ねて、『和漢朗詠集』にある通り、「班女が閨の中の秋の扇の色　楚王の台の上の夜の琴の声」と高らかに朗誦する。

琴ではなく弓ばかりを引く東国住まいに馴染んできた侍従は、全く申し分なく素晴らしいと思って聞き入っていたが、主人の浮舟の持つ白扇が、不吉な未来を暗示しているとは、さすがにわからない。ひたすら賞讃しているのも愚かではあり、薫も「よりによって妙な事を口に出してしまった」と反省した。

弁の尼から果物が差し入れられると、箱の蓋に紅葉や蔦などを折り敷いて、いかにも趣があるように盛り合わせられていた。敷いた紙に筆太に何か書きつけてあるのが、明るい月の光に照らされて見えたので、薫が身を乗り出された様子は、あたかも薫が果物を欲しがっているようにも見えたため、弁の尼が詠歌する。

やどり木は色かわりぬる秋なれど
　昔おぼえて澄める月かな

宿木は紅葉して様変わりした秋ですが、昔を思い出させる月は、以前通りに澄み切っています、という感慨で、「澄める」に住めるを掛け、「月」は薫を暗示していた。古めかしく書かれていて、薫は、きまり悪くも悲しく感じて詠歌される。

里の名も昔ながらに見し人の
　面（おも）がわりせるねやの月影

宇治という憂き里の名も、昔のままなのに、閨に入る月の光で見た女の顔は、昔の人とは別人に変わってしまった、という落胆（らくたん）であり、ことさらの返歌ではなかったものの、侍従が弁の尼に伝えたらしかった。

第五十八章　小少将の君没

書き終えた「東屋」の帖は、地の文に比べて対話と心中を吐露する文章が多くなった。おそらく半分くらいを占めたのではなかろうか。

その理由は二つある。ひとつは対話によって話の筋が進めやすくなり、場面の転換も容易になる。あれこれ面倒な説明がいらないのだ。そうでなくても、この宇治の物語は思った以上に先が長くなりそうで、もたついてはいられない。

もうひとつには、対話と心中の吐露を並列することによって、大きなずれを生み出せるという利点があった。対話ではこう口に出して言ったが、胸の内ではそれと反対のことを思っている、という不一致だ。人というものは、心中の思いと、口に出す言葉が一致するものではない。こう思っても、口では別のこと、反対のことを言ってしまうものなのだ。

このずれを書き出すと、物語中の人物に深味が出る。薄っぺらな登場人物ではなくなる。特に薫大将という人物は、一筋縄ではいかない。こう言っても、別の思いを抱いているという人間なのだ。

さらに言うなら、薫右大将の心中の思いは、その当人の胸の内でも、二転三転する。こう思っても、いやそうではないと思い直し、さらにまた別の向きに考えてしまう人間なのだ。そうした人物は、地の文では誠に書きにくい。思いの中でひねくり回す他はなくなる。

多分にこの手法こそが、これまでの古い物語に見られなかった点だろう。『竹取物語』や『宇津保物語』『落窪物語』その他の古物語では、人物たちの思考は一転二転三転しない。また思いと対話の内容にも、大きな落差はない。話の筋はこれによって、円滑に進むものの、人物に陰影を欠き、平べったい話に陥ってしまう。逆に言えば、お伽話、夢物語の類に成り下がる。これでは、『日本書紀』や『古事記』を超えられない。いわんや『白氏文集』や『史記』『文選』などに匹敵できない。

さらに「東屋」の帖では、これまでさして詳述してこなかった二点を強調したつもりだ。

第一点は、召人となった女房の悲しい境遇だ。仕えている主人の召人になれば、正妻である北の方にも気を遣わざるを得ない。他の女房からの嫉妬、あるいは羨望の渦の中に放り込まれる。ましてや主人の子を産み、それが認められないと、赤子を実家に残したまま主人の邸には戻りにくい。素知らぬ顔で再び出仕する程の厚顔を、どれだけの女房が持ち合わせていようか。

赤子を里邸で産んだ中将の君は、もはや八の宮の許には戻らず、国守に嫁ぐという第二の人生を選ぶしかなかった。それはそれで賢明だったとはいえ、これによって、生まれた姫君の人生は一変する。ましてや、国守に従って東国に赴くとなれば、その境涯はもはや都とはかけ離れ、人となりも田舎じみるのは当然である。

同じ受領でも、東国である陸奥や常陸の国守は、越前、越後、さらに西国とも質を異にしている。陸奥守だったのは伯父の藤原為長殿、常陸介だったのはわたしを産んだ母君の父である藤原為信殿だ。幼い頃、二人からは東国二国の話を時折、聞かされた。幼な心に驚かされたのは、その遠さだった。陸奥国は上京に五十日、下りに二十五日を要する。常陸国は上京に三十日、下りに十五日だという。

その代わり二国とも大国で、そこからの貢納物は他国を凌ぐ豊かさだったらしい。常陸国を例にとると、絹糸と絹織物、麻、鹿革や牛革、干物に海藻、紫草や紅花、茜などの染料、香木や薬草、さらに筆や紙、馬や鹿角など、数えきれない程の産物があり、四年の任期を終えると、十年二十年の貯えができるという話だった。陸奥守も似たような豊かさがあり、任期は六年なので、相当な蓄財は可能なはずだ。

「東屋」に出て来る常陸介は、陸奥と常陸に都合十年は住んでいたので、その懐の豊かさの反面、田舎じみてしまったのは当然だろう。逆に、東国は夷狄とも戦わねばならず、弓箭の武装は欠かせない。琴を弾く代わりに、弓を引く日々だったはずだ。

「東屋」の草稿は、身近にいる弁の内侍の君に手渡した。四十人近くはいる彰子皇太后様付きの女房の中で、最も彰子様に心酔しているのは弁の内侍の君だ。あたかも神仏を崇めるようにして、彰子様に仕えている。かといって、べったり侍って、彰子様をひとり占めにして、他の女房を寄せつけないというのではない。畏敬の念を持って、終始、彰子様に着かず離れず仕えている姿は、見ていて快い。

手渡した翌日、弁の内侍の君から「皇太后様がお呼びです」と告げられた。目が潤んでいるので、何事だろうと思いながら、彰子様の御前に参上した。

「小少将が身罷りました」

それが彰子様の第一声だった。「昨日の夜遅くだそうで、今朝早く使いが来ました。安らかな死だったようです」

既に落涙されたのか、彰子様の目が腫れておられる。

「そうでございますか」

お答えしたきり、次の言葉が出ない。思えば、書き上げた物語を真っ先に渡したのは、ほとんど小少将の君だった。

「知らせは、すぐに道長殿にも伝えました。小少将は、病が重いと自覚して出家していたようです。それを知ってすぐ、道長殿は三位の位を与えると同時に、尼装束を贈っています。その折の詠歌がこれです」

彰子様が料紙を差し出される。二首の歌が書かれ、第一首は道長様、そして二首目は紛うことなく小少将の君の筆跡だった。

なれ見てし花のたもとをうちかえし
　法の衣をたちぞかえつる

日頃見馴れていたあなたの美しい装束を、尼の衣に裁って、俗世を断ったのですね、という感慨だろう。

なれにける身はうちすてるたもとにも
朽たせる糸に針ぞかかれる

あなたに馴れ親しんだ我が身を捨てて、衣装を尼衣に替えますが、涙で朽ちてしまい、天から下った導きの糸には、まだすがれるはずです、という小少将の君の心境だ。

思えば、道長様の召人の中で、最も道長様が馴れ親しんだのは、小少将の君ではなかったか。それは当然、彰子様も重々知っておられるはずだ。

しかし小少将の君には、それこそがこの世の憂さの源だったのだ。

彰子様の前では出なかった涙が、退出すると同時に溢れ出す。もう人前にはおられず、局に戻って思い切り泣いた。

小少将の君が病を得て里邸に下がったのは、半年前だった。身近に小少将の君の姿を見られなくなって、この枇杷殿がどことなく暗くなった気がした。小少将の君の小柄で美貌の姿を見かけると、そこだけ灯火が点っているようで、つい言葉をかけてしまう。美しい顔に笑みがこぼれると、日々の女房暮らしの憂さも忘れて、こちらも笑顔になる。道長様が特に小少将の君に目をかけられるのも、何となく理解できた。

その反面、他の女房から陰口を言われたり、意地悪をされたりして、気苦労は絶えなかったろう。しかし、その辛さを聞かされたためしはない。人の悪口など金輪際言わない人だった。

出仕し始めの頃、小少将の君とはひとつの局に住み、間に几帳を置いただけだったので、その立振舞の優雅さには目を見張った。さすがに姉君が関白道兼様の妻になっただけの家風を、身につけていると感心させられた。

しかし心の中の憂さは、小少将の君に影のように付きまとっていたのだ。同じ局の中で語り明かした翌朝、小少将の君があやめ草の根を紙に包んで差し出したのは、今でも鮮明に記憶している。流麗な筆遣いで和歌が添えられていた。

なべて世のうきに泣かるるあやめ草
今日までかかるねはいかが見る

「うき」は憂きと泥土（うき）、「泣かる」には水の流れと涙の流れ、そして「根」には音（ね）が掛けられ、和歌への造詣が並々ではない。しかも、この出仕生活や世の中の万象が、憂き物だという胸の内が、これでもか、これでもかというぐらいに詠じられていた。この人は、表では明るく振舞っていても、心の内では闇を抱いているのだと、真情を打ち明けられたような気がした。返歌は凡庸な代物で、小少将の君は決して満足はしなかったろう。

何事とあやめはわかで今日もなお
袂にあまるねこそ絶えせね

新参なので何事の区別もつかず、袂に包み切れない根と、袖でおさえ切れない泣く音（涙）が絶えません、という返答ではあった。

今であれば、こんな表面をなぞった歌ではなく、もっと真情に溢れる歌を詠めるような気がする。小少将の君からは、互いに里邸に帰っていて会えない折に、よく文が届いた。流れるような筆跡は、見ているだけで心が和む。この人が同じ女房として彰子皇太后様にお仕えしている限り、女房暮らしも悪くはないと思ったものだ。

それからしばらくして、源氏の物語を書き上げると、すぐに小少将の君が浄書してくれるようになった。そのあと、その浄書は大納言の君に渡り、筆写された稿は彰子様に届けられた。そして肝腎の原本は、他の女房に次々と手渡されていく。手元に原本が戻って来るのは稀で、それはそれでよかった。書き終えたあと、読み返すのは辛い。瑕瑾が目につくからだ。ここを訂正すれば、また別の箇所を直したくなる。それでは埒が明かず、先に進めない。書き散らすのが最上の策なのだ。

文箱の中に、小少将の君からの手紙のいくつかを残していたはずなので、取り出して眺める。「どうか書き続けて下さい」という趣旨の短い文に、和歌が添えられていた。

人の世のあわれを留める言の葉は
幾世隔つる形見とぞ思う

人の世のあわれを書き綴った物語は、昔からそして将来もずっと続く形見なのです、という励ましだった。

何度か読み返し、ふと小少将の君を慕っていた若い女房がいたのを思い起こす。小少将の君の遠戚だという加賀少納言の君で、源氏の物語を読んで、彰子様の女房を志願して出仕して来たらしい。

不幸にも、半年くらいで体調を崩して実家に戻っていった。おそらく小少将の君の死去の報は届いているはずで、弔意を示す文を書き、歌を二首添えた。

暮れぬ間の身をば思わで人の世の
あわれを知るぞかつはかなしき

まだ暮れない束の間の我が命を思わないで、人の世のはかない哀れさを知らされるのは悲しゅうございます、という悔やみだった。

たれか世にながらえて見ん書きとめし
跡は消えせぬ形見なれども

書き留めた手紙は形見であっても、命長らえた誰が後々までも見るでしょうか、という惜別であり、使いの者は、その日の夕刻前に戻って、加賀少納言の君の返歌を持ち帰った。

亡き人をしのぶることもいつまでぞ
今日のあわれは明日のわが身を

亡き人を偲ぶのも束の間かもしれません、今日の哀れさは明日の我が身のそれです、という嘆きだった。

なるほど、この歌の「明日のわが身」は、単なる決まり文句ではなく、自らの病身を嘆く加賀少納言の君の悲しみがこめられていた。

思えば、源氏の物語の本意をいち早く理解してくれたのは、小少将の君だった。「藤式部の君は女の境遇を描いてくれています」と言ったのも小少将の君だ。さらに小少将の君は、「この物語の底に流れるのは、女の哀しみです、いえ、なべてこの世の、ものの哀れさです」とも言ってくれた。

この小少将の君の炯眼（けいがん）は、おそらく歌の素養（そよう）の豊かさに由来している。小少将の君は、源氏の物語にちりばめられている和歌のすべてを暗唱できたはずだ。和歌の一首一首は、例外なくそれを詠んだ人の真情だから、それを味わえば、おのずと物語の本意も理解できる。その結果が、小少将の君がいみじくも口にした、ものの哀れだろう。

それはまた小少将の君自身が、女の身の哀しみ、ものの哀れさを味わっていたからこそ、辿（たど）り着いた感想だったろう。

これから先、小少将の君なしで、物語を紡（つむ）いでいかなければならない。灯火なしで夜道を歩くようなものだが、小少将の君が言った、女の哀れを手掛かりにして歩めば、何とかなるような気がする。

翌日の暮れ方、彰子皇太后様から呼ばれて再び御前に参上した。

「世の常とはいえ、あの人がもはやこの世にいないと思うと、改めて寂しくなりました」

彰子様がしんみりとおっしゃり、手元にある文を差し出される。小少将の君の筆跡だった。

「小少将は、たびたび清水寺（きよみずでら）に参籠（さんろう）していました。病弱でもあったので、その祈願も兼ねていたのでしょう。あるとき、それを気遣って和歌を贈ったのです」

彰子様はおっしゃりつつ、小声で朗詠される。

風のあらき気色を見ても秋深き
山の木の葉を思いこそやれ

風の吹き荒れる様子を見ていると、秋も深まった木々の葉は散るばかりで心細くはありませんか、という心配だった。

「その返歌がそれでした」
言われて、小少将の君の歌を、自分の口で詠じられる。

秋深き山の嵐をとうことの
葉は散るばかりうれしかりけり

秋深い山の嵐を心配していただき、わたしの心は葉が散るように嬉しさにふるえております、という感謝だろう。

彰子様が山籠りの厳しさを心配されて、送った慰問のお言葉に、木々の葉を掛けたところなど、小少将の君の才気がにじみ出ている。

「あの方は私心がない人でした」
彰子様がしみじみとおっしゃる。そうか、あの素直な人柄を、私心がないというのだと納得する。

「道長殿があの方を寵愛していたのも、その美点があったからでしょう。道長殿は私心で満ち満ちた人ですから」

お聞きしていて、思わず頷きそうになる。娘ならではの真摯な、父親に対する批判だった。

「小少将は、父親に恵まれない人でした。父の源時通殿は、何を感じたのか、二十歳をいくつか過ぎた頃に出家しています。小少将にとって、道長殿は父親代わりだったのかもしれません」

「その辺りの事情は、何も聞いておりません」

あからさまに肯定もできずに、言葉を濁す。しかし道長様の召人になった自分を恥じて、彰子様や倫子様の思惑を気にしていたのは確かだ。彰子様は、それを是としておられたのだ。

「小少将が、あるとき言った言葉があります」

「何でございますか」

小少将の君の言葉なら、耳に留めておきたかった。

「藤式部の君の源氏の物語は、必ずや千年後にも読まれている、と言ったのです」

「千年」

呆然としてのけぞる。いくら何でもそれは無理だ。あの控え目な小少将の君が、彰子様にそういうことを申し上げていたとは、絶句するしかない。

「わたくしも、そう思います」

彰子様がおっしゃって微笑まれたので、胸が詰まって何も申し上げられない。黙ったまま下がろうとすると呼び止められた。

「あなたが書き上げたものは、これから先、女房たちに書写させず、まずは公任殿に依頼するつもりです」

「あの大納言様にでございますか」

　これまた驚く。大納言藤原公任様と言えば、今では当代第一の才人として誰もが認めている。漢詩、和歌、琴の類に秀で、有職故実にも詳しい。何より成って間もない『和漢朗詠集』は、既に上達部や殿上人の間で、競い合うように筆写されていた。

「大納言も、そなたの源氏の物語は、心して読んでいると聞いています。依頼を断るどころか、喜ぶのではないでしょうか。それにまた、公任殿はそなたの幼い頃を知っているとも、かつてわたくしに言った事があります。本当ですか」

　思いもかけないご質問にうろたえる。

「はい、まだいたいけな頃です。生意気にも父に連れられて、故具平親王邸に何度か参上したことがあります。そこに公任様も見えた折がありました。今から考えると、身の縮まる思いでございます」

「そうでしたか。そうすると、あの後中書王も、幼い頃の藤式部を知っていたのですね」

　彰子様が何度も頷かれるのを拝見していて、ふと五年前の出来事が思い浮かんだ。敦成親王誕生五十日の祝宴があった夜、酔った公任様が、

「この辺りに若紫はいませんか」と叫んで、女房たちの局を捜し回ったのだ。あれも昔を知っていての馴れ馴れしい振舞いに違いない。その公任様に、書き終えた稿が渡されるとは、もはや宿運だった。

　このあと、帝の中宮妍子様が無事に女児を出産され、第九夜の産養は彰子様が提供された。道長

様は男児でなかったのがご不満の様子で、宴は静かなものだったらしい。

そしてこの年の暮れ、敦康親王と、具平親王の王女との結婚の儀があった。枇杷殿に王女が渡って来られて、まず西の対の北面で裳着の儀式が実施された。そこに牛車に乗った敦康親王が渡御された。

考えてみると、道長様の長子である頼通様の妻、隆姫も具平親王の王女なので、これで敦康親王と頼通様は相婿になった。かつて仕えた亡き具平親王の血が、道長様の家系に受け継がれていくのも、奇妙なご縁だった。

書き上げたものを、まず公任様が筆写すると思うと、思わず心が高鳴り、背筋が伸びる。一字一句おろそかにできない緊張に胸苦しくさえなる。息を継ぎ継ぎ、筆を進めた。

匂宮は、浮舟とのほのかな逢瀬を持った夕べを、いつまでも忘れられず、「大した身分ではなさそうだったが、人柄が素直で可愛らしかった」と、元来の深い浮気心から、心残りのままに終わったのが口惜しく、中の君に対しても、「こんなささいな戯れだったのに、嫉妬されるとは実に情けなく、心外です」と、折々に恨み言を口にされた。

中の君も困惑して、「いっその事、ありのままをお伝えしようか」と思うものの、「あの姫君を薫大将は、表立って重々しくは扱ってくれないようだ。とはいえ、心の内では浅からず思い入れて、その恋心をどこかに隠し置いておられる。それを包み隠さず匂宮に申し上げれば、聞き流すような匂宮ではない。ここに仕える女房たちの中でも、ちょっと手をつけてやろうと思い立つと、身分柄、行くのにふさわしくないような、女房の実家にまで追いかけて行く、困ったご性分なのだ。
それがこうまで月日が経っているのに、まだ思い詰めておられるのであれば、必ずや世間体の悪い事態が生じるに違いない。あの姫君の事を、他から聞かれるのであれば、それはそれでいい。薫大将や姫君の双方にとって、気の毒な事が起こっても、留められるような匂宮のご気性ではない。自分としては、姫君が妹であるだけに、妙な事になると、外聞は悪くなる。それはそれとして、自分の不注意から、厄介な事は起こしたくない」と考え直す。

匂宮には悪いものの、何も言わず、だからといって上手に嘘などはつけないので、黙ったまま、世間にありがちな嫉妬している女を演じるに留めていた。

一方、薫右大将はこの上なく悠長に構えており、「宇治では待ち遠しく思っているだろう」と、いつも可哀想だと思い遣ってはいるものの、権大納言兼右大将という窮屈な身分だけに、しかるべき機会がない限り、おいそれと通える道ではないため、『伊勢物語』に、**恋しくは来ても見よかしちはやぶる　神のいさむる道ならなくに**、とあるが、神が諫める以上に、困難であった。

「とはいっても、いずれは手厚く扱ってやろう。山里の慰めとして考えて置いていたので、多少日数を要する用事でも作り出して、ゆっくり向こうで過ごそう。こうして当座は、世間にはわからない所に住まわせておけばいい。少しずつ、そうした間柄なのだと浮舟にも思い知らせ、自分としても、世間から非難されないように、程々につきあうのがよさそうだ。

いきなり、それはどんな人か、いつからの間柄なのかと、問い詰められるのも煩わしく、当初の大君の身代わりとして求めた心にも反する。中の君が聞いて、どう思うのかも懸念される。大君ゆかりの宇治をきっぱりと捨て、京に連れて来て、昔を忘れた顔をしている、と思われるのも不本意だ」

などと、心を思い鎮めているのも、例の、のんびり過ぎる気性からで、とはいえ宇治から移すための家を準備し、密かに造らせていた。

薫大将は公務や女二の宮との暮らしで、多忙にはなったものの、中の君に対してはなおも心を寄せており、その執心は女房たちから見ても不思議な程だとはいえ、当の中の君は世の中の人の有様を見聞するにつれて、「これこそは、昔を忘れない誠の心を、いつまでも持ち続けている例ではないか」と、少なからず感心している。

薫は年を取るに従って、人柄も評判も格別なものになり、匂宮が好き心から頼りにならない時々は、中の君も、「やはり思いもしなかった運命だ。亡き大君が薫大将を勧めた通りに事が運ばず、こうして心配事が絶えそうもない方と一緒になってしまった」と、思う折が増えたが、薫大将と対面する機会は滅多になかった。

あの頃から年月も随分と経ち、中の君と薫大将の経緯を知らない女房が、並の身分の者であれば、八の宮との縁で知り合った仲を忘れずに、親しくするのも当然だとはいえ、高い身分でありながら、こうも執着されるのは非常識だと思っているらしい様子が感じられるのも、中の君には懸念される。一方で、匂宮がいつも薫大将との間を、疑いの目で見ておられるのも辛く、気兼ねされて、薫大将とのつきあいも自然によそよそしくなっていくのに、大将の方では従来通り、心変わりはない。

匂宮のいつもの浮気心は、時に目を塞ぎたくなる事もあるとはいえ、若宮が今や可愛らしく成長するにつれて、匂宮も「他の女君にはこんな男児が生まれる事もなかろう」と、中の君を大切な人と思ってくださる。気を許してつきあえるという点では、正妻の六の君よりも大事に扱ってくださるので、中の君も以前よりは物思いも少なくなっていた。

正月上旬を過ぎた頃、匂宮は中の君の部屋に赴いて、ひとつ年が加わった若宮を相手に、遊んでやっていると、昼時に小さな女童が、緑の薄い鳥の子紙に包んだ大ぶりの手紙と、小さな鬚籠を小松につけた物、さらに改まった感じの書状も一緒に持参し、中の君に進呈する。

匂宮は「それはどこから来たのですか」と女童に訊くと、「宇治からでございます。大輔の女房様宛と言って、使いの者がまごまごしておりました。いつものように中の君が御前でご覧になるだろうと思い、受け取って参りました」と、せわしなく言い、「この籠は竹細工かと思っていたら、針金で編んだ物に色をつけております。松も本物そっくりの枝でございます」と、にこにこして申し上げる。

匂宮も笑って「どれどれ、私もよく観賞しよう」と言って手に取られたため、中の君ははらはらしながら、「手紙は大輔の所に持って行きなさい」と命じる。その際に、顔が少し赤くなったのを見た匂宮は、「薫大将がさりげなく装った手紙だろうか。宇治からだと言わせたのも怪しい」と勘繰って、その文を手に取られた。

さすがに、それが本当に薫大将の手紙であればきまりが悪いので、「開けて見ますが、恨みますか」と中の君に言うのに、「見苦しいです。どうして女同士で書き交わした、内々の手紙を見られるのでしょう」と、中の君はお答えになる。その様子がうろたえた風ではないので、「それでは開けて見ます。女の人の文はどんなものでしょうか」と言って開封された。

実に若々しい筆遣いで、「ご無沙汰しているうちに、年も暮れてしまいました。山里のうっとうしさは、峰の霞が晴れる間もありません」と書かれて、端に、「これも若宮の御前に差し上げて下さい。つまらない物ではございませんが」と書き添えられている。特に洗練されたところも見えず、差出人の心当たりもないので、別の改まった立文を注意深く見ると、確かに女の筆跡だった。

新年、お変わりございませんでしょうか。あなた様には、どんなにか多くの楽しみと喜びに包まれておいでの事でしょう。当方は誠に立派な住まいで趣はあるものの、やはり姫君には不相応と拝見しております。こうしていつも物思いに沈んでいるよりは、時々そちらに伺って、心を慰めていただきたいと思いますが、そちらでの出来事を恐ろしいと思い込まれ、上京は気が進まないようで、嘆きは相変わらずでございます。若宮の御前に、悪鬼払いの卯槌を献上いたします。匂宮がご覧にならない折に、ご覧に入れて下さい、との事でございます。

と、細々と、正月なのに、ふさわしくないとか、嘆きなど、不吉な言葉を書いているのも、気が利かない文面なので、匂宮は何度も読み返し、「もう白状して下さい。これは誰の手紙でしょうか」とお訊きになるので、中の君は、「昔、あの宇治の山里に仕えていた者の娘が、子細あって近頃はあちらにいると聞いています」とお答えする。

なるほど、普通に仕えているとは思えない書きぶりだと納得した瞬間、あの夜の厄介な出来事に触れている箇所に、はたと気がつく。目の前の卯槌が趣向が凝らされている点から、所在なく暮らしているという人の細工に違いなく、二股になった枝に、藪柑子の実が作って突き刺され、そこに和歌が結びつけられていた。

まだ旧(ふ)りぬものにはあれど君がため
　深き心にまつと知らなん

まだ老松(おいまつ)ではありませんが、若宮のために長久(ちょうきゅう)の命を心より祈りつつ、ここに松を献上致します、どうぞ深い心をお知り置き下さい、という祝意で、「まだ旧(ふ)り」はまだ古(ふ)り、物名(もののな)として詠み込んだ「松(まつ)」には、待つと先(ま)づが掛けられていて、凡庸な歌ではあるものの、「あの思い続けていた人の歌だろうか」と匂宮は気づいて、目が引きつけられる。

「返事をしたほうがいいでしょう。しないのは思い遣りに欠けます。隠し立てをするような文でもないのに、見せるのを嫌がるとはどうしてでしょう。ま、ここはご機嫌斜めのようですから、退散します」と言ってその場を去られた。

中の君は少将の君などに対して、「あの姫君には気の毒な事をしました。幼い童が受け取ったのを、誰も見ていなかったのですね」などと小声でおっしゃると、少将の君は、「見ておりましたら、どうして御前に直接参らせましょう。この子は何につけ分別がなく、出しゃばりなのでございます。先が思い遣られます。人はおっとりしているのが一番でございます」と女童を責める。

中の君は、「静かにしなさい。幼い人に腹を立てるものではありません」とたしなめたが、この女童は去年の冬、ある人が参らせた女童で、顔が大変可愛らしいため、匂宮もいたく気に入っていたのだった。

匂宮は自分の部屋に戻り、「妙な事ではある。薫大将が宇治に通っているのは、この何年も絶えた事がないと聞いている。その話の中で、大将が密かに夜に泊まる折もあると、誰かが言っていた。いくら恋しい人の形見の地とはいえ、ふさわしくない所に独り寝をするものだと、不思議に思っていた。さては、あのような女を隠し置いているのに違いない」と合点して、漢学について師事している大内記を務める者で、薫大将とも親しい役人を呼んで、来邸させる。

韻塞ぎをしたいので、漢詩集を何冊か選んで、こちらの厨子に積んで置く事などを命じたあと、

「右大将の宇治通いは今も続いているのですが、寺を誠に立派に造ったと聞いています。何とかして見たいものです」とおっしゃる。

大内記は、「はい。実に荘厳に造られ、不断の三昧堂など、それはそれは尊く造作されたと聞いております。宇治通いは、去年の秋から、以前にも増して頻繁にしておられるようです。

下々の者の内々の話はこうでございます。宇治には女を住まわせておられる。まずまずの思い入れのようであり、あの一帯に所有されている荘園の者たちが、みんな大将の命令で参上し、用件を承っている。宿直なども荘園の者が交代で詰め、その他にも京から、内密のしかるべき見舞などが届けられている。一体どういう幸い人が、あんな山里に心細くも暮らしているのだろう、などと、つい去年十二月の頃に噂していたと、またお聞きいたしました」と言上した。

匂宮は何とも嬉しく、よくぞ聞き出したと思い、「その女が誰なのか、はっきりとはわかりませんか。私は大将が、元から宇治に住んでいる尼を見舞っていると聞いていますが」とおっしゃると、大内記は「その尼は廊に住んでいるそうでございます。当の女君は、新築された寝殿に、小ぎれいな多くの女房を従えて、見苦しくない暮らしをしております」と申し上げた。

「それは面白い話です。どういうつもりで、どんな女を、どのように囲っているのでしょう。やはり薫大将はひと癖があり、並の男とは違った性分です。夕霧左大臣などは、大将は仏道に熱心な余り、

どうかすると山寺に夜まで泊まり、実に軽々しい、と非難されているらしい。

確かに私も、仏道のためであれば、どうしてそこまで人目を忍ぶ必要があるのだろう、やはりあの宇治に忘れ難い執心があるのだと思い、聞き流していました。しかし内実はそういう事だったのですね。いやはや、人より生真面目で分別のある顔をしている人の方が、誰も考えつかないような隠し事をしているものです」と匂宮は言い、これは実に面白いと思われる。

この大内記は、薫大将の邸にごく親しく仕えている家司の婿なので、薫大将が内密にしている事も耳にしているようで、匂宮は胸の内で、「何とかして、その女君が以前逢った女かどうか、見極めたいものだ。あの薫大将がそれ程までして囲っているのは、並々のありふれた人ではあるまい。とはいえ中の君と親しいのは、どういうわけなのか。中の君が薫大将と心を合わせて隠していたのも、腹立たしい」と思うと、その後は専らこの事ばかりが気になった。

正月十八日の賭弓や、二十日過ぎの帝主催の内宴を過ごして、心のどかになり、任官昇進の司召など、人が気をもんでいる人事には無関心で、宇治に密かに赴く手立てばかりを匂宮は考えていた。

あの大内記は任官などに下心があって、夜昼何とかして匂宮に取り入ろうとしている頃なので、普段よりも親しく使う。

匂宮は「いかに困難な事でも、私が望む事は、取り計らってくれますね」などと大内記に向かって言い、「誠に不都合な事態になりました。あの宇治に住んでいる人は、以前に私と少しばかり関係があった人かもしれません。その後行方知れずになっていて、それが薫大将に見出され、引き取られたのではないかと、いろいろな話からして思い当たります。確かめる手段もないので、物陰から覗き見をして、本人かどうかを見定めようと思っています。全く人に知られない方法は、何かありますか」

とお訊きになる。
大内記は「これは面倒だ」と思ったものの、「宇治行きは、大変険(けわ)しい山越えではありますが、格別に遠いわけではございません。夕方出発すれば、夜中には到着できます。そのあと夜明けまでには帰京が可能でございます。人から知られないかどうかでは、供の従者だけは知りましょう。しかし、立ち入った事までは知り得ないかと存じます」と言上する。

匂宮は「昔も一、二度通った道です。軽々しい振舞と非難されるに違いなく、その噂が気になるのです」とおっしゃり、こんな事は二度とあってはならないと思うものの、ここまで口に出してしまったので、もはや断念し難かった。

供には、昔も宇治に供をして道を知った者二、三人と、大内記、その他は乳母子(めのとご)で蔵人(くろうど)から五位に叙された若い男など、親しい者だけを選ぶ。薫大将は今日明日は、まさか宇治には行くまいと、大内記に実情を探らせ、いよいよ出発すると、昔の事が思い出され、「不思議なくらいに私の心に沿って、宇治まで連れて行ってくれ、中の君と逢わせてくれたあの薫大将だけに、何となく後ろめたい気がする」と、気が咎(とが)める。

その上、京の中でさえ全く人に知られないようにしての忍び歩きは、不可能な身分なので、貧相な衣装に身をやつし、馬で出かけるのも情けなくはあるものの、こうした好き心は人一倍強い性分なので、山深くなるにつれて、「早く逢いたい。どうなるのか。顔を合わせずに帰る破目(はめ)になれば、見苦しくも妙な事になる」と思う。心も騒ぎ、法性寺(ほっしょうじ)付近までは牛車で行き、そこから先は馬に乗った。

道中を急ぎ、宵(よい)を過ぎる頃に宇治に着く。大内記は様子をよく知っている薫大将の邸の者に、詳しく聞いていたので、宿直人(とのいびと)のいる方には寄らず、葦垣(あしがき)が巡らしてある西面(にしおもて)を、少し壊してそっと邸内に侵入したまではよかったが、大内記自身も見るのは初めての住まいなので、勝手が摑めない。人が多いわけでもないため、そのまま進むと、寝殿の南面に灯火がぼんやりと点り、そよそよと衣ずれの音がするので、匂宮の側に戻る。

「まだ人は起きているようでございます。このまま、こちらからはいって下さい」と案内して導き入れる。匂宮はそっと簀子に上がり、蔀格子に隙間がある所を見つけ、近寄ると、格子の外に下げている伊予簾がさらさらと音をたてたので、はっとする。室内は新築で、美しく造られていたとはいえ、どこか荒削りの造りで、隙間があっても誰も覗く者もいないと安心して、穴も塞がず、灯台を明るく点していた。

女房が三、四人坐って縫物をし、その脇で可愛らしい女童が糸を縒っていたが、何とその子の顔が、あの二条院で灯影に見た顔である。これは見間違いではないかと、まだ信じられなかったものの、横に右近と名乗っていた女房もいて、主人の女君は腕を枕にして灯火を見つめている。その目元や髪の垂れかかる額の様子は、実に上品で瑞々しく、中の君にそっくりだった。

当の右近は布に折り目をつけながら、「このまま向こうに行かれたら、すぐには帰って来られないでしょう。殿はこの司召の時期を過ぎて、来月上旬には必ず赴かれると、昨日の使いも申しておりました。お手紙にはどのような返事をされたのでしょうか」と訊くのに、女君は返事もせずに、ひどく物思いに沈んだ様子である。

右近が「殿がいらした折に、逃げ隠れするようになさるのは、見苦しいと存じます」と責めると、向かいに坐った女房が、「それについては、こうした事情で出かけましたと、文を差し上げるのがよろしいでしょう。軽々しくも、何のお知らせもせずに、そっと隠れるのはよくございません。石山寺に参詣されたあとは、真直ぐこちらにお帰り下さい。こんな心細い住まいではありますが、伸び伸びとした心で暮らし馴れておられるので、元々の常陸介の邸では逆に旅先のような心地がされるでしょう」と申し上げる。

また別の女房は、「ここはやはり、もうしばらく、このまま待つのが、平穏のような気がいたします。いずれ京などに迎えられたあとは、ゆっくりと母君にも会われて下さい。この乳母は本当にせっかちです。なぜ急にこんな参詣を思い立って母君にお勧めされたのでしょう。昔も今も、辛抱強く、おっとりと構えている人の方が、幸せが訪れるという事でございます」と言上しているようである。

右近は、「どうしてあの乳母を引き止められなかったのでしょう。年寄りは面倒な事を考えやすいです」と言い、どうやら乳母の悪口を言っているようで、「確かに、憎らしい乳母がいた」と、匂宮は思い出すにつれて、夢を見ているような心地になる。

女房たちは、こちらがはらはらする程の内輪話をあれこれしつつ、「中の君は本当に幸せでおられます。夕霧左大臣が素晴らしい威勢に任せて、婿殿を仰々しく世話されているようですが、若宮が生まれてからは、もう申し分のないお暮らしのようです。この乳母のような出しゃばった女房も、あちらにはおらず、のんびりとしたお心で、うまく振舞っておられるでしょう」と申し上げる。

別の女房が、「薫大将が真剣にお心を寄せる事が変わらなければ、こちらも中の君に負けないくらいになられるはずです」と言うので、女君は少し起き上がって、「本当に聞き苦しい。他人であれば、負けないなどと思ってもいいでしょうか、中の君の事をそんな風に申し上げるものではありません。もし漏れ伝わるような事でもあれば、困った事になります」と制された。

匂宮は、「どの程度の血の繋がりなのだろうか。中の君に瓜二つの感じがする」と、思い比べてみると、こちらが気恥ずかしくなる程立派で上品な点では、中の君の方が段違いに優れているものの、こちらは可憐かつ繊細な美しさに魅力がある。ここでありきたりで不充分な点を見つけたとしても、これまで逢いたいと思い詰めていた人を、その当人だとわかった今、このまま見過ごしできない性分であり、ましてやその美しい姿をありありと実見したあとでは、どうやってこの人を我が物にしてやろうかと、上の空になり、今一度目を凝らして見ていた。

するとj右近が、「ひどく眠たくなりました。昨夜も、何やかんやで夜明かしをしてしまったので、これは明朝早くにでも縫う事にいたします。いくら急とはいえ、母君からのお迎えの牛車の到着は日が高くなってからでしょう」と申し上げ、縫いかけていた物を取り集め、几帳に打ち掛け、みんなうたた寝をする恰好で、隅で横になる。女君も少し奥にはいって寝て、右近は奥の北面の部屋に行って、やがて戻って来て、女君の足元近くで横になった。

眠いと言っていた右近が、あっという間に寝入ってしまった様子を見た匂宮は、他に手段もないので、そっと格子を叩くと、右近が聞きつけ、「どなた」と尋ねたため、咳払いをすると、気品のある咳払いだと聞き知って、「薫大将が来られたのだろうか」と思って起き出て来た。

「ともかく開けなさい」と匂宮が命じると、「不思議です。思いもよらない時刻で、夜はすっかり更けております」と右近が応じたため、「どこかに出かけられると、仲信から聞いたので、驚いて出かけて来ました。難儀な道中でした。ともかく開けなさい」と、薫大将の声を真似て匂宮がそっとおっしゃる。

右近は匂宮とは思いもよらず、妻戸を開けたので、「来る途中、ひどく恐ろしい事があったので、哀れな姿になっています。灯は暗くして下さい」と匂宮はおっしゃり、右近は「それは大変でございます」と慌てふためいて灯台を遠ざけた。

「私の姿を人に見せてはなりません。私が来たと言って、人を起こしてもいけません」と、巧みに言いなし、もともと薫大将に似ている声を、さらにそっくりに真似て部屋にはいると、右近は、「大変な目に遭ったとおっしゃっていたが、どんな姿になられたのだろう」と気の毒に思って、物陰に隠れてそっと見た。

実にほっそりとして、なよやかな装束を着ておられて、漂ってくる香の芳しさも、いつもの薫大将に劣らない。女君の近くで衣を脱ぎ、馴れた様子で横になられたので、右近は「いつもの奥の御帳台に」とお勧めしたが、ご返事がないので、夜具の衾を持って来て、近くに寝ていた女房たちも起こして、引き下がる。

御供の人など、普段からこちらでは世話をしない習慣なので、女房たちの中には、「本当に感激するような夜のご来訪です。こんな薫大将の深い愛情を、女君はわかっておられません」と、したり顔で言う者もいて、「静かに。夜の声はひそひそと言うのが却って騒がしいのです」と制しながら、寝入った。

浮舟は違う人だと気がつくと、思いがけなさに呆然としており、匂宮は声を立てさせないまま、あれほど人目が気になる二条院でさえ、理不尽な振舞をしたくらいなので、ここではもう強引に行為に及ぶ。浮舟も始めから違う人だとわかっていれば、何とか抵抗もできただろうが、夢の中にいるような心地でされるがままでいた。

匂宮は二条院でつれなくされて切ない思いをした事や、昨年以来、思い続けてきた事を語って聞かせるので、浮舟は匂宮だとわかり、いよいよ恥ずかしく、姉である中の君の事を考えると、他にどうするすべもない。ひたすら泣くばかりである。匂宮もこうして契ったために、却って辛さが募り、この先、たやすくは逢えない事実を思うと、自らも泣いてしまう。

夜はひたすら明けていき、供人もやって来て、出発を促す咳払いをする。右近が聞きつけて参上したが、匂宮は帰る気にはなれない。浮舟と離れたくなく、再び来るのも難事なので、たとえ京で行方不明として騒がれようとも、今日ばかりはこのまま居続けよう、『拾遺和歌集』に、**恋い死なん後は何せん生ける日の　ためこそ人の見まくほしけれ**、とあるように、何事も生きている日のためであり、今ここで立ち去るのは本当に死んでしまうような辛さがあった。

右近を呼びつけ、「全く無分別だと思われるに違いありませんが、今日はとても帰れません。供の者たちは、この辺の近い所にうまく隠れているように伝えなさい。時方には、京に戻り、匂宮は山寺に忍んで籠っておられる、などとそれらしく報告させて下さい」とおっしゃる。

右近は仰天して、不注意だった昨夜の過ちを思うと、気も動転しそうなのを、思い鎮める。

そして「こうなったら、今、大騒ぎしたところで無益で、匂宮にもご無礼になる。二条院でとんでもない振舞で言い寄られたのも、逃れようのない宿世のためだった。誰が悪いわけではない」と自分を慰め、「今日は母君が迎えに来られる日でございます。それはどう致しましょう。このように逃れる事ができなかった女君の宿縁については、何も申し上げようがございません。ただ時期が悪うございますので、やはり今日はお帰り下さい。残る心がございますれば、後日ゆっくりとお出かけ下さい」と言上する。

匂宮は「一人前の口のきき方われ」と思われ、「私は何か月も恋い焦がれて、すっかり取り乱しています。人から注意されても心に響かず、無我夢中の有様です。少しでも我が身大事の人間なら、こんな忍び歩きは思いつきません。
母君への返事には、今日は物忌みですから、などと言って下さい。あなたは、この事が他人に知られないようにして、私と女君のためだけを考えればいいのです。他は一切無用です」とおっしゃる。匂宮は、この浮舟が今ではこれまで経験しなかった程にいとおしく、八方からの非難も、もはや眼中になかった。

右近は出て行って、咳払いをした供人に、「匂宮はこれこれの仰せですが、やはりこれは無理難題だと、あなた様から諫言して下さい。こうした傍若無人のお振舞は、たとえ匂宮が思い立たれたとしても、あなた様のような供人の方々の心次第なのです。どうしてこうも無謀に、連れ出されたのですか。無礼千万の行いをする山賊にでも遭遇していたら、どうなっていた事でしょう」と言うので、大内記は「全くもって厄介な事になった」と思って、突っ立ったままである。

右近は「時方という方はどなたでしょう。これこれという仰せです」と、匂宮のお言葉を伝えると、大内記は笑い、「大変なお叱りですので恐ろしく、仰せ言がなくても、京に退散しましょう。実は、匂宮の並々ならぬ執心にほだされて、みんな命がけでこちらに参ったのです。はい承りました。宿直の者も、みんな起きたようですから」と答えて、急いで退出した。

右近は、「人に気づかれないようにするには、どう護るべきか」と困惑していた。女房たちが起き出したので、「薫大将はわけがあって、ひどく人目を避けておられます。ご様子を見たところ、道中で大変な目に遭われたようです。衣装など、今夜こっそり持参するように家来に言いつけられました」と言うと、年配の女房たちが、「それは不気味です。木幡山は本当に恐ろしい山だそうです。例によって前駆をさせずに、姿をやつして来られたのでしょう。お気の毒に」と言う。

「静かにして下さい。下々の者がちょっとでも聞くと、それこそ大騒ぎになります」と、右近はたしなめたものの内心は恐ろしく、不都合にも薫大将からの使者が来たら、どんな言い訳をしようかと思案し、「初瀬の観音様、今日は無事に過ごさせて下さい」と、大願を立てる。

今日は石山寺参詣のために出立する予定で、母君が迎えに来る事になっていて、供をするここの女房たちもみんな精進し、潔斎して準備していたが、「そういう事なら、今日は出かけられないでしょう。残念至極です」と女房たちは言っていた。

日が高くなって、格子なども上げて、右近が匂宮と浮舟の側近くに行く。母屋の簾は端から端まで全部下ろして、「物忌み」と書いた札を付け、仮に母君が自らやって来ても、「夢見が悪かった」という口実を用意した。

洗面の手水などを準備するのはいつもの通りだが、右近がその介添を浮舟にも手伝わせたのを、匂宮は心外に思い、「あなたが先に洗って下さい」とおっしゃる。浮舟はそれまで大層礼儀正しい薫大将を見馴れていただけに、このように片時も見ないでいると死にそうだとまでに、恋い焦がれておられる匂宮に接して、「愛情深いとはこういう事をいうのだろうか」と思い知る。

浮舟は、「思いもしなかった我が身だ。薫大将にしても中の君にしても、また母君にしても、これを耳にしたら、どう思われるだろう」と、まずは中の君の心中を思い浮かべていると、匂宮は、「あなたの素姓がわからないので情けなく思います。ありのままをおっしゃって下さい。どんな低い身分の生まれであっても、却っていとおしさは募るでしょう」と、無理に答えさせようとされる。

浮舟はそれについては口を閉ざし、その他の事は実に愛敬よく、打ち解けた様子で答え、従順にしているので、匂宮はこの上なく愛らしいと、ひたすら見つめた。

日が高くなった頃に、石山寺参詣のために母君が差し向けた迎えの一行が到着し、牛車が二両、馬に乗ったいつもの荒々しい者たちが七、八人、他に供の者が多数、例によって品のない仕草で、がやがや騒ぎながらはいり込んで来たため、女房たちは眉をひそめつつ、「あなたたちは、あちらの方に引っ込んでいるように」と伝えさせる。

右近は「どうしよう。ここに薫大将がおられると言えば、京に大将がいるかいないかを聞いていて、嘘が露見するかもしれない」と思い、ここの女房たちにも特に相談もせずに、母君に返事を書いた。

　姫君は昨夜から月の障りになり、実に残念な事だと嘆いておられ、その上、昨夜は縁起の悪い夢を見られました。そのため今日だけは身を慎もうと、物忌み中でいらっしゃいます。返す返すも残念で、物の怪などの邪魔だてのように思います。

と書き送り、迎えの人々にも食事をさせて、京に帰らせ、同じ邸内に住む弁の尼にも、「今日は物忌みなので、出かけられません」と伝えさせた。

浮舟は、いつもやる事もなくてなかなか日が暮れないとばかり、霞んでいる山際をぼんやりと眺めていたのに、日が暮れていくのが切なく、帰京しなければならない焦慮に、いらいらしている匂宮に引きずられ、またたく間に日が暮れてしまう。一方の匂宮は、何にも邪魔されないのどかな春の一日に、浮舟の容姿はいつまで見ていても飽きず、ここぞと思われる欠点もなく、愛敬があって可憐で美しい。

とはいっても二条院の中の君に比べると、似てはいても劣っていて、夕霧左大臣の六の君が今を盛りと輝いているのと比較しても、こちらは段違いに低い身分であるのに、今は比類なしと思い詰めている時なので、他にはこんなに美しい人はいないと思って眺める。

浮舟の方も、これまで薫大将を実に美しく、他にこんな人はいるまいと思っていたのに、目の前の匂宮の清らかで限りない美しさは格別だと思いつつ、眺めていた。

匂宮は硯を引き寄せて、手すさびに歌や絵などを、気の向くままに書き出す。それが実にうまく、絵などは思わず見入ってしまうようなのを次々と描くので、純情な浮舟としては心もとろけそうであった。「思うにまかせず、私が来られない時には、これを眺めていて下さい」とおっしゃって、匂宮は大層美しい男女が一緒に添い寝している絵を描いて、「いつもこうしていたいものです」とおっしゃるので、浮舟は感激の余り涙が頬を伝う。それを見て、匂宮は詠歌する。

長き世を頼めてもなお悲しきは
ただ明日知らぬ命なりけり

末長く将来の約束をしても、まだ悲しいのは、お互いの命が明日も知れないからでした、という嘆きで、「どうして、こんな不吉な詠歌をしたのでしょう。思いのままに振舞えない我が身なので、ここに来るのにもひと苦労します。それを考えると、本当に死んでしまいそうな気がするのです。二条院でつれなくされたあなたを、どうしてなまじっか捜し出してしまったのでしょう」とおっしゃる。浮舟は匂宮が墨で濡らした筆を手に取って、返歌する。

心をば嘆かざらまし命のみ
定めなき世と思わましかば

人の心の変わりやすいのを嘆いたりはしません、心も命も定めなき世なのですから、という諦めが綴られていたので、匂宮は「私が心変わりをすると思っている」と感じて、益々いたわしくなる。「どんな人の心変わりを経験して、こんなに嘆かれるのでしょう」と言いつつ微笑んで、薫大将がここに連れて来た当初の事などを知りたがって、しつこく尋ねた。

浮舟は困惑して「お答えできかねる事を、そう訊かれても」と、恨めしく思っている様子もうぶな感じで、いずれその件については聞き出せると思うものの、本人の口から言わせたいと考えるのも、匂宮の困った性癖だった。

夜になって、京に遣わした大夫の時方が参上して、右近に会い、「明石中宮からも使者がいらして、夕霧左大臣も不快に思われ、人に隠れての忍び歩きは、誠に軽率、無礼を働く者も出ましょう。ともあれ、これを帝が聞かれたら、それこそ私にとっても辛い事です。と厳しく申されました。人には、東山の聖に会いに出かけられておられます、と言っています」と報告して、「女人というのは罪深いものです。無関係の私共家来の者まで惑わせて、嘘までつかせるのですから」と言う。

右近は、「女君に聖という名までつけられたのは、誠に結構な事です。あなた様の嘘も、それで消えてしまったはずです。匂宮の全く困ったお心は、どうやって習い性になってしまったのでしょう。前以て、こうやって赴かれるとわかっていれば、畏れ多い事なので、上手に算段できたのに、実に思慮を欠く忍び歩きです」と、匂宮への非難もつけ加えた。

右近が匂宮の許に戻って、大夫の言葉をそのままお伝えすると、「確かに大きな騒ぎになっているだろう」と京を思われ、「不自由な身は寂しいものです。少しの間でも身軽な殿上人などになっていられたら、どんなにかいいでしょう。ここはどうしたらいいでしょう。慎むべき世間の目から、とても隠しきれない気がします。

それに薫大将もどう思うか気になる。親族なので当然とはいえ、昔から不思議なくらい親しくしてきたのに、こうした隠し事が知れたら、恥ずかしい。世間でも、自分の事は棚に上げて他人を責めると、喩(たと)えにも言うように、薫大将はあなたを放置していた怠慢(たいまん)を棚に上げて、あなたを恨むでしょう。それも心配です。夢にも人に知られないようにして、いずれここと違う所に連れて行きましょう」と浮舟におっしゃる。

今日までもここに籠っているわけにもいかず、帰ろうとはされるが、『古今(こきん)和歌集』に、**飽かざりし袖の中にや入りにけん　わが魂のなき心地する**、とある如(ごと)く、魂は浮舟の袖の中に残して、帰るつもりになる。夜が明けてしまわないうちにと、供人(ともびと)たちは咳払いをして出立(しゅったつ)を促し、匂宮は浮舟を妻戸付近まで連れて出たものの、そこから動けずに、詠歌した。

世に知らず惑うべきかな先に立つ
涙も道をかきくらしつつ

この世にまたとないほど、闇に迷ってしまう、別れに先立つ涙が、道を見えなくさせるから、という嘆きで、「世」には夜を掛けており、浮舟も限りなく切なくなって返歌した。

涙をもほどなき袖に堰きかねて
いかに別れをとどむべき身ぞ

涙さえ、狭いわたくしの袖では止めかねているのに、賤しい身でどうやってこの別れを止める事ができましょう、という慨嘆であり、風の音も実に荒々しく、霜が深く降りた暁なので、『古今和歌集』に、**しののめのほがらほがらと明けゆけば　おのがきぬぎぬなるぞ悲しき**、とあるように、二人の衣も冷え切ってしまう気がした。

馬に乗る際も、引き返さんばかりの激情にかられるものの、供人たちはやはり『古今和歌集』の、**ありぬやとこころみがてらあい見ねば　戯れにくきまでぞ恋しき**、の通り、冗談ではないと言って、ひたすら急がせて退出させようとするため、匂宮は正気も失った心地で出立された。

時方と大内記の五位の者二人が、匂宮の乗る馬の口綱を取り、険しい木幡の山道を越え終わってから、それぞれ馬に乗り、水際の氷を踏み砕く馬の足音さえもが、心細く物悲しく響く。昔もこうした恋路のために宇治への山越えをしていたので、匂宮は、「何とも不思議な宇治の山里との縁だ」と思う。

二条院に到着して、中の君が宇治の浮舟の事を隠していたのも気に障るので、安心できる自分の部屋で休んだものの眠られず、ひどく寂しくて物思いが強くなったため、気弱になり、西の対に渡る。中の君は何も知らないままで、実に清らかな様子で、またとなく可憐だと思った宇治の人よりも、や

は り中の君の方が比類ない美しさであると思って見ていると、よく似通っているため、また浮舟を思い出して胸塞がれる。

一途に思い詰めた様子で御帳台にはいり休み、中の君も一緒にはいらせて、「大層気分が悪いのです。この先どうなるか心細いです。私はあなたを本当にいとおしく思っていますが、私の亡きあと、あなたの身の上はすぐに変わってしまうでしょう。人の本意は必ず叶うと言いますから」と、薫大将の事をほのめかしておっしゃる。

中の君は、「とんでもない事を、しかも本気でおっしゃる」と思い、「そんな人聞きの悪い事が漏れて、人の耳にでもはいれば、わたくしがどのようにあなた様に申し上げたのか、あの方も妙な推測をされるでしょうし、嘆かわしい限りです。情けないわたくしの身にとっては、何げないご冗談も、辛うございます」と申し上げて、背を向けた。

匂宮も真剣になり、「あなたを恨めしいと思うような事が、本当にあったとなれば、あなたは一体どう思いますか。私はあなたにとっていい加減な夫でしょうか。人も、なかなか見られない深い愛情だと怪しむ程です。なのにあなたは、私をどなたかよりも低く見ているようです。

誰にもそうした宿縁があるのは理解できます。しかし隠し立てをする心が深いのが、私には情けないのです」と、薫大将の事をほのめかしながらおっしゃると、そう言えば自分も並々ならぬ宿縁で、宇治の浮舟を捜し出したのだと思われ、涙がこみ上げてくる。

匂宮の真剣な顔を見て、中の君は「お気の毒に。どんな事を耳にされたのか」と心が騒ぐものの、返事のしようがなく、「わたくしとは正式でない形で一緒になったので、何事につけ軽い女だと考えておられるのだろう。縁者でもない薫大将を頼りにして、その親切に感謝しているだけなのに、信用されない程軽く見られているのだ」と思い続けると、すべてが悲しくなる。

一段と中の君の可憐さが増したので、匂宮は、「宇治の人を見つけた事はしばらく知らせないでおこう」と思い、恨みの原因は薫大将にあるように遠回しに言う。中の君は、「やはり大将の事を本気でおっしゃっているのだ」と推測して、「誰かがありもしない事を、まことしやかにお耳に入れたのだろう」と考え、それを確かめない間は、匂宮に顔を合わせるのも気後れがする。

内裏から母である明石中宮の文が届いたので、匂宮は驚き、まだ浮舟についてのわだかまりが解けないまま、寝殿に戻って読むと、「昨日はとても心配しました。気分が優れないとの事ですが、回復されたら参内して下さい。会わない日が長くなりましたゆえ」などと書かれている。騒がれるのも辛いが、実際に気分も悪くなった感じがして、内裏には行かなかったため、上達部などが二条院に多数見舞に参上したにもかかわらず、匂宮は御簾の中にはいったまま過ごした。

夕方、薫右大将が二条院に見舞に駆けつけたので、匂宮は「こちらに」と招き入れて、くつろいだ姿のまま会うと、右大将は「体調がよろしくないとの事で、明石中宮におかれても心配しておられました」と言う。

匂宮は右大将と会っていよいよ心が騒ぎ、言葉少なく、心の内では、「聖めいているといいつつも、裏腹の山伏根性だ。あんなに可愛い人をあのような所に隠し置いて、こんなにのんびりとして、相手には月日を待ち遠しくさせている」と思う。いつもはちょっとした事でも、そのついでに自分は真面目人間であるとばかりに振舞い、自らも口にしているのが悔しく、何かと冷やかしていたものの、今は右大将の秘密を知ったので、それを口に出したらどんな言い訳をするだろうかと考えつつ、そうした冗談は言わず、苦しそうにしていた。

薫右大将は、「困った事です。大した病気でもないのに、幾日かけても治らないのは不都合です。風邪（かぜ）には充分気をつけて養生なさって下さい」などと、心からの見舞を言上して帰った。匂宮は、「やはりこちらが恥ずかしくなる程の立派な人だ。あの右大将と比べて、宇治の人は私をどう思うだろうか」などと、万事につけて浮舟を片時も忘れずに思い出していた。

宇治では石山寺参詣も中止になり、暇になったところに、匂宮は手紙に、並々でない恋心をびっしりと書き、それを送る事さえも人目が気になり、時方という大夫の従者で、何も事情を知らない者を使者に立てる。右近の方では「このわたしが昔つきあっていた人です。右大将殿のお供をして来ているうちに、わたしを見出して、また縒（よ）りを戻したがっているのです」と、同僚女房たちには言い、万事につけて右近が嘘をつく破目（はめ）になった。

月も変わって二月になり、匂宮はいつも浮舟を思い続けてはいるが、宇治にはどうしても行けず、「こんな具合に苦しい思いをしていたら、命も縮むに違いない」と、心細さが募っている。一方の薫右大将は、多少、公務も暇になった頃、例によって忍んで宇治に赴き、まずは阿闍梨（あじゃり）の寺で仏を拝み、誦経（ずきょう）をさせた僧にお布施（ふせ）をし、夕方になって浮舟の許に忍んでやって来た。

匂宮とは異なり、ひどく身をやつす事もなく、その烏帽子（えぼし）に直衣（のうし）姿は実に立派で美しく、部屋にはいって来る様子からして、申し分なく、こちらが気恥ずかしくなる程、配慮も行き届いていたため、浮舟は、どうやって薫右大将に合わせる顔があろうかと、天が自分を見ているようで恥ずかしくも恐ろしく思う。

それでいてあの強引な匂宮の様子が思い出されるので、ここで右大将に会うのは実に情けなく、

「これまで長くつきあってきた人たちも、あなたのせいでみんな色褪せてしまいそうです、と匂宮が言われた。そのあと、京に戻って気分が悪くなられて、いつもと違い、どの方のところにも通わず、人は御修法などと言って騒いでおられるらしい。またここで、右大将が宇治に行ったなどと匂宮が聞かれたら、どう嘆かれるか」と思うと、実に辛い。

この右大将は風格と気品がある上に、思慮深くも奥床しく、久しく来られなかった詫び言についても、多くは語られない。恋しい悲しいとそのままは口にせず、いつも逢えない恋の苦しさを、品良く訴えるご様子は、『古今和歌六帖』の歌、**心には下ゆく水の湧き返り　言わで思うぞ言うにまされる**、の通り、言葉を尽くす以上で、誠に趣があって、誰もがそう思わずにはおられない程のお人柄だった。

薫右大将は優美な点はもちろんで、行く末長く信頼が置けそうな心映えも、この上なく優れておられ、ここで思いもよらぬ不届きな自分の心を、わずかでも聞かれたら、大変な事になるだろうし、一方で、あの不思議な程に正気をなくして、わたくしを思い焦がれている人を、はからずも恋しく思うけれども、それは本当にあるまじき軽率な行為であった。

この薫大将に疎ましく思われて、忘れられてしまう心細さは、骨身に沁みてわかっているだけに、思い乱れていると、その様をご覧になった薫大将は、「幾月かのうちに、すっかり人情がわかって成長している。所在ない暮らしの中で、物思いの限りを尽くしているのだ」と思われ、可哀想になる。

いつもよりは心をこめて、「京に造っている邸は、少しずつ出来上がっています。先日見てみますと、ここよりは穏やかな川が近くにあり、花見もできそうです。三条宮も近く、こうして明け暮れ気にしながら逢えない日も、もう終わりです。この春頃に、差しつかえなければ引越しましょう」と口にされた。

浮舟は、「あの匂宮も、ゆっくり逢える場所を用意したと、昨日も手紙でおっしゃっていた。そんな事も知らないで、右大将はそういうお心づもりなのだ」と悲しくなるものの、「あちらに靡くわけにはいかない」と思いつつも、先日の匂宮の面影が脳裡に浮かんでくるので、自分ながら、「情けない。どうにもならない我が身だ」と思い続けて泣く。

薫は、「あなたの心映えが、おっとりとしていたところが、嬉しくも気に入っていたのです。それが今は違って見えます。誰かが何か告げ口でもしたのでしょうか。少しでもいい加減な心を持っていれば、こうまでしてここに赴ける身分でもなく、楽な道中でもありませんから、来る事もないでしょう」などとおっしゃって、月の初めの夕月夜のため、二人とも廂の間近くで横になって、外を眺めながら物思いに耽る。

薫は過ぎ去った昔の悲しさを思い起こし、浮舟はこれから先に難儀になっていく身の辛さを考え、お互いそれぞれの思いに沈んでいると、山の方は霞に隔てられ、寒々とした洲崎にじっと動かない鵲の姿も、場所柄、実に趣深く見える。宇治橋が遠景に見渡され、柴を積んだ舟が縦横に行き交っており、他所では決して見られない風物ばかりを取り集めた所であった。

薫はこれを見るたび、あの過ぎ去った往時がたった今の事のように思われ、このような大君にゆかりのある人でなくても、向かい合ったらしみじみとした情緒にかられる場所である。まして今は恋しいあの大君に女君が似ていると思うと、感慨も一入で、しかも浮舟がようやく人情を解し、京馴れしていくのが、一段と魅力を増したような感じがしていた。

一方の浮舟は、千々の思いが溢れる胸から、こみ上げてくる涙を抑えきれずにいるので、薫はそれを慰める事もできずに詠歌した。

宇治橋の長き契りは朽ちせじを
　あやぶむかたに心騒ぐな

長い宇治橋のように、私たちの契りは長く朽ちる事はありません、心配して不安になる必要などないのです、という諭しで、「あやぶむ」に踏むを掛け、「今にきっとわかるはずです」と言い添えたので、女君も返歌した。

絶え間のみ世にはあやうき宇治橋を
　朽ちせぬものとなお頼めとや

宇治橋の板が絶え絶えで隙間があるように、あなたの訪れも絶えがちなのに、朽ちる事などないから安心せよと言われるのですか、という懸念であり、「絶え間」に橋板の隙間と訪問の途絶えの意が掛けられていた。

薫は、「以前にも増して浮舟を見捨てて帰りにくく、今しばらくでも留まっていたい」と思うものの、世間の噂が厄介なので、「今更泊まるのもよくない。いずれ京に呼んだ後にゆっくりと」と考え直す。夜が明ける前に帰途につき、「本当に一人前の女らしくなった」と、以前にも増してしみじみと思い起こした。

二月十日頃、内裏で作文会が開催され、匂宮も薫右大将も参内し、春に合わせて調律した管絃の演奏に、匂宮が美声で催馬楽の「梅が枝」を謡った。

〽梅が枝に来居る鶯や
春かけて　はれ
春かけて鳴けども
いまだや雪は降りつつ
あわれ　そこよしや
雪は降りつつ

何事も人よりは抜群に秀でているお人柄であるのに、こんな軽々しい恋に身を焦がしているのは、何とも罪深い事ではあった。雪が急に降り出して乱れ、風も激しくなったので、管絃の遊びは早々に中止され、匂宮の宿直所に人々が参上し、食事をしながら休息していた。

薫右大将は誰かに何か言いつけようとして、少し端近くに出ていくと、雪が次第に積もっていくのが、星の光にほんのりと見えるので、『古今和歌集』の、**春の夜の闇はあやなし梅の花　色こそ見えね香やはかくるる**、の歌そのままに、辺りに紛れのない自身の香りを漂わせ、同じく『古今和歌集』の歌、**さむしろに衣片敷き今宵もや　我を待つらん宇治の橋姫**、を吟誦する様子も、こうした些細な事を口にする際も、不思議な程にしんみりした風情を加えるお人柄で、実に奥床しい。

匂宮は寝たふりをしながら心を騒がせつつ、「薫大将は例の人を軽々しくは考えていないようだ。ひとり衣を片敷いて寂しく待っているに違いないと、思っているのは私のみだと思っていた。しかし薫大将も同じ心地でいるのは、切なくも辛い。これ程までに優れた本命の人をさし置いて、私の方にそれ以上の愛をどうして傾ける事ができようか」と妬ましくなった。

翌朝に雪が高々と積もっている折に、昨夜作った漢詩を献上するため、帝の御前に参上した匂宮のお姿は、この頃まさしく男盛りで美しい。あの薫大将も同じ年頃で、少し大人びた様子やお心遣いなどは、わざわざ作り出したような高貴な男の手本にもしたい程で、今上帝の婿君として何ひとつ不足はないと、世間の人々も認めており、学問の才も、公務の面でも、誰にも後れをとらない。

帝の前での漢詩の披講がすべて終了して、全員が退出する際、人々は匂宮の詩が素晴らしいと讃えて、声高に朗吟するものの、当の匂宮は無関心で、「自分はいかなる心地で、こんなくだらぬ事をしているのだろう」と、上の空であった。

薫右大将が本気で、あの浮舟に思いを寄せているのに気づいた今、あきれるばかりの手段を講じて、宇治へ向かう。京では、古歌の、**白雪の色分きがたき梅が枝に　友待つ雪ぞ消え残りたる**、そっくりに、友待つ顔で消え残っていた雪が、山深くはいって行くにつれ、少しずつ深くなり、これまた古歌の、**冬ごもり人も通わぬ山里の　まれの細道ふたぐ雪かも**、のように、普段以上に難渋する人跡も稀な細道を、踏み分けて進むにつれて、供の人も泣き出さんばかりに恐ろしくなり、厄介な事が起こらないか心配する。

道案内の大内記は式部少輔を兼任しており、どちらの地位も重職の官位でありながら、こうした時の供にふさわしく、指貫の裾を引き上げている姿は、滑稽かつ趣があった。

宇治では、匂宮の来訪の知らせがあったものの、こんな雪では無理だろうと、高を括っていたところ、夜が更けて、右近の許に到着の報があり、浮舟は「こんな折に、わざわざ」と驚き、右近は「最後は、どうなってしまう身の上だろうか」と思い悩んだ。その一方で、今宵は周囲への気兼ねも忘れてしまう程で、断るすべもなく、浮舟が右近同様に気を許している女房で、思慮が浅くはない者に、「本当に困っています。わたしと一緒にうまくこの秘密を守って下さい」と頼む。

二人で匂宮を迎え入れると、道中でずぶ濡れになった衣装の香りが、辺りに強く漂うため、隠すのは難しかったのを、あの薫大将の様子に似せて、うまくごまかした。

夜が明けないうちに帰るのも、これなら来ないほうがよかったと思うくらい切ない上に、ここの人目も気になるので、匂宮は時方に前以て、川向こうの人の家に浮舟を連れ出す工面をしていたので、そこに遣わせていたところ、夜が更けた頃に時方が参上した。

「用意万端でございます」と、右近を通して匂宮に言上させると、「一体これはどうした事なのですか」と、右近も余りに急な申し出に気も動転し、寝惚けて起き出した心地にもかかわらず、体がわなわなと震える。奇妙にも、子供が雪遊びをしている時のように、がたがたと体が震え上がり、「どうしてそんな事ができましょう」と言う隙も与えず、匂宮は浮舟を抱きかかえて出て行かれたので、右近は留守番役として残り、侍従を供人として送り出した。

実に頼りないものだと、朝に夕に見ていた小舟に乗って、対岸に向かう時、浮舟はどこか遥か遠方に漕ぎ出すかのように心細くなり、匂宮にぴったりと体を寄せているので、匂宮は本当に可愛いと思う。

澄んだ有明の月が昇って、川面が曇りなく照らされ、「これが橘の小島です」と船頭が言って、棹をさして小舟をしばし停めたので、眺めやると、『古今和歌六帖』の歌、**橘は実さえ花さえその葉さえ　枝に霜降れどいや常葉の木**、そのものに、趣豊かな常磐木が陰深く繁っている。「あれを見て下さい。どうという事もない木ですが、千年も長生きしそうな緑の深さです」と匂宮がおっしゃり、詠歌する。

年経とも変わらんものか橘の
小島の崎に契る心は

年月が経っても、小島が崎で約束した私の心は、あの橘のように変わりません、という告白で、浮舟も、滅多にない恋の道行のような気がして返歌する。

橘の小島の色は変わらじを
この浮舟ぞ行くえ知られぬ

小島の橘の緑色は変わらないとしても、水上の浮舟のようなわたくしは、一体どこに向かうのでしょうか、という不安であり、「浮」と憂きが掛けられ、川面を照らす月と、月影に映える女君の美しさに、匂宮は陶然とする。

対岸に着いて降りる際、浮舟を他人に抱かせるのは、余りに辛いので、自ら抱きかかえ、供人に助けられつつ、家の中にはいったため、供人は「何とも見るに忍びない。一体どういう女人に、これほど大騒ぎしているのだろう」と思いながら眺めている。

ここは時方の叔父の因幡守が所有する荘園に、ささやかに建てた家であった。まだ荒削りそのもので、網代屏風など、匂宮が見た事もない調度ばかりがあって、風も充分に防げず、垣根の下には雪がまだ残り、今は空も暗くなって雪も降っていた。

朝日が昇って、軒のつららがきらきらと光り、匂宮の顔もひときわ美しいと、浮舟は思い、匂宮の装束も、人目を避ける道中なので、身軽な装いであり、浮舟の方は匂宮が表着を脱ぎ滑らせたため、細身の体がじつに可憐であった。

身繕いもしていないしどけない姿を、浮舟は、「ひどく恥ずかしい。眩しいばかりに美しい方と、差し向かいでいる」と思うものの、身を隠すすべもない。柔らかに体に馴染んだ白い衣を五枚ほど身につけた恰好は、袖口や裾の付近までもがなまめかしく、様々に色を重ねているよりも、風情が優るように着ている。匂宮が常日頃見ている女君たちも、これほどまでに打解けた姿は、普段目にしていないため、こんな浮舟の様子まで珍しく、心惹かれるばかりだった。

付き添っている侍従も、見た目のよい若い女房で、「この侍従までが、こうした匂宮との逢瀬をすべて見てしまうのだ」と、浮舟は辛くなる。匂宮も「この女房は一体誰なのか」と思い、「私の名前を漏らしてはなりません。『古今和歌六帖』に、**いぬがみやとこの山なるいさら川　いさと答えてわが名もらすな**、とある通りです」と、口止めをされたので、当の侍従は何と素敵な方だろうと思う。

一方、ここの宿守として住んでいる者は、時方を主人だと勘違いして、あれこれ丁重に用を務め、時方自身は匂宮がおられる部屋の遣戸の前に、得意顔をして坐っている。宿守がかしこまりつつあれこれ話しかけるが、時方は主人顔で返事もできず、おかしな事態になったと思い、「実に恐ろしい占いの予兆があって、京の中では避ける事もできない。それでここに避難しているので、誰も他人を寄せつけないように」と命じた。

もはや人目がなくなり、匂宮は何の気兼もなく、終日、浮舟と睦言を交わせる反面、「あの薫大将が来た時も、こうやって語らい合っているのだろう」と想像して、浮舟がひどく憎らしくなり、薫大将が女二の宮を妻として大切に扱っている様子を口にする。一方で、今上帝の前での詩宴で聞いた、薫の一途な思いがこめられた詩については、憎らしくも一言も話さない。

時方が御手水や果物などを取次いで差し上げるので、「主人であるそなたが、こんなにかしずいている姿を見られては困る。もっとさりげなくでいい」と匂宮は忠告され、侍従は恋に焦がれる若い女房の常として、この時方を実に素晴らしいと思い、この時方と語らい合って日を暮らした。

雪が降り積もり、匂宮は自分が通っていた対岸に目をやると、霞の絶え間に梢ばかりが見える。山は鏡を掛けたように、きらきらと夕日に輝き、昨夜、雪を踏み分けて来た道が険しかった事など、いかにも情緒たっぷりに話して、詠歌する。

峰の雪みぎわの氷踏み分けて
君にぞ惑う道は惑わず

峰の雪や、汀の氷を踏み分けつつ、道には迷わずに来たのに、あなたへの恋心にすっかり上の空になっています、という感慨で、「『拾遺和歌集』にある歌、**山科の木幡の里に馬はあれど　かちよりぞ来る君を思えば**、を思い起こします」と言いつつ、貧相な硯を取り寄せて、心の向くままに、すさび書きをすると、浮舟も同じく歌を書き添える。

降りみだれみぎわに凍る雪よりも
中空にてぞ我は消ぬべき

降り乱れて、汀に凍りつく雪よりもはかなく、わたくしは空の中程で消えてしまいそうです、という不安であり、途中で書き止めると、匂宮は和歌の「中空」を匂宮と薫の間の事を言っているのかと思い、咎めたため、「確かに嫌な事を書いてしまった」と浮舟は恥ずかしくなり、紙を引き破る。

匂宮は通常でも優美な有様であるのに、それにも増して、浮舟によく思われようと、心を砕いて口にする言葉や、その態度は、言いようもなく最上のものになった。

匂宮は物忌みは二日間と言い繕ってきたため、心のどかに語り合ううちに、慕わしいと思う心は、いよいよ深まる。

右近は万事に例の如く言い紛らして、浮舟に着替えの衣装を届けた。浮舟は今日は乱れた髪を少し梳らせ、濃い紫の衣に紅梅の織物の表着など、色彩も鮮やかに着替えて坐り、一方の侍従も、粗末な褶を着ていたのを、今は見目も小ぎれいに着替えたため、匂宮はその裳を取って浮舟に着せて、自分の洗面の世話をさせる。

「この浮舟を女一の宮の許に出仕させれば、大切な女房になるだろう。非常に家柄の良い人が多く仕えているとはいえ、これほどの美人はいないのではないか」と思って、見苦しい程の情愛の限りを尽くして、浮舟とその日を過ごした。そしてこれから内密に連れ出して隠してしまう計画を、繰り返し伝えて、「それまでの間、薫大将と逢ってはなりません」と、無理難題をあれこれ誓わせる。

浮舟は非常に困惑して答えられず、涙を催す気色なので、匂宮は、「私を目の前にしてさえ、どうしてもこちらに心が移らないようだ」と思って胸を痛める。恨んだり泣いたりして、あれこれと胸の内のすべてを語りながら、夜を明かし、夜がまだ深いうちに浮舟を連れて戻った。

再び浮舟を抱き上げ、「あなたが深く思いを寄せているらしい人は、まさかこうまではしないでしょう。私の愛をよく感じて下さい」と言うと、その通りだと思って浮舟が頷く様子が、いよいよ愛らしい。右近が妻戸を開けて入れてくれたので、浮舟を託してそのまま帰途につくと、益々恋しくなって胸が痛んだ。

匂宮はこうした忍び歩きの帰りは、やはり二条院の方に戻る。ひどく苦しげで、食事も受けつけず、日に日に顔色も蒼くなって痩せ、様変わりしてしまったので、内裏の帝も明石中宮も心配して嘆き、病気平癒の祈禱や見舞が頻繁になり、匂宮は宇治への手紙さえ、細やかには書けずにいた。

当の宇治では、かの気難しい乳母が、娘の出産で出かけていた所から戻って来たため、浮舟は匂宮からの手紙をゆっくり見る事もできない。こんな遠い所にある住まいを、いずれは薫右大将がきちんとした所に世話してくれるのを待ち望んで、心を慰めていた母君も、内密ながらも京の邸の近くに移すつもりになったのを、これは世間体も良く、嬉しい事だと思う。娘に仕える新しい女房を捜し求めて、女童も見た目の良い者を雇い入れて、宇治に赴いた。

浮舟は「これこそは望むべき事として、当初から待ち続けていた事だ」と思う反面、奔放な匂宮の事を思い出すと、恨んだ時のご様子、口にしたお言葉の数々が、目の前に浮かんで消えない。いささかでもまどろむと、夢に出てくるため、我ながら情けなくなった。

雨が降り止まず、幾日も続く頃、匂宮はこれではいよいよ宇治への山道は越え難いと、諦めてしまうと、たまらなく切なくなる。親に大事にされている身は、ちょうど『拾遺和歌集』の、たらちねの親のかう蚕のまゆごもり　いぶせくもあるか妹にあわずして、のように、却って窮屈だと思うのも、畏れ多い事であり、尽きせぬ思いを和歌にして贈った。

ながめやるそなたの雲も見えぬまで
空さえくるるころのわびしさ

あなたを思って眺めやる雲も暗く、見えない程に、私は涙にくれており、長雨のように心も暗くなって切ない、という悲嘆であり、筆に任せて書き散らした文は、見所充分で趣がある。特に思慮深いわけでもない若い浮舟の心には、こうした匂宮の熱情にとても惹かれる反面、初めから契りを交わした薫大将の様子も、立派で重々しい人柄が素晴らしいと思えてくるのも、やはり男女の仲を初めて知ったからに違いない。

「こんな情けない事を薫大将が聞きつけて、わたくしを疎遠に思われるようになられたら、どうやって生きていけよう。早く京に迎えられる事を望んでいる母君にも、とんでもない不始末だとして、嫌われるだろう。またこうして恋い焦がれておられる匂宮にしても、桁はずれに浮気な性分だという噂もあるので、この愛情とて、今の間だけだろう。たとえ今の愛情が続いて、わたくしを京に隠し置いて、末長く一人前として世話をして下さるとしても、あの二条院の姉の中の君がどうお思いになるか。

万事につけて隠し通せない世の中だから、あの夕暮れに二条院で姿を見られたのを、手掛かりにして、ついに匂宮はわたくしを捜し出されたのだ。まして、わたくしがどんな行いをしているかを、薫大将が聞かない事など考えられない」などと、次から次に想像していくと、心の内でも「この過ちを犯した自分が、あの大将に疎まれてしまえば、やはり大変な事になるに違いない」と、思い乱れている折も折、薫大将からの使者がやって来た。

匂宮の文と薫大将の文を並べて見るのも、実に気が重いので、そのまま言葉を多く書いてある匂宮の手紙を見ながら、横になっていると、侍従と右近は目を見合わせて、「やはり匂宮に心が移られたようです」と、目で頷き合う。

侍従は、「無理もありません。今までは薫大将の容姿を比類ないと思っていましたが、あの匂宮のご様子はまた格別でした。戯れ乱れておられる時の愛敬など、わたしだったら、これ程の愛情を拝見していると、もうじっとしてはいられません。帝の后の宮の所であっても、女房として出仕して、いつも見守っていたい程です」と言う。

右近は、「それはとんでもない考えです。薫大将の器量より勝る人など、誰ひとりおりません。顔立ちは無論の事、その心映えも素晴らしい。やはり、匂宮との一件は見苦しい事です。今後はどうなって行くのでしょう」と二人で語り合い、右近としては、自分ひとりで思案にくれていた時より、嘘をつくにも侍従というよりどころができて安心であった。

あとで届いた薫大将の手紙には「気になりながらも無音で過ごしてしまいました。時にはあなたの方から手紙を下さったら、嬉しく思います。決してあなたを疎略には思ってはおりません」と書いてあり、端書（はしがき）に和歌が添えられていた。

水まさるをちの里人いかならん
　晴れぬながめにかきくらすころ

川水も増している遠い宇治の里で、あなたは一体どうして暮らしていますか。私も長雨で心が晴れず暗いままに過ごしています、という問いかけで、「長雨（ながめ）」に眺めを掛けていて、「いつにも増して、案じる心が募っております」と、白い色紙で立文（たてぶみ）にしてある。その筆跡も、細やかで趣があるという感じではないものの、書き方に風格が窺（うかが）われた。

一方、匂宮の手紙は薄紙に何枚も書かれ、小さく畳んで結び文にされている。双方共に趣があり、「まずは匂宮への返事を、人から見られないうちに」と右近が促すと、浮舟は「今日は書けそうもありません」と恥じ入りつつも、手習として和歌を書きつける。

里の名をわが身に知れば山城（やましろ）の
　宇治のわたりぞいとど住み憂き

宇治という名が示す憂しは、我が身の事だとわかっているので、この山城の宇治の辺りは、いよいよ住むのが辛（つろ）うございます、という嘆きで、匂宮の描いた絵を時々見ながら、涙が流れた。匂宮との仲は長く続きはしまいと、あれこれ思案はしても、このまま薫大将が用意した京の家に籠って、匂宮との仲がこれっきりになるのは、とても耐えられず、また歌を手すさびに書く。

かきくらし晴れせぬ峰の雨雲に
　浮きて世をふる身ともなさばや

長く晴れずにいる暗い峰の雨雲に、この世をさ迷っている我が身を変えて、消えてしまいたい、という悲痛な叫びで、「雨」に尼を掛け、古歌の、白雲の晴れぬ雲居（くもい）にまじりなばいずれかそれと君はたずねん、を引歌にして、「いっそ雲に混じってしまいたいものです」と書き送る。

読んだ匂宮は声を上げて泣き、「そうはいっても、私を恋しがっているはずだ」と思い、物思いに沈んでいる浮舟の面影が脳裡に去来するばかりであった。

一方の薫大将は、浮舟の返事をゆっくりと見ながら、「可哀想に。どんな物思いに耽っているだろうか」と思いつつ、恋しさが募る。

つれづれと身を知る雨のをやまねば
　袖さえいとど水嵩（みかさ）まさりて

わたくしの憂き身を知る雨がつれづれと降り続くので、川の水嵩が増して、わたくしの袖まで益々涙で濡れてしまいます、という慨嘆であり、『伊勢物語』にある二つの歌、つれづれのながめにまさる涙河　袖のみぬれてあうよしもなし、と、かずかずに思い思わず問いがたみ　身を知る雨は降りぞまされる、を下敷にした浮舟の和歌を、薫大将は下にも置かずに見つめた。

薫大将は妻の女二の宮と語らうついでに、「失礼だとお思いになるかもしれず、誠に恐縮ですが、実はこの私にもさすがに、長年世話をしてきた人がおります。見苦しい所に捨て置いており、ひどく嘆いているのを心苦しく感じております。それで近くに呼び寄せるつもりでおります。

昔から私は、普通の者と違って道心に身を入れ、妻帯せずに世の中を過ごすつもりでした。しかしこうしてあなた様とご一緒するようになり、この世をすべて捨てるわけにはいかなくなりました。今まで世に知らせずにいた人を、このまま放置していると、気の毒で、罪作りのような気がいたします」と言う。

女二の宮は、「どんな事に気を遣ったらいいのか、わたくしにはわかりかねます」と答えたので、「帝の耳に悪いように言いなす人がいるかもしれません。世間の人の噂話など、実につまらなく不愉快なものです。しかしその女は、そうやって取沙汰する程の身の上ではございません」と言いなした。

新造の家に移そうと思うものの、「やはりそのための家だったのだ」と、仰々しく言いふらす人がいると困るので、ごく内密にしていた。

ところが襖障子を張らせる仕事などを、日頃の親しさから、事もあろうに、あの大内記の妻の父親で、大蔵大輔を務める者に命じたため、話は次々に伝わって、匂宮の耳にも一部始終伝わる。大内記が、「絵師なども、八人の随身のうちの、気心の知れた家司を選んで、内々ではあるものの格別に描かせておられます」と申し上げるので、匂宮はいよいよ慌てふためいた。

自分の乳母で、遠国の受領の妻になって、任国に下る者の家が、下京にあるので、その受領に

「非常に内々に通っている女を、そこに隠しておきたいのだが」と相談されると、受領はどんな女かと思ったものの、匂宮が大切にしておられる人であれば、断るのは忍びなく、「それならば、どうぞ」と返事をした。匂宮はこれで隠れ家ができたと少しは安心する。

受領一行はこの三月末頃に下向する手はずになっているため、すぐさまその日のうちに、浮舟を宇治から連れて来る計画を立て、「このように考えています。ゆめゆめ人に知られないように」と言い遣わした。とはいうものの、匂宮自ら宇治に赴くのは全く無理であり、宇治でも例の乳母がうるさく見張っているため、匂宮が来ていただくのは無理だと、右近と侍従が申し送った。

薫右大将は、移転を四月十日と決める。浮舟は『古今和歌集』に、**わびぬれば身をうき草の根を絶えて　誘う水あらば去なんとぞ思う**、とあるように、「誘う水があれば、どこでも行く」という気にはならず、「本当にどうしたらいい我が身なのか」と、根のない浮草のような心地のみ強く、「母上の許に移って、身を寄せる間に、どうしたらよいか考えよう」と思う。

ところが、少将と結婚した異父妹の出産が近くなり、修法や読経などが隙なく大騒ぎしているので、浮舟と一緒に石山参詣にも行けそうもなく、母君が宇治に来た。

乳母が、「薫大将から女房たちの装束を、細やかに配慮していただきました。何とか万事うまくと思っておりますが、この乳母だけでは、見苦しい事も起きるでしょう」と、言い騒いでいる。

その様子が、心地よさそうだと浮舟は見るにつけ、「ここでとんでもない事が様々に起こって、物笑いにでもなれば、人はどう思うだろう。

無茶な事を言われる匂宮は、古歌に、**白雲の八重立つ山に籠るとも　思い立ちなば尋ねざらめや**、とあるように、たとえわたくしが雲が八重立つ山奥に隠れても、必ず捜し出されるだろう。そうなるとついには、匂宮もご自分の身を滅ぼされるだろう。それなのに匂宮は今日も、やはり心穏やかに身を隠す事を考えなさい、と言ってこられたが、どうしたらいいのか」と、気分が悪くなり、横になってしまった。

母君は、「どうしてこんなに、前と違って顔色もひどく青ざめて、痩せてしまったのか」と驚く。乳母が、「この頃はいつもお具合がよくないようで、ちょっとした食物も口にされず、気分が優れないようでございます」と言うと、「それは妙な事です。物の怪などの仕業でしょうか」と心配して、「どんな気分の悪さでしょうか。石山参詣をやめたせいでしょうか」と母君が言う。浮舟は恥ずかしく、いたたまれないので目を伏せていた。

日が暮れて、月が明るく照り出すと、かつて匂宮と舟で渡った時の有明の月が思い出され、涙が溢れるのを止められない我が心を、とんでもない事だと浮舟は思う。母君はそんな浮舟の心の内は知らず、昔の思い出話などして、廊に住む弁の尼を呼び寄せた。

弁の尼は、亡き大君がとても思慮深く、匂宮と中の君の結婚について深く思い詰めているうちに、見る見る衰弱して亡くなった事などを語る。「もし生きておられたら、大君には薫大将が親しくしておられたので、心細い境遇にあったご姉妹も、実にこの上なく幸せであったと思われます」と言うので、母君は、「わたしの娘も、その二人とどこが違うだろうか。思った通りの宿世が実現すれば、決して劣るまい」と思い続けて、「これまではいつも娘についいては、あれこれ心配していました。しかしほっとひと息ついて、これから京に移るようなので、わたしとてこの宇治に来るのも思い立ちにくくなります。こうして会っているうちに、昔の事もゆっくり語り合いたい気がします」と言った。

弁の尼は、「わたしも縁起の悪い出家の身ですので、姫君に親しくお目にかかってお話しするのも遠慮しておりました。しかしここを見捨てて京に移ってしまわれますと、わたしとしてはひどく心細くなります。とはいっても、ここでのお住まいぶりだと、不安で気がかりでございましたので、上京は嬉しく思います。世にまたとないようにお心構えがしっかりしていらっしゃる薫大将が、こうして姫君を捜し出されたのも、並々のお心ではないと、以前申し上げました。やはりいい加減なお話ではありませんでした」などと言う。

母君は、「先の事はわかりませんが、今のところはこうして、薫大将が見捨てないとおっしゃるので、あなたの導きに感謝します。中の君が勿体(もったい)なくも情けをかけて下さいましたが、人に話せないような一件が生じたので、寄る辺(よるべ)なく肩身の狭い身の上だと、嘆いておりました」と言った。

弁の尼は笑い、「あの匂宮は本当に人騒がせなくらい色好みの方のようで、分別ある若い女房は側近く仕えにくいようです。一般の事は本当に見事なご様子なのに、その好色めいた筋の事で、中の君が困っておられると、仕えている女房の大輔(たいふ)の娘が申しておりました」と言うのを聞いて、浮舟は、「やはりそうだ。ましてわたくしとの一件も」と思いながら、耳を傾けた。

母君は、「それは何とも恐ろしい事です。薫大将は帝の姫宮を妻にしておられますが、わたし共はその姫宮とは何の関係もございません。これから先、悪くなろうと良くなろうと、これはかりは仕方がないと、憚(はばか)りながら思っております。しかし匂宮との間で良からぬ事をしていたのであれば、わたしはどんなに悲しく辛くても、もうこの娘には二度と会わないでしょう」などと言う。

あれこれ話し合っているのを耳にして、浮舟は心がつぶれるような気がして、「やはり、この身を滅してしまおう。このままでは必ず人聞きの悪い事が生じるだろう」と思い続けていた。

宇治川の水音が恐ろしげに響くので、「こんなに恐ろしくもない流れの川もあるのに、荒々しさにかけては比類ないこの地で、年月を過ごしたのを、薫大将は不憫だと思われたのでしょう」などと、母君は得意げに話し、昔から宇治川が流れが速く恐ろしい事を持ち出すと、女房たちも、「先頃、渡守の孫である子供が、棹をさし損ねて川に落ちてしまったそうです。何につけ、命を落とす人の多い川です」と応じる。

　浮舟は、「そのように我が身が行方知れずになったら、みんながっかりしてしばらくは悲しむだろうが、生き長らえて人から笑われるような情けない事が起こったら、その辛い思いはいつまでも消えまい」とまで考える。死ぬ事はたやすく、すべてが解決するように思う反面、よく考えると、たまらなく悲しく、母君が様々に気を回して話をしている様子を、寝たふりをして聞きながら思い乱れていた。

　浮舟が悩ましげに痩せているのを、母君は乳母にも注意して、「しかるべき祈禱をさせて下さい。神への祭やお祓いなどもぬかりなく」などと指示を出すので、浮舟は『古今和歌集』に、**恋せじと御手洗川にせし禊　神は受けずぞなりにけらしも**、とあるように、御手洗川で禊でもしたい気分なのに、母君はそんな事とはつゆ知らず、何かと心配して騒ぎ立てる。

「女房が少ないようです。しかるべき所があれば、そこをよく捜して、新参の女房はここに残しておいて下さい。高貴な方々とのつきあいを、本人は暢気に構えているでしょうが、険悪な仲となった所とは、厄介な事も起きるでしょう。そこは目立たず、控え目にして、用心して下さい」などと、万事細かく言い残し、「常陸介邸でお産を控えて臥せっている娘も心配です」と言って帰ろうとした。

　浮舟はひどく不安になって、何事も心細くなり、「これっきり会えないまま、自分はどうなってしまうのか」と思いつつ、「気分は優れませんが、会えないのは心細いです。しばらくの間だけでも傍にいとうございます」と請う。

すると母君は、「わたしもそう思っております。けれども、あちらの常陸介邸も大変物騒がしいのです。あなたの女房たちも、上京のための支度など、向こうでは狭過ぎてできません。催馬楽の『道口』に、『道の口武生の国府に　我は在りと　親に申し賜べ　心合の風や　さきむだちや』とあるように、たとえあなたが武生の国府のように遠い所に移ったとしても、こっそりわたしは会いに行きます。平凡なわたしの身の程では、あなたのために何もしてやれません」などと、涙ながらに言った。

薫大将からの手紙は今日も届き、具合が悪いと言上したのに対しての見舞の文面であり、

私自ら出向きたいのですが、どうしてもはずせない用向きが多くて行けません。あなたをこちらに迎えるまでのあいだ、却って苦しい程です。

と書かれていた。匂宮の方から届いた文には、昨日の手紙に浮舟が返事をしなかったため、

何を思い迷っているのですか。『古今和歌集』に、**須磨の海人の塩焼く煙風をいたみ　思わぬ方にたなびきにけり**、とある如く、思いがけない人にあなたが靡くのではないかと心配しています。以前にも増して、何も考えられず物思いに沈んでいます。

などと、こちらは言葉多く書かれていた。

先日、雨の降った日に、ここに来合わせて鉢合わせになった両方の使者が、今日も来て、薫右大将の随身は、相手があの大内記兼式部少輔の家で時々見かける男なので、「お前は何の用で、こちらにたびたび来ているのだ」と尋ねた。

相手が「私用で訪ねなければならない人の許に通っているのです」と答えたので、「私用で訪ねる相手に、木の枝に結んだ色っぽい文など届けるはずがない。どうも怪しいな、なぜ隠し立てをするのか」とさらに問い質すと、「実は、主人の権守がここの女房に手紙を出されるのです」と答えるので、どうも言う事が矛盾して怪しいと思うものの、詰問するのもどうかと思われ、それぞれ京に帰った。

この薫大将の随身は頭の良い男で、供に連れていた童に、「あの男に気づかれないように、後をつけろ。左衛門大夫の時方の家にはいるかどうか確かめよ」と言って、追尾させると、童は「匂宮の邸に参って、式部少輔に文を渡しておりました」と報告する。そこまで探るとは身分の低い下人は、事情も深くは心得ていないので、随身の舎人に見破られてしまったのは、残念な結果であった。

随身は薫大将の三条宮に参上して、ちょうど出かけようとしておられた時に浮舟の返事を差し出す。薫は直衣姿であり、六条院に明石中宮が内裏から退出しておられたため、そこに赴くつもりで、大袈裟な前駆などは多くない。

手紙を取次ぐ者に随身が、「妙な事がありまして、それを見届けようとして今までかかりました」と言っているのを、薫大将はちょっと耳にして、歩み出て、「何事があったのだ」と尋ねたものの、随身は取次の者が聞くのも憚られるため黙っていると、薫はそれと覚って、そのまま出かけた。

六条院では、明石中宮の具合がいつになく悪そうなので、中宮腹の皇子たちが皆参上し、上達部なども多く集まって騒がしいとはいえ、それ程悪いご容体ではなかった。例の大内記は太政官の役人なので遅れて参上し、宇治から時方の従者が持参した文を届けたので、匂宮は女房たちの詰所でもある台盤所に行き、そこの戸口に大内記を来させて受け取る。

　薫大将はちょうど明石中宮の御前から下がる途中だったため、それを遠くから横目で見て、「よほど思い詰めている人からの手紙のようだ」と、興味を覚えて立ち止まると、匂宮は手紙を引き開けて読み出し、紅の薄い恋文用の紙に何やら細々と書きつけておられるようである。

　匂宮は読むのに夢中でこちらを向かずにいると、夕霧左大臣も席を立って外に出て来たため、薫大将は襖口から出ようとして、「左大臣が退出なさいます」と咳払いをして言い、匂宮に注意を促した。

　匂宮が手紙を引き隠したその瞬間、夕霧左大臣が顔を覗かせる。匂宮は驚いて直衣の紐をきちんと結ぶと、左大臣はかしこまって跪き、「私は失礼致します。病悩は久しく起こりませんでしたのに、恐ろしい事です。比叡山の座主を今すぐこちらに呼びにやらせます」と言い残して、忙しそうに立ち去った。

　夜が更けて、みんな退出し、夕霧左大臣は匂宮を先に立てて、多くの子息の上達部や公達を供に従えて六条院の東北の夏の町に帰る。薫大将は遅れて退出し、随身が先刻、わけ有り顔だったのでおかしいと思い、前駆などが下がって松明を用意している間に呼びつけ、「先程言おうとしていたのは何の事なのか」と問う。

　随身は、「今朝、あの宇治で、出雲権守時方朝臣の許に仕えている男が、紫の薄様で桜の枝につけた文を、西の妻戸に寄って女房に渡しているのを目撃しました。問い質すと、返事がちぐはぐで、嘘を言っているようなので、不審に思い、童に後をつけさせました。その男は匂宮兵部卿の二条院に行き、大内記式部少輔道定朝臣に、その手紙を渡したのです」と言う。薫はおかしいと思い、「その返事は、宇治ではどのように渡していたのか」と訊く。

「それは見ておりません。別の所から出したとのことです。下人が申すには、赤い薄様の文で、誠に美しい物だったそうです」と随身が答えたので、考え合わせると、それこそ匂宮が読んでいた手紙に間違いない。随身がそこまで見届けたのは利発だと思ったものの、人々が近くにいるので、それ以上詳しくは尋ねなかった。

帰途、薫大将は、「何とも恐ろしく、女に抜け目のない匂宮だ。どういうきっかけで、あの浮舟がいると聞き知ったのだろう。またどうやって言い寄ったのだろうか。田舎じみた所だから、そうした間違いは起こるはずがないと、思っていたのが浅はかだった。

それにしても、私に無関係な女なら、懸想されても一向に構わない。しかし昔から何の心隔てもなく、中の君への恋の仲立ちをして、わざわざ宇治に連れて行ったこの私に、こんな隠し事を思いつかれるとは」と思うと、不愉快千万であった。

「中の君の事を心深く慕いながらも、何事もなく長年過ごしてきたのも、私が格別に慎重だったからだ。それに中の君との間は、今始まったような見苦しい事ではなく、昔からの縁だったのだ。心の内にやましい思いがあれば、自分としても苦しいので、慕う心を抑えてきたのだが、これは馬鹿な事であった。

最近の匂宮は病気がちで、いつもより人の出入りが激しい中を、どうやって宇治まで、はるばると手紙を書き送ったのだろう。もう宇治に通い始めたのだろうか。そうだとすると、いかにも遠い恋路ではないか。そう言えば、どこにいるのか、所在不明の日があったとも聞いている。こうした事に思い乱れた挙句(あげく)、何となく病悩になったのだろう。

昔を思い出しても、宇治に行けない時の嘆きは、尋常(じんじょう)でなく可哀想なくらいだった」と、よくよく考えてみると、先日会った際に浮舟がひどく思い悩んでいる様子だったのも、これと照らし合わせると、すべてが符合(ふごう)するので、情けなく思う。

「実に難しいのは人の心だ。可愛く、おっとりとしているように見えて、好色な面もあるのだ。匂宮の相手としては似合っている」と思って、身を引こうという気になる一方で、「初めから大切な妻として考えていたのならともかく、やはり今まで通りにしておこう。これっきり逢わずにいても、恋しくなるだろうし」と、みっともない程にあれこれ心の内で考える。

「私が愛想をつかして後見(うしろみ)をやめたら、必ずや匂宮が呼び寄せるだろう。その後、女が気の毒な目に遭うなどという事は、いちいち匂宮は考えない。そんな具合に愛する人を、女一の宮の許に二、三人出仕させておられる。浮舟がそんな風に女房として、宮仕えに出るのを見聞きするとしたら、胸が痛む」などと、やはり放ってはおけず、様子が知りたくなる。

手紙を書く事にして、例の随身を、直接、人のいない所に呼び寄せて、「道定朝臣は今でも仲信の家に通っているのか」と訊くと、「そうでございます」と答える。「宇治へは、いつもその先日の男を使いに出しているのだろう。寂しく暮らしている女なので、道定も思いをかけているのだろう」と嘆息をして、「人に見られないように行きなさい。見つかるとおかしな事になる」と命じた。

随身はかしこまって、大内記式部少輔の道定がいつも薫大将の様子を探り、宇治の事を聞いていたと思い当たったが、馴れ馴れしく自分から言上はできない。薫大将も下々の者に詳しく知られたくはないので、それ以上は訊かなかった。

宇治では京からの使者が頻繁になり、物思いも様々であり、薫大将の文にはただ次のような和歌が書かれていた。

波越ゆる頃とも知らず末の松
　待つらんとのみ思いけるかな

あなたが心変わりしている頃とも知らず、私を待っているとばかり思っていた、という憤慨で、『古今和歌集』の、君をおきてあだし心をわが持たば　末の松山波も越えなん、を下敷にして、「私を人の笑い者にしないで下さい」と付記されていた。浮舟はいつもと様子が違う文面だと思って、胸塞がり、返事をまともに書くのも具合悪く、何かの間違いだと反論するのも憚られるため、手紙は元の通りにして、

宛先が違うように思います。どうした事か体調が優れず、ろくろく返事も書きかねます。

と書き添えて返書を送ると、薫大将はそれを見て、「さすがにうまく切り返して来た。これまで全く見た事もない機知だ」と、にんまりとして、ひたすら憎いとは思えなくなった。

正面切ってではなく、それとなくほのめかしているような薫大将の文面だったので、浮舟の苦悩は深まり、とうとう我が身はとんでもない不謹慎者になってしまうに違いないと思っているところに、右近がやって来て、「薫大将の手紙は、どうして差し戻されたのですか。突き返すのは縁起が悪く、

するべきではないと申し上げたはずです」と申し上げる。
「文面がどうも変だったので、届け先違いかと思いました」と浮舟が答える。実は、薫大将の手紙をそのまま返すのはおかしいと感じた右近は、よくない行為ではあるものの、その手紙を途中で開けて見ていたが、その事は秘して、「実にお気の毒です。お二人双方にとって辛い事になりました。薫大将は事情を知ったのでしょう」と申し上げると、浮舟の顔がさっと赤くなり、ものも言えない。

まさか右近が手紙を読んでいるとは思わないので、別の筋から、大将の様子を知る人が右近に話したのだろうと推測するものの、「誰がそんな事を言ったのですか」などと訊くわけにもいかない。真相を知る右近や侍従がどう見たり聞いたりしているかと想像すると、ひどく気恥ずかしく、「自ら進んでこうなったわけではないのに、本当に情けない宿世だ」と思いつめて横になった。

すると右近と侍従の二人が語って聞かせ、右近が、「わたしの姉が、常陸にいる時、男を二人持っておりました。こんな事は身分はそれぞれ違ってもよくある事です。ところが二人の男の愛情は深く、思い詰めているうちに、女はあとから言い寄った男の方に、少し愛情が深くなったのです。すると前からの男がそれを妬んで、とうとう新しい男を殺してしまい、自分も通って来なくなりました。常陸国守としては、実に惜(お)しい武士をひとり失ったわけです。

また一方の殺した男も優れた家来でしたが、罪を犯した者をそのまま使うのは憚られ、国から追放してしまいました。すべては女が良くないと思われるようになり、国司(こくし)の館には置いて下さらなくなり、姉はとうとう東国(あずま)の土地の者になってしまいました。母も今だに恋しく思い泣いていて、本当に罪深い事です。

縁起の悪い話のついでに申し上げましたが、身分の高い低いにかかわらず、こうした方面の事に、心を乱すのはよくありません。命に関わる程ではないにしても、それぞれの身分に応じて、恐ろしい事は起こるものです。貴人には却って、死ぬ以上の恥もあるものです。

どうかここは、どちらか一方に決めるべきです。匂宮も、愛情は薫大将より勝っていて、真剣であれば、そちらに靡いて、もう嘆かない事です。痩せ衰えてしまえば、何の益もございません。ただあれほど母君が薫大将を第一に考えておられ、またわたしの母が乳母として上京の支度に余念がないのに、匂宮が大将よりも先に自分の方へと言っておられるのは、誠に辛くお気の毒です」と述べる。

侍従の方は、「嫌な恐ろしくなるような話をしないで下さい。何事も宿世です。ただ胸の内で少しでも心が傾く方に、宿世があると思われるのがよろしいかと存じます。ここは誠に勿体ないような熱心な匂宮のご様子でしたので、前々から薫大将が進めて来られた事にも心が動かないのも、そのためです。しばらくの間、身を隠されてでも、心が惹かれる方に身を寄せるのが一番だと、わたしは思います」と、若い女房らしく、匂宮を持ち上げて、ひたすら言い募る。

すると右近が、「さあ、そうとも言えません。わたしはともかくも万事が円満な形で終わるように、初瀬観音や石山寺に願を立てています。薫大将の荘園の人々は大変な無法者たちで、その一族がこの宇治の里にはごろごろおります。もともと、この山城大和(やましろやまと)に大将が所有しているあちこちの荘園の者は、皆この内舎人(うどねり)という者に繋がっているそうです。その内舎人の婿の右近大夫(うこんのたいふ)という者を元締めとして、薫大将は万事を指図しておられます。

高貴な身分の方々同士は、乱暴な事などするまいと思っていても、道理を解(げ)せぬ田舎者たちが、ここには宿直人(とのいびと)として交互に詰めております。自分の当番の時に、わずかな過誤(かご)もするまいと思って、間違いをしでかす事もございましょう。先夜の外出は、本当に恐ろしいと思いました。匂宮はひたすら人目を忍んで、供人も連れず、いつも姿をやつしておられます。それを、無礼な宿直人に発見されれば、誠に大変な事態になります」と言い続けた。

浮舟は「二人とも自分が匂宮に心を寄せていると考えて、こんな風に言うのが恥ずかしい。自分の真情としては、どちらかに心が傾いているのではなく、ただ夢を見ているように困惑しているのだ。匂宮が一途に思い焦がれておられるのを、どうしてそこまでなのかとあきれる反面、長年頼りにしている薫大将と、今別れようと思わないからこそ、こんなにも思い乱れているのだ。本当に大変な事件でも起きたらどうしよう」と、つくづく考えあぐねる。

「わたくしは何とかして死んでしまいたい。この世に生きていくのに、ふさわしくない情けない身なのです。こんな苦しい目を見る例は、下々の者にさえ、そう多くはないでしょう」と浮舟がおっしゃって、うつ伏してしまうので、右近が、「そんな風に考えてはいけません。心地が少しでも楽になるように、さっきの件は申し上げたのです。以前は悩んで当然の事でも、さりげない顔でゆったりとやり過ごされているように見えました。しかし匂宮との一件があって以来、ひどく苛立っておられるのが妙だと拝見しています」と申し上げる。

事情を知っている右近と侍従が苦慮しているのをよそに、乳母は得意げに染物の準備に熱心で、新参の愛らしい女童を呼び寄せて、浮舟に、「こんな可愛い童でもごらん下さい。そんなに臥せってばかりなのは、物の怪などが上京の邪魔立てをしているのでございましょう」と言上して嘆いた。

薫大将からは、先日突き返した手紙へのご返事もないまま、何日かが過ぎて、右近が前に脅かすように言っていた内舎人という者が来訪する。なるほどひどく荒々しく、屈強な体軀の老人であり、声も嗄れているが、さすがに威厳が備わっていて、「女房に話したい旨がございます」と取次がせた。

右近が応対に出ると、「大将から呼ばれたので、今朝参上して、たった今戻って来たところです。雑事を様々に命じられたついでに、こんな事を口にされました。

　こちらに女君が滞在しておられるので、夜中や明け方の警備など、手前どもが詰めているので安心していた。そのため、宿直人を京からわざわざ差し向ける事もしなかった。ところが最近、女房の許に素姓の知れない者が通っていると聞いている。これはもっての他である。宿直を詰める者どもは、その事を耳にしているはずだ。知らないでいるとすれば、怠慢である、と詰問されたのです。

　手前は承知しておらず、病が重かったため、ここ幾月かは宿直を詰めておりませんでした。しかし、しかるべき男たちは怠(おこた)りなく警護をしているので、そうした非常事態があれば、知らないわけはございません、と言上させました。

　すると大将は、注意して勤務に励め、不都合な事でもあれば、厳重に処罰すると、申されました。手前としては、その指示の意味がよくわからず恐縮しております」と言うので、右近は不気味な梟(ふくろう)が鳴くよりも、内舎人の嗄れ声の方が遥かに恐ろしく、返事もできない。

　内舎人が帰ったあと、「やはり、わたしが申し上げた通りになりました。どうやら薫大将は何か事情を知られたようです。ご返事がないのもそのためでございましょう」と、浮舟に向かって右近が嘆く。これを小耳に挟んだ乳母は、「本当に嬉しい薫大将のご命令です。盗人(ぬすっと)が多いというこの付近なのに、宿直人も初めの頃とは様変わりしてしまいました。みんな自分の代理として、素姓の知れない下人ばかりを差し向けるので、夜回りさえも、しっかりできていなかったのです」と言って喜んだ。

　浮舟は、「本当に右近の言う通り、今すぐにでも滅びていく身のようだ」と思っていると、匂宮からは「どうした、どうした」と、『古今和歌六帖』に、**逢うことをいつかその日と松の木の　苔(こけ)の乱**

れて恋うるこのごろ、とあるように、逢瀬を待ち焦がれる思いが訴えられるので、実に煩わしく感じる。

「どちらに従うにしろ、双方それぞれに良からぬ事が生じるに違いない。わたくしひとりが死んでしまうのが、最善の方法だろう。昔は、懸想する男二人に優劣がつけられず、思い悩んだ挙句に、川に身を投げる軽々しい例もあったようだ。生き長らえると、必ずや辛い目に遭うと決まっている身なら、死んでしまっても惜しくはない。

母君もしばらくは嘆き惑われるだろうが、大勢いる子供たちの世話をしているうちに、自然に忘れて下さるだろう。生きて身を過ち、人の物笑いになってさすらうのは、死ぬ以上に苦しいに違いない」と思われてくる。

もともと子供っぽくておおらかで、なよなよしているように見えるものの、気高く、世間をよく知って世を渡る術を充分に身につけるという事のないまま育った人なので、多少なりとも極端な事を考えやすかった。

あとに残しておくと煩わしい手紙などは破って、人目につかないように、一度に始末はせず、灯台の火で燃やしたり、川に投げ捨てたりして、少しずつ処分していると、事情を知らない女房たちは、上京するので、日頃の暇つぶしに書き留めていた手習などを、破っているのだろうと思う。

一方の侍従などはこれを見つけて、「どうしてこんな事をされるのです。心を通わせた仲で、心をこめて書き交わした手紙は、他人に見せなくても、何かの箱の底にしまっておいて、時折見るのが、身分に応じてそれぞれ趣があるものです。特にこれは見事な料紙で、勿体ないくらいの言葉を尽くしておられます。それをみんな破ってしまうのは、心ない事でございます」と申し上げる。

浮舟は、「いいえ、人目に触れては困るのです。わたくしは長生きできる身ではないようです。これがあとに残っていては、あの方のためになりません。小賢しくもこんな物を取っておいたのかと、あの方が話を漏れ聞かれたら、それこそ恥ずかしいのです」と答える。心細い事を次々に考えていくと、入水の決心も揺らぎ、親を残して先立つ人は、非常に罪が深いというのも、どこかで聞いたような気がした。

三月も二十日過ぎになり、匂宮が算段していた例の家の主人は、二十八日に任国へ下向する予定なので、匂宮は、「その夜に必ず迎えに行きます。下人などに気づかれないよう、充分注意して下さい。こちらからは、万が一にも漏れる事はないので、疑いは無用です」と言って寄越した。

浮舟は、「そんな風に非常識な形でいただいても、警備が厳しいので、逢う事もできず、お帰りいただくことになってしまうだろう。ましてここに一時でも寄っていただくのも無理で、来た甲斐もなく、恨んで帰られるはずだ」と、その有様を思い浮かべる。

いつものように匂宮の面影が脳裡から離れず、悲しくてたまらず、この手紙を顔に押し当て、しばらくは人目を憚っていたものの、こらえきれずに激しく泣く。すると右近が、「姫君様、こんなご関係は、しまいには人に感づかれてしまいます。怪しいと思う人も、そろそろ出て来ているようでございます。そんなに深く考えないで、しかるべきご返事を出して下さい。この右近がいる限り、うまい手段が講じられれば、小さな体のひとつぐらい、匂宮は空からでも連れて行かれるでしょう」と申し上げる。

浮舟は少し心を鎮めて、「そんな事ばかり言うのが、本当に情けないのです。匂宮に従うのが良いと、わたくしが思っているのならともかく、そうあってはならない事はわかっています。それなのに匂宮は、このようにわたくしが匂宮を頼りにしているように言われます。この先どんな事を引き起こしてしまわれるのか、それを考えると、我が身が実に情けなくなります」とおっしゃって、返事も送らないままになった。

　すると匂宮は、浮舟が誘いに乗る様子が全くなく、返事さえ途絶えているので、「あの薫大将が将来をうまく言い含めたので、少しでも安心できる方に、心を寄せたのだろう。それも道理というもの」と思うものの、口惜しくも妬ましい。

「しかしこれは、私を恋しがっていたのに、逢わないままに日数が過ぎたので、女房たちが勧める方向に心を傾けたのかもしれない」などと、思い惑ううちに、『古今和歌集』に、**我が恋はむなしき空にみちぬらし　思いやれども行く方もなし**、とある如く、恋心を晴らすすべもなく、空（むな）しく空に満ちるような気がするため、例によって心を決めて宇治に赴いた。

　葦垣（あしがき）の方を見ると、いつもと様子が違い、「あれは誰だ」という声がいくつもして、警戒が厳しいため、いったん引き下がって、様子がわかっている男を中に入れたところ、その男にまで問いかける。これまでの気配とは一変しており、男は面倒臭くなり、「京からの急用の手紙です」と言う。

　声を聞いた右近がその従者の名を呼んで立ち会うと、男は益々厄介になったと思う。右近は、「とても今夜は無理です。誠に畏れ多いのですが」と伝えさせた。匂宮はどうしてこうまでして自分を遠ざけるのかと不審がり、「それではまず時方が中にはいって、侍従に会い、何とか取計らうように」と命じて行かせる。

　時方は機転が利く男で、何とか言い繕い、侍従に会う。侍従は、「どうしたわけか知りませんが、あの薫大将の指示だと言って、宿直人たちの目が厳しくなり、困っています。姫君もひどく悩まれており、今夜のような来訪はかたじけないものの、どうなる事かと心配されているようです。今夜は無理です。誰かに気がつかれたら、誠に不都合な事が生じます。匂宮が心づもりにされている夜に、こちらで密かに準備を調えてから、連絡致します」と言い、あの乳母が目が覚めやすいのも言い添える。

大夫の時方は、「ここに来るまでの道中も大変だったのです。匂宮は無理やりにでも逢いたい心づもりでおられるようです。ここで落胆させるご返事など、お伝えできません。となれば、あなたから直接言上すべく、おいで下さい。私と一緒に詳しく説明するのが一番です」と促すものの、侍従は「それはとても無理です」と抗弁しているうちに、夜もどんどん更けていく。

匂宮は馬に乗ったまま、少し離れた所に立っておられたが、田舎じみた声をした犬が何匹か出て来て吠えるのも恐ろしく、供人も少ない上に、ひどく身をやつした忍び歩きなので、思いがけない者が飛び出して来たらどうしようかと、供の者はみんなはらはらしていた。時方は「早く早く」と侍従を急がせて、匂宮の前に連れて行く。

侍従は長い髪を脇の下から前に回して抱え持っており、容姿も美しく、馬に乗せようとしたが、どうしても承知しないので、時方が侍従の衣の裾を持って付き添い、自分が履いていた沓を侍従に履かせて、自分は従者の粗末な沓を履き、匂宮の傍に行って、かくかくしかじかと事情を言上する。馬上のままでは話もできず、山賤の家の垣根に茨や葎が生い繁っている下に、馬具の泥除けである障泥を敷いて、匂宮を下ろした。

匂宮は、「何とも情けない。こんな恋の道にうつつを抜かしていると、まともには生きて行けない身になるに違いない」と思っておられるうちに、次から次へと涙がこぼれ、気の弱い侍従は匂宮以上に悲しくていたたまれない。恐ろしい仇敵(あだがたき)を鬼の姿に作ったとしても、その鬼さえも見捨てられないと感じる程の美しい匂宮のご様子であった。

匂宮は心を鎮めて、「ただのひと言も、話はできないのですか。どうしてこんな具合になったのでしょう。やはり女房たちがあれこれ説得したのではないですか」とおっしゃるので、侍従は事情をつぶさに言上する。「ここはこのまま、京に迎える予定日を、事前に漏れないようになさって下さい。これまで宮様のありがたいお情けを何度も拝見しているので、この身を捨ててでも、うまく取計らうつもりでおります」と申し上げる。

匂宮も人目がひどく気になるため、ひたすら恨み言を口にするのも憚られ、夜はいよいよ更けていく上に、怪しんで吠える犬の声が絶えない。供人がそれを追い払っていると、弓弦(ゆづる)を引き鳴らす不気味な男たちの声も聞こえ、「火の用心」と言っているのも、実に気が気でなく、帰らざるを得ない辛い心は言わずもがなであり、詠歌する。

いずくにか身をば捨てんと白雲の
かからぬ山もなくなくぞ行く

どこに身を捨てるべきかわからず、白雲のかかっていない山などない山道を、私は泣く泣く帰って行く、という悲歌(ひか)であり、「白雲」に知らず、「かからぬ」に雪が掛かるとかくある、「なくなく」に山が無くと泣く泣くを掛け、『拾遺和歌集』の、**いずくとも所定めぬ白雲の　かからぬ山はあらじと**

ぞ思う、を引歌にしていた。「それでは早く帰りなさい」と、侍従を帰らせる匂宮の風情は、実に優雅で趣があり、夜深い霧に湿った装束の香の素晴らしさは比類なく、侍従も泣く泣く戻った。

　右近は、匂宮のご来訪をきっぱり断った旨を浮舟に伝えていたので、浮舟はいよいよ思い乱れが深まって横たわっていると、侍従が入って来て、先刻の様子を話すので、浮舟は返事をせず、溢れる涙で枕も浮くばかりになる。一方では、この女房二人は自分をどう見ているのだろうかと思うと、肩身が狭い。

　翌朝も泣き腫らした目元が気になって、いつまでも臥して、その後は形ばかり肩に掛け帯をして経を読み、親に先立つ不幸の罪を許して下さい、とそればかりを念じている。いくつかの絵を取り出して眺めやるうち、それを描いた時の匂宮の手つきや、美しい顔などが、眼前に思い起こされ、実際に会っているように思われた。

　昨夜ひと言も言葉を交わさずに終わったのが、今は一段と悲しく思われ、他方で、ゆっくりと安心して逢おうと将来を末長く約束してくれた薫大将も、どう思われるだろうと情けなく感じていた。自分の死後は嫌な事を言いふらす人もいるはずで、それを思うと身も縮むものの、浅はかで不埒(ふらち)な女だと世間の物笑いになるのを、耳に入れるよりはましだと思って独詠する。

嘆きわび身をば捨つとも亡き影に
憂き名流さんことをこそ思え

嘆き苦しんだ挙句に、この身を捨てるにしても、死んだあとには憂き名を残すに違いなく、それが情けない、という悲痛な叫びであり、母君も恋しく、いつもは特に思い出す事もない弟や妹のみっともない姿までも恋しく思われ、中の君の事も思い出すなど、今ひとたび会いたい人が多かった。

女房たちはみんな各自上京のための衣の染色に熱中し、何やかやと話しているが、それも耳にはいらず、夜になったので、人に見つからないように抜け出す方法を考え、眠れないまま、気分も悪くなる。

すっかり正気を失い、夜が明けたので、川の方を見ながら、涅槃経（ねはんぎょう）にある如く、屠所（としょ）に引かれていく羊よりも、死が迫っている気がしていた。

そこへ匂宮が、実に切ない胸の内を手紙に書いて寄越して来たので、今は人が見るかもしれないと思い、返事さえも思うように書けず、詠歌のみを書いて使いに渡した。

骸（から）をだにうき世の中にとどめずは
いずこをはかと君もうらみん

亡骸（なきがら）さえも辛いこの世に残さなかったら、どこに墓があるかもわからず、あなたは何を目当てにしてわたくしを恨むのでしょう、という入水の決意であり、「はか」に墓と計（はか）を掛け、『後撰（ごせん）和歌集』の、**今日過ぎば死なましものを夢にても　いずこをはかと君がとわまし**、を下敷にしていた。

あの薫大将にも、最期（さいご）の心の内を伝えたかったが、「匂宮にも薫大将にも書き残して置くと、二人は親しい仲なので、いつか話し合われたら、みじめな事になる。ここは全くどうなったのか、誰にもわからないようにして終えよう」と思い返していると、京の母君からの手紙が届けられた。

昨夜の夢に、あなたが尋常でない姿で出て来たので、誦経をあちこちの寺にさせるなどしております。その夢のあとは、よく寝られなかったからでしょうか、たった今昼寝をした時の夢に、世間の人が不吉だとしている事が出て来たので、驚きの余りこの手紙を書き送っています。くれぐれも用心して下さい。

人里離れた住まいで、時折立ち寄られる薫右大将の正妻、女二の宮がどう思われるかも、実に恐ろしく、またあなたが気分が優れずにいる折も折、このような不吉な夢を見たので、ひどく心配しております。

そちらに赴きたいのですが、少将の妻であなたの異父妹が、懐妊中で気がかりな状態になり、物の怪が憑いたように患っています。夫の常陸介からは片時も傍を離れるなと言われているので、動けません。どうかそちらの近くの寺でも、御誦経をさせて下さい。

と書いて、そのためのお布施の品や、寺への依頼の手紙なども添えて届いたので、今は限りと思っている命を知らずに、母君がこんなに長々と書きつけられているのが、誠に悲しい。

寺に使いをやっている間に、母君への返事を書こうとし、書きたい事は沢山あるものの、憚られるため、和歌のみを書きつける。

後にまたあい見んことを思わなん
この世の夢に心惑わで

あとでまたあの世で会えると思って下さい、はかないこの世でのわたくしの夢に、心を惑わす事なく、という永訣（えいけつ）の歌で、「この世」に子の世を掛けていて、誦経の鐘の音が、寺から風に乗って響いて来るのを、しみじみと横になって聞き、また歌を書く。

鐘の音（おと）の絶ゆるひびきに音（ね）を添えて
わが世尽きぬと君に伝えよ

山寺の鐘が消えていく音に、わたくしの泣く声を添えて、わたくしの命は終わりましたと、母君に伝えて下さい、という辞世（じせい）の歌で、「尽き」に撞（つ）きを掛けていた。

歌は寺から届いた目録に書きつけ、使いが「今夜は夜も遅いので、京の母君の許には帰れそうもありません」と言うので、和歌は小枝に結びつけておいた。

乳母が「妙に胸騒ぎがします。母君の手紙にも夢見が悪いと書かれていました。宿直人は用心しておいて下さい」と、言っているのを、浮舟は辛いと思って聞きながら、横になっていると、「何も食べないというのは、本当に困ります。湯漬（ゆづけ）でもいかがですか」と乳母が勧める。

浮舟は「あれこれ世話を焼いているつもりだが、やはり醜く年を取っている。わたくしがいなくなれば、どこで暮らしていくのだろう」と思うと、哀れである。この世に生き長らえられないわけを、乳母にそれとなく告げておこうかと思うものの、胸塞がって、言葉より先にこみあげてくる涙を抑えるのが精一杯で、何も言えない。

右近が側で寝るためにやって来て、「そのように、悩んでばかりおられるのはよくありません。物思いに沈む人の魂は、体から抜け出すと言われています。だから夢見も騒がしくなるのでしょう。ここは匂宮か薫大将のどちらかに決められて、あとは成行きに任せて生きていくのがよろしいかと存じます」と言って嘆息する。それを聞きながら、浮舟は糊(のり)けの落ちた柔らかな衣(きぬ)を顔に押し当てて、横になっていた。

第五十九章　越後の父

この「浮舟」の帖を書き終えたときは、精も根も尽き果てた気がした。あの柏木が女三の宮と通じたあと、悶え苦しみ、ついには死の床に就いて消えて行ったときも、重い筆先を必死で動かしたのを覚えている。しかしあれはこの帖での浮舟と違って、言うなれば悶死だった。浮舟のように自ら命を絶つ決心をする人間を描くのは容易ではない。書いている本人が、追い詰められて行く苦しさを味わうのだ。

匂宮と薫の間で煩悶する浮舟は、自死を心に決めたとき、すべての災禍が自分から発しているのを覚ったはずだ。薫にとって浮舟は、当初は大君の形代でしかなかった。生活の糧に乏しい浮舟は、母君の勧めるまま、薫に頼る以外生きるすべはなかった。

しかし浮舟の美しさに惹かれた匂宮の甘言は、うぶな浮舟の恋心をかき立ててしまう。この恋心の前には、薫への遠慮はもはや妨げにはならない。浮舟は夢のような恋のひとときを味わってしまう。これこそ浮舟の純な心だった。

ところが、匂宮と薫それぞれが、浮舟を京に移すために準備を急ぎ始めると、もはや二人それぞれに身をゆだねるのは不可能になる。身はひとつなのだ。去就を決めなければならなくなって、浮舟はそれまでの無邪気な境地から抜け出さざるを得なくなる。ここに至って浮舟は、ようやく自らの人生を選び取ったと言える。しかしそれが死出の旅というのは、この上なく気の毒な身の上だった。

「浮舟」の帖の草稿をまず手渡したのは、弁の内侍の君だった。長い帖だったので、まだ筆写が終わっていないはずの翌日、さっそく弁の内侍の君から声をかけられた。

「この宇治の浮舟は、かつての夕顔を思い出します。二人共なよなよとして、心が定まらない女君です。はかなく消え入った夕顔のように、浮舟も露のように死んでいくような気がしてなりません」

「でも、夕顔とは少し違います。先に行くとわかります」

そう答えたものの、弁の内侍の君の直感はさすがだった。書きながら夕顔を思い浮かべたのは確かだ。しかし二番煎じは避けなければならない。夕顔は、はかなく死んでいったが、浮舟は自ら自分の死を選び取っていた。

そのあと、草稿をおずおずと彰子様に差し上げる。

「できましたか。公任殿が喜ぶでしょう。あなたの筆跡をじかに見るのですから」

言われて顔が赤くなる。自分は書き馴れているだけで、能書では全くない。身を公任様にさらけ出す思いがし、そそくさと退出する。

とはいえ源氏の物語も、この「浮舟」の帖まで辿り着くと、何となく先が見えてきた気がする。若い頃から長々と書き継ぎ、今ようやく、出口がかすかに目にはいる。

初めての感覚で、これまでは全くの手探りだった。暗闇の中を、紙燭を手にして進むのと同じだ。三、四歩先までは見えるが、その先は真っ暗闇であり、また進むとさらに先が見える。その向こうに岩があるのか、水が流れているのかは、進まない限りわからない。よくぞ息をころして、ここまで書き足し書き足ししてきたものだと、自分を褒めてやりたい。

書くのをやめなかったのは、亡き姉君との約束があったからだ。それが第一で、料紙に向かっているとき、死の床にあった姉君の言葉が耳に響く。姉君が自分の命と引替えに、筆に力を与え続けたと言っていい。

第二は、彰子様をはじめとして、周囲の人々が物語の先を待ち受けていたからだ。亡き小少将の君などは、いつも書写が楽しみでならないという表情で、書き終えたものを受け取ってくれた。あの目を輝かせた顔は、身に余る褒美を貰ったときの表情に他ならなかった。書写し終えても、書いた稿が戻って来たためしはない。小少将の君とて同じで、筆写した先から他の女房たちが先を争って持っていくらしい。

「それで、今は、二部書写するようにしています。一部を手渡し、一部は手元に置いたり、里邸に送っています。『幻』の帖からがそうです」

と言われたこともある。あの小柄で美しく、思いやりのある小少将の君は、胸の内に他人には漏らせない悲しみを抱いた人だった。あの君の心をわずかでも慰めることができたとすれば、それだけでも書いた甲斐がある。

そして三番目は、物語に出てくる人物たちが、もっと自分のことを書いてくれ、と訴える声が耳に聞こえるからだ。はかなく消えた夕顔にしても、そう叫ぶ声がしたからこそ、玉鬘の一連の物語が出来上がった。あの醜女の末摘花も、光源氏との一度の逢瀬のあと、消し去るのはもはや無理だった。光源氏の庇護の許、それなりの気高い生き方を示さざるを得なかった。

決して表舞台に出ることなく、光源氏を裏から支えた花散里もそうだ。六条院の夏の町で、夕霧を立派に育て上げたのも、花散里の控え目で奥深い性質があったからだ。

こうして振り返ってみると、物語にちりばめたどの女も、決してないがしろにしていない。今をときめく今上帝の后を養育したのは紫の上に他ならない。亡き紫の上の賢明さは、充分に明石中宮に受け継がれている。そして実母の明石の君は、今も存命して我が娘の行く末を見守っているに違いない。

さらに光源氏の好き心を継承している匂宮こそは、その明石中宮の第三皇子であり、先々は帝の位に昇るのは間違いなかろう。さらにその好敵手となっている薫は、光源氏の子とされながらも、本当は柏木が光源氏の正室女三の宮に産ませた子なのだ。

こうして登場人物たちが綿々と繋がっているのは、それぞれが「もっと自分のことを書いてくれ」と主張した結果だ。言い換えれば、耳に届くその声を頼りにして、筆を動かしたのだ。

手許に、書き終えた源氏の物語が残っていないのとは逆に、手控えには、物語中で詠まれた和歌を、びっしりと書きつけていた。返歌も書き添えているので、合わせると、おそらく七百首を超える。これを新たな料紙に浄書していると、登場人物たちが詠んだときの情景が眼前に彷彿としてくる。それを詞書として和歌の前に置くと、一片の絵になり情感になる。紛れもない過去の日々が、短い文章から立ち上がり、陶然となる。
道長様に提出し、自分でも所有している日記とは、全く違う。日記は道長様のご依頼だったから、見聞きするままを詳らかに書いた。書いているうちに、途中から娘の賢子に残す思い出話になると感じて、公用と私用の二部を書き記した。仮に賢子が女房として出仕するような機会があれば、恰好の学びになるはずだった。

もうひとつ和歌に関して言えば、私家集の下準備をしている。折々に詠んだ拙い歌を集めてみると、百首くらいにはなる。この歌集こそは、自分の来歴になりそうな気がする。日々の暮らしと感慨は、このほぼ百首に要約されている。決して声高に言うのではない。心を鎮めて文字にした真情なのだ。これらの歌に添える詞書も、長さを排して、言葉少なにした。省筆によって空白ができ、それだけに歌の世界は広くなる。あとは読む人の想像に託せばいい。

改めて浄書していくと、最も多いのが、あの藤原宣孝殿とのやりとりであるのに、自分ながら苦笑してしまう。およそ三分の一を占めるのではないだろうか。

宣孝殿とは親子くらいの年齢差があり、縁づくのに、躊躇がなかったわけではない。しかも通う所がいくつかあると聞かされた。長男の母君は亡くなっていたが、正妻の北の方の他にも通う女人がいるようだった。

これを承知で勧めてくれたのは父君と、伯父の為頼殿だった。父君は宣孝殿が能吏であり、しかも漢籍にも長じていると言い、為頼殿はその人柄のおおらかさと、有職故実に通じている点を強調した。しかし決め手となったのは、その伯父が話してくれた逸話で、当時世間ではかなりの噂になったらしい。

あるとき宣孝殿は、長男と一緒に吉野の金峰山詣でをした。ところが他の参詣者たちは軒並身をやつして地味ななりをしていたのに、宣孝殿親子は、人目を引く派手極まる衣装だったという。他の人たちが眉をひそめるのを尻目に、意気揚々と石段を上った宣孝殿の装束は、濃紫色の指貫と、白い狩衣の下に山吹襲の衵であり、息子の方は青の狩衣様の水干に、赤い菊綴の飾りをつけた袴姿だったというから、異様に目立ったのは疑いがない。

登る人も、参詣を終えて下る人も一様に、「こんな恰好で御嶽詣でをした者など見たことがない」と、口々に言ったのは当然だ。ところが宣孝殿はどこ吹く風で、「御嶽の神も、貧相な姿で詣るよりは、賑やかな恰好の方を好まれるはずだ」と、意気軒昂そのものだったらしい。

さらに世間が驚いたのは、その直後の昇進だった。御嶽参詣から遥々帰京したのが四月一日で、やがて筑前守が死去したため、急遽、その国守に任じられたという。

伯父の為頼殿が笑いながら話すのを、父君も小気味良さそうに聞いていたことを、今でもありありと思い出す。この二人の様子で、こういう人ならと、心決めをしたのだ。

宣孝殿は、通って来る際、必ず数冊の漢籍を小脇に抱えていた。『文選』や『史記』『白氏文集』などからの抜粋の他に、『論語』や老荘の言葉や初唐詩、さらには『玉台新詠』や『詞苑麗則』といった稀な書籍もあった。帰りがけ、宣孝殿はその中のいくつかを厨子の上に置いて行った。読めと言うでもなく、ただこんな漢籍もある、興味があればどうぞ、というような置き方だった。次の通いまで放置するわけにもいかず、目を通すのが常だった。

そうやって置いた漢籍は、宣孝が再び持って帰ることなどなく、そのままになったので、厨子は最後には宣孝殿所有の漢籍で一杯になった。何のことはない、宣孝殿が急逝して終の別れとなるまでの二年ばかりの間に、宣孝殿の蔵書の一部が、あの堤第の邸に移される結果になった。

宣孝殿の突然の死は、世を席捲していた疫病のせいだ。春日祭使の代官に任じられたのを、病悩を理由に断った直後だった。余りの呆気なさに茫然自失した。

見し人の煙となりし夕べより
　名ぞむつましき塩竈の浦

連れ添った夫が煙になった夕べから、睦まじさに通じる、陸奥の歌枕である塩竈の浦が心に染むという嘆きであり、かつて塩焼く海女が火に「投木」を入れている歌絵に、嘆きを掛けて茶化したのが悔いになった。

消えぬまの身をも知る知る朝顔の
　露とあらそう世を嘆くかな

人の命は消えやすい朝顔の露と同じだということを、身をもって知り、嘆くばかりです、という哀情だった。

こんな追悼の歌は、もちろん今、取り集めている私家集に入れている。

幸いに宣孝殿が残してくれた子供が賢子だ。生い育つに従って、娘は父親の血を濃く受け継いでいるように見える。おおらかさと、人なつっこさで、里邸に帰るたび、その美質に目を見張る。日頃の母親の不在など嘆かず、満面の笑顔で迎えてくれるのだ。

「賢子がいてくれるから、この邸も明るい」と母君が言ってくれるのも嬉しい。その賢子も十五歳になり裳着は終えた。これから二、三年で、通って来る男を迎えるかもしれず、あるいはまだそのままかもしれない。それも本人次第だ。

宣孝殿が逝ったあと、賢子を前にして詠んだ歌も、歌集には残している。

若竹の生い行く末を祈るかな
　この世を憂しと厭うものから

この世を憂しと思う我が身であっても幼い我が子の生い行く末に幸あれと願っている、という自嘲でもあった。

これを賢子が読んだら、憂しと厭うのは母のみで、自分はそうは思わないと叱られそうではある。宣孝殿の血を濃く受けている娘なら、そう思うだろう。それはそれでいい。いやむしろその方がいいに決まっている。

前の年に右衛門尉になった惟通から、越後の父君への使者が出立するので、何か文でもと言って来たので、すぐさま和歌を添えた。

雪積る年にそえても頼むかな

君をしらねの松にそえつつ

雪の多い年だからこそ、父君には加賀の白根が岳に生うる松のように長寿を祈っております、という、切なる願いだった。

年老いたとはいえ、越後国守を務めている父君こそは、我が家の頼りだと言いたかった。父君の返事は二十日ばかりして届けられた。

年ふりて頼るかいなし我ならば
松の浮き根に雪ぞ降り積む

年ばかり重ねて頼り甲斐のない私は、根の浮いた松であり、雪に埋もれています、という心細さが記されていた。

さすがに気弱になった父君が偲(しの)ばれるものの、これは「お前たちこそしっかりやれ」という励ましだと思いたかった。

いろいろと気にかかることはあるが、夜、文机(ふづくえ)の前に坐ると不思議に心が鎮(しず)まる。料紙の余白に、宇治の有様(ありさま)が透(す)けるように映し出されるのだ。

宇治では、女房たちが、浮舟がいないのに気がつき、大騒ぎして捜し回るも、見つからず、あたかも、古物語に書かれているような、姫君が男に盗まれた事がわかった翌朝のような有様のところに、京の母君が、前に遣わした者が帰って来ないのを心配して、再び送り出した第二の使者が到着する。「まだ一番鶏が鳴く暗いうちに、私めを出発させられました」と言うので、どのように返事をしようかと、乳母を始めとして女房たちは限りなく慌て惑い、どうしたものか思いつかず、ただ騒ぐばかりであった。

一方で事情を知っている右近と侍従は、ひどく思い悩んでいた浮舟の様子を思い出して、やはり身投げされたのかと、思い当たり、第二の使いが持参した母君の手紙を開いた。

ひどく気がかりで、うとうとさえできませんでした。そのせいか今夜は、夢の中でさえゆっくりと姿を見られませんでした。物の怪か何かに襲われてうなされ、いつもと違って気分も悪く、それでも恐ろしく心配です。京の方に移るのは近々ですが、その前に、この常陸介邸に迎えましょう。今日は雨が降りそうなので、明日以降にでも。

と書かれていて、昨夜、浮舟が書いた母君への返事も開けて見て、右近は大泣きしながら、「やはり、こんなに心細い事を手紙に書かれていたのだ。どうしてひと言でもわたしに言って下さらなかったのか。幼い頃から、少しも遠慮がなく、何ひとつ隠し立てもせずに仕えて来たので、今生の別れという時になっても、わたしを残して、その素振りさえも見せて下さらなかったのが、恨めしい」と思う。

横になって足をこすりながら泣く右近の姿は幼い子供のようであり、「ひどく思い悩んでおられたご様子は、日頃から見ていたが、まさかこんな並はずれた恐ろしい事を思い立たれる気性には見えなかった。一体どうした事だろう」と、納得がいかずに悲しみ、乳母は逆に何も考えられずに、「どうしましょう。どうしましょう」と、口走るだけだった。

匂宮の方でも、いつもと違って異様な感じがする返事だったので、「どう思っているのか。あれこれ言いつつも、私に好意を抱いているようだが、浮気心だと深く疑っていたので、どこかに身を隠そうというつもりなのだろう」と、慌てて宇治に使いを送る。

誰も彼もが泣き騒いでいる最中に到着したため、使者は匂宮の手紙も差し出せず、下仕えの女に「どうしたのだ」と問うと、「ご主人様が今晩急に亡くなられたので、みんな途方にくれています。頼りにできる人もおられない折なので、仕えている女房たちは、ただ右往左往しています」と答えたため、事情をよく知らない使いは、詳しく聞かないまま帰参して、「かくかくしかじかの次第です」と、取次の者に言上する。

匂宮は夢かと思い、「何とも妙だ。あの浮舟が病を得ているとも聞いていない。この頃は気分が優れないとは言っていても、昨日の返事には、そんな素振りもなかった。いつもより趣のある感じがしたが」と、納得がいかない。

「時方、そなたが直接行って、様子を見、はっきりした事を聞いてくれないだろうか」とおっしゃると、時方は、「薫大将殿が何か聞かれたのでしょうか、宿直する者を怠慢だと厳しく叱り、今では下々の者が出入りするのも、見咎めているようです。そこへ理由もなく私が参るのも、噂が立ち、薫大将殿が耳にして、やはりそうだと合点なさるのではございませんか。また、そんな風に人が急逝した家は、言うまでもなく立ち騒いでおり、人の出入りも多いかと存じます」と言上する。

匂宮は、「しかし、かといって、このまま事情がわからないままではおられまい。ともかく、ここは上手に算段して、いつものこちらの事情をわきまえている侍従などに会うといい。そして言い騒いでいる理由を、うまく探ってくれないか。下々の者はとかく間違った事を言うものだ」とおっしゃるため、時方はその憔悴したご様子が痛々しいので、夕方、宇治に向かった。

身軽な身分の時方なのですぐに辿り着き、雨は多少降り止んではいたものの、険しい山越えの道のため、下人のような恰好になっていた。邸内には人が多く、騒いでいて、「今夜、そのまま亡骸を葬送するそうです」などと言うのを聞いて驚愕する。

右近に言づてを頼んだが会えず、「ともかく今は、呆然として起き上がれません。こうして宇治に来られるのも今夜限りの来訪でしょうが、お目にかかれないのが残念です」と右近が取次に言わせると、「かといって、こうしてわけがわからないままで、京には戻れません。せめてもうひとりの方にでも」と時方が懇願したので、侍従が出て来る。

「誠に驚きあきれております。考える余裕もない様子で、亡くなられました。悲しいのひと言では言い尽くせず、夢のような心地で、誰もがまごついている旨を、お伝え下さい。

少し心が落ち着きましたら、このところずっと物思いに沈んでおられたご様子や、先夜、匂宮にお会いせずにお帰りいただいたことを、姫君が心苦しく思われていたご様子なども、お話ししましょう。この穢れを世間が忌む期間が過ぎてから、もう一度、お立ち寄り下さい」と言って、滂沱の涙になった。

邸内でも泣く声ばかりがしていて、乳母だろうか、「わたしの姫君はどこに行かれたのか。お帰り下さい。亡骸さえも見られないのは、どうしようもなく悲しい。明けても暮れてもお姿を拝見して、それでも飽きないくらいでした。いつかは立派な境遇になられるのを見たくて、朝夕頼みにしていたからこそ、これまで命が延びたのです。それを見捨てて、行方知れずになられたのは、辛うございます。

とはいえ鬼神でも、姫君を我が物にはできません。人から大層惜しまれている人は、帝釈天もお返しになるとか。姫君を奪い取ったのが、人であっても鬼であっても、とにかく返して下さい。その亡骸でも拝見したい」と、言い続ける。

そこに釈然としない内容も交じっているので、時方は妙だと思い、「やはり、話して下さい。誰かが姫君を隠してしまわれたのか。真相をはっきり知りたがっておられる匂宮の代理として、参っております。今は、亡くなったのか、奪い去られたのか、どちらにしても、どうしようもありません。

しかし匂宮があとで聞かれて、私の報告と食い違っていたら、参上した使いの罪になります。また、匂宮が、まさか急死ではあるまいと望みを抱かれて、あなた方に直接会って聞いて来いとおっしゃったのは、かたじけない事とは思いませんか。女との恋路に我を失う事は、他の国の朝廷にも古い例がありますが、匂宮程の深い恋心は、この世にはまたとないと、私は見ております」と、言い募る。

侍従は、「誠にけなげな使者だ。隠していても、こうした先例のない出来事は、自然に噂になって匂宮のお耳にはいるだろう」と思って、「ほんのわずかでも、人が姫君を隠したのではないかと、推測するのであれば、どうして邸内の者みんなが思い惑うでしょうか。この頃、姫君はずっとひどく思い悩んでおられました。そのため、あの薫大将殿が、何となく姫君の心を疑っておられました。母君も、大騒ぎしている乳母も、先にご縁のあった大将殿の邸に移るのがよいとのお考えです。そのための準備も進んでおりました。

　しかし姫君は匂宮との一件を、誰にも知られないように秘め、かつまた匂宮のお心寄せを、勿体ないと慕われているうちに心が乱れてしまったのでしょう。とんでもない事に、ついに我が心と我が身をなきものにされたのでしょう。そんなわけで、乳母も動転して、筋道が立たない事を言い続けているようです」と、やはり遠回しにそれとなく自害をほのめかす。

　時方はまだ納得がいかないまま、「では、またゆっくりと伺います。こうして立ったままでいるのも遠慮されます。いずれ、匂宮自身もお越しになられるはずです」と言う。

　侍従は、「それは勿体のうございます。今になって匂宮の事が世間に知られるのも、亡き姫君にとっては非常に光栄な宿世のように思われます。とはいえ、姫君自らは隠されていた一件なので、他へは漏らさないままにしておくのが思い遣りというものでしょう。この邸でも、誰もが世間にない形で亡くなったのを、他に漏らさないようにしております」と、万事に言い紛らして、その内情が自ずから明らかになるのを恐れて、時方を促して帰京させた。

　雨が激しく降っているにもかかわらず、母君も宇治にやって来て、口にする言葉すらなく、「目の前で娘を亡くす悲しさは、どんなにか大きいでしょうが、これは世間では常にある事です。それにしても、これは一体どうしたのですか」と言い惑い、例の厄介な事情から、浮舟がひどく思い悩んでいたとは知らないので、身投げしたなどとは思いもよらない。

「鬼が食ったのだろうか。狐のようなものが取って行ったのか。確かに昔物語の奇怪な魔物の例に、こうした事が起こると書かれていた」と思い出し、「そうでなければ、あの恐ろしそうな女二の宮の辺りの、根性の悪い乳母のような者の仕業（しわざ）だろうか。薫大将殿が姫君を京に迎えると聞いて、とんでもないと策略を巡らしたのかもしれない」と考えて、下人たちを疑う。

「新参者の女房で怪しい者はいないか」と訊（き）くと、「ここはひどい田舎（いなか）だと言って、住み慣れない者は、たいした下働きもしないまま、すぐに戻りますと言いつつ、京への準備をした物を持ち出して、帰ってしまいました」との返事で、確かに、前から仕えている女房でさえ、半数はいなくなっており、誠に人が少なくなっていた。

一方、侍従などは、浮舟の最近のご様子を思い出して、「この身を亡くしてしまいたい」などと言いつつ、泣いてばかりだった日々の有様に思い当たり、書き残された手紙を見ると、「亡き影に」と書きすさんだ紙が、硯箱（すずりはこ）の下にあるのを発見し、宇治川の方を見やると、響き高く流れる川音が薄気味悪く耳につき、悲しくなる。

「そんな風にして亡くなった人を、あれこれ言って騒ぎ立て、一体どこでどうなられたのかと疑っておられるのも、気の毒ではある」と、右近と話し合って、「あの隠し事も、姫君の心から生じた事ではありません。母君が、娘亡きあとにそれを聞いたとしても、恥じ入るような相手ではありません。ここはありのままを申し上げ、あのようにとんでもない勘繰（かんぐ）りまでして、思い惑われているのを、少しでもはっきりさせましょう。

亡くなった人がいると、通常は遺骸を安置して葬儀をするのが、世の常です。それなのにこうして尋常ならざる様子で幾日も経（た）ったら、隠しおおせません。やはりここは真相を伝えて、せめて世間体（せけんてい）だけでも取り繕（つくろ）いましょう」と相談して、母君にそっと事情を話した。

しかし話す方も心地が消え入り、充分に言葉を尽くして言う事ができず、聞く方の母君も気が動転して、「となると、この荒々しい恐ろしい限りの宇治川に流されて亡くなってしまったのだ」と思う。
自分までが川に落ち込んでしまいそうな気がして、「流された所を捜して、せめて亡骸だけでもきちんと葬りたい」と言うと、侍従や右近は、「それは無駄です。行方もわからない大海原に、流れて行かれたでしょう。それに捜させると、あれこれ世間が噂を立てたりして、ひどくみっともない事になります」と反対する。

母君はあれやこれやと思い悩み、涙が胸にこみ上げる心地がして、ここはどう対処すべきか決心もつかないでいると、右近と侍従は、二人で牛車を呼び寄せ、浮舟が使っていた茵や小道具類、そのまま脱ぎ残されていた夜具などを入れる。

乳母子で右近の兄の大徳や、その叔父の阿闍梨、その弟子で頼りにできる者、旧知の老法師など、御忌に籠っている者だけで、人が亡くなったような具合にして牛車を出すと、それを見た乳母や母君は、何と忌まわしい事かと思って、臥し転がって号泣した。

大夫や内舎人など、前に浮舟を恐がらせていた者たちも参上し、「御葬儀については、薫大将殿に事の次第を申し上げ、日取りを決めて、盛大にしてやりましょう」と言ったものの、右近と侍従は「特に今夜のうちにすませたいのです。ごく内密にと思うわけがあります」と答えて、牛車を向かいの山の麓にある原っぱに向かわせる。

人をも近づけず、事情を知っている阿闍梨や老法師、大徳たちだけで火葬をさせると、火と煙はあっという間に消えてしまった。

田舎人たちはこういう葬儀を、京の人よりも大袈裟にして、縁起を担ぐものなので、「何とも変だ。定まった作法があるのも知らずに、まるで下々の者の弔いのようで、粗略極まる」と非難すると、大夫たちは、「いやいや本妻が別にある方は、特にこのように簡素にするのが京の慣わしだ」などと、あれこれ不穏な事を言う。

右近と侍従は、「田舎人たちがこうして言ったり思ったりしているのも、忌まわしい。まして人の噂を止められないこの世間なので、薫大将殿などはどう思われるだろう。遺骸がないままに消えてしまわれた、と耳にされたら、必ずや疑念を抱かれるだろう。匂宮は、同族ではあるので、匂宮が姫君を秘密裡に隠しておられるか否(いな)かは、いずれはっきりするはずだ。

それに大将殿は、必ずしも匂宮のみを疑わず、どういう者が拉致(らち)して隠したのだろうかと、考えられるだろう。生きておられた間の宿世が大変気高かった姫君なのに、あの『亡き影に』の歌の通り、亡くなったあとで、あれこれと疑いをかけられるのだろうか」と思うので、この邸内の下人たちにも、今朝(けさ)の慌ただしさの間に、内情を見聞きした者には口止めする。

事情に不案内な者には聞かれないように、策を弄(ろう)し、「しばらくしたら、誰にでもゆっくり事の次第を話しましょう。しかし今は、悲しみが覚めてしまいそうな噂を、何かの拍子(ひょうし)に薫大将が伝聞されたら、姫君にとっては誠に気の毒です」と、右近と侍従は自責の念がひどくあるため、ひた隠しにした。

薫右大将は、母の女三の宮が病を得たため、石山寺(いしやまでら)に参籠(さんろう)して、取り込み中であり、いろいろ宇治の様子を気にはしていたものの、はっきりと事の次第を伝える者はなかったので、こうした一大事に際して、大将から、まずは来るべき弔問(ちょうもん)の使者はなかった。宇治では世間に顔向けできないと思っていたところに、荘園(しょうえん)の者が石山寺に参って、これこれですと取次に伝えたため、薫は仰天(ぎょうてん)する。

使いはその翌日、まだ早朝に宇治に参上した。「こうした大変な時には、早速に私自身が伺うべきですが、母の女三の宮が病悩ゆえ、その平癒祈願に身を慎み、こういう所に日限を定めて籠っております。昨夜の葬儀については、私の方にまず連絡して、日延べして執り行うべきでした。どうしてそんなに、全く簡略なやり方で、急いですまされたのですか。

いずれにせよ、こうなっては同じ事で、今更言う甲斐がないものの、一生の最期の儀式を、田舎人に非難されるのは、私としても実に心苦しい」などと、あの気心の知れた大蔵大輔を使者として、消息する。

右近と侍従は薫大将からの使いが来たのにも動転し、返事ができない事ばかりなので、ひたすら涙にくれているのを口実にして、はっきりした返事をしないままであった。

薫大将は、やはりなんとも空しく悲しい事だと聞き及び、「宇治というのは、辛い思いばかりする所だ。鬼でも棲んでいるのだろうか。そんな場所に、どうしてこれまで囲っておいたのだろうか。思いも寄らない匂宮との秘め事もあったようだが、それも私がこうして放置していたので、匂宮も気安く言い寄って手をつけられたのだろう」と思う。

自分が気が回らず、この方面に疎いのが悔やまれ、胸が締めつけられるように痛くなり、母の女三の宮が病気なのに、自分がこんな事で思い乱れているのも情けなくなる。急ぎ京に帰ると、正妻の女二の宮の居室にも行かず、「大した身分の者ではありませんが、身近な者に不幸が生じましたので、心が乱れており、そちらに伺うのも憚られます」などと伝え、つくづくと世のはかなさを嘆く。

生前の浮舟の姿や顔つきが実に可愛らしかったのが思い浮かび、どうにも恋しく悲しいので、「生きていた時に、どうしてもっと熱のこもった愛し方をせず、のほほんと過ごしていたのだろうか。今になってみると、心を鎮める方法もなく、後悔ばかりが先に立つ。
こうした男女の道については、ほぞをかむばかりの宿世だった。普通と違って、仏道への願いを抱いていた我が身が、思うままにならず、こうして俗人のように生きているのを、仏などが憎らしいと思われているのだろうか。道心を喚起しようとして、仏がなさるやり方は、慈悲の心を隠して、なんと辛い事をされるのだろう」と、思い続けながら、ひたすら勤行に励んでばかりいた。

一方、匂宮は、薫以上に二、三日の間は分別を失って、正気でない状態で、どんな物の怪の仕業なのかと、周囲の者も騒ぐうちに、ようやく涙も尽きて、心を思い鎮めると、生前の浮舟の様子を、恋しく一途に思い出さずにはいられなくなる。

周りには単に病が重いだけと思わせ、こうして涙目でいるのを知られたくなくて、自分ではうまく隠しているつもりだったが、その様子は自ずから明白であった。

「匂宮はどうしてこんなに思い乱れ、命までも危ないように物思いに沈んでおられるのか」と言う者もいたので、薫大将もその様子を詳しく聞き、「やはり思った通りだ。何の関係もなく、ただ文のやりとりをするのみではなかったのだ。匂宮が見れば、必ずや恋心に火がつくはずの浮舟だった。このまま生き長らえていれば、自分と浮舟が何の関係もないままでいるよりも、自分にとっても醜態が生じたに違いない」と思われて、恋い焦がれていた心地も少し冷める思いがした。

匂宮の病気見舞に、日々参上しない者はなく、世間でも騒がれるようになり、薫は、「大した身分でもない者の喪で、引き籠ったまま見舞に行かないのも、ひねくれ者に思われる」と反省して、訪問する。ちょうどその頃、式部卿宮が亡くなった折で、叔父の喪に服した薫の衣装が薄鈍色であるのも、心の内では浮舟を失った悲しみを表すようで、折にふさわしく見え、少し面痩せして、一層美しさを添えていた。

　他の見舞客は退出して、しんみりとした夕暮れであり、匂宮は寝込むほどではない具合なので、親しくない者には会わないが、御簾(みす)の中にいつもはいるような者とは面会しないでもない。薫大将と対面するのも妙に気が引けるまま、会えば涙を堰止(せきと)め難いと思うものの、そこは気を鎮め、「ひどく具合が悪いというのでもありません。しかし誰もが用心すべき病状だとのみ言うので、帝や明石中宮も大騒ぎされているのが、何とも心苦しいです。本当に、この世の無常を心細く思っています」と言いつつ、押し拭(ぬぐ)いて紛らそうとする涙が、やがてはらはらと落ちる。

　ひどくきまりが悪いとはいえ、「だからといって、薫大将に勘づかれるはずはない。ただ女々(めめ)しく気弱な人に見えるだけだろう」と思う。

　薫は、「やはりそうなのだ。ひたすらあの浮舟の事だけを思っているのだ。二人の関係はいつからだろう。私をいかにも愚か者だと物笑いしたい心地で、何か月もおられたのだろう」と思い、興ざめで悲しさなど忘れている。

　一方、匂宮の方は、「薫大将は、なんと冷淡な人だろう。何かを痛切に感じる時は、こんな死別の際だけでなく、飛ぶ鳥が空を鳴いて渡るのにも、心を奪われて、悲しいものだ。私がこんなに心弱くなっているのを見ると、事情を察して腑(ふ)に落ちるのが普通だ。薫大将は、それ程までにものの哀れを知らぬ人でもないはずなのに、世の無常を深く悟っている人というのは、実に薄情ではある」と、羨(うらや)ましくも奥床(おくゆか)しく感じる。

　古歌(ふるうた)に、**わぎも子が来ても寄り立つ真木柱(まきばしら)　そもむつましやゆかりと思えば**、にあるように、薫大将が、浮舟が寄り添った真木柱に思えて、あの人の形見(かたみ)なのだと思いつつ、じっと見つめていた。

一方の薫は、世間話をするうちに次第に、「そんなに内密にしておく必要もあるまい」と思って、

「以前から、心に秘めて申し上げない事があり、その間は全く心が塞ぐ思いがしておりました。今では私もそれなりの官位に昇り、ましてあなた様はそれ以上に暇のないご様子です。のんびり過ごす折もないようでしたので、宿直などの際にも、しかるべき用事がなくては伺う事もできませんでした。

何という事もなくて過ごしておりましたところ、かつて御覧になられた宇治の山里に、はかなく亡くなった者の血縁の者が、思いもかけない所にいると耳にしたのです。時折、そうした男女の関係で逢うつもりでいたのですが、思わぬ世間の非難を受けかねない時期でした。そのため、あんな不便な所に住まわせていたのです。

ほとんど出向いて逢う事もなく、また向こうも私ひとりのみを頼りにしているわけでもあるまいと推察しておりました。高貴な重々しい身分の者として扱いを考えなければならないならともかく、男と女の契りとして逢うのには、さしたる難点もなかろうと考えていたのです。

ところが、その気兼ねなく、可憐だと思っていた人が、実に呆気なく亡くなってしまいました。万事この世のはかなさをしみじみ感じさせられ、本当に悲しくなります。あなた様も聞かれている事ではありましょうが」とおっしゃって、今初めて泣き、「こんな泣き顔は見られたくない。馬鹿な奴と思われてしまう」と考えたものの、溢れ出した涙はどうにも堰止められない。

薫大将のいささか異常な取り乱し方が普段とは違うので、匂宮は気の毒がり、「実に悲しい話ではあります。昨日ちらっと耳にはしました。どうしたのか尋ねたくも思いましたが、敢えて誰にも知らせてはならない事だと聞いたもので、そのままにしていました」と、さりげなくおっしゃったものの、悲しみを抑えられず、言葉少なである。

薫は、「あなた様のしかるべき相手として、お目にかけたく思っていた人でした。偶然に御覧になったかもしれません。中の君邸にも出入りする縁故がありましたから」などと、匂宮と浮舟の仲に気がついている旨をほのめかして、「ご気分が優れないのに、こんなつまらない世間話を聞かせて、耳障りで病気を重くするのは本望ではございません。どうかよく養生なさって下さい」と言い置いて、退出した。

そのあと、「匂宮はひどく思い悩んでおられた。浮舟は実に呆気なく逝ってしまったとはいえ、やはり気高い宿運だった。匂宮は今上帝や明石中宮があれほど大事にしている皇子だけあって、顔形や姿をはじめとして、すべて世の中に並ぶ者はいない。世話をされている妻妾も通り一遍ではなく、それぞれに素晴らしい。

そうした方々を差し置いて、浮舟に心を尽くして心労に陥られ、世間も慌てふためいて修法や読経、祭や祓いなど、仏事や神事で騒いでいる。これもすべて、あの浮舟を恋い慕う余りの、心の惑いだったのだ。

自分も右大将の身分で、今上帝の娘を正妻に持ちながら、浮舟を可愛がっていた。その思慕は匂宮よりも劣っていただろうか。今はもういないと思うと、心を落ち着かせるすべもない。とはいえ嘆いても詮なく、もう悲しむまい」と、痩せ我慢をしてみたものの、あれこれと心乱れて、白楽天の『新楽府』「李夫人」の一節を口にして横になった。

生にも亦惑い　死にも亦惑う
尤物　人を惑わして忘れ得ず

人は木石に非ざれば皆情有り
如かず　傾城の色に遇わざらんには

死後の葬儀なども、ひどく粗略にしてしまったので、薫大将は「中の君の方ではどう聞かれているだろうか」と、気の毒にも気懸かりであり、「母君が大した身分ではないので、兄弟姉妹のある者は、葬儀は簡素にするものだなどと言うらしいのに従って葬儀をいい加減にしたのだろう」と、薫大将は不愉快で、合点がいかないのも山々であった。

どんな様子だったのか自分でも確かめたくなるものの、宇治に赴いて身を清めつつ長籠りするのも不都合で、また出かけて行ってとんぼ帰りするのも気が引けるので、どうしたものかと思い迷っているうちに、四月十日になる。今日こそは浮舟が宇治から京に移って来る予定だったのにと、思い起こす日の夕暮れは、ひどく心に沁み入り、庭先の橘の香りが昔の人を偲ばせてくれる上に、郭公が二声ほど鳴いて空を行くので、『古今和歌集』の一首を、ひとり口ずさむ。

亡き人の宿に通わばほととぎす
かけて音にのみ泣くと告げなん

ほととぎすよ、亡き人のいるあの世に通って行くのであれば、私は泣いてばかりいると告げておくれ、という嘆きだったが、しかしそれでも心は鎮まらず、匂宮が二条院に来る日だと聞いて、庭の橘の枝を折らせて、それに文を結んで、北にある二条院に贈った。

忍び音や君もなくらんかいもなき
死出の田長に心かよわば

ほととぎす同様に、あなたも忍び声で泣いておられるでしょう、今更嘆いても甲斐のない故人を思い出しておられるのであれば、という当てこすりであり、「死出の田長」は郭公であり、「なく」に鳴くと泣くが掛けられていた。

当の匂宮は、中の君の様子が浮舟にそっくりなため、しみじみと感じられ、二人で物思いに耽っている折だったので、和歌を見てひと癖ある詠み方だと思って返歌する。

橘のかおるあたりはほととぎす
心してこそなくべかりけれ

橘が香って、昔の人を偲んでおられる所では、ほととぎすは軽々しく鳴くべきではありませんでした、という切返しで、『古今和歌集』の、**五月待つ花橘の香をかげば　昔の人の袖の香ぞする**、を引歌にして、「迷惑な事です」と書き添えた。

中の君は今回の経緯は全部知っていて、「何とも呆気なくもはかない、大君とあの女君の命だった。二人とも様々に物思いに沈んでいた中で、わたくしひとりだけが苦しまなかったので、こうやって長生きしているのだろう。しかしそれもいつまでの事か」と思い、匂宮もひた隠しにしているのも心苦しいので、これまでの経緯を多少は取り繕いながら、中の君に語って聞かせる。

「あなたがあの方の素姓や境遇を隠しておられたのが辛かったです」などと、泣いたり笑ってごまかしたりすると、中の君は浮舟とは赤の他人ではないだけに、親しみが湧いて心に染みる。

他方、万事につけ厳格で、匂宮の病ひとつでも騒ぎ立てる六条院では、見舞客の出入りが多く、六の君の父である夕霧左大臣や、兄弟の公達がいつもいるため、煩わしいが、この二条院は匂宮にとって実に心安く親しみを覚えた。

匂宮は夢のように思えて、「どうして浮舟は急死したのだろう」と気にかかるため、いつもの家臣たちを呼び寄せて、右近を二条院に呼ぶべく遣わす。宇治の邸にいた母君も、宇治川の流れの音を聞くと、自分もそこに転落するかのように悲しく、心が晴れないので、辛いと思いつつ帰京して宇治にはいなかった。

念仏の僧たちばかりが頼りとされている寂しい邸内に、匂宮の使者たちがはいって行くと、かつては厳重な警戒をしていた宿直人たちも、今は見咎めず、「残念ながら、匂宮の最後の訪問の折には、中に導く事ができなかった」と思い出しては気の毒がる。

「あってはならない事に胸を焦がしておられる」と、匂宮の振舞を見苦しいと見てはいたものの、ここに来てみると、通って来た一夜一夜の匂宮の有様や、浮舟を抱いて舟に乗った時のご様子が、実に高貴で美しかったのが思い起こされ、もはや気を強く持つ者はおらず、しんみりとしていた。

右近が出て来て、おいおいと泣くのも道理で、時方は、「匂宮がこうおっしゃったので、その迎えの使者として参りました」と言うと、「今更参上しても、人から不審がられる気が致します。また伺っても、納得していただけるように、はっきりとお伝えできる心地も致しません。

この御忌が果てたあと、多少の用事があってと、人に言い訳ができるような頃に、参上したいと存じます。不本意ながら、まだこの命が長らえておりましたら、いささか心が落ち着いた折にこそ、仰せ言がなくても、こちらから参上致します。そして本当に夢のような出来事などを、お話ししたく存じます」と答えて、今日の迎えにはその場を動こうとはしない。

使者の時方も泣いて、「匂宮と姫君のご関係については、詳しく存じ上げておりません。ものの道理もわきまえない私ではありますが、匂宮の比類ないお志は拝見しております。あなた方についても、何で急いでお近づきになる必要があろうか、どうせ姫君を京に迎えられた折は、一緒に仕えるようになる、と思っておりました。ところが今更言ってもどうにもならないこの不幸のあとには、あなたへの私の心寄せも、深いものになっております」と語りかけて、「匂宮がわざわざ牛車をさし向けておられます。これを無にしては誠にお気の毒です。あなたをお連れできないのならせめて他のひと方だけでも参上して下さい」と、時方が言うので、右近は侍従を呼んで、「それなら、あなたが行って下さい」と言う。

侍従は、「わたしから何を申し上げればいいのでしょう。ましてや今は御忌の期間です。匂宮は穢れをお忌みにならないのでしょうか」と返事すると、時方は、「ご病気をされているので、様々な修法や読経などはしておられます。しかしこちらの事に関しての忌み籠りはないようです。またこれほどの深い契りがあったのですから、その忌みに籠っておられるのかもしれません。その御忌の日数も残り少なく、やはりどちらかひとりは参上して下さい」と責め立てる。

侍従は、ありし日の匂宮のお姿を恋しく思っていて、この先どんな折に拝見する事ができようか、この機に是非、と決心して、黒い衣装を着て、容姿を整える。きれいさっぱりとした姿になり、正装の裳（も）は、自分より目上の女房がいなかったせいで、宇治の邸では着用する必要がないので、気楽にして鈍色（にびいろ）に染めていなかったため、薄紫色のを供の者に持たせて出立した。

「姫君がご存命であれば、この道を通って、匂宮の許にこっそり出立されたろう。自分も密（ひそ）かにお味方していたのに」と思い、胸が一杯になり、道中も泣きながらの参上になった。

匂宮は、侍従の参上を耳にするだけで感涙（かんるい）に堪（た）えず、中の君には体裁（ていさい）が悪いので知らせず、寝殿（しんでん）に行って、侍従の乗った牛車を渡殿（わたどの）につけさせて、生前の様子を詳しく尋ねる。

侍従は日頃、浮舟が嘆いていた様子や、行方知れずになった夜に泣き崩れていた様子を話し、「奇妙なほど言葉少なでした。ぼんやりとしていて、辛い事を人に打ち明けたりもせず、胸の内にのみ悩みを溜（た）め込まれておられました。そのせいか、遺言もございません。これほど大胆に決心されるなど、思いも寄りませんでした」と、詳しく申し上げる。

匂宮はいよいよ辛くなり、これが逃（のが）れられない宿運であるならともかく、自らどういう決心をして、宇治川に身投げしたのだろうと思うと、その現場を見つけて引き留めてやりたかったと、ほぞをかむ思いがしたものの、今更どうしようもない。

侍従が、「姫君は手紙を焼いて処分されていました。それを見て、どうして気がつかなかったのでしょう」などと言うのを、匂宮が一晩中相手をしたので、様々に言上して夜を明かす。あの浮舟の母から届けられた巻数（かんじゅ）に書き添えた、浮舟から母君への返事も口にした。

匂宮は、これまで何程の者とも思わなかった侍従を、身近に感じて親しみを覚え、「私の許で暮らしなさい。あなたは中の君とも縁がないわけでもないでしょう」とおっしゃる。侍従は、「おっしゃるようにお仕えするにしても、やはり悲しんでばかりでいる気が致します。もう少し待って一周忌を終えてからでも」と応じたので、「また参上するように」と、匂宮はこの侍従さえも放し難く感じる。

明け方に帰る際には、浮舟のために用意させていた櫛(くし)の箱ひと揃い、衣装箱ひと揃いを贈物にし、その他に様々に誂(あつら)えさせた支度品(したくひん)は多いものの、それは余りにも大袈裟になってしまうので、侍従に持たせるのに適当な分量だけになった。

侍従は何の心づもりもなく参上しただけなのに、こんな贈物をされて、他の女房たちはどう見るだろうか、思いも寄らず面倒な事になったと、思い悩んだが、返上などできない。

宇治に戻ると、右近と二人でこっそり手にして、暇に任せて眺(なが)めると、姫君の晴れの日に合わせた実に細(こま)やかな今風の作りであり、思わず涙がこみ上げて止まらない。装束も実に美しく仕立てられた物ばかりなので、「こういう服喪中に、これらをどうやって隠そうか」と、持て余した。


薫右大将も、やはり気がかりで思い余り、宇治に向かう。

道すがら昔の出来事を思い起こして、「一体どのような前世からの因縁(いんねん)で、姉妹の父の八の宮の邸に通い始めたのだろうか。このような思いもかけない子の事までも、お世話して、八の宮一族に対しては、物思いばかりしている。とても尊く仏道に沿って暮らしておられた八の宮を慕い、仏を道標(みちしるべ)として、後の世の往生を誓っていたのに、道心を忘れて俗心を抱いた末に、失態を犯してしまった。これも仏が懲(こ)らしめられたのだろう」と感じる。

右近を呼びつけて、「最期の様子もはっきりとは聞いていません。意外そのもので、空しい限りです。忌日(きにち)も残り少なくなっています。それを過ごしてからと思ったのですが、心を鎮められず、来てしまいました。一体全体、どういうご病気で、亡くなられたのですか」と尋ねた。

右近は、弁の尼も大方の経緯は知っているので、いつかは薫大将に問われるはずであり、生半可に隠しても、弁の尼の話と食い違えば、却って事が大きくなると考える。匂宮との密事については、いつも嘘をつき通していたが、このように大真面目な態度で迫って来られると、前以てあれこれと用意していた取り繕いの言葉も忘れてしまい、嘘をつくのがしんどくなり、本当の事を白状した。

思いもかけない事の次第だったので、薫大将はしばらくの間は、ひと言も口にせず、「ありえない事ではない。普通の人が思ったり言ったりする事でも、あの浮舟は黙っていて、鷹揚にしていた。それがどうしてそんな大胆な事を思い立ったのか。それを、ここの女房たちは、一体どんな料簡で言い繕っているのか」と、疑念も湧いて一段と心が乱れる。

匂宮が悲嘆にくれている様子も明白であり、この宇治の邸の有様も、嘘をついて素知らぬ顔をしたところで自然とわかるはずであり、さらに自分がこうやって訪れるにつけても、悲しい異常事態を、上下の身分の違いなく、みんなが集まって泣き騒いでいる、とご覧になって、「供について行って、姿が見えなくなった者はいるのですか。さらに、あった通りの様子を確かに言いなさい。あの女君は、私を冷淡な者と考えて裏切るような事は、間違ってもなさるまいと思っています。一体全体どんな異変が起こって、そんな大それた行動をとられたのだろうか。私にはどうしても信じられません」とおっしゃる。

右近は気の毒がり、やはり懸念していた通りに大将は疑っておられると、困惑して、「自然と聞かれているとは思いますが、姫君は始めから不本意な境遇で育たれています。俗世から離れたこちらの住まいになってからは、いつとはなく物思いに沈まれるようになりました。稀にでも、あなた様がこうして来訪される事で、以前からの御自分の嘆きを慰めておられました。

京に上り、穏やかに時々でもお目にかかれる日がいつしか来るだろうと、口には出さずとも思い続けておられるようでした。その希望が叶いそうだという話も聞き及びましたので、仕えるわたし共も嬉しく思って、準備を急いでおりました。あの筑波山のある常陸の母君も、やっと念願が叶うと思われ、京への移住の用意に取りかかるところでした。

そこへ、理解し難いあなた様の手紙が届いたのでございます。その上、ここの宿直人たちも、女房たちが不届なことをしているようだと、大将殿が叱責された旨を告げたのです。礼儀もわきまえない粗野な田舎人たちが、変な具合に騒ぎ立てる事もございました。

その後は、長い間お手紙もなかったので、姫君は辛い身の上だと嘆かれておりました。情けない身の上は、もう幼少の頃から骨身に沁みて感じておられたのです。それをどうにかして人並の身の上にしてやりたいというのが、万事を世話して下さる母君の願いでもありました。

それだけに、今回のご縁のせいで、世間の物笑いになってしまえば、母君がどんなに嘆き悲しむだろうと、いつも気にしておられました。その事以外に、どんな事情があったのかは、何も思いつきません。たとえ鬼などが姫君を隠したとしても、少しはその痕跡が残るはずでございます」と言って、あたりかまわず泣く。

薫大将は、それまでどうした事なのか疑い迷っていた心も失せてしまい、貰い泣きをしながら、

「私は思いのままに動けず、常に世の注目を集めてしまう身の上です。それでも女君の事を気にかけ、いつかは近くに呼び寄せて、誰にも気兼ねなく、角が立たないようにお世話するつもりでした。そうやって行く末長くと、はやる心を鎮めながら過ごしていたのです。

それなのに、冷たい態度だと取ったのは、逆に女君の方に、何か心を隔てるものがあったように思

われます。今更こんな事を言おうとは思わないものの、あなただから訊きますが、匂宮の事です。いつから始まったのですか。そうした男女の事については、全く以て手練手管に長けて、人の心を惑わすお方です。女君は匂宮にいつも逢えないのを嘆いて、自死なされたのではないかと思います。ここはやはり白状しなさい。私に隠し事は無用です」とおっしゃり、迫った。

右近は、やはり薫大将は浮舟失踪について確かな事を聞かれたのだと思って、同情しながら、「実に困った事を聞かれたものでございます。わたしはずっと、姫君の側を離れた事はございません」と、ためらいながら言い、「自ずとお聞き及びでございましょう。こちらの姫君が、匂宮の女君の許に、こっそり身を寄せられた時がありました。そこへ思いがけなく、唐突に匂宮が入って来られたのです。その時は、厳しい事を申し上げたので、退出されました。姫君はそれを怖がられて、あの三条のみすぼらしい家に移られたのです。

その後、何も匂宮の耳にはいらないようにしながら、無事に過ごしておられました。それをどのようにして聞かれたのか、ついこの二月頃からお手紙が届くようになったのです。便りは頻繁に送られて来たのですが、姫君はあまり見ようとされなかったのです。それでは勿体なくも失礼極まるので、その旨申し上げました。そのため、一度か二度は返事を送られたでしょうか。それ以外の事は、何も存じ上げません」と、言上した。

きっとそう言うだろうと思った薫は、それ以上に詰問するのも気の毒であり、しみじみと物思いに沈み、「匂宮を恋い慕っても、私の事はさすがにおろそかには思わなかったのだろう。そのためどちらかと見極められなくなって、弱々しい性質から、この宇治川が近いのを頼みにして、入水を思いついたのだろうか。

私がここに放っておかなかったならば、実に苦しい日々を過ごしていても、『古今和歌集』に、**世の中の憂きたびごとに身を投げば　深き谷こそ浅くなりなめ**、とあるように、わざわざ自分から身投げなどしなかったろう」と思い、全く辛い宇治川の流れとの因縁であり、この川が疎ましい事限りない。長年感慨を覚えてきた場所で、険しい山路を往復したのが、今は何とも忌々しく、宇治という名さえも聞きたくない心地だった。

中の君があの姫君の存在を話し出し、当初はそれを大君の人形と呼び始めた事さえも忌まわしく、まさしく自分の過ちのせいで失ってしまった人だと薫は思う。

また、母君がやはり軽い身分であるため、没後の葬儀も、不思議な程簡略にして進めてしまったようだと、不満ではあったが、詳細を聞いてからは、「母君はどんなに辛い思いをしておられるだろうか。あの程度の身分にしては、優秀な人だった。とはいえ、匂宮との秘め事については、必ずしも知ってはいまい。とすると、私との関係で何かあったのではないかと、疑うのではないか」などと、万事につけて気の毒がる。

亡くなったのはこの邸内ではないので、死の穢れはないものの、供人たちの目もあるので、上には上がらず、牛車の榻を持って来させて、妻戸の前に坐っていたが、それも見苦しいので、繁った木の下の苔を敷物代わりにして、少しの間坐る。今となっては、ここに来るのも気が晴れないというように、付近を見回して詠歌した。

我もまた憂きふる里を荒れ果てば
誰やどり木の蔭をしのばん

私までもがこの憂い深い山里に立ち寄らなくなり、邸が荒れ果てたら、誰が馴染み深いこの家を思い出すだろうか、という諦念であり、かつて、「宿木」の帖で詠んだ、**やどり木と思い出でずは木のもとの　旅寝もいかに寂しからまし**、と呼応していた。

今は僧正・僧都に次ぐ律師になった宇治山の阿闍梨を呼び寄せて、薫は死後の法要の諸事を任せ、念仏僧の増員を命じた上、入水は大いに罪深い所業だと思い、「罪を軽減すべく、追善として七日毎に経仏の供養をして欲しい」と、事細かに指示をされる。

誠に暗くなったので退出しようとして、「もし女君が生きていれば、今夜は帰らなかっただろうに」と思いつつ、弁の尼に挨拶を取次させたが、「ただひたすら忌まわしい我が身を思い沈んでおります。何をどう考えていいかもわからず、呆けて臥せっております」と返事をさせて、出て来ないため、強いては立ち寄らず、帰途に着いた。

浮舟をいち早く迎えに行かなかったのが悔しく、宇治川の水音が聞こえる間は、心が立ち騒ぎ、「亡骸さえも捜し出さず、情けない結果になっている。一体どんな様子で、どこかの川底で貝殻に交じっているのだろうか」などと、やるせなかった。

浮舟の母君は、京に出産間近の娘がおり、穢れを厳しく慎んでいるため、夫の常陸介の家にも帰られず、不本意な仮住まいばかりしていて、心が安らぐ折もない。こちらの娘はどうなるのかと心配していたが、無事に出産をしたあと、母君は浮舟の死穢の身なので、産後の娘の所には近寄れず、その他の子供についても考えなどは思い浮かばないまま、呆けるようにして暮らしていた。

そこへ薫大将からの使者が忍んでやって来たので、分別がつかない心地ながら、嬉しさで胸が一杯になって、文を読んだ。

今度の思いも寄らぬ一事については、何はさて置いても御見舞すべきと思っておりました。しかし心の内も定まらず、涙で目も見えない心地がして、ましてやあなた様は、子を思いつつ、どれほどの心の闇に迷っておられるだろうと、案じておりました。

そのうち、時機を逸して、空しく日数を過ごしてしまった事をお詫び致します。この世の無常を一段と切実に感じるばかりでございます。思いの外、私が生き長らえておれば、亡き人の形見として、何かの折には必ず、お声をかけて下さい。

などと細やかに書かれていた。使者は大将の家司である大蔵大輔であり、「何かにつけのんびりして、何もしないまま年月を過ごしたため、きっと私を誠意ある人間とは思われていないでしょう。しかし今後は、何事においても、必ずや忘れる事はありません。またそちらでも、内々にそのように思って下さい。幼い人たちもいるようですし、朝廷に出仕する際は、必ず後見を致す所存です」などと、言葉でも伝えさせた。

特別に忌む必要もない穢れなので、母君は「穢れにも深くは触れておりません」と言いつつ、使者を無理に中に入れて、返書を泣きながら綴った。

これ程悲しい目に遭っても、まだ死に切れずにおります。そんな我が身を嘆き続けていた日々も、こうしてあなた様からのお言葉を拝見するためだったのでしょう。年来、娘の心細い境遇を見て、それは取るに足らない我が身の不徳の致す所だと観念しておりました。京に迎えるというあなた様の勿体ないひと言を、行く末長く頼りにしていたのに、言う甲斐のない結果になってしまいました。

　こうなると宇治の里との因縁も、誠に心苦しく悲しく思われます。いろいろありがたい仰せ言のお蔭で、命も延びて今少し生き長らえましたら、やはりおすがりする段もあるかと存じます。しかし今は涙にくれるのみで、これ以上は申し上げられません。

などと書きつけ、使者に通常の禄を与えるのは喪中なので不似合いとはいえ、それでは心がおさまらず、薫大将に献上するつもりで手元に置いていた良質の斑犀の帯や、立派な太刀などを袋に入れて、使いが牛車に乗り込む際に、「これは故人の心の品です」と言って届けさせた。

薫はこれを見て、「全く無駄な気遣いだ」とおっしゃり、使者の口上は、「母君は自ら会って下さり、泣き泣き様々な事を言われました。幼い子供たちの事まで気にかけていただくのは、勿体のうございます。とはいえ自分たちのような物の数にもはいらない身分では、却って恥ずかしい限りです。それゆえ世間にはどんな縁故からとは知らせず、貧相な子供たちをみんな参上させます、と言われました」と言上する。

薫は、「なるほど、全く見栄えのしない縁故づきあいとはいえ、帝にも常陸介程度の身分の者の娘を、差し上げない事もない。それにしかるべき因縁で、ご寵愛なされば、人から非難される筋合いもない。また臣下の者でも、素姓の賤しい女や、結婚歴のある女を妻としている例は多い。

あの常陸介の娘だったと、世間が取沙汰しても、自分の浮舟に対する扱いが、自分の汚点になるような形で始まったわけでもないので、とやかく咎められもするまい。ひとりの娘を失って悲しんでいる親心に、やはりあの娘の縁によって、面目を施す事になったと、納得するくらいに、気配りは必ずしておこう」と思った。

母君の仮住まいに、常陸介が来て、立ったまま、「娘の出産という折も折、よくも家をほったらかしにしていられるものだ」と立腹する。年来、あの姫君がどこにいるのかも、有り体には知らされていなかったので、みじめな暮らしをしているのだろうと思いもし、言ったりもしていたが、母君は姫君を京に迎えたあとに、「これで世間に顔向けができます」と報告するつもりでいたところ、こんな結果になり、今更隠し立てをしても仕方がないので、これまでの経緯を泣く泣く語った。

薫大将の手紙も取り出して見せると、常陸介は高貴な人を崇め、田舎者らしくありがたがる者なので、驚き、かつかしこまる。繰り返し繰り返し読んだあと、「誠に素晴らしい幸運を打ち捨てて、亡くなられた。自分も家来として仕えているものの、側近くに召される事はない。大変気高い方であり、幼い子供たちについて、こんなに仰せられたのは、実に頼もしい」と、喜んでいるのを見ると、母君も浮舟がまだ生きていればどんなにかいいだろうと思い、転がり臥して泣く。

常陸介もここに至ってやっと涙ぐんだものの、実を言えば、浮舟が生きていれば、逆に常陸介一族のような身分の者を、薫が気に留めるはずはなく、自分の過失から死なせ失くしてしまったのが可哀想で、母君を慰めてやろうと考え、こうなれば浮舟の身内を面倒を見る事への世間の非難も気になるまいと思っていたのだった。

薫は四十九日(なななぬか)の法要を営ませるにあたり、浮舟はどうなっているのか気にしながら、生死にかかわらず、法要をして罪になるはずはないので、ごく内密に、例の宇治山の律師の寺で行う。参列する六十人の僧へのお布施(ふせ)なども、ふんだんに贈り、母君も来て坐っており、供養の品々を添えた。

匂宮からは右近の許に、白金(しろかね)の壺に黄金(こがね)のはいった品が届いたものの、人が見咎める程の仰々(ぎょうぎょう)しい法要はする事ができず、右近からという形をとったため、内情を知らない者は「どうしてこんなに立派な品を」などと言う。

薫右大将からは腹心の家来ばかりが大勢遣わされたので、「妙な事ではある。噂にも聞かなかった人の法要を、こうまで重々しくするとは、いったい誰なのだろう」と、今になって驚く人が多い中に、常陸介がやって来て、主人顔で振舞っているのを、人々は不思議がった。

常陸介は、娘に少将の子ができたので、豪勢な産養(うぶやしない)をさせようとして、大騒ぎをしている最中で、家の中に揃っていない物などなく、唐土(もろこし)や新羅(しらぎ)の品々で飾り付けるつもりだったが、身分ゆえの制約があり、おかしな具合になっていた。一方、こちらの法要は、ごく内々にとの意向だったにもかかわらず、比類ない程の立派な法要であるのを目にして、もしあの姫君が生きていれば、自分など比べ物にならないくらいの宿世だったと思う。

中の君も読経のお布施をして、六十僧以外の七僧に供する食事の用意をさせる。帝も今となって、薫大将がこういう人の世話をしていたのを耳にして、ないがしろにはしていなかったこの女君を、正妻である女二の宮の手前、隠し置いていたのを、気の毒だと同情した。

薫と匂宮の二人の心の内は、いつまでも悲しいままであり、匂宮は思い通りにならない恋心の真っ盛りの最中に、浮舟が消えてしまい、辛さは限りないものの、多情なるがゆえに、この悲しみを慰めようとして、試しに他の女たちに手を出す事も多くなる。他方、薫はこうして自分からあれこれ配慮しつつ、浮舟の遺族の世話をしながらも、やはり嘆いても甲斐がない浮舟が忘れ難かった。

明石中宮は、先に亡くなった叔父の式部卿宮の喪に服している間は、里邸の六条院で過ごしておられ、匂宮の兄である二の宮が式部卿になり、重々しい身分なので、明石中宮の許への来訪は常ではない。匂宮は寂しくもの悲しいまま、姉の女一の宮の在所を慰め所にしていて、そこに仕える美しい女房で、まだ匂宮が目にしていない者も、多く残っていた。

薫は、何とか人目を忍んで親しくしている小宰相の君という女房が、容姿も美しく、心遣いも優れていると気に入っていた。同じ琴を掻き鳴らしても、爪音や撥音が人より優れ、文を書いても話をしても、趣深さがあった。匂宮も、長年この小宰相の君に一目置いており、例によって強引に言い寄るものの、どうしてみんなと同じように匂宮の言いなりになるものかと、気丈にしているのが腹立たしく、一方の生真面目な薫はそれを見て、見所のある女だと感心していた。

小宰相の君の方は、薫がこのように悲しんでいるのも知っているので、思い余って歌を贈った。

あわれ知る心は人に遅れねど
数ならぬ身に消えつつぞ経る

あなた様の悲しみを察する心は、人に劣りませんが、数ならぬ身のわたしですので、ずっと黙って過ごしておりました、という同情であり、「わたしが身代わりになっていましたら」と、趣豊かな料紙に書いてあった。もの悲しい夕暮れのしみじみとしている時に、人の少ないのを見計らって文が届けられたのも、心憎く、薫も返歌する。

　　常なしとここら世を見る憂き身だに
　　　人の知るまで嘆きやはする

無常の世を多く見て来た私の憂き身でさえ、人からそうとわかるまで嘆いてはいないつもりでした、という感慨であり、「心配りへのありがたさは、沈んでいただけに、一段と深く感じます」などとおっしゃり、薫は小宰相の君の局に立ち寄る。

薫大将は、こちらが気恥ずかしくなる程に貫禄が備わり、普段から女房の部屋に軽々しく立ち寄ったりしない高貴な人柄にもかかわらず、ここは実に簡素な住まいだと思いつつ、狭くて奥行きもない局の引戸に寄りかかって坐っておられる。

それを申し訳なく感じるものの、自分をさして卑下する事もなく、小宰相の君は優雅に相手をするので、「あの亡き浮舟よりも、こちらは奥床しさが身に備わっている。どうしてこのように宮仕えをしているのだろうか。しかるべき女として、私の許に置いてもよかったのに」と思いつつ、その秘めた心の中は決して表に出さなかった。

蓮の花が満開になった頃、明石中宮主催の法華八講が行われた。六条院の故源氏の君のため、他にも紫の上などの縁のある人をみんな追善すべく、御経や仏像などを供養し、壮厳かつ尊い催しとなる。特に第五巻の提婆達多品が講じられた日は、見ごたえ充分であり、あちこちから大勢の人が、女房のつてを頼って参上した。

五日目の朝座で法会が終了すると、御堂の飾りをはずし、調度を改めるために、北の廂の間も襖障子が取り払われ、人々がみんなはいって整理をする間、寝殿と西の対を繋ぐ渡殿に、女一の宮は滞在しておられた。講釈を聞き疲れた女房たちも、それぞれ局に退がって、女一の宮の側には人が少ない夕暮れに、薫大将は束帯姿から直衣に着替えて、今日帰る僧の中に、是非とも話したい人がいるため、釣殿の方に来ていたが、僧はみんな退出してしまっており、池の方で涼んでいた。

付近は人が少なく、前述した小宰相の君などが、ほんの少しの間だけでもと、几帳を間仕切りにして、ひと休みする控え所にしている。「ここにおられるのだろうか。衣ずれの音がする」と、薫は思い、西の対の渡殿の襖障子の細く開いた所から、そっと中を覗くと、いつもの女房たちの控え所とは違って、広々としており、中途半端に几帳を立てているため、その間の見通しが利き、中が露になっていた。

氷を何かの蓋の上に置いて割ろうとして、女房三人と女童が大騒ぎをしている。唐衣も汗衫も着ないで、みんなくつろいだ様子なので、そこが女一の宮の御前だとは思いもしなかったのに、白い薄物の衣を着ておられる姫君が、手に氷を持ちながら、女房たちが争い騒ぐ様子を見て、微笑しているそのお顔が、言いようもなく美しく見えた。

非常に暑くてたまらない日なので、豊かな髪が煩わしいのか、少しこちらに靡かせて長く垂らしておられる様は、比類ない。これまで幾度も美しい人を見て来てはいたものの、この姫君には及びもつかないと薫は感嘆していると、その御前にいる人は、『長恨歌伝』で、二人の妃を失った玄宗皇帝が

「左右前後を顧みるに粉色土の如し」と嘆いたように、あたかも土人形のような気がしたが、心を落ち着かせてよく見ると、黄色の生絹に薄紫色の裳を着た女房が、扇をゆっくりと揺らしている様に、心遣いがあるなと思う。

「氷を割るのに大騒ぎするのは、却って暑苦しくなります。氷は割らずにそのままで見た方がいいですよ」と言って、微笑している目元が、実に愛らしく、声を聞いて薫は、この人が心を寄せている小宰相の君だと気がつく。

女房たちはそれでも頑固に氷を割って、手に手にかけらを持ち、頭にのせたり、胸に当てたりして、みっともない恰好をする。小宰相の君は氷を紙に包んで女一の宮に差し出し、氷を手に持って涼むように勧めたが、女一の宮は「いいえ、持っていたくありません。雫が垂れるのが嫌です」とお答えになる。

その声がほのかに聞こえたのが、薫は限りなく嬉しく、「女一の宮がまだ大変小さかった頃、自分も幼くて何もわからないまま、お目にかかっている。何と可愛らしい子だろうと思って見て以来、その後は全く、こんなお声さえも聞く折はなかった。どんな神仏がこんな機会を与えて下さったのか。これまでのように、また心をかき乱してしまいそうだ」と、浮き浮きしながら、じっと立って見つめていた。

こちらの西の対に住んでいた下臈の女房が、この襖障子を、急用で開けたままで退出してしまっていたのを思い出し、誰かに見つかると騒がれて困るので、慌てて戻って来て、薫の直衣姿を見つけると、誰だろうかと驚く。自分の姿が薫から見えているとも気づかずに、真直ぐ簀子をこちらに近づいて来たため、薫はさっと立ち去り、「誰とはわからなかっただろう。いかにも色めいた振舞をした」

と反省して、隠れた。

この女房は、「これは一大事だ。几帳までも、奥が見えるように置いてあった。あの直衣姿は、夕霧左大臣のご子息だろうか。よそ者はここに侵入するはずはない。どこからかこの事が漏れたら、誰が襖障子を開けたかと、咎められるに違いない。単衣も袴も生絹のように見えたので、周囲の人もその衣ずれの音に気がつかなかったのだろう」と思って途方にくれる。

一方の薫は、「少しずつ聖に近づいている道心だったのに、わずかなつまずきで、いろいろと物思いをする人になってしまっている。あの大君と死別した昔に、俗世を離れていれば、今頃は山奥に住みついていて、こんなに心を乱してはいるまい」と思い続けた。心は平静ではなく、「どうして長年、そのお姿を見たいと思っていたのだろうか。願いが叶った今、逆に苦しく、どうにも心惑ってしまう」と思う。

翌朝、薫は、起床した女二の宮の容姿が実に美しいのを目にして、女一の宮がこの女二の宮よりも勝っているはずはないと思う反面、「全然似てはいなかった。女一の宮は、不思議なまでに高貴さが薫り、言葉に尽くせないお姿だった。これも多少は気のせいだったか、あるいは折も折だったたからか」と思う。

「ひどく暑いので、もっと薄い衣装になさったらどうでしょう。女の人はいつもと違う物を着ても、その時々に応じての美しさがあります」と薫は言って、女房に、「女三の宮の邸に行って、大宰大弐の女房に、薄物の単衣を仕立てて、こちらに持参するように伝えなさい」と命じる。女二の宮付きの女房は、女二の宮の美しさが盛りでいるのを、薫がさらに引き立てようとしていると思って、好感を持った。

薫は、例によって念誦する自分の部屋にいて、昼になって女二の宮の方に赴くと、朝方に命じていた衣装が几帳にかけられていたので、「なぜこれを着ないのですか。人目の多い時は、透けたものを着るのはよくありません。しかし今は差し支えないでしょう」と言って、自分で着せてやる。袴は昨日女一の宮が着ていたのと同じ紅であり、髪の豊かさや長い髪の末端などは見劣りしないものの、他に違う点でもあるのか、全く似ていない。

氷を持って来させて女房たちに割らせて、ひとかけら取って女二の宮に持たせた薫の心の内は、推して量るべしで、『白氏文集』の「李夫人」の中にあるように、絵に描かれた恋しい人を見て、心を慰める人もいないわけでもない。ましてこの女二の宮は、女一の宮とは異母姉妹だからと思うものの、昨日のように自分もあそこに入り交じって、心ゆくまで見られたらどんなによかろうと思う。

思わず嘆息しつつ、「女一の宮に手紙は書きますか」と女二の宮に訊くと、「内裏にいた時は、父の帝がそうおっしゃったので、手紙を差し上げましたが、その後は書かないまま、久しくなります」という返事だったので、「私の許に嫁いで臣下の身分になったからといって、あちらから便りがないというのは情けないです。今度、明石中宮の御前で、あなたが恨んでいると言上しましょう。「どうして恨みなどしましょうか。嫌な事をおっしゃいます」と答えたので、「下々の者になったと、女一の宮は見下しておられるようなので、こちらからは文を送るのも遠慮していますと、言上するつもりでいます」と言った。

その日はやり過ごして、翌朝に明石中宮の許に参上すると、例によって匂宮もいた。丁字で深く染めた茶の薄物の単衣を、濃い色の直衣の下に着た姿は、実に感じがよく、先日の女一の宮の容姿にも見劣りがしない。色白で清らかな美しさがあり、しかも以前よりは面痩せしているので見栄えもよい。女一の宮に似ていると思うと、何より恋しさが募るものの、それはあってはならない事なので、心を鎮めるのは、何もなかった頃よりは苦しく感じていた。

匂宮は供の者に絵を大量に持たせて参上していて、女房を使って女一の宮に献上し、自らもそちらに赴いた。

薫大将は明石中宮の近くに寄って、御八講が尊かった事や、昔の事を少し申し述べる。残っていた絵を見ながら、「私の家で暮らしている女二の宮は、宮中を離れて気落ちされています。それが不憫であり、女一の宮からは便りもございません。女二の宮は臣下に降嫁したので、見捨てられたと思って、ご不満のようです。こうした絵なども、時々は女二の宮にも見せていただきとうございます。私が貰って帰っても、ありがた味がないでしょうし」と言上する。

明石中宮は、「それは妙な事です。女一の宮は見捨てたりはしません。宮中では近くに住んでいたので、時々は手紙のやりとりをしているようでした。別々に暮らすようになってからは、途絶えてしまったのでしょう。すぐに勧めます。女二の宮からも遠慮なく手紙を出して下さい」とおっしゃる。

薫は、「女二の宮からの便りは難しいでしょう。もともと人並には扱ってもらえない女二の宮ですが、こうして親しく仕えている私のご縁に免じて、一人前に扱って下さると嬉しゅうございます。ましてそのように親しいおつきあいがあったのであれば、今になってお見捨てなさるのは、耐え難く存じます」と言上したのを、明石中宮は薫に懸想じみた心があるとは、思いもかけなかった。

薫は御前を退出して、先夜の目当ての小宰相の君に逢い、あの折の渡殿も慰めとして見ようと思い、明石中宮のおられる寝殿の南の簀子を歩いて通り過ぎ、西面に向かうので、御簾の内側にいる女一の宮付きの女房たちは、充分に配慮し、いかにも体裁よく申し分ない態度で応対をする。

渡殿の方では、夕霧左大臣家の公達などがいて、何か話す声がするため妻戸の前に坐り、「普通の用向きでは六条院に参上しても、こちらの方に拝謁するのは難しゅうございました。全くいつの間にか年寄りになった心地です。今後は見参するつもりでおります。しかしそれは不似合いだと、若い人たちは思っているようです」と言う。

甥の公達たちに目をやると、「今後しばしばお見えになるなら、若返られましょう」と、冗談を言う女房たちの物腰も、奇妙な程優雅に感じられ、趣充分なこちらの有様である。特に用事はないものの、世間話をしては、しんみりと、いつもよりは長居をした。

女一の宮が明石中宮のいる寝殿に行くと、「薫大将がそちらに行ったようですが」と中宮から訊かれたので、供人として侍っていた大納言の君が、「小宰相の君に何か話があるようでした」と言上する。中宮は、「あの真面目な薫大将が心を寄せて話をするのであれば、相手が気の利かない人では困りましょう。その人の心の内もすぐ露見します。その点で、小宰相の君はうってつけです」とおっしゃる。

姉弟ではあっても、薫大将には遠慮する面もあって、女房たちも配慮なくしては応対しないで欲しいと思っており、大納言の君が、「薫大将は、小宰相の君を他の女房よりも気に入られているようです。局にも立ち寄り、親密に話をして、夜が更けてから退出される事もよくあります。例のありふれた仲ではないようです。小宰相の君は、匂宮を情の薄い方だと思っていて、言葉をかけられても、返事もしません。畏れ多い事ですが」とお答えする。

中宮も笑われ、「匂宮の見苦しい浮気心をわかっているのは、面白い。どうにかして、あの変な癖を直してやりたいものです。わたくしのためにも、わたくしの女房たちの手前でも、誠に恥ずかしい事です」とおっしゃる。

大納言の君は、「なんとも妙な噂を耳にいたしました。薫大将が亡くされたのは、二条院に住んでいる匂宮の北の方の妹だったようです。きっと腹違いなのでしょう。前の常陸介（ひたちのすけ）なにがしの妻が、その叔母か母にあたるというのも、どんな事情があったのでしょうか。

その女君に、何と匂宮がごくごく内密に通っておられたとか。それを薫大将が聞きつけられたのか、急に京に迎えようとなさったようです。見張りなども厳重に配慮された時に、匂宮もこっそり忍んで訪問されたものの、中にははいれず、みっともなくも、馬から降りる事もできずに帰られたとか。その女君も匂宮を慕っていたのか、突然消え失（う）せ、どうやら身投げしたようだと、乳母以下、侍っている者たちは泣き惑っていたとの事でございます」と言上する。

明石中宮はあきれ果てて、「誰がそんな事を言うのですか。匂宮にとっても不名誉かつ情けない事です。そうした珍しい事件であれば、自然と耳にはいるはずなのに、薫大将もそんな事は言いませんでした。ただ世の中が無常で、このように宇治の八の宮の一族が短命に終わったのを、とても悲しく思う、と話していました」とおっしゃる。

大納言の君は、「いいえ、下々の者は不確かな事を言うとは思いますが、そうではございません。宇治の邸におりました下童（しもわらわ）が、つい最近、小宰相の君の実家にやって来て、確かな事として言ったのです。こんなにも不可解な失踪ですので、他人が聞けばびっくりもし、おぞましく思うに違いないので、ひた隠しにしている一件のようです。薫大将もそれで詳しくは話されなかったのでございましょう」と言上する。

明石中宮は、「今後はそのような事は、二度と他言しないよう、その童には釘をさしなさい。こんな醜聞で、匂宮の評判に傷がつき、人から軽々しい嫌な人だと思われたら大変です」とおっしゃって、頭痛の種になった。

その後、女一の宮から女二の宮に手紙が届き、薫はその筆跡が実に素晴らしく、美しいのを見て、小躍りして喜び、「こんな具合にして、もっと早く見ていればよかった」と思う。明石中宮からも多くの見所充分の絵が贈られて来たので、薫は匂宮が献上した絵以上に趣豊かな絵を集めて、女一の宮に贈った。

その中には、『芹川の大将』という物語に出てくると、お君が、女一の宮を慕って物思いに耽っている秋の夕暮れの絵があり、とお君が思い焦がれて退出する情景が情緒たっぷりに描かれていた。薫はふと自分の事のように身につまされ、この物語の女一の宮のように、自分に思い靡く女君がいたらと感じて、そうではない我が身が情けなく、詠歌する。

荻の葉に露吹きむすぶ秋風も
夕ぞ分きて身にはしみける

荻の葉に露を結ばせる秋風も、夕暮れ時になると特に身に沁みて感じられる、という感慨であり、この和歌をその絵に添えて女一の宮に贈りたいものの、そんな懸想めいた気配が少しでも漏れたら、非常に面倒臭くなる世の中なので、ほんのちょっとでもほのめかす事はできない。

こうして何やかやと薫は物思いをした挙句、「あの亡き大君が存命だったら、どんな事があっても他の人に心を寄せたりはしない。たとえ今上帝が娘宮を妻に下さろうとしても、受諾などはすまい。

また自分にそんな思い人があると聞いておられれば、女二の宮が降嫁する事にはならなかっただろう。やはり何とも恨めしく、自分の心をかき乱す橋姫(はしひめ)の大君ではある」と、思い続ける。

また、中の君が恋しくなり、今更恋慕してもどうしようもないのが、我ながら愚かしくも情けなく、中の君への思いがどうにもならないのを覚(さと)る。その次には、あの異常な様子で亡くなった浮舟の、ひどく子供っぽい、思慮深さに欠ける軽々しさを思う。

一方、大変な事態になったと思い詰めていた様子や、こちらの態度が冷たくなったと、内心ですべてが疑わしくなって思い苦しんでいた有様を聞いただけに、「重々しい立場の人としてではなく、ただ気安(きやす)く語らえる人としてなら、実に貴重な可愛らしい人だった。もう匂宮をも恨むまい。あの浮舟をも嫌な女だとは思うまい。これはただ、私の生き方が世間離れしているところから生じた失敗なのだ」と、物思いに耽る日が多かった。

冷静で心穏やかな薫でさえも、こうして悶え苦しんでいる情況なので、まして好色の匂宮は胸の痛みを抱えたまま、亡き浮舟を思い出すよすがとして、悲しみを紛らす人もいない。ただ中の君だけは、浮舟の事を「可哀想に」と口にしてくれるものの、深く知っているわけではなく、日の浅い縁でしかないため、心底からの同情までではない。匂宮にしても、思い出すままに「恋しくも辛い」と口に出すのは気が咎めるので、あの宇治にいた侍従を例によって呼び寄せる。

宇治の女房たちはみんな散り散りになり、乳母の他には右近と侍従の二人だけは、浮舟が特に大切にしてくれていた事を忘れ難く思っていて、侍従は乳母子の右近のように身内同様の女房ではないものの、そのまま話し相手として暮らしていた。

ところがこの世のものとは思われない宇治川の川音が、『古今和歌六帖』に、**祈りつつ頼みぞ渡る**

初瀬川　うれしき瀬にも流れあうやと、とあるように、そのうち京に上がるのを期待していた間は、さして気にも障らなかったのに、今は辛く恐ろしく思われたので、京のみすぼらしい所に最近、移り住んでいた。

匂宮がそれを捜し出されて、「私のところに出仕しなさい」と勧めると、その心遣いは勿体ないものの、そこは事情が種々あるので、女房たちもいろいろ取沙汰するに違いなく、辞退して、明石中宮に仕えたいとお答えしたところ、「それは名案です。そうやっておいて、こっそり召し使いましょう」と、匂宮からのお達示があった。

侍従は心細く頼りない心地を慰めるために、つてを頼って明石中宮に出仕するようになり、小ぎれいで好感の持てる下臈女房として認められ、悪口を言う者はいない。

薫大将も常日頃参上するので、そのお姿を見るたびに侍従はものの哀れを感じる一方、非常に高貴な家柄の姫君だけが多く出仕している邸だと、人が言うので、ようやく馴れてきた目でよく見るが、やはり宇治で仕えていた浮舟に比べられるような人はいない、と思って過ごした。

この春に死去した式部卿宮の姫君を、継母である北の方はさして大切に思わないので、実兄の馬頭で人柄も並な男が心を寄せていたため、姫君には気の毒とも思わず、結婚を許そうとしていた。

それを明石中宮はお聞きになられ、「申し訳ない事です。父宮が大事に育てられた姫君を、その甲斐もないような扱いをするとは情けないです」と、おっしゃっていた。姫君も心細い限りだと嘆いていたので、「親身になって、身の振り方を心配して下さっている」と、兄の侍従も姫君に言い、最近になって明石中宮が迎え取った。

女一の宮の遊び相手としても、ちょうどいい高貴な身分なので、格別の配慮の下に出仕した。とはいえ女房としての身分なので、宮の君と呼ばれて、唐衣を略して裳だけをつけており、実に哀れな感じがした。

匂宮は、「この宮の君くらいであれば、恋しいあの人の代わりになる姿をしているかもしれない。父君はあの八の宮と兄弟になる」と、例の好き心で、亡き人を恋しく思うと同時に、他の人をも好きになる癖は止まず、早く宮の君と逢いたいと関心を寄せていた。

一方の薫は、「宮の君を出仕させるとは、非難されても仕方がなかろう。故式部卿宮は、ほんの昨日今日まで、あの姫君を東宮に嫁がせようと思われていた。この私にも縁談をほのめかしておられた。それが出仕するとは情けなく、あっという間の家の没落である。それが身に沁みれば、あの浮舟のように、水の底に身を沈めても、だれも非難できない」と思いながらも、誰よりもこの宮の君に心を寄せていた。

明石中宮がこの六条院に退出されており、宮中よりもここを広々とした趣深い住まいだと思って、常時仕えていない女房たちまでが、みんなのんびりと住みなして、長々と続く多くの対屋、廊、渡殿に満ち溢れている。夕霧左大臣は亡き源氏の君が在世中の有様に劣らず、この六条院を最大限に造営し、繁栄の頂点にある一族なので、昔の頃よりも今めかしい点では勝ってさえいた。

そこにいる匂宮は、いつもの好き心があれば、この数か月の間にあらゆる色恋沙汰をしていたはずなのに、全く静かにしており、傍目には多少成長して心を入れ替えたかのように見えたものの、再びこの頃は、この宮の君の事で本性が出て来たらしく、つきまとっていた。

涼しい頃になって、明石中宮が内裏に帰参されようとすると、「秋の盛りの紅葉を見ないで帰るのは残念です」と、若い女房たちは惜しんで皆集まる。

池のほとりで、水面に映る月影を観賞し、管絃の遊びが絶えず、いつもより華やかなので、この匂宮がこの方面の事では自ら立振舞って場を引き立て賞賛され、その姿は朝に夕に見馴れていても、今初めて目にする初花のような美しさである。

一方、薫大将はそれほど人とは交わらないご様子なので、気後れがして気が安まらないと、女房たちはみんな思っていた。

いつものように、この匂宮と薫の二人が明石中君の前に参上している時に、あの侍従が物陰から覗いて、「あの浮舟の女君は、この二方のどちらかに縁づき、素晴らしい宿運だと思われて、この世に残っておられたらよかった。余りにも残念な、はかなくも不運な心を持たれていた」と、他人にはこの辺の事は知たり顔で言わないようにしているので、自分ひとり胸を痛めていた。

匂宮が明石中宮に内裏の話を細々と報告しておられるので、薫は立ち去ろうとした。侍従は「見つかったら大変だ。一周忌を待たずに、新しい主人の許に出仕している軽薄な者と、思われたくない」と考えて、姿を隠した。

薫は、東の渡殿の、たまたま開いていた戸口に、女房たちが大勢集まって、ひそひそと話をしているところにやって来られて、「私のような者に、女房はもう少し親しみを感じてよいのではないでしょうか。女の人でも私以上に気楽に思う人はいますまい。男とはいえ、男だからこそのしかるべき事は教えてさしあげる事もできるはずです。少しずつお見知りおかれているようなので、これ以上の嬉しさはありません」と言い掛ける。

みんな返答しにくいと思っている中で、弁のおもとという世馴れした古女房が、「それは、あなた様を親しく思い申し上げる理由もない者が、恥ずかしがらずに申しているのではありませんか。物事とはそういうものでございます。必ずしも、まず理由を見つけて、親しく相手をするというものではありませんが、これ程生まれつき厚かましいわたしが、あなた様にご返事をしないのも、無責任と思いまして言上しております」とお答えする。

薫は「恥ずかしがる必要はあるまい、と思われているとは口惜しいです」とおっしゃりながら見ると、弁のおもとは唐衣を脱ぎ捨てて押しやり、くつろいで何かを書いていて、それを硯の蓋に置いて、少し花のついた枝先を折って来て、楽しんでいたようである。他の女房たちは几帳のある方にすっと隠れ、ある者は背を向けて、押し開けた渡殿の戸の方に顔を背けて見られないようにしているものの、その髪の形は見事だと薫は見渡し、硯を引き寄せて和歌を書きつける。

おみなえし乱るる野辺にまじるとも
　つゆのあだ名を我にかけめや

女郎花が咲き乱れる野辺のようなこちらに参上したところで、私に浮気男というような噂は立たないでしょう、という戯れであり、『古今和歌集』の、おみなえし多かる野辺に宿りせば　あやなくあだの名をや立ちなん、を下敷にしていた。「これほど真面目な私を警戒しておられる」と書き添えて、渡殿の襖障子を背にしている女房に見せると、微動だにせず、慌てた様子もなく、素早く返歌を書きつけた。

花といえば名こそあだなれおみなえし
なべての露に乱れやはする

花といえば移ろいやすい浮気な者と思われていますが、あなたが女郎花に喩えたわたしたちは、普通に置く露などでは乱れたりしません、という切返しであり、その筆跡はわずか一首とはいえ品が備わり、これといった難点がない。

誰だろうと見ると、ちょうど明石中宮の御前に行こうとして、薫に遮られて動けなくなっていた女房のようであり、弁のおもとは、「女に心が動かないなどという、余りにも老人のような涸れた物言いは、憎らしゅうございます」と申し上げ、詠歌する。

旅寝してなおこころみよおみなえし
盛りの色にうつりうつらず

ここに旅寝をして試されたらどうでしょう、盛りと咲く女郎花の花の色に、心が移るか移らないかを、という挑発であり、「そのあとで決めましょう」と申し上げたので、薫も返歌する。

宿貸さば一夜は寝なんおおかたの
花にうつらぬ心なりとも

宿を貸してくれるのなら、一晩くらいは寝てみよう、並の女には心移りがしない私ではありますが、という揶揄（やゆ）だったので、弁のおもとは、「どうしてわたしに恥をかかせるのでしょう。ごく普通の野辺を思い起こして、旅寝してなどと申し上げたのに」と申し上げる。

薫が他愛ない冗談をほんの少し口にするのを、女房たちはまだその続きを聞きたいと思っていると、薫は、「道を塞いで申し訳ありませんでした。もう通路を開けます。何より、先程のあなた方の恥ずかしがり方からすると、どうやら匂宮が参上する時刻のようですので」と言い残して退出すると、「こちらの女房たちは、みんな弁のおもとのように気安いのだと、薫大将に思われるのが辛い」と感じる女房もいた。

薫は寝殿の東面（ひがしおもて）の高欄（こうらん）に寄りかかり、夕闇が広がっていくにつれて、花が開いていく前栽（せんざい）を見渡していると、季節の移ろいと人の世のはかなさが胸に沁み、白楽天の「暮に立つ」の一節を朗詠する。

黄昏（こうこん）　独り立つ仏堂の前
満地の槐花（かいか）　満樹の蟬（せみ）
大抵四時（おおむねしいじ）心総（すべ）て苦し
中就（なかんずく）腸（はらわた）断つは是（こ）れ秋の天

薫が、忍びやかに吟詠（えいぎん）して坐っていると、つい先刻、東の渡殿で耳にした衣ずれの音が、はっきりと聞こえてきて、母屋(もや)を東西に仕切る障子を通って、女一の宮のいる所にはいって行くようである。匂宮が歩いて来て、「ここからあちらへ参上したのは誰ですか」と訊くと、「女一の宮に仕えている中将のおもとの君です」と答える声が聞こえた。

薫は、「それにしても妙な応答だ。誰なのか、かりそめにも関心を抱いている匂宮に、すぐさまこんな具合にその名を明かすとは」と、中将の君を気の毒に思う反面、匂宮に対してはみんな見馴れた様子で打ち解けているのだろうと、残念がる。

「匂宮が熱心に口説(くど)かれるので、女はやはり許してしまうのだろう。私といえば、口惜しい事に、匂宮や女一の宮のご姉弟に対しては妬(ねた)ましく辛い思いばかりさせられている。何とかして、この女一の宮に仕える中でも素敵な女房で、例によって匂宮が夢中になって騒ぎ立てるような女に言い寄り、自分の思い人にしてやろう。そうすれば、自分が味わった苦しみを、匂宮にも味わわせてやれる。本当に心映えがある人なら、私に心を寄せてくれるはずだ。とはいえ、そういう人はざらにはおるまい。人の心は難しい」と思う。

そして「中の君は、匂宮の浮気じみた行動をよくないと考える余り、私との仲が恋仲のように思われる外聞を気にしておられる。それでも私を冷たくあしらおうとしないのは、ありがたく感心なご配慮ではある。こんなに分別の深い人が、この辺りにいるだろうか。立ち入って注意深く観察していないので、それはわからない。独り寝のさびしさでよく眠られず、気の紛らしようもないので、少しは色恋の練習でもしようか」と思うものの、今はまだその気にもなれない。

薫大将が例によって西の渡殿を、かつて女一の宮を覗き見した折と同様に、わざわざ訪問するのも、下心があるからであった。折悪(あ)しく女一の宮は、夜は母である明石中宮の居所に移動しているので、女房たちは月見をするためこの渡殿に集まって、くつろいで話をしている頃合だった。箏の琴を実に味わい深く弾く音が清らかに響いて来たので、薫は不意討ちのように近寄る。

「どうしてこうも思わせぶりに掻き鳴らすのですか」と、唐の物語である『遊仙窟』を踏まえて問うと、みんな驚いた様子ではあったが、少し巻き上げた簾を下ろしたりもせず、起き上がって、「わたしに似ているような兄がいるのでしょうか」と、やはり『遊仙窟』の物語になぞらえて応じた声は、中将のおもととか言っていた女房に違いない。

「私は母方の叔父です」と薫が答えたのも、『遊仙窟』の一節、「容貌は舅に似たり　潘安仁が　外甥なれば　気調は兄の如し　崔季珪が小妹なれば」を下敷にした洒落であり、「例によって、女一の宮はあちらにおられるようですね。どんな事をこの里住みの間にはされるのですか」と、不在にがっかりしながら問う。

　中将のおもとは、「どこにおられようと、何かをなさるわけではありません。このように琴などを弾いて過ごされます」と申し上げると、薫は「結構な身分のお方だ」と思う。ふと溜息が出てしまったのを、変だと気づく人がいては困るので、差し出された和琴を、そのままの調律で掻き鳴らすと、律の調べは不思議と秋に似合う音なので、聞きにくくはない。薫が最後まで弾かずに途中で止めたのを、聴き惚れていた女房は、心底がっかりする。

　薫は、「私の母の女三の宮も、あの女一の宮に劣らない。女一の宮は后腹、母は女御腹という違いはあっても、朱雀院と今上帝がそれぞれ大切に育てられたという点では変わりがない。それにしても、この女一の宮の周辺は違って感じられるので、不思議ではある。今内裏で栄華を極めておられる中宮が、お生まれなさった明石の浦は、なんとも気にかかる場所だ」と思い巡らせているうちに、

「我が宿世は最上のものであるはず。この上さらに、女一の宮を妻にする事ができれば」と思うものの、それは無理難題ではあった。

故式部卿宮の姫君の中の君は、この西の対に居室を持っていて、若い女房たちの声や衣ずれの音がしており、月見の最中であった。

薫は「何とも気の毒ではある。この姫君も同じ皇族なのに」と思い、故宮は生前好意を示して下さったと自分なりに考えて、西の対に赴くと、女童が可愛らしい宿直姿で、二人三人と歩いており、薫に気がついて簾の中にはいる様子が、いかにも恥ずかしそうである。

中将のおもとの遠慮しない態度と比べて、これが普通だと感じながら、南面の隅の間に寄って咳払いをすると、やや年配の女房が姿を見せた。

薫は、「人知れず好意を寄せてきたと申し上げると、陳腐な懸想の言い方であり、それを不慣れな態度で口真似するような事になります。冗談抜きにして、『思う』という言葉以外に自分の心を伝えるすべがほしいものです。どうか宮の君に取次をお願いします」と、『古今和歌六帖』の、**思うという言より外にまたもがな　君ひとりをばわきて偲ばん**、を踏まえて言うと、宮の君には取次しないまま、差し出がましく「思いもかけなかった身の上になられてしまい、故宮が考えておられていた事が思い起こされます。あなた様が宮の君を案じておられるという陰ながらのお言葉を、宮の君は嬉しく思っておられるようです」と応じる。

「女房の応対とは、並の身分の者に対する扱いだ」と薫は不快になり、「宮の君とは、元々お見捨てなさるはずのない血縁です。まして今は、必要なたびに私を頼りにされておられるのを、嬉しく感じています。それなのに、こうして人を間に立てて応対されるのであれば、何も申し上げられません」

と言う。

女房はその通りだと狼狽(ろうばい)して、宮の君を引っぱり出そうとし、宮の君が「松も昔のと、思われてならない身の上になりました」と言ったのも、『古今和歌集』の、**誰をかも知る人にせん高砂(たかさご)の　松も昔の友ならなくに**、を踏まえていて、「元々からの血縁と言って下さるのは、誠に頼もしく感じます」と、人を間に立てずに言う声は、実に若々しく可憐で、優美さも備わっている。

とはいえ、これをこうした並の邸に住んでいる女房であれば、好感が持てるものの、今となっては「どうしてこのように、男に我が声を聞かれても平気になられたのか」と思われて、今後を心配しながらも、顔立ちも本当に美麗(びれい)に違いなく、逢ってみたくなる。その半面、宮の君が例によってまたあの匂宮の心を惑わすきっかけになるような気がして、興味をそそられるとともに、男女の仲は難しいと痛感する。

そして、「この人は、この上ない身分の人が大事に育てた姫君ではあっても、この程度の人は大勢いるはず。奇妙なのは、あの聖(ひじり)の八の宮の側で、山に囲まれた宇治に生い立った大君と中の君に、欠点などなかった点だ。また例の情けなくも軽々しい姫君だと思っていたあの浮舟も、ふとした折に見る様子は、随分と美しかった」と、何を思うにつけ、ただひとつ思い起こされるのは、あの三姉妹である。

不思議にもその三姉妹のうちの誰とも一緒になれなかった縁を、つくづく思い遣って呆然としていた夕暮れ時、蜻蛉(かげろう)がどこかはかなく、あてどなく飛んでいるのを見て、詠歌する。

ありと見て手にはとられず見ればまた

行方も知らず消えし蜻蛉

眼前にあると見ても、手に取ることはできず、見るとまた行方もわからずに消えてしまう蜻蛉だ、という慨嘆で、『古今和歌六帖』の、ありと見てたのむぞかたきかげろうの　いつとも知らぬ身とは知る知る、と、手に取れどたえて取られぬかげろうの　うつろいやすき君が心よ、を踏まえており、「あるかなきかの縁だったのだ」と自らに言い聞かせる。

『古今和歌六帖』の、世の中と思いしものをかげろうの　あるかなきかの世にこそありけれ、や、『後撰和歌集』の、世の中と言いつる物かかげろうの　あるかなきかのほどにぞ有りける、と、あわれとも憂しとも言わじかげろうの　あるかなきかに消えぬる世なれば、を、ひとりで詠じた。

第六十章　清水寺参詣

書き終えたこの「蜻蛉」の帖で、源氏の物語もその山頂が見えた気がする。蜻蛉という文字を書きつけると、あの藤原道綱様の母君の手になる『蜻蛉日記』が、必ず頭を掠める。その母君が『蜻蛉日記』とした理由は、自らが「なおものはかなきを思えば、あるかなきかの心地するかげろうの日記というべし」と綴っている通りだ。母君は受領の娘でありながらも、藤原北家の第一の御曹司である兼家様の妻になる。兼家様といえば道長様の父であり、彰子様の祖父でもあり、故一条天皇にとっても外祖父にあたる。

兼家様には正室や次妻、妻妾がいて、道綱様の母君に通うのは稀だ。二十年間、兼家様の通いを待ち続けざるを得なかった嘆きの日記に、「蜻蛉」と名付けた悲しみはよく理解できる。これこそが、おしなべて女人に共通する生き様なのだ。

母君が「あるかなきか」と嘆いたのに対して、浮舟は「行方も知らず」なのであり、一段とはかない。「かげろう」は陽炎であるとともに、朝に生まれて暮れに死ぬ虫の蜉蝣でもある。

陽炎も、あるかなきかの心地がして、すぐに行方知れずになってしまう。薫にとって浮舟の本性は紛れもなくそれだった。かげろうであるがゆえに、薫は浮舟を容易には忘れられない。陽炎は、薫の脳裡で生き続けている。

しかし、例によって「蜻蛉」の帖を最初に書写した、弁の内侍の君の感想は、そうした類のものではなかった。

「久しぶりであの光源氏の六条院が出て来たので、ほっとしました。これまでずっと、宇治の辺りで物語は続いていましたから」

弁の内侍の君が安堵したように言う。

「六条院はさびれておらず、夕霧左大臣がちゃんと昔以上に磨いていたのですね。匂宮は舅である夕霧のために、その六条院にたびたび留め置かれて、宇治の中の君を迎え入れている二条院には、しょっちゅう帰れません。妻である夕霧左大臣の娘、六の君がいるのは、六条院の夏の町のようで、かつて花散里がいた所です。匂宮はそこに六条院春の町から通います。そして春の町こそ、かつては光源氏と紫の上、それに明石中宮や女三の宮がいた所です。もちろんそこで、匂宮だけでなく、女一の宮や薫も育っています」

聞いていて、弁の内侍の君の頭には、源氏の物語の筋がきちんと収められているようで、いささか驚かされる。感心していると、弁の内侍の君はなおも続ける。

「これに対して、宇治川に身を投げた浮舟は、居場所が定まりません。父の常陸介邸で育ち、二条院の中の君の許に追いやられ、そこもまた危ないとして、三条の小さな家に身を隠し、また新しく造られた宇治の邸に移ります。そんな放浪の挙句が、身投げです」

弁の内侍の君が、悲しそうに首をかしげる。

「ところで、浮舟は死んだのですか」

改めて弁の内侍の君が問いかけてくる。即答はできない。とはいえ、ここで浮舟に死んでもらっては、物語が続かなくなってしまう。

「そうですよね。浮舟は生きていますよね。どこかで」

小さく頷くと、弁の内侍の君の顔がぱっと明るくなった。

この「蜻蛉」の帖を、弁の内侍の君が筆写を終えて草稿を返してくれた時点で、彰子様の許に持参する。

「公任殿の書き写したものは、わたくしが大事にしております。不思議なのは、あの公任殿が何の感想も、わたくしには口にしないことです」

「評するに足るものとは思っておられないのではないでしょうか」

わたしは率直に申し上げる。

「いえ、わたくしの見るところ、逆のような気がします。あまりに上出来なので、嫉妬に似たものがあるのでしょう。女の分際で、と内心では口惜しいのですよ」

「まさか」

わたしは首を振りながらも、彰子様のその評が嬉しかった。

前年の暮れ以来、彰子様が病を得られて、臥床の日々が続いた。そのため、一月下旬に清水寺への参詣を思い立った。彰子様には三日程里邸に下ると申し出て、牛車を出していただく。女童をひとり同行させた。ひどく寒く、小雪がちらつく中、牛車を長廊下の横につけさせる。
もうそこには、足駄をはいた法師たちが行き交いながら、経を低く唱えていた。驚かされたのは何段もある階段を、いとも軽やかに上り下りする姿だった。女童はともかく、こちらは高欄につかまって上る。法師たちはこの階段を、まるで平坦な板敷を歩くようにして上がっていく。しかも、経を誦す声はいささかも乱れない。

上り切って廊にはいるときは、浅履に履き替える。深履の者もいて、それこそ着ている衣も様々だ。唐衣に裳といった仰々しい装束の人もいれば、こちらと同じ小袿姿もあれば、上裳だけの女もいる。子供たちは供をさせている女童のように汗衫を着るか、袙のみの者もいて、みんな場所柄か神妙にしている。

殿方といえば、女以上に多彩で、直衣姿もあれば狩衣姿もある。かと思えば袍に指貫だけの、どこか侍めいた者もいて、声高に直垂姿の従者や水干姿の男の子に、あれこれと指図をしている。

それぞれが、なるべく仏の御前近くに坐ろうとするので、人が入り乱れる。せっかく前の方に坐った男の、さらに前にはいりこむ年増女もいて、男から睨みつけられている。

御堂の周囲にはいくつもの局があり、そこが何日か籠って参籠する場所だ。その内陣と外陣を仕切るのは犬防の格子のみで、そこにはいるのにも、人の居並ぶ中を通らねばならない。この堂内がようやく静かになるのは、参拝者が絶えた夜半からに違いない。

仏の前には、参詣者が奉納した灯火が無数にきらめき、金色の仏がさらにきらきらと輝いている。その前で高僧が礼拝読誦していて、手元には、参拝者が書きつけた願文がうずたかく積み上げられている。これほどの願文であれば、仏もいちいち聞き届けられはすまいと思われる。

しかし高僧はその願文をひとつずつ手にとり、「この千灯の御志は誰々のため」と、続け様に祈る。絞り出すような深い声なので、これなら仏の耳にもはいる気がしてくる。

それぞれの願文に耳を傾けると、「安産を願う」「子は男なれかし」「母の病の平癒を」「次の除目で任官を」「良縁を賜りたく」と、種々の願い事が聞き分けられる。

そこへ若い法師が恭しく近付き、「これに願い事を」と言って、料紙と樒を差し出した。折ったばかりの枝なのか、尊い芳香が匂い立つ。まさか彰子様のお名前などは書き付けられず、「主君の病の快癒を」とのみ記した。法師は「確かに承りました」と答えて、寄進の品を受け取った。

御堂内はさらに賑やかになり、迷子になったのか、乳母か母の名を、泣きながら呼んでいる稚児がいる。かと思えば、男童が供人の男に声高に何か言いつけている。供人は困ったように頭を何度も下げている。その脇では、立派ななりをした若い男が、かしこまった様子で、長々と祈っては額を床につけていた。そこに突然、後陣の方からほら貝の音が響いてきて、はっとさせられる。

そのときだった。参籠のための局のひとつから、小袿の伊勢大輔の君が出て来たのに気がつく。去年の秋頃から里に下っていたのは、母君の病気のためだった。おそらく参籠も病の平癒祈願かもしれなかった。さっそく紙に和歌を書きつけ、樒の枝に結んで、局まで女童に持って行かせた。

心ざし君にかかぐる灯し火の
同じ光に逢うが嬉しさ

彰子様の息災を願って灯火を奉納しに来たところ、同じくあなたも母君の快癒のため火を掲げてあり、嬉しい限りです、という呼びかけだった。

するとすぐに返歌を持って女童が戻って来た。

いにしえの契りも嬉し君がため
　同じ光にかげを並べて

かつてあなたと共に仕えた彰子様のため、あなたがこうやって、わたし同様に灯火を並べているのは、何という嬉しさでしょう、という懐旧の情であり、目を上げると、局の前に伊勢大輔の君が立ち、こちらに目礼をしたので、頭を下げて応じた。

伊勢大輔の君がここで「いにしえの契り」と詠んだのは、多分に、かつて亡き惟規と契りを結んだ事も言い含めている。惟規が父君に従って越後に下ったのが、最後の別れになったのだ。惟規の遺品の中には、旅の門出に贈った伊勢大輔の君の歌が残っていた。

今日やさは思いたつらん旅衣
　身にはなれどあわれとぞ聞く

今日のこの日に出立されるのですね、旅姿を思い浮かべて悲しみに沈んでおります、という惜別だった。

この日の出会いの翌朝、池に張った氷を取り寄せ、松の葉の上に載せ、参籠中の伊勢大輔の君に歌を贈った。

奥山の松葉凍る雪よりも
我が身世に経る程ぞ悲しき

山の松葉の上の雪よりも、はかない我が身で世に長らえているのを悲しく思います、という寂寥だった。

歌人として名高い人らしく、返歌はすぐに届けられた。

消えやすき露の命に比ぶれば
げに滞る松の雪かな

消えやすい人の命に比べると、この松の葉の上の氷はまだ形を保っています、と述べて、露ほどの人の命ながらも、許される限り生きていきましょう、という励ましでもあった。

清水の霊験があったのか、幸い彰子様の病は癒えた。しかし二月、内裏から火が出て全焼、さらに五日後には内蔵寮不動倉と掃部寮も焼けてしまった。そこにあった累代の宝物の焼失は、数万点に及ぶらしかった。

これを、例によって、今上帝のせいだと吹聴したのが道長様だ。「天は帝を叱責されている」と言い、それに追従する上達部も多いと聞く。

　そんな噂を気にされたのか、帝は眼疾を患い、片耳も聞こえなくなっておられるらしい。それがまた道長様の責めの材料になり、「早く譲位すべきだ」と、直接帝に詰め寄っているという。道長様は何としても、東宮である敦成親王を一日も早く帝位に就けたいのだ。

　三月になって彰子様は枇杷殿から、道長様の長男頼通様所有の高倉殿に移られた。敦良親王もご一緒だった。これは内裏が焼亡したので、枇杷殿を里内裏にするためで、枇杷殿内裏には今上帝と中宮妍子様が遷御し、東宮敦成親王も高倉殿に移られた。その際の行啓は、帝の行幸並に荘厳なものになった。この間、彰子様がおられた高倉殿は、枇杷殿のすぐ近く、土御門大路に面しており、土御門殿もさして遠くはなく、この辺りは、道長様の縁者の邸宅ばかりが揃っていた。

　東宮も帝と共に枇杷殿内裏におられるため、東宮付きの大納言の君も宰相の君も、当然ながら枇杷殿にいたので、消息を交わすのも容易だった。

　大納言の君の文によると、いともたやすく内裏が焼亡するのは、道長様の差し金ではないかと、人々が噂しているらしかった。今上帝への嫌がらせで、帝との不仲を考えると、やはり火のない所に煙は立たずだろう。


　こうした気忙しい日々の中でも、暇を盗むようにして筆を執る。背後で「もう少しだ」という自分の声がし、心の内では、彰子様と藤原公任様に向かって、物語の末を綴るのだという気概を新たにした。

　その頃、横川に、なにがしの僧都とかいう高僧が住んでおり、八十歳余りの母と五十歳ばかりの妹がいて、昔かけた願があり、初瀬詣りをした。親しく信頼している弟子の阿闍梨をつけて、仏や経を寺に奉納するなど、多くの事をすませての帰途、奈良坂の山を越えた辺りで、僧都の母尼が気分が悪くなる。

　このままでは残りの行程を全うできそうもないと、騒ぎ立て、宇治付近に知り合いの家があったので、母尼をそこに留めて、今日一日ばかりは休憩させた。

　それにもかかわらず、依然として苦しみは強く、横川に手紙を送ると、僧都は山籠り修行の本意が深く、今年は山を出まいと思っていたとはいえ、命が危ない母尼が、旅の空で亡くなりでもしたら大変だと驚き、急いで駆けつけた。

　今更惜しむべきもない老齢の人なれど、自らも、また弟子の中でも験力のある者を選んで、加持祈禱をして騒ぐのを、家の主が聞いて、「私共は御嶽詣での前の精進潔斎中です。それなのにひどく老いた方が重病であるのは、不都合です」と、懸念顔で言う。

　僧都はそれも当然と気の毒になり、家もひどく狭くて居心地が悪いし、母尼も持ち直してそろそろ連れ出すつもりでいたところ、住まいのある小野の方面が中神による方忌みになって戻れず、故朱雀院の御領で宇治の院という所は、この辺りだったのを思い出す。

　その宇治院の宿守を知っていたので、一日二日宿泊したいと望んで、使いをやると、「初瀬に昨日みんな詣でてしまいました」と言って、使いの者はひどくみすぼらしい宿守の老人を連れて来ていて、「おいでになるなら、すぐにも。普段は使われていない寝殿があるようです。物詣での人々はよく泊まっております」と言う。「それは幸い、朝廷の領有とはいえ、人がいないのなら安心です」と応じ、様子を見に人を遣わすと、この老人は日頃もこうした宿り人を世話するのに馴れており、簡単な支度を調えて迎えた。

まず僧都がそこへ赴くと、ひどく荒廃していて、これは恐ろしい所だと見てとり、「大徳の方々、経を読みなさい」と命じる。あの初瀬詣でに付き添っていた阿闍梨と同様な位の僧が、やはりこれは異な所だと感じて、供にするのに適した位の低い法師に松明を灯させ、人も寄りつかない邸の表の方に行った。

森かと見える木々の下を、気味が悪いと感じて覗きこむと、白い物が広がっているのが見える。「あれは何だろう」と立ち止まり、松明を明るくして見入った。何かがいるようである。「狐が化けている。憎らしい。化けの皮を剝いでやる」と言い放つ。他のひとりは、「それはやめた方がいい。魔性の化け物では」と言って、こうした物の怪を退散させる印を結びながらも、じっと見守った。

もし頭髪があれば髪の毛も逆立つように恐ろしいものの、松明を灯している大徳は、迷いもなく近寄って、その有様を見た。髪は長く艶やかで、大木の根のごつごつした所に寄りかかって、しくしくと泣いている。

「珍しい事です。僧都に見てもらいましょう」と静かに言い、もうひとりも「奇妙の極みです」と首をかしげつつ、僧都の許に参上して「このような事がありました」と伝える。僧都は「狐が人に化けるとは聞きますが、まだ見た事はありません」と応じて、わざわざ寝殿から下りて来た。

母尼一行がこの宇治院に移って来る予定なので、下人で心得た者は皆、御厨子所の食事の準備があり、こうした不意の来客に対しては急がねばならず、人はそこに出払って、ここは静まり返っていた。ただ四、五人のみで、その怪しい物を見守っているものの、姿が変わる気配はなく、不思議がりながら、なおも見続け、「早く夜が明けて欲しい。そうすれば、人か何か見極めがつく」と思い、心の中で呪文の陀羅尼を唱え、印を結んで様子を見ていた。

そのうちに、はっきりと正体が摑めたのか、「これは人です。決して異形の魔物ではありません。近寄って尋ねなさい。死んだ人ではないようです。もしかしたら、死人をここに捨てて、生き返ったのかもしれません」と言う。もうひとりは、「まさか。そんな人をこの院内に捨てたりはしません。たとえ本当に人だとしても、狐か木の精霊などが、騙して連れて来たのでしょう。全く以て縁起でもありません。ここで亡くなれば、この場が穢れてしまいそうです」と応じて、先刻の宿守の男を呼ぶと、その声が山彦のように返って来るのが、実に恐ろしい。

宿守が妙な具合に、烏帽子を額の上に押し上げて出て来たので、「この付近に若い女が住んでおりますか。こんな不思議な事がありまして」と言いつつ見せると、宿守は、「これは狐の仕業でございましょう。この木の下で時々怪しい事をいたします。一昨年の秋も、この院に仕える者の子で、二歳程の子供をさらって、ここにやって来ました。それを見ても驚く者はございませんでした」と言う。

「それで、その子供は死んでしまいましたか」と訊くと、「生きております。狐はそんな風に人を恐がらせますが、大した事はございません」と答える様子が、全く平然としており、向こうでの夜食の支度が気になっているらしい。

僧都は、「それならば、そうした狐の仕業なのか、もう一度よく見なさい」と言って、この物怖じしない法師を近づけると、「鬼か、神か、狐か、樹木の精霊か。これほど天下に名高い験者がおられる。もう隠れ立てはできない。何者か名乗り給え。名乗り給え」と言いつつ、衣を取り払うと、女は顔を懐の中に隠して、いよいよ泣く。

「これは何とも、たちの悪い樹木の精霊だ。隠れおおせるものではなかろう」と言って、物怖じしない法師が顔を見ようとするが、その昔にあった、のっぺらぼうの女鬼かもしれないと気味が悪いものの、頼もしく勇敢なところを人に見せようと思い、衣を引き脱がせようとすると、女はうつ伏して声を上げんばかりに泣く。ともかくこんな奇妙な事は世の中にあるはずはない、見届けるべきと感じ、「大雨になりそうです。このまま置いていたら死んでしまいます。せめて雨に濡れないように、垣の下まで連れ出しましょう」と言った。

僧都は、「これは誠に人の姿をしている。その命が絶えようとするのを見捨てるのは、よくない。池に泳ぐ魚、山に鳴く鹿でさえ、人に捕られて殺されようとするのを見ながら、助けないのは実に悲しい。確かに人の命は久しいものではない。しかし、残された命がたとえあと一日か二日であっても、大切にすべきです。鬼や神に取り憑かれ、あるいは人に追い出されたり、騙されたとしても、またあるいは、この人が非業の死を遂げる定めだったとしても、いずれは仏が必ずやお救い下さる。やはりここは、試しにしばらく薬湯を飲ませたりして、助かるかどうか見ましょう。それでも死んでしまうなら仕方ありません」と言って、この大徳に命じて、女人を抱きかかえて邸内に入れさせた。

弟子たちは、「これは厄介な事をされている。ひどく病気で悩んでいる方がおられる傍らに、得体の知れない者を連れ込むと、必ずや穢れに触れましょう」と咎める者もいれば、「たとえ何かの化身であっても、目に確かに見えている人を、このまま雨に打たせて死なせれば、それは無慈悲というもの」と、それぞれに言い合う。身分の低い者たちはあれこれ騒いで物事を悪く噂するので、女人を人の出入りの少ない物陰に寝かせた。

こちらに向かっていた一行が、牛車を寄せて降りる際、母尼がひどく苦しがるので、大騒ぎになり、それが鎮まってから、僧都が「先程の人はどうなりましたか」と訊くと、周囲の者は、「すっかり弱って口もきけず、息もしておりません。何かの物の怪に取り憑かれているようです」と答える。それを、妹尼が聞きつけて「一体何事ですか」と尋ねると、僧都は、「かくかくしかじかの事があって、六十歳も過ぎて何とも珍しいものを見ました」と言い、細かく説明する。

妹尼は、「あの長谷寺に籠っている時に、見た夢があったのです。どんな人でしょうか。まずその様子を見とうございます」と泣きながら言うため、僧都が、「それなら、すぐこの東の遣戸近くにいます。早く行って見なさい」と答えた。妹尼が急いで行って見ると、人も寄りつかないまま放置されていたのは、大変若く可愛らしい女で、白い綾の衣ひと襲に、紅の袴をつけていた。

衣の香は実に芳ばしく、限りなく上品な感じがあり、妹尼は、「これは、わたしが愛しく思って悲しんでいる、あの死んだ娘の生き返りでしょう」と言い、泣きながら仕えている女房たちを呼び、抱いて邸内に入れさせる。事の次第を知らない女房たちは、恐がりもせずに抱いて部屋に入れると、生きている様子ではないものの、目をかすかに開いていた。

妹尼が「何か言って下さい。あなたはどういう人で、どうしてこうなったのですか」と問うてはみたものの、正気を失っているようで、薬湯を取って、自らの手でさじを握り口の中に注いでやったにもかかわらず、弱り果てて息も絶えそうである。「却って具合を悪くするようだ」と思い、「この人が死んでしまいそうです。どうか加持をして下さい」と、験者の阿闍梨に言うと、「だから無益な事だと申し上げたのです」と答えたものの、阿闍梨は神の加護を得るための経を読みながら祈った。

僧都も顔を覗かせ、「どうですか。何の仕業なのか、よく調伏して問い質しなさい」と言うものの、「とても助かりそうもないです」「関係もない穢れに触れて、ここに留まる事にでもなれば迷惑です」「しかしとても高貴な人のように見えます。亡くなってしまっても、無為に捨て置くわけにもいきません」「困った事になった」と、女房たちが口々に言う。

妹尼は、「静かにしなさい。他人に聞かれると、面倒な事が生じます」と口止めをして、母尼の病気よりも、この人の命を助けてやりたいと思い、ひたすら寄り添う。見知らぬ人でありながら、容貌がこよなく美しいので、死なせてはならじと、妹尼と女房たちは一心に看病するうち、女が時々目を開け、涙をとめどなく流した。

「何と辛い事でしょう。本当に悲しいと思っているあの子の代わりに、仏がここに導いて下さったのです。それが亡くなりでもしたら、重ねて悲しい思いをします。このように看病しているのも、前世の因縁からでしょう。どうか、何か少しでも言って下さい」と語り続けていると、ようやく、「生き返ったところで、不用の者です。どうぞ人目につかないようにして、夜、この川に流して下さい」と、女は虫の息で言う。

「やっとものが言えましたね。それなのに何という事をおっしゃいますか。どうやって、あんな場所にいたのですか」と妹尼が問うたにもかかわらず、女は何も言わなくなってしまう。もしかしたら体に疵でもありはしないかと思って見るが、これといった疵はなく、綺麗なままなので、驚きあきれて悲しく、本当に人の心を惑わすために出て来た、何かの化身なのだろうかと疑念を持った。

僧都たちは二日ばかり籠って、母尼とその女の平癒を祈り、加持の声は絶えないまま、この奇妙な出来事を語り騒いでいる時、近くに住み、僧都に仕えていた者たちで、僧都が滞在していると聞いて、訪ねて来た下々の者が、世間話をするうち、「故八の宮の姫君に、薫右大将が通っておられた方が、格別な病でもなく、突然亡くなったと騒いでおります。その葬儀の雑事を手伝っていたので、昨日は参上できませんでした」と言う。

妹尼は、その人の魂を鬼が連れて来たのかと思いながらも、実際にその姿をこの目で見ているが現実のものではないと感じられて、恐ろしさで身震いしている。下々の者は、「昨日は葬送の火が見えましたが、火葬の火というような大きなものではありませんでした」「ことさら質素な、仰々しくはない葬儀だったのです」と言う。

死の穢れに触れた者たちとして、立たせたままで帰らせたあと、「右大将は確かに、八の宮の姫君である大君に通っておられた。しかしその方が亡くなって、数年は経つ。誰の事だろうか。正妻の今上帝の女二の宮をさし置いて、他に浮気心を起こすような方ではない」と、人々は言い合った。

母尼は少し回復し、塞がっていた方角が空いたので、こうした不吉な場所に長く滞在するのも不都合であり、帰り支度をしていると、「この人はまだ大層弱々しいので、道中はどんなにか苦しむでしょう。大変心配です」と妹尼たちは言い合う。

牛車を二両用意して、母尼が乗った牛車には仕える尼二人、次の牛車には瀕死の人を寝かせ、妹尼ともうひとりの女房を同乗させて出立したものの、道中はなかなか進めず、車を停めては薬湯を飲ませた。

母尼と妹尼は比叡坂本にある小野という所に住んでいて、そこに到着するまでは実に遠く、「中宿りを用意しておくべきだった」と反省しつつ、夜も更けてからようやく辿り着いた。

僧都は母尼の世話をし、妹尼はこの見知らぬ人を介抱して、みんなで抱き下ろしてから休みを取る。母尼の方はいつ病がぶりかえすかわからず、懸念されたが、長旅の疲れが残っているうちは、しばらく苦しんだとはいえ、次第に快方に向かったので、僧都は横川に上る。

こういう女人を連れて来たのは、法師としては良くない事なので、この人をまだ見ていない人には内緒にし、妹尼もみんなに口止めをした。

もしかしたら訪ねて来る人もあるかもしれないと気になりながら、どうしてあんな田舎人が住むような所で、こんな身分の高そうな人が落ちぶれて、さ迷っていたのだろうか、物詣でした人が気分が悪くなったのを、継母のような人が意地悪をして置き去りにしたのだろうか、と思いを巡らす。「どうか川に流して下さい」と言ったあのひと言以外、何も言わないので、なおさら気になった。

早く回復させてやろうと思うものの、ただじっとして起き上がる気配もなく、生死の間を彷徨している様子なので、やはり助からない人なのだろうかと心配しながらも、放っておくのも可哀想で不憫である。長谷寺で見た夢を、当初より祈らせていた阿闍梨にも聞かせて、こっそりと護摩を焚かせた。

こうして介抱を続けているうちに、四月そして五月も過ぎ、看病の甲斐がないのに思い悩んで、妹尼は兄の僧都の許に手紙を送った。


やはり、山を下りて来て下さい。この人を助けて下さい。こうして今日まで生きているのは、死ぬはずのない人に、物の怪が取り憑いて離れないからでしょう。どうかお願いです。京まで来ていただくのならともかく、この小野まででであれば差し支えないでしょう。

と、切ない胸の内を書き送ったので、僧都も、「誠に不思議な事だ。ここまで生き続けている人の命を、あの時、見捨てていたら、命はなかったろう。こうなるべき宿縁があったからこそ、私もあの人を見つけたのだ。試しに最後まで助けてみよう。それでも助からなかったら、寿命が尽きたのだと思おう」と考えて、下山する。

妹尼は僧都を拝むようにして喜び、この数か月の様子を話して、「こんなに長く患う人は、自然に死相が出てくるはずなのに、少しも衰えていません。逆に美しく、見苦しいところもないまま、今わの際と見えながらも、こうして生きています」と、心の底から泣いて訴えるので、僧都も、「発見した時から、滅多にはないくらいのきれいな様子でした」と言って覗いて見る。

そして、「全く驚く程の美しい人です。前世の功徳によって、このような器量に生まれたのでしょう。どんな間違いで、こんな不幸な境遇になったのか、思い当たる事は聞き及びませんでしたか」と尋ねる。

妹尼が、「全然耳にしておりません。実を申せば、初瀬の観音様がわたしに授けて下さったのです」と答えると、僧都は、「いやそれも、仏が下さった前世からの宿縁でしょう。宿縁がなければ、事は生じません」と言って、不思議に思いながらも、修法を開始した。

朝廷からの呼び出しにも従わず、深く籠っていた比叡の山から、遥々下って、僧都がこのような人にわざわざ、熱心に修法を行っていると、世間の噂にでもなれば不都合だと妹尼は思い、弟子たちもそう言うので、人には聞かせられないと隠していた。

僧都は、「大徳たち、あれこれ言い騒ぐ必要はありません。私は不徳の法師で、戒律を破った事もたびたびです。しかし女人に関しては、まだ誹謗された事もなく、過ちを犯した事もありません。六十歳を過ぎて、今更、人から非難されるのであれば、それも宿命です」と言うと、弟子の僧は、「口の悪い人が、けしからぬ噂を言い広めましたら、仏法の恥になります」と、不満顔で申し上げる。

「この修法で効果がなければ、二度と修行はすまい」と、僧都は必死の誓願を立てて、一晩中加持を続けた暁に、物の怪を人に乗り移らせる。どんな者がこうして人を惑わすのか、その事情だけでも言わせたい一心で、弟子の阿闍梨とそれぞれ加持を続けていると、ついにこの何か月もの間、少しも現れなかった物の怪が調伏された。

「私はここまで来て、こんな具合に調伏される身の上ではない。昔は修行を積んだ法師だ。この世にほんの些細な怨みを残し、さ迷い歩いているうちに、美しい女人たちがいた所に棲みついた。その中のひとりは亡くなった。しかしこの女は、心から世の中を怨み、自分は何としても死にたいと、夜昼言っていた。そしてある暗い夜に、ひとりでいるところに取り憑いた。しかし長谷観音の庇護もあり、そこもとの僧都に負けてしまった。もはや退散するしかない」と喚く。

「そう言うお前は誰だ」と僧都が尋ねると、この憑坐は力が弱くなったのか、ちゃんとした返事はない。

するとと当の女人は気分が軽くなり、正気が戻ったので、辺りを見回すと、ひとりとして見た顔はなく、みんな、老法師や腰の曲がった年寄りばかりが多い。未知の国にやって来た心地がして悲しく、以前の事を思い出そうとしても、住んでいた所や、何という名で呼ばれていたのかも不確かで、「とはいえ、わたくしはこれまでの命と思って、身を投げた人だ。どこに来たのだろう」と、強いて思い出す。

「とても辛い身を思い嘆いて、人がみんな寝静まったあとに、妻戸を開けて外に出た。風が激しく吹き、川の波音も荒々しく耳に届いていた。たったひとりなので恐ろしくなり、後先も考えられず、簀子の端に足を下ろした。行く先も定まらないまま、戻るにも戻れず、きっぱりとこの世から消えてしまおうと、固く決心したのもその時だ。哀れな姿を人に見つけられるよりも、鬼でも何でもいいから、この身を食い殺してくれと思い定めていた。

するとそこへ貴い身なりの男が近寄り、『さあこちらへ、私の許へ』と言って、わたくしを抱き上げるような心地がした。これは匂宮と申し上げた人だと思った辺りから、わけがわからなくなった。知らない所にわたくしを置いて、その方は消え失せてしまい、とうとうこんな具合に、本意も遂げられずに終わったと、泣き出した時までは覚えている。

しかしその後の事は、全く思い出せない。人が言っているのを聞くと、長い月日が経ってしまったようだ。どんなにか哀れな姿を、見知らぬ人にさらけ出して、介抱されたのだろう」と、思うにつけて恥ずかしく、悲しくもあり、これまで重病であった間は、正気もないままに多少は食事をしていたのが、今ではほんの少しの薬湯さえも口にしなくなった。

妹尼は、「どうしてこんなに頼りなげでいるのですか。これまでずっと熱があったのがおさまり、気分も良さそうに見えて、嬉しく思っておりましたのに」と、泣きながら言いつつも、気を緩めずに寄り添いながら看病する。妹尼に仕える尼や女房も、改めて浮舟の美しい容姿を見て、心を尽くして大事に見守るので、浮舟は心の中では何とかして死んでやろうと思い続ける反面、あれ程の事があってもこうして生き残った命であり、もともとが強健な体なのか、ようやく起き上がれるようになると、食事を口にするようになった。

顔立ちも少しずつ引き締まってきて、妹尼も待っていた甲斐があったと嬉しがっていると、浮舟は「どうかわたくしを尼にして下さい。それしか生きる方法がありません」と言う。妹尼は、「こんなに美しい姿の人を、どうして尼になどさせられましょうか」と答えて、ただ頭頂の髪を少し切る程度にし、五戒のみを授けると、浮舟は不満を感じるものの、もともとが大らかな性質なので、言い募る事もできない。

僧都も、「今のところはこのくらいにして、あとは病気を治してやってください」と、妹尼に言い置いて、山に登って行った。

妹尼は、「まるで現とは思われないような人を見ている気がする」と思って喜び、無理に起こして坐らせ、浮舟の髪を自らの手で梳ってやると、あれ程粗雑に引き束ねて放置していたのに、傷んだ様子はなく、梳き終わってみると、艶やかで美しい。白髪の老女ばかりが多い所なので、目にも眩しく、あたかも天から降りて来た美しい天女を見ている思いがする。

『竹取物語』の姫が再び天に帰っていく不安にもかられつつ、「とても心配しています。これほど大切にしていますのに、どうして心を開いて下さらないのですか。あなた様は一体どこのどなたで、どうしてあのような場所におられたのですか」と、妹尼が問い詰める。

浮舟は心から恥ずかしいと思い、「気を失っている間に、全てを忘れたのでしょうか。昔どうしていたのかも覚えておりません。ただかすかに思い出すのは、どうしてもこの世に生きていたくないと思って、毎日、夕暮れ時になると、端近くにいて、ぼんやりしていた事です。

するると目の前に大きな木があり、その下から人が出て来て、わたくしを連れて行く心地がしたのです。その他の事は、自分の事ながら、どこの誰とも思い出せません」と、いかにも不憫な様子で言い、「やはり生きていたのだとは、何としても人に知られたくありません。聞きつける人でもあれば、とても辛うございます」と泣く。

妹尼もそれ以上聞くのは可哀想な気がして諦め、あのかぐや姫を見つけた竹取の翁以上に、稀有な幸運だと思う一方、何かの隙にこの女君が消え失せはしないかと、気が気でならなかった。

この草庵の主である母尼は、高貴な人であり、娘である妹尼も、もとは上達部の北の方だった。夫の死後、ひとり娘を大切に養い、良家の公達を婿に迎えて再婚したあと、そのひとり娘が亡くなり、悲嘆にくれて出家し、この小野の山里に住み始めたのであった。

長年思い慕う娘の形見として、その面影を重ねられる人を見つけたいものだと、はかない望みながらも思い嘆いていたところに、こうして思いがけない人が見つかり、容貌も気品も優れているので、これが現実だとは思えなかった。不思議な心地がするまま、嬉しく感じ、この尼自身も年輩ではあるものの、清楚で奥床しく、立振舞にも気品があった。

ここは宇治の山里よりは川の流れも穏やかで、住居も由緒のある感じがして、木立も美しく、前栽にも趣があり、風情を尽くしている。秋になるに従い、空の模様も情緒豊かになってはいくものの、門前の稲刈りをするというので、この土地のやり方を真似て、若い女たちは稲刈り唄を歌って興じ合い、遠くから鳥を払う鳴子の音も響いて来て面白く、浮舟は昔暮らした東国の事を思い出す。

ここ小野は、夕霧左大臣の妻の落葉宮の母である御息所が住んでいた山里よりは、少し奥にはいった所で、家の片側に山の斜面があり、松の陰も深く、風の音も静かで、仏道修行にいそしむにはうってつけの、常にひっそりと静まり返っている場所であった。

妹尼は、月が明るい夜は琴を弾き、少将の尼君という人は琵琶を弾いて興じつつ、「こういう音楽はなさいますか。退屈でしょうからどうでしょう」と、妹尼が言う。浮舟は高貴な生まれでないため、こんな風雅な事もできない境遇であり、風流な技など少しも習わなかった生い立ちだったと、こうして年を取った人たちが、芸事で心を慰めている光景を目にするたびに思い起こされる。

ともかく自分の身の上は粗末な取柄のないものだと思い知らされて、何とも無念であり、手習をしながら、和歌を詠む。

身を投げし涙の川のはやき瀬を
　しがらみかけて誰（たれ）かとどめし

我が身を投げたあの涙の川の早瀬（はやせ）に、いったい誰がしがらみを掛けて、この身を救ったのだろう、という無念であった。月が明るい夜が来るたび、老いた人々が複雑な歌を詠み、昔を思い出しながら様々な話をしてくれるのに、浮舟は答えようもないまま、ぼんやりと物思いに耽（ふけ）り、また独詠する。

我かくて憂き世の中にめぐるとも
　誰かは知らん月の都に

わたくしがこんなにして、辛い世の中で生き迷っているとは、月の都のように遠く離れた京では、誰も知っている人はいないだろう、という感慨であり、今はこれまでと決心した頃は、恋しい人は多くいたものの、今となっては特に思い起こす人はない。

ただ母君はどんなに嘆いているか、乳母（めのと）も万事につけ、このわたくしを何とかして人並にするべく、一心不乱（いっしんふらん）だっただけに、どんなにか落胆（らくたん）し、どこにいるのだろうと思い、まさか生きているとは知るすべもないだろうと思う。心を開ける人もいない中で、何でも隠さずに親しく語り合った乳母子（めのとご）の右近（うこん）については、折々は思い出された。

若い人が、こんな山里に世を捨てて籠るのは難しいので、非常に年を取った尼七、八人のみが、常時住んでおり、それらの人の娘や孫で、京で宮仕えする者や、他の土地に住んでいる者も、時々は訪れる。

そんな人々の姿を見るにつけて、自分を知っている人たちの所へ、このような人々が出入りし、自然と、自分が生きていた事が誰かの耳にはいれば、大恥をかくに違いなく、どんな有様で漂泊していたのか、世にも稀な哀れな姿だったろうと思われるのが実に辛いと思うので、訪れる人々の前には決して姿を現わさない。

ただ女房の侍従や女童のこもきといって、妹尼が使っている二人のみは、言い聞かせて、この浮舟に仕えさせてはいるものの、容姿も配慮も、昔使っていた都出身の女房たちに似る者はない。

『伊勢物語』の、**名にし負わば いざ言問わん都鳥 我が思う人はありやなしやと、**が思い出され、何事につけても、『拾遺和歌集』にある、**世の中にあらぬ所もえてしがな　年ふりにたるかたち隠さん**、のように、俗世間と隔絶した場所というのは、実にこういう所を指すのだろうと妹尼は思う。一方ではそれも好都合と思われて、浮舟は人に知られないように身を潜めているので、妹尼もその意向を汲み、込み入った事情があるのだろうと思って、同居する人々にも詳細は伝えないでいた。

妹尼の亡き娘の夫だった人は、今は中将になっており、その弟の禅師の君が、僧都の許に弟子入りして、ちょうど山籠りをしていた。それを訪ねて、兄弟の公達は常時山に登っており、横川に通う道のついでに、中将がここに立ち寄ったので、先払いをしながら気品のある男がはいって来るのを、浮舟は中から見て、かつて忍んで宇治に通っていた薫右大将の容姿や立振舞が、ありありと脳裡に浮かんだ。

ここ小野の草庵もあの宇治と同じく、誠に心細いのどかな日々ではあっても、妹尼以下の住み馴れている人々は、清楚で風情のある暮らしぶりである。垣根に植えている撫子も美しく、女郎花や桔梗も咲き出している。そこへ色とりどりの狩衣姿の若い男たちを大勢連れ、中将自身も同じ狩衣姿であり、母屋の南廂の間に招き入れられ、周囲を眺めていた。年齢は二十七、八歳くらいだろうか、どこか大人びて分別もある様子が窺われた。

妹尼は襖障子口に几帳を立てて対面すると、まっ先に涙がこぼれ、「年月が経つにつれて、過ぎ去った昔が益々遠くなっていくようです。この山里の光として、今もなお、あなた様を待つ心が衰えないのが不思議でございます」と言う。

中将が、「心の中はいつも悲しく、過去の事が思い出されない日はありません。あなた様がひたすら世間を離れた暮らしをなさっているようなので、ついご無沙汰をしております。弟の山籠りも羨ましいので、よく訪ねて行きますが、どうせならとついて来たがる人々に妨げられがちで、ここへも訪問できませんでした。今日はみんなを振り切って、参上致しました」と応じた。妹尼は、「山籠りを羨むのは、何だか当世風の真似事にも聞こえます。とはいえ、昔の事をお忘れにならない心映えに接すると、世の中の流れには一線を引かれているのが、ありがたくも心に沁みます」と答える。

一行の人々に水飯を食べさせ、中将にも蓮の実を出したので、中将は昔通っていた亡妻の家のように、食べるのにも気兼ねがいらない心地がして、ちょうど村雨が降り出したのに足止めされて、しみじみと語り合う。

妹尼は、「はかなく亡くなった娘よりも、この君の心映えは本当に申し分なかった。今では他人と思うしかないのが、誠に悲しい。どうしてせめて、忘れ形見になる子供を残して下さらなかったのか」と、胸の内で懐しく思っているため、こうして稀にでも訪問してくれるのが、しみじみと嬉しくありがたく、問わず語りもしてしまいそうな心境になる。

一方、浮舟は、自分で自分を思い出す事が多くなり、呆然（ぼうぜん）と外を眺めている様子が実に美しく、白い単衣（ひとえ）で、風情のなさが目立つ物を着て、袴も檜皮（ひわだ）色をした着馴らした物で、艶もない黒ずんだのをはいていた。こうした衣装（いしょう）も昔とは異なって妙な姿になったものだと思いつつ、ごわごわして肌ざわりの悪い衣を身につけているのが、却って美しさが引き立つ。

側に仕える女房たちが、「亡き姫君が生き返ったような心地になります。そこに中将殿までが来られると、しみじみと昔が思い起こされます。どうせなら、昔のように、ここに中将殿を通わせたいものです。本当にお似合いの夫婦になられるでしょうに」と話し合っている。

浮舟は、「とんでもない話をしている。この世に生き長らえて、人に縁づくなど考えられない。そうなれば、昔の悩みが思い出されるに違いない。結婚などもっての外（ほか）で、一切考えずに忘れたい」と思う。

妹尼が奥に引っ込んでいる間に、客人（まろうど）の中将は雨が上がる気配がないのに困り、少将の尼といった人の声を聞いて、呼び寄せ、「昔通っていた頃に会った人たちは、みんなこちらにおられるのだろうかと、気になりながらも、参上するのが難しくなってしまいました。それをどなたも薄情だと思っているでしょうね」と言う。

少将の尼はかつて側で世話をしていた人なので、中将は悲しい昔の事をあれこれ思い出しながら、「あの廊の端（はし）を入った辺りで、風が激しく吹いて、簾（すだれ）を揺らした隙間から、並の人とは思われない人の垂れ髪が見えました。出家された人の住居に、一体誰だろうと驚かされました」と言った。
少将の尼は、端近くまで立ち出た浮舟の後ろ姿を見たのに違いないと考え、「ましてや、もっとはっきり見せたなら、中将殿はもっと魅了されるはず。亡くなった姫君は、この人と比べても器量は断然劣っていたのに、それでも忘れられないでおられるのだから」と身勝手に思い、「妹尼は亡き姫君を忘れられずに、悲嘆にくれておられたところ、思いがけない人を得られました。明け暮れの慰めと思い定められています。その方がくつろいでいるお姿を、どうやって御覧になったのでしょうか」と言う。

中将はこうした事もあるのかと興味をそそられ、「どういう方なのか。実に美しい人だった」と、一瞥(いちべつ)しただけの姿を却って鮮明に思い起こし、さらに突っ込んで問いかけたものの、少将の尼はありのままには答えない。「そのうち自然に耳にされるでしょう」とのみ言うので、それ以上、いきなり問い質すのも浅ましい気がして、「雨も止(や)みました。日も暮れます」と叫ぶ声に急(せ)き立てられて、退出する。

中将は庭先の女郎花を折って、『拾遺和歌集』の歌である、**ここにしもなに匂うらん女郎花　人の物言いさがにくき世に**、を口にして佇(たたず)んでいるので、古風な尼たちは、「やはり人の噂が立つのを気にされているようです」と褒(ほ)めている。妹尼は「本当に美しい。こうあるべきという風格を身につけられました。昔のように、婿としてお世話をして差し上げたいものだ」と思う。

そして妹尼は、「妻がいる、藤中納言(とうちゅうなごん)の邸にはずっと通っておられるようです。しかし気は進まず、自分の父君の邸で過ごされる事が多いという噂です」と女房たちに言い、今度は浮舟に向かって、「情けない事に、あなたがまだよそよそしい態度であるのが、辛いのです。今はもう、これが自分の定めだと思って、晴れ晴れと明るく過ごして下さい。

この五、六年の間、ひとときも忘れず、悲しくも恋しいと思ってきた娘も、こうしてあなたを世話するようになって、すっかり忘れてしまいました。あなたの事を心配している人たちが、この世におられるとしても、あなたは今はもうこの世にはいないと考えているはずです。物事は時とともに忘れられるのが、この世の常ですし」と言う。

浮舟は一層涙ぐんで、「あなた様をよそよそしく思っているのではございません。不思議にも生き返ってからというもの、すべてが夢のように感じられます。別の世に生まれ変わった人は、こんな心地なのだろうかと思うのです。ですから今はもう、わたくしを知っているはずの人が、この世にいるような気は致しません。ただひたすら、あなた様が頼りだと思っております」と答える様子が、心隔てをしているようには見えないので、妹尼はにっこりして見守った。

中将は比叡の横川に到着し、僧都も久しぶりの対面なので世間話をする。その夜は泊まり、美声の法師たちに経を読誦させ、夜を徹して管絃の遊びに興じているうち、弟の禅師が積もる話をしてくれたあと、中将が、「途中で小野に立ち寄ったところ、しみじみとした心地になりました。姑だった尼君は、世を捨てられてはいるものの、あれだけ配慮のある人はそうざらにいません」と言う。

そのついでに、「風が簾を吹き上げた隙間から、髪がとても長い、いかにも美しい人を見かけました。外から見られたと気がついたのか、その人はすっと奥に消えました。その後ろ姿は並の女人とは、とても思えませんでした。あんな場所に、若くて高貴な方を置いておくべきではないでしょう。明け暮れ目にするのは法師です。そのうち見馴れてしまい、自分も尼のような心地になるのは、都合が悪いように思います」と言いかける。

禅師の君は、「この春、初瀬に参詣した折、妙な経緯で発見された女人だと聞いております」と言い、実際に自分の目で見た事ではないので、詳しくは言わない。中将は、「それは哀れな話です。どういう出自の人でしょうか。この世をはかなんで、あんな所に隠れ住んでいるのでしょう。全く昔話を聞く心地がします」と言った。

中将は翌日の帰途にも、「素通りできかねて参りました」と言って、小野に立ち寄り、草庵の方でもそのつもりでいたので、昔を思い出させるような給仕役の少将の尼も、尼衣の袖口の色は変わっていても、趣がある。妹尼もひどく涙ぐんでおり、中将は話のついでに、「人目を忍ぶようにして、ここに住まっておられる女人は、一体どなたでしょうか」と訊いた。

妹尼は面倒だと思うものの、ほんの少しでも見られてしまったのを、隠し立てするわけにはいかず、「娘の事を忘れられず、それが罪深く感じられていたのです。その心の慰めとして、この数か月世話をしている人です。どうした理由からか、ひどく悩み事が多いようです。この世に生きている事が人に知られたら、大層辛いと思っています。それで、ここは古歌に、**春や来る花や咲くとも知らざりき　谷の底なる埋もれ木なれば**、とあるように谷の底同然の所です。誰にも知られないと思っておりましたが、どうして耳にされたのでしょうか」と答える。

中将は、「一時の関心からここに参上したとしても、山深い道をはるばるやって来たのです。その誠意だけは汲み取っていただきたいものです。ましてその方を、亡き姫と同じように思っておられるのであれば、私には無関係だとして隠されるのは、いかがかと思います。どういう理由で世の中を怨んでおられるのか、慰めてやりたく思います」と、聞きたがる様子であり、帰ろうとして、中将は懐紙に和歌を書きつけた。

あだし野の風に靡くな女郎花
　我しめ結わん道遠くとも

他の浮気な男に靡かないで下さい。たとえ都からの道程が遠くても、私はあなたを自分のものにしたいのです、という求愛で、それを少将の尼に取次がせる。

妹尼もそれを見て、浮舟に「どうぞ返事を書いて下さい。本当に配慮深い方ですので、心配はご無用です」と勧めると、浮舟は「とても見苦しい字ですので、書くのは遠慮されます」と答えて、決して同意しない。妹尼は「それは失礼です」と言い、「申し上げたように、世馴れず、常人とは違っております」と妹尼が書いて、和歌を添えた。

移し植えて思いみだれぬ女郎花
　憂き世をそむく草の庵に

こちらに引き取って移し植えた女郎花のような女君を、どう取り扱うべきか思い乱れています、ここは世を捨てた草庵ですので、という弁明で、これを読んだ中将は、今回はこの代筆で仕方ないと考え、許して帰って行った。

手紙をわざわざ送るのは、さすがにうぶな気がしてできず、かといって一瞥した浮舟の姿も忘れられず、何か悩み事があるらしい事情はわからないまま、心残りがするので、中将は八月十日過ぎに、小鷹狩のついでに草庵を訪れる。
例の如く少将の尼を呼び出して、「ひと目見た時から、心穏やかではないのです」と打ち明けた。浮舟が返事をするはずはないので、妹尼が代わりに、「小野小町の歌、**誰をかも待乳の山の女郎花秋と契れる人ぞあるらし**、のように、何か将来を契った人がありそうな気がします」と、御簾の外にいる中将に返事を差し出して、対面する。

中将は、「気の毒な事情を抱えていると伺っている方の身の上について、残りの話を聞きとうございます。何事も思いが叶わない心地がしますので、私にも出家して山住みしたい心はあるものの、許可してくれそうもない親がいるので、決心がつかないまま過ごしております。俗世で楽しそうに暮らしている人の境遇は、沈みがちな私の性分のせいか、ふさわしくないのです。なので、悩み事があるというその方と、互いの悩みを語り合いたいのです」と、深刻な顔をして言う。

妹尼は、「同じ悩みを持った同士で話し合いたいという願いは、確かに不似合いではないように存じます。しかし俗世を捨てたい程までに、この世をはかなんで嘆きかつ怨んでいるような女君です。残りの世が少ない年寄りでさえも、出家の段になれば、大変心細い思いがします。ましてや、まだ前途ある若盛りの身ですので、結局はどうなりますやら。それを案じているのでございます」と、あたかも親であるかのような口振りで言う。奥にはいって浮舟に、「やはり失礼です。ほんのひと言でも返事されるべきです。こういう所で暮らしておれば、ちょっとした事でも、人の心をわかってやるのが世の常というものです」と、なだめすかして言う。

浮舟は、「人様にどのような物言いをしてよいのかもわかりません。万事につけて、つまらない人間でございます」と、全く応じる気配もなく臥せっていた。

客人の中将は、「どうした事でしょうか。情けのうございます。小野小町の歌の下の句に『秋と契れる人』とありましたがそれは、反故にされたのですね」と、恨みながら詠歌する。

松虫の声をたずねて来つれども
また萩原の露にまどいぬ

私を待つ松虫の声を訪ねてやっては来たものの、再び萩原の露に濡れ、冷たくされて途方にくれております、という嘆きで、「松」に待つを掛けており、妹尼はこの歌を浮舟に届けて、「本当にお気の毒です。この返歌だけでもなさって下さい」と責める。浮舟はそんな懸想めいたやりとりを口にするのも、心が沈み、また一度でも返歌すれば、男の来訪のたびに対応を強いられ、煩わしいと思うので、返事もせずにいた。妹尼や少将の尼たちも張り合いがなくなり、出家前は今風の嗜みがあった妹尼は、その名残からか、代わりに返歌する。

秋の野の露分けきたる狩衣
むぐら茂れる宿にかこつな

秋の野に置く露をかき分けて来たため、狩衣を濡らされたのでしょう、葎の繁るこの宿のせいにしないで下さい、という取り成しで、「きたる」に着たるを掛けていて、この和歌を浮舟の和歌として取次ぎ、中将に対して、「このように迷惑がられています」と妹尼が言上した。

御簾の内の他の尼たちも、不本意ながらも、この世に生きているのを知られるようになった、浮舟の胸の内の嘆きを知らないで、妹尼の娘の婿だった中将を今だに思い出して慕っている人々であり、「あの殿は、こんなちょっとした折に、少し返事をされても、大丈夫な方です。心に背くような、油断ならない人では、決してございません。ですから、世間並の色めいた事などは、気にするに及びません。冷淡ではない程度に、返事くらいはなさって下さい」と、引き動かさんばかりに言い募る。

世を捨てた尼たちであっても、枯れ果てた心にはならずに、今世風に振舞っては下手な歌を詠み、まだ若やいだ様子は、浮舟にとっては全く気を許せず、実に情けないみじめな身の上だったと。見限った命までもが、こうやって長らえているのが耐え難い。「これから一体どうなるのだろう。こうなれば、もうこの世に亡き者として、人からは見捨てられて終わりたい」と思いつつ横になっていた。

中将はあたかも物思いがあるような素振りで、実に深い嘆息をして、さりげなく笛を吹き鳴らして、『古今和歌集』の歌、**山里は秋こそことにわびしけれ　鹿の鳴く音に目をさましつつ**、と独り言を口にする様子は、確かに思慮が浅い人ではないようである。「亡き妻が思い出されて、ここを訪れても却って心が痛み、今また新たに心を寄せて下さるような方も、おられないようです。『古今和歌集』に、**世の憂き目見えぬ山路へ入らんには　思う人こそ絆なりけれ**、と同様、ここを想いのない山里とは、どうしても思えません」と言って、恨めしそうに帰ろうとした。

妹尼は、「美しい月夜を見ないまま、どうして帰れるのでしょうか。『後撰和歌集』に、**あたら夜の月と花とを同じくは　あわれ知れらん人に見せばや**、と歌われている通りです」と言っていざり出て来る。

中将は、「いや、余り好色がましく振舞うのも、さすがに気が引ける。ほんの少し見た姿が、目に留まったのが運の尽きで、物寂しい気持ちの慰めに、またやって来た。それなのに、ここまで他人行儀で、奥に引き込もっている有様は情けない。山奥の田舎にはふさわしくない扱い方だ」と思い、帰ろうとしたので、妹尼は中将の吹く笛の音まで名残惜しくなり、歌を詠みかけた。

深き夜の月をあわれと見ぬ人や
山の端ちかき宿にとまらぬ

夜更けの月に趣を感じない人なのか、山の端近くのこの宿に泊まらないのは、という求愛の受入れをほのめかす、どこかいびつな歌で、これを妹尼は「女君はこのように申しておりました」と言ったので、中将は胸を躍らせて返歌する。

山の端に入るまで月をながめ見ん
閨の板間もしるしありやと

山の端に月が入るまで眺めていましょう、寝間の板葺の隙間から、月の光が差し込み、その縁であなたに逢えるのでしょうか、という期待であり、妹尼とやりとりをしているうちに、母尼が笛の音をほのかに聴いていたので、風情に興をそそられて姿を見せる。話しながらも咳をして、あきれんばかりのわななき声で、中将が誰であるのかわからないためか、死んだ孫娘の事は、一切言わない。
「さあ琴の琴を弾きなさい。横笛は月夜には本当に似合います。さあ皆さん、琴を持って来なさい」

と言うのを、中将はどうやら母尼らしいと見当をつけたものの、どうしてこんな所に、こんな老人が隠れ住んでいるのか、若い孫娘が先に逝き、こんな老女が生き残っているのも、定めない世の証で、胸にしみじみと感じられる。

秋にふさわしい盤渉調を実に優雅に吹いてから、「さあ今度は琴を」と妹尼に勧めると、この人も風流事には目がないので、「昔聴いた時よりも、あなた様の笛の音が極上のものに聞こえるのは、山風のみを聞いている耳のせいでしょうか」と言い、続けて、「さあどんなでしょう。わたしの琴も調子はずれになっていましょう」と言いつつ弾く。

今では世間では滅多に人が好まなくなっている楽器なので、逆に珍しくて心に響く。松風の音も琴を引き立て、中将が弾き合わせる笛の音に、月も感動して澄み渡る心地がして、母尼はいよいよ感じ入って、宵寝もせずに起きていた。

「この老婆のわたしは、昔は和琴をそれは上手に弾いたものです。しかし今では弾き方も変わってしまったのでしょうか。息子の僧都が、聞きづらい念仏以外はみな無駄事だと申したので、弾きやめております。とはいえ、音色のよい琴がございます」と、いかにも弾きたそうな顔をして言う。

中将は内心でそっと笑い、「それは誠に奇妙な事を言って、禁止なさった僧都ではあります。極楽という所は、菩薩なども皆楽を奏して、天人たちも舞い遊ぶのが尊い事とされています。そのために勤行がおろそかになり、罪を得るなど、ありますまい。今宵は聴きたいものです」と、おだてたため母尼はその気になる。

「それでは主殿や、和琴を取って来なさい」と命じる間も咳込むため、周囲の者たちは見苦しいと思うものの、母尼は僧都の事までも恨みがましく言ったので、ここはしたいようにさせた方がいいと感じて成行きに任せた。和琴を手にした母尼は、先刻、中将が吹いていた笛の音には関係なく、思うがままに爪音も鮮やかに和琴を弾く。

他の楽器はみんな弾きやめてしまったので、母尼はこの和琴に聴き惚れていると勘違いして、催馬楽の「道口」を意気揚々と弾く。

〽道の口武生の国府に
我は在りと
親に申し賜べ
心合の風や
さきむだちや

その文句は実に古めかしく、中将は、「誠に趣があり、今の世には滅多に聴けない歌を弾かれました」と褒めたものの、母尼は耳が遠いので、傍にいる人に聞き返して、「最近の若い人はこのような歌は好まないようです。ここに数か月おられるらしい女君は、器量も大層美しくあられるようですが、全くこのような遊び事はなさいません。引き籠ってばかりです」と、偉そうに高笑いしながら話すのを、妹尼はみっともないと思う。

中将はこれですっかり興醒めして、帰途につき、その道すがら吹く笛の音が、山おろしの風に乗って聞こえてくるのが情感たっぷりなので、人々は夜明けまで起きていて、その朝、中将からの文が妹尼に届いた。

昨夜はあれこれと心が乱れてしまったので、早々に帰ってしまいました。

忘られぬ昔のことも笛竹の
　つらきふしにも音ぞ泣かれける

亡き妻の事も、心を寄せた琴と笛に対する姫君の冷淡な扱いにも、声を上げて泣いてしまったのです。やはりもう少し人の心がわかるように教えて下さい。亡き妻への恋情を抑え難いので、こんな好色めいた振舞をしてしまいます。

と書いてあるので、母尼の老いや浮舟の頑固さに心を痛めていた妹尼は、益々悲しくなり、涙を抑えきれないまま、返事を書く。

笛の音に昔のことも偲ばれて
　帰りしほども袖ぞ濡れにし

あの姫君は不思議な程、人情を解さないようです。その様子は、老人の問わず語りからも、おわかりになったでしょう。

あなた様の笛の音に昔が思い起こされ、お帰りになったあとも涙していています、と綴ってあり、浮舟からの返歌ではなく、例によって読み甲斐のない妹尼の返歌なので、これはそのまま打ち捨てて置くしかなかった。

秋風に荻が揺れる葉音にも劣らない程、しきりに届く中将からの文を、浮舟は、実に煩わしい、男の心というものは、いつもこんなに執拗であった、と思うにつれて、昔の事も少しずつ思い起こされる。「やはりこうした事を、あの方にも諦めさせるような、尼姿に早くして下さい」と言い、お経を習って誦みつつ、心の内でも祈った。

こうして万事俗世との関わりを断っているので、若い女でありながらも華やかな事も特になく、もともと内向きな性格だろうと、周囲は斟酌しながらも、容姿は見甲斐がある程可憐なので、他のすべての欠点は大目に見て、明け暮れの慰めとして眺める。時折、浮舟が微笑む際は、珍しくもありがたいと思っていた。

九月になって、妹尼は初瀬の長谷寺参詣を思い立つ。長年、大層心細い身の上であり、亡き娘も恋しくて忘れられなかったのが、こうして赤の他人とも思えない、慰めとなる人を得たので、観音の霊験がありがたく、御礼参りのつもりであった。

浮舟にも、「さあ、ご一緒しましょう。誰にも気づかれません。同じ仏でも、初瀬のような所でお勤めしてこそ、効験あらたかで幸運に恵まれる例が多いのです」と言って勧めるも、浮舟は、「その昔、母君や乳母などから、こんな風に言って誘われ、たびたび参詣した。しかし何の甲斐もない。死ぬ事さえも叶わず、こんなに悲しい思いをしている」と思い、実に情けなく感じるとともに、「妹尼のような知らない人と一緒に、長旅をするなど及びもつかない」と、空恐ろしい心地がする。
頑なに拒むような言い方ではなく、「気分がとても優れません。そんな遠い道中でどんな風になるのか心配です」と言うので、妹尼は、あの宇治辺りを恐がっているのも無理はないと感じて、強いて誘わなかった。

はかなくて世にふる川の憂き瀬には
たずねもゆかじ二本の杉

はかなくこの世に生き長らえているわたくしなので、初瀬の古川のほとりにある二本の杉を訪ねる気はしない、という思慮で、「ふる」には古と経るを掛けていて、『古今和歌集』の旋頭歌「初瀬川古川のへに二本ある杉　年を経て又も逢い見ん二本ある杉」を下敷にしている歌が浮舟の手習の反故に交じっているのを、妹尼が発見して、「この二本の杉とは、再会したい方が二人おられるのでしょう」と、冗談ながらも言い当てる。浮舟ははっとして顔を赤らめたのが、実に可愛らしく美しいため、妹尼もすぐに返歌する。

ふる川の杉のもとだち知らねども
過ぎにし人によそえてぞ見る

古川の杉ならぬあなたの素姓は知りませんが、わたしは亡き娘の身代わりだと思っています、という単純な吐露であった。

旅立ちはひっそりといえども、みんながついて行きたがり、ここの留守番役が少なくなるのを懸念して、心得のある少将の尼と左衛門という年配の女房、それに女童だけを残した。

みんなが出かけて行くのを眺めて、情けない我が身の上を思いつつ、浮舟は今となってはどうしようもなく、たったひとり頼りにしている妹尼もいないので、心細く、無聊でいる折に、中将からの文が届く。少将の尼が「ご覧なさい」と言うものの、聞き入れず、普段より人も少なくて、所在ないままに来し方と行く末を思い詰めて塞ぎこんでいた。

少将の尼は、「わたしまでが辛くなります。碁を打たれたらどうでしょう」と言い、浮舟は「とても下手でした」と応じたものの、打ってみる気になり、少将の尼が碁盤を取りにやらせる。自分の方が強いと思い、浮舟を先手にして打たせてみると歯が立たず、あっさりと負けたので、今度は少将の尼が先手になった。

「妹尼が早く帰って来るとよいです。この碁を見せてやりたいです、妹尼はそれは強うございます。兄君の僧都も前から碁をひどく好まれ、手並にも自負があり、碁聖大徳だと鼻高々でした。自分から進んで打たないものの、妹の碁には負けないと言っておられたのですが、結局、二番とも妹尼に打ち負かされました。あなた様は、その碁聖より勝っておられます。素晴らしいです」と、少将の尼はひとり喜ぶ。

年老いた尼削ぎの見た目の悪い姿で、物好きにも碁に興じているのに、浮舟はげんなりし、厄介な事に手を出してしまったと後悔をし、気分が悪いと言って臥せってしまった。少将の尼は、「時々は晴れやかに過ごして下さい。せっかくの若い身で、こんなに沈み込んでいるのは、いかにも残念です。玉に瑕があるような心地がします」と言う。

夕暮れの風の音も趣があるので、思い起こされる事も多く、浮舟は独詠する。

心には秋のゆうべをわかねども
ながむる袖に露ぞみだるる

自分の心には秋の夕暮れの情趣はわかりかねるものの、物思いに沈む我が袖には涙が乱れ落ちてくる、という感慨で、昨年の秋、薫大将から宇治に移されてからの一年の変化に、圧倒される思いがしていた。

月が昇って風情が加わった頃に、昼間手紙を送ってきた中将が来訪した。浮舟は「これは嫌な事」と思って奥の間に行こうとするのを、少将の尼が「それはあんまりな振舞です。遠い夜道を遥々と見えた心の内を、思い遣って下さい。ほんのひと言でも、おっしゃる事を聞かれるとよろしいでしょう。こんなやりとりのみで、深い仲になるなどと思う必要はございません」と言う。

浮舟はいよいよ不安になり、少将の尼は浮舟が留守であると嘘をついたものの、昼間の使者が浮舟がいる事を聞き出していたのか、嘘は通じず、中将は延々と恨み言を述べ立てる。

「お声を聞かなくても結構です。ただ傍近くで言上する事を、それが耳障りか否かをご判断下さい」と、あれこれ言い、「全くがっかりです。こうした場所なので、情趣もいやが上にも身に沁みるはずなのに、これではあんまりな仕打ちです」と非難したあと、歌を詠みかけた。

山里の秋の夜深きあわれをも
もの思う人は思いこそ知れ

山里の秋の夜更けの趣も、心に悩みのある人なら余計に理解できるでしょう、という呼びかけであり、「お互い心に悩みもある同士なので」と言う。少将の尼は、「妹尼もおられません。代わりに返歌を詠む者もおりません。このままですと、大変世間知らずのようです」と責め立てるので、浮舟は返歌ではなく、独り言のように詠歌する。

憂きものと思いも知らで過ぐす身を
もの思う人と人は知りけり

この世の辛さも知らないでいる愚かなわたくしを、物思いをしている人だと人は思うのでした、という弁明で、これを耳にした少将の尼は、そのままを中将に伝える。中将は心を揺さ振られて、「やはりもう少し、近くまで出られるように勧めて下さい」と、少将の尼や左衛門の女房をけしかけるので、「本当に不思議な程、冷たい態度でおいでです」と答えて、少将の尼が奥まで行ってみた。

浮舟は普段は全く覗きもしなかった母尼の部屋にはいっていて、これこれの次第で出られない由を少将の君が中将に伝えると、「こんな所で物思いに沈まれている心の内は、とても哀れです。これまでの様子からして、人情を解せない方だとは思えません。しかし全く人の心がわからない人よりも、冷淡な扱い方をされるのは、何か懲り懲りしたような事があったのでしょうか。それにしても、どうしていつまでも世の中をはかなんでおられるのですか」と、その様子を尋ね、興味をかき立てられて知りたがる。

少将の尼が詳細を知るはずはなく、語る事もできずに、「妹尼がお世話されるべき方で、長年疎遠だったのを、お互い初瀬に詣でて巡り会い、ここに引き取られたのです」と答えた。

浮舟は、大変気味が悪いと聞いていた母尼の部屋に臥せていたものの、寝つけずにいた。夜も早いうちから寝ている母尼は、言いようもない大きな鼾を立てていて、その脇にも年齢の近い老尼が二人寝ており、負けじとばかり鼾をかいているため、浮舟は恐くなり、今夜はこの人たちに喰われてしまうような気がする。

惜しくはない身ではあっても、いつもの気弱さから、丸木橋を怖がって立ち戻った者のように、おろおろしていた。女童のこもきも供人として連れて来ていたのに、こもきももう年頃で、滅多にない客人の中将がいる所に去ってしまった。浮舟は、こもきがもう戻ってくるだろうと待っていたのに、姿を見せず、頼りない付き人だった。

待ち惚けを食らった中将の方も、これ以上は何も言えなくなって、帰ってしまい、少将の尼は、「実に情けない。引っ込み思案にも程がある。せっかくの器量良しなのに」と悪口を言いつつ、みんなと同じ部屋で寝てしまう。

夜半も過ぎたと思う頃に、母尼が咳込んで目を覚ます。火影に照らされた頭髪は真っ白なのに、黒い物を被っており、浮舟が寝ているのを不思議がり、鼬がするような仕草で、浮舟の額に手を当て、

「これは一体誰なのか」と、疑い深そうに言って、覗き込んだ。

　浮舟は今にも喰われそうな気がして、鬼が宇治で自分をさらって行った時は、前後不覚だったので、むしろ気楽だったものの、今はちゃんと正気なので、どうしていいのかわからない。「ひどくみじめな恰好で生き返り、人並にはなったのに、昔の様々な辛い事が思い出されては悩ましく、またここでも中将の煩わしさや、これらの老尼の恐ろしさに怯え、もしあの時死んでいたら、地獄に堕ちて、これよりも恐ろしい鬼たちの中にいたに違いない」と思い悩む。

　昔からの事を、眠られないままに以前にも増して思い続けていると、心が沈み、「父上だという人の顔も知らない。都から遠く離れた東国を行ったり来たりして、長年を過ごした。たまたま会えて嬉しく、頼みになると思っていた姉の中の君とも、思いがけない事で縁が切れた。

　妻妾のひとりに加えようとされた薫右大将にすがり、少しは我が身の辛さを慰められようとしたその間際に、あんな情けない間違いをしてしまった。そんな我が身を考えると、あの匂宮を恋しく思ったあの時の心こそが、本当の過ちだった。全くあの方のせいで、こんな漂泊の身になってしまった。それを思うと、匂宮が橘の小島の常盤木を例にして、永遠の愛を約束されたのに対し、どうして恋い焦がれたのだろう」と、今となっては興醒めしてしまう。

　当初から多少は薄情でありながらも、終始穏やかだった薫右大将を、かの折この折と思い出されて懐しく、もし大将にこんな所で生きている事を聞きつけられたら、恥ずかしさは他の誰よりも勝るだろう。この世で昔のままの大将の姿を、せめていつか遠くからでも拝見したいと思うのは、やはり僭越な未練であり、こんな事は思ってはならないと、ひとり心の内で考え直した。

　ようやく鶏の鳴き声を聞いて、安心し、これが母君の声であったらどんなにか嬉しいだろうと思いつつ、夜を明かした。気分も悪く、付き添っているべき女童も、すぐには戻って来ないので、そのまま横になっていると、あの鼾の主の老尼たちは早々に起きており、食べたくもない粥をあたかも馳走であるかのように、「さあ、あなたも食べなさい」と、近寄って言う。老尼たちの給仕は気味が悪く、初めてなので気乗りせずに、「気分が優れません」と遠慮するのを、気も利かせずに無理強いした。

身分の低い法師たちが大勢やって来て、「僧都は今日、山から下りられます」と言う。「どうしてそんなに急に」と尋ねる声もし、「今上帝の女一の宮が物の怪に煩っておられます。天台座主が祈禱をされておられますが、やはりここは僧都が参上しなければ霊験がないと考えられ、昨日再びお召しがありました。夕霧左大臣の子息の四位少将が、昨夜の夜更けに、山に登って来られました。明石中宮の手紙が届いたので、下山なさるそうです」と、得意げに言っている。

浮舟は、「そうであれば、僧都にお会いして、尼にして下さいと言おう。口出しをしそうな人も少ない今は、良い機会だ」と思って起き出し、「気分が大層悪いので、僧都が下山されましたら、戒を受けたく存じます。僧都にはそのようにお伝え下さい」と言うと、老尼たちは呆けた様子で頷いた。

浮舟は自分の部屋に戻り、髪は普段は妹尼のみが梳いてくれているので、他の人には手を触れてもらいたくないが、自分で梳くのは無理なので、手の届く範囲だけを梳る。

自分から望んだ事とはいえ、母君に今一度この姿を見せられないのがとても悲しく、ひどく煩ったせいか、髪も少し抜け落ちた気はするものの、さして衰えてはおらず、実に多い。六尺程の長さのある髪の裾も大層美しく、毛筋も非常に細やかで艶があり、『後撰和歌集』にある僧正遍昭の歌、たらちめはかかれとてしもむばたまの　我が黒髪を撫でずやありけん、を、ひとり口ずさんで坐っていた。

夕方に僧都が山を下って来た。南面がきれいに片付けられ、丸い坊主頭の者たちが行き来して騒がしいのも、浮舟にとってはいつもと違って、実に恐ろしい心地がする。僧都は母尼の部屋に行って、「最近の具合はどうでしょうか」と言い、「妹尼は物詣でに出かけたそうで、ここにおられたあの人はまだいるのですか」と尋ねる。

母尼は、「はい、ここに居残っておられます。気分が悪く、戒を受けさせていただきたいと、言われています」と答えたので、僧都はそこを立って浮舟の部屋に行き、「ここにおいでですね」と言って、几帳の近くに坐った。

浮舟は気が引けるものの、にじり寄って応じると、「あの時に思いがけずお会いしたのも、そうなるべき前世からの因縁でしょう。祈禱など、心をこめて勤めました。とはいえ、法師というのは格別の用件もなしに、文のやりとりは致しません。そのため、ついご無沙汰しております。ひどく見苦しい有様で世を捨てている母尼の傍で、どうお過ごしでしょうか」と問う。

浮舟は、「この世には生きていたくないと決めた身ですのに、本当に奇妙な事にまだ生き長らえております。それを誠に辛いと思う一方で、万事を世話して下さったご親切には、取るに足らない身ではありますが、感謝しております。とはいえ、世俗にはどうしても馴染めず、生きられそうもございません。どうか尼にして下さい。世の中に生きていても、世間並には生きられない身でございます」と訴える。

僧都は、「まだ先が長い身で、どうしてそう一途に思い立たれたのでしょうか。中途半端な決心では、却って罪を作る事になります。思い立って道心を起こした時の決意は強固でも、年月が経つと、女の身には五障（ごしょう）があって不都合ではあります」と諭（さと）す。

すると、「幼い時から物思いばかりしておりました。親も尼にしてみようかと考え、そう口にしていました。その後、分別がついてからは、尼になって、せめて後（のち）の世だけは安らかにと、思う心が深くなったのです。今はもう死に時が近づいているのでしょうか、心が弱々しくなるばかりです。やはり何としても尼にして下さい」と、浮舟は泣きながら訴えた。

僧都は、「奇妙ではある。これだけ美しい顔立ちと容姿なのに、どうして身を厭（いと）い始めたのか。物の怪もそんな風に言ってはいたが」と思い合わせ、「それなりの理由があるに違いない。そもそも、あそこであのままになっていたら、生きてはいないはず。物の怪が目を付けているので、このままでは恐ろしく、危険でもある」と合点（がてん）する。

「いずれにせよ、意を決めて言われた事は、仏が殊勝（しゅしょう）だとして褒めなさる事柄であり、法師としては反対できません。戒は、たやすく授けられます。とはいえ今は急に下山して来ており、今夜は女一の宮の許に参上しなければなりません。明日から御修法（みしほ）が始まるので、七日間が過ぎて退出して来た後に、授戒（じゅかい）しましょう」と言う。

浮舟は妹尼が帰って来たら、妹尼は必ずや反対するはずであり、そうなると残念なので、「以前から気分が悪うございました。今はさらにかき乱されるくらい苦しゅうございます。これ以上重くなれば、受戒の効き目もないように存じます。やはり今日こそが願ってもない折だと思っています」と言いつつ激しく泣くので、僧都も聖心（ひじりごころ）から気の毒になる。「夜も更けたようです。山から下りるのは、昔は平気でしたが、年を取るにつれて耐えられなくなりました。少しここで休んでから、内裏（だいり）に参るつもりです。そのように急ぐのでしたら、今日授けましょう」と答えた。

浮舟は嬉しくなり、鋏(はさみ)を取り出し櫛箱(くしばこ)の蓋(ふた)を差し出すと、僧都は「さあ大徳たち、こちらに来るように」と呼ぶ。最初に浮舟を発見した僧たち二人も、僧都の供をしていたので呼び入れて、「御髪(みぐし)を下ろしてやって下さい」と命じる。本当に悲惨な状態にあった女君なので、俗人としてこの世を渡るのも辛いだろうと思い、阿闍梨も女君の出家を当然の事だと思うものの、几帳の帷子(かたびら)の隙間からかき寄せた髪が、鋏を入れるのが惜しいくらい美しいので、しばし鋏を持ったままで、ためらった。

この間、少将の尼は、僧都の供として、下山した兄の阿闍梨に会うために、局(つぼね)に下っていて、もうひとりの左衛門は、一行の中に知人がいたので、会っていた。このような山里なので、みんな各自に、心を寄せている人が珍しく訪ねて来ているため、応対を余儀なくされており、こもきひとりが、このような事になっておりますと、少将の尼に報告した。

驚いた少将の尼が来て見ると、僧都は自らの表衣(うわぎ)や袈裟(けさ)を、形ばかり浮舟に着せて、「親のいる方角を拝みなさい」と言っており、浮舟は方角もわからないまま、涙をこらえられずに泣いている。

少将の尼は、「何という事をされるのですか。軽率(けいそつ)な行いです。妹尼が帰られたら、どのようにおっしゃるでしょう」と言うが、もはや事はここまで進んでおり、今更言って浮舟の心を乱すのもどうかと、僧都は思って、たしなめるので、少将の尼は妨害もできず、僧都が「流転三界中(るてんさんがいちゅう)　恩愛不能断(おんあいふのうだん)　棄恩入無為(きおんにゅうむい)　真実報恩者(しんじつほうおんしゃ)」の偈(げ)を唱える。

浮舟は既(すで)に周囲との縁は断って入水したのにと思い、これまでの出来事を思い起こすのもさすがに心痛い。阿闍梨は御髪を切りかねており、「あとでゆっくりと、尼たちに整えてもらって下さい」と言い、額髪(ひたいがみ)は僧都が削いで、「このような尼姿になって、後悔はなさらないように」と言いつつ、尊い仏法の教えを説諭する。

浮舟はすぐには許されそうもなく、みんなが思いとどまるように言い聞かせた出家を、今こそ叶えられて、これだけは生きてきて、仏の効験があったと感謝した。

僧都の一行がみんな京に出立して、辺りが静かになった。夜の風の音を耳にして、少将の尼や左衛門たちは、「こんな心細い住まいも、しばしの間だけで、いずれは幸せになられると、期待していました。それなのにこんな尼姿になられ、まだ行く末長い一生を、どうするおつもりですか。老い衰えた者でも、出家の際は、もはやこれまでと実に悲しいものですのに」と、言い聞かせる。

浮舟はこれで心が楽になり、俗世での男女の仲を気にせずに生きられるのは、本当に安心な事だと、胸のつかえがなくなった気がする。翌朝になると、自分が願った出家とはいえ、周りの人たちが許さなかった事なので、変わり果てた尼姿を見られるのも、実に恥ずかしく、髪の裾が急に乱れ広がり、不揃いに削がれているので、うるさい小言を口にせずに整えてくれる人はいないものかと、万事に気を遣いながら、部屋を暗くしていた。

もともと自分の思いを他人に伝えるのは苦手であり、まして親しくわかり合える人もいないので、ひたすら硯に向かって、思い余る折には、手習のみを精一杯の仕事として書き付けた。

亡きものに身をも人をも思いつつ
捨ててし世をぞさらに捨てつる

自分も人も亡い者だと思って、捨てたこの世だったのに、またさらに捨ててしまった、という感慨で、「今はこうしてすべてが終わった」と書き添えて、やはり我ながら感無量ではあり、さらにもう一首を加えた。

限りぞと思いなりにし世の中を
かえすがえすも背きぬるかな

これが最後だと諦めた世の中を、また繰り返して捨ててしまった、という自らに言い聞かせる覚悟であり、同じような内容の歌を、あれこれ思いつくままに書いていると、中将から文が届き、ちょうど浮舟の出家で、みんながあきれて騒いでいる最中だったので、事の次第を使者に伝えた。
中将はひどく落胆して、「なるほど、出家の意志が強かった人なので、いい加減な返事はすまいと思って、私を遠ざけていたのだ。実に呆気ない。とても美しく見えた髪を、もっとしっかり見せて欲しいと、先夜も頼み、少将の尼からはしかるべき時に、という返事があったのに」と、ひどく残念がって、「何とも申し上げようのない出家でございます」と前書して和歌を贈った。

岸遠く漕ぎ離るらんあま舟に
乗りおくれじといそがるるかな

彼岸に向けて、此岸から遠く漕ぎ離れようとしているあなたが乗る舟に、私も乗り遅れまいと急がれます、という追従の未練で、「あま」に海人（あま）、「乗り」に法（のり）が掛けられていた。浮舟はいつもと違って手に取って見て、しみじみと悲しさに沈んでいた時だっただけに、すべてが終わ

った と実感して、どう思ったのか、紙の端に歌を綴った。

心こそ憂き世の岸を離るれど
　行く方も知らぬあまの浮き木を

心だけは辛いこの世から離れたものの、この先の行方もわからない、海人の浮き木のような尼の身です、という一抹の不安であり、「浮き」に憂き、「あま」に尼が掛けられており、例によって手習したものを、少将の尼が紙に包んだので、「せめてあなたが清書して送って下さい」と浮舟は言う。少将の尼は「書き直すと却って見苦しいです」と応じて、そのまま中将に送ると、中将は初めて目にする浮舟の直筆だったため、言いようもなく悲しみに沈んだ。

初瀬詣での一行が帰ると、浮舟の出家に驚愕して、妹尼は「尼であるわたしとしては、出家を勧めるのが当然だとは思います。しかし行く先長い御身を、どのように過ごされますか。わたしは、この世の命が今日か明日かとわからないため、何とかしてあなたの身の上を落ち着かせてやりたいと、念じてきたのです。だからこそ、あなたを得た御礼と、今後の縁づきを祈願して、初瀬に詣でてきたのです」と、転げ回る程に身を捩って悲しむ。

浮舟は母君があのあと、そのまま亡骸もないものと思って嘆いたに違いないと思い、まずその事が悲しく、いつものように返事もしないで背を向けていた。その様子が大層若くて可憐なので、「本当に頼りない人だ」と思って、妹尼は泣く泣く浮舟の尼衣の準備をする。

鈍色の尼衣の仕立は慣れているので、小袿や袈裟も調え、周囲の尼たちも同様な鈍色の衣を縫って、着せてやりながら、「あのように思いがけなくも、山里を照らす光として、明け暮れ見ていたのに、口惜しい事です」と出家を残念がり、出家させた僧都を恨んで悪口を言った。

女一の宮の病は、確かにあの弟子の僧が言っていたように、著明な効験が現れて平癒したお蔭で、僧都に対する名望はいよいよ高まった。病後も懸念されるので、御修法を延長して実施したため、すぐには帰らずに伺候していた。

雨が降ってしめやかな夜に、明石中宮は僧都を呼んで、夜居の奉仕をさせた。女房たちはここ数日の看病で疲労困憊していて、みんな局に下がって休んでおり、女一の宮や明石中宮の御前には人が少ない。近くに起きている人も少ない時に、明石中宮は女一の宮と同じ御帳台にいて、「昔から、あなたを頼りにしていました。その中でも今回は、後の世でもこのようにして救ってもらえると、以前にもまして頼りにしています」とおっしゃる。

僧都は、「この世での私の命も長くないはずで、仏もそう諭されており、今年、来年も無事に過ごせるかの瀬戸際でした。それで仏を一心に念じて、勤行のために山に籠っていたのです。そこへ今度の仰せがあって、下山して参った次第でございます」と言上する。

女一の宮に憑いた物の怪が、あれこれとその正体を口にする執拗さを、明石中宮にお伝えするついでに、僧都は、「先頃、実に不思議で稀な出来事を経験いたしました。この三月、年老いた母が宿願のために初瀬詣でをしたのです。その帰途の中宿りとして、宇治院という所に泊まりました。あのように人も住まないで年を経た所には、必ず悪い物の怪が棲み着いております。重い病を患っている者が、そこへ行くのも不都合だと心配はしておりました」と、浮舟を発見した経緯を話した。

明石中宮は「それは本当に稀有(けう)な出来事です」とおっしゃって、近くに仕えている女房たちが皆眠っているのを、怖がって起こされ、薫大将がねんごろにしている宰相(さいしょう)の君が、この話を聞いており、他の起こされた女房たちは話も上(うわ)の空であった。僧都は、明石中宮が恐ろしがっている様子を拝見して、不用意な事を言ってしまったと後悔し、詳しい発見の経緯を話すのは途中でやめる。

「このたび下山したついでに、小野にいる尼たちを訪ねるために立ち寄ったのです。するとその女人が泣く泣く、出家の願いが深い旨(むね)を、熱心に訴えてまいりました。それで髪を下ろさせましたが、拙(せつ)僧(そう)の妹で、亡き衛門督(えもんのかみ)の妻だった尼が、死んだ娘の身代わりとして、喜んで世話をしていたものですから、出家させた私を恨んでおります。確かに見目麗(みめうるわ)しく、気品もあって、この先、勤行でやつれ果ててしまうのが、可哀想ではあります。一体どういう素姓の女人なのでしょうか」と、話好きな僧都ではあるので、語り続けた。

　聞いていた宰相の君が、「どうしてそんな所に、身分の良さそうな人を、物の怪がさらっていったのでしょうか。今では素姓も知っておられるのでは」と尋ねたため、僧都は、「いえ私は存じません。素姓は尼たちに話しているかもしれません。本当に高貴な身分の人であれば、いつまでも隠してはいられないでしょう。

田舎人の娘にも、あのような器量良しはいるでしょう。法華経(ほけきょう)にある龍女成仏(りゅうじょじょうぶつ)のように、龍の中からでも仏が生まれます。普通の人としては、前世の罪が誠に軽いので、あのような美人に生まれたのだと存じます」と言上する。

　すると明石中宮は、その頃、宇治付近で消息がわからなくなったという人に思い当たり、側に控えている宰相の君も、姉から奇妙な形で亡くなった人がいるのを聞いていたので、その女君だろうかと思ったものの、定かではない。

僧都も、「その女人は、自分が生きている事を誰にも知られたくないようでした。何か悪い敵のような者がいるとほのめかして、隠れ住んでいる様子です。しかし事情がよくわからないので、申し上げた次第でございます」と、詳しい事はあまり言いたくないようなので、宰相の君も黙りこくる。

明石中宮が、「宇治で行方がわからなくなった人かもしれません。薫大将に聞かせたいものです」と宰相の君におっしゃったものの、これは薫大将にも匂宮にも、さらにその女人にも内密にしておく事柄であり、不確かなまま、どこか遠慮される薫大将に打ち明けるのも気が引け、そのままになった。

女一の宮は病からすっかり回復したので、僧都も帰山する段になり、途中で小野に立ち寄ると、妹尼がひどく恨んで、「こんな尼姿になって却って罪作りでしょう。わたしに相談もせずに、こういう事をしたのは実に情けないです」と訴えたものの、もうどうしようもない。

僧都は、「今はもう、ひたすら勤行をしなさい。老いも若きも、定めない世です。この人が世の中をはかないものと悟ったのも、これまでの経緯を考えると当然です」と言う。

浮舟は大いに恥ずかしくなる。

僧都は重ねて「法服を新しく仕立てなさい」と言って、綾や羅、絹を提供し、「拙僧が生きているうちは、お世話致します。何も思い煩う事はありません。俗世に生まれ育って、世間の栄華を切望し執着している限りは、束縛され、この世を捨て難いと、誰もが思うようです。しかしこのような山の中で勤行する身となれば、恨めしく、また恥ずかしく思う事など、何もありません。この世に在る命は、白楽天が『命は葉の如く薄し　将に奈何せん』と言っているように、草木の葉が薄いようにはかないものです」と説き聞かせて、『新楽府』の「陵園妾」の一節、「松門に暁到りて月徘徊す」を朗唱する。

法師であっても漢詩にも造詣があり、こちらが気後れする程ねんごろに諭すので、浮舟は、「本当に自分が望む通りの事を教示して下さる」と思いつつ耳を傾けた。

今日は、やはり「陵園妾」の一節に「柏城尽日に風蕭瑟たり」とあるように、一日中吹く風の音が実に心細い。居合わせる僧都も「こんな日は、山伏も声を上げて泣きたくなるようです」と言うのを聞いて、浮舟は、「わたくしも今は山伏なのだ。涙が止まらないのも、そのはず」と思いながら、端近くに立って外を見ると、遥か遠くの軒端から、狩衣姿が色様々に立ち交じっているのが目にはいる。

比叡山に登るにもこちらの小野への道は、行き来する人は滅多におらず、黒谷とかいう方向から歩いて来る法師の姿だけが、稀に見えるのみなので、そこに狩衣姿を見つけたのを、珍しいなと思っていると、それは例の浮舟を恨んでいる中将であった。

中将は、今更どうしようもない恨み言を言うため、訪ねて来たところ、紅葉が実に美しく、他の所よりも紅く色づいているので、こちらに来るなり、しみじみと情趣を感じる。ここで屈託なさそうな人でも見つけたら、却って不似合だと思いながら、「この頃は暇で、する事もないので、紅葉がどんなにか美しいだろうと思って伺いました。やはり昔に立ち戻って、仮の宿りでもしたい木の陰です」と言って外を眺めているので、妹尼はいつものように涙もろくて、歌を詠む。

木がらしの吹きにし山のふもとには
　立ち隠すべき蔭だにぞなき

木枯らしが吹き過ぎた山の麓には、身を隠す木陰もありませんし、という悲哀で、あの女君も尼となったので、あなた様を泊められません、とほのめかし、中将もすぐに返歌する。

待つ人もあらじと思う山里の
　こずえを見つつなおぞ過ぎ憂き

私を待っている人もいるまいと思うこの山里で、木々の梢を見ながら、やはりこのまま通り過ぎるのは辛いです、という未練であった。今更何を言っても仕方ない浮舟の事を諦められず、少将の尼に「尼になった姿を、ほんの少しでも見せて下さい」と言い、「せめてそれだけでもお願いします。前に約束した通りです」と責める。

少将の尼が浮舟の部屋にはいると、格別に人に見せたい程の美しい姿であり、薄鈍色の綾の表着、その下には萱草色などの落ち着いた色を着ていて、とても小柄で姿が美しく、華やいだ容貌に、髪は五重の檜扇を広げたように、その裾も実に豊かである。繊細で美しくて可憐な顔は、化粧を入念にしたように薄紅に輝き、勤行をするにも、まだ数珠は近くの几帳にうち掛けて、心をこめて読経する姿は、絵にも描きたい程だった。

それを見るたび、少将の尼は涙を抑えきれない心地がし、まして懸想している男はそれをどう見るのだろうかと思う。

ちょうど良い機会だったので、襖障子の掛け金の横に開いている穴を、中将に教えて、視野を遮る几帳を引きやると、中将はここまで美しいとは思っていなかったので、あたらこんな美人を出家させたのは、自分の過ちであるかのように感じる。

惜しくも残念で、悲しくもあるので、涙もこらえきれず、物狂おしい程になり、そんな自分の動揺が伝わりそうだったので、その場を退き、「これだけの美しい人を失って、捜さない人があるだろうか。あるいは誰それの娘が行方も知れず身を隠したとか、さらには嫉妬から出家したとかであれば、自然と噂が広がるものだろうが」と、返す返す不思議がる。

「たとえ尼であっても、こんなに美しい人であれば嫌ではない」と、中将は考え、「尼姿になって、却って美しくなり、恋しさが募ってしまった。こうなれば人目を忍んで、自分のものにしてしまおう」と思う。

今度は妹尼に対して真心を見せて、「俗世間の人であった時は気兼ねもあったでしょうが、このような尼姿になられたので、心安く語り合えます。そう説得して下さい。今は亡き妻が忘れ難くて、このように参上していますが、そこに今ひとつ、あの方への恋しさも加わって来ております」と言った。

妹尼は、「あの女君の行く末が実に心細く、気がかりではあります。真面目な心から女君を忘れず、訪問して下さるのなら、とても嬉しく、心に留めておきます。わたしの亡きあとが可哀想でならないのです」と言って泣く。

中将は、この妹尼とあの女君は他人ではないのだろうか、それなら一体誰なのだろうかと、合点がいかず、「先々の話については、私も命が頼りない身ですが、このように真心をお伝えしたからには、心変わりはございません。女君を捜している人は、本当にいないのでしょうか。その辺の事情がはっきりしないので、気兼ねしているわけではありませんが、何かしっくりしないのです」と言う。

妹尼は、「人目につくような所で暮らしているのであれば、おっしゃるように捜している人も出てくるかもしれません。しかし今は、こうした尼としての生き方に専心し、俗世の事は見限っているようです。本人の意向も道心一途と見えます」と話すので、中将は浮舟に歌を贈った。

おおかたの世を背きける君なれど
厭うに寄せて身こそつらけれ

この世を捨てたあなたではありますが、それが私を嫌がっての事だと思うと、我が身が辛くなります、という問いかけで、その他にも行く先々の事などを熱心に、取次の女房を介して様々に伝え、「どうか私を兄と思って下さい。はかないこの世の物語を申し上げて、心の慰めとしましょう」と伝えた。

浮舟は、「難しいお話は聞き分けられず、残念でございます」とのみ答えて返歌はしない。「思いもしない情けない事を味わった我が身であり、もう中将も疎(うと)ましい。万事、朽木(くちき)のように人から見捨てられたままで生涯を終わろう」と思い、そのように振舞って、ここ何か月か塞ぎ込み、物思いばかりしていたのが、念願の出家を遂げて以来、少し晴れ晴れとした心地になる。

妹尼にも他愛ない冗談を言い、碁を打ったりして日々を過ごし、勤行にも励み、法華経はもちろん、他の経文(きょうもん)も頻繁(ひんぱん)に読経をするとはいえ、雪が多く降り積み、人目が絶える頃になると、『古今和歌集』に、**雪降りて人も通わぬ道なれや　あとはかもなく思い消ゆらん**、とあるように、気を晴らすすべはなかった。

年も改まり、春の兆しも見えず、一面に凍りついた川の水音が聞こえないのが心細く、かつて、**峰の雪みぎわの氷踏み分けて　君にぞ惑う道は惑わず**、と詠んだ匂宮の事は、厭わしくて思い捨てたにもかかわらず、やはりあの時の体験は忘れられず、歌を詠む。

かきくらす野山の雪をながめても
ふりにしことぞ今日も悲しき

暗く降りしきる野山の雪を眺めていると、古い昔の事が今日も悲しく感じられる、との感慨で、「ふり」に古（ふ）りと降りを掛けていた。いつものように心慰めの手習を、勤行の合間にしては、自分が世間から姿を消して年も改まったが、思い出してくれている人もあるかもしれないと、思い起こす折もしばしばであった。

若菜を粗末な籠に入れて、土地の人が持って来たのを、妹尼が見て浮舟に献上し、和歌を添えた。

山里の雪間の若菜摘みはやし
なお生いさきの頼まるるかな

山里の雪の中の若菜を摘んで祝いつつ、あなたのこれから先の長寿を願います、という言祝であり、浮舟からの返歌が届く。

　　雪深き野辺の若菜も今よりは
　　　君がためにぞ年もつむべき

　雪の深い野辺の若菜も、これから先はあなたのために、いつも摘む事にします、わたくしも同じように生き長らえます、という思い遣りで、「つむ」に摘むと積むが掛けられ、『古今和歌集』の、**君がため春の野にいでて若菜つむ　わが衣手に雪は降りつつ**、を引歌にしていた。読んだ妹尼は、そこまで自分の事を思ってくれているのかと感激して、「これが尼姿ではなく、俗世の姿であったなら、どんなにか世話のし甲斐があっただろうか」と、心の内で涙を流した。

　寝室の軒端に咲く紅梅が、色も香りも昔と変わらないのを浮舟は見て、『古今和歌集』にある、**月やあらぬ春や昔の春ならぬ　わが身ひとつはもとの身にして**、が思い出され、他の花よりもこの梅の花に心が惹かれるのは、『拾遺和歌集』の具平親王の歌、**飽かざりし君が匂いの恋しさに　梅の花をぞ今朝は折りつる**、の通り、いつまでも飽く事のなかった逢瀬の時の、あの人の匂いが心に染みついているからかと思う。

　明け方の後夜の勤行の際に、仏に閼伽の水を供え、身分の低い尼で少し年若いのを呼び、紅梅の花を折らせると、折ったから散るのだと言わんばかりに散って、一段と匂って来るので、独詠する。

　　袖ふれし人こそ見えね花の香の

それかとにおう春のあけぼの

袖を触れた人の姿は見えないが、花の香があのお方ではないかと思える程に匂って来る春の明け方です、という懐旧の情で、『古今和歌集』の、**色よりも香こそあわれと思おゆれ　誰が袖ふれし宿の梅ぞも**、を踏まえていた。

　折しもこの頃、母尼の孫で紀伊守だった人が京に上って来た。三十歳くらいで容姿も優れ、自信たっぷりであり、「ご無事でございましたか、去年や一昨年は」と、母尼に訊いたものの、すっかり耄碌してる様子なので、こちらの妹尼の部屋に来て、「祖母尼は大層耄碌してしまわれました。しみじみと心が痛みます。残り少ない命のご様子ですが、遠い地で歳月を過ごし、お世話もできませんでした。両親が亡くなってからは、この方だけを親の御代わりと思っておりました。ところで常陸介の北の方は、こちらに便りをされますか」と言っているのは、どうやら紀伊守の姉妹にあたる人の事らしい。

　妹尼は、「年月が経つにつれて、母尼も老いて心細く、悲しい事ばかりが続いております。常陸からの手紙は、長く届いておりません。常陸から都に帰られるまで、母尼が待つ事ができるかどうか、安心できません」と答える。

　父親と関係のある常陸という名を聞いて、浮舟が思わず聞き耳を立てると、紀伊守は、「上京して数日になります。公の用事が大変忙しく、面倒な事ばかりに首を突っ込んでおります。昨日もこちらに来ようと思ったのですが、右大将殿が宇治に赴かれるお供をしました。故八の宮が住まわれていた所で、一日中過ごされたのです。

殿は故宮の娘御に通われていましたが、まず一方は先年亡くなられました。その妹御に、また密かに住居をあてがっておられましたが、去年の春、また亡くなられたのです。昨日はその一周忌の法要がありました。あの寺の律師に、しかるべき用事を仰せつけられ、私もその法事のお布施として、女装束一揃いを調えなければなりません。こちらでそれを仕立てては下さいませんか。織らせなければならない布は、急いで用意いたします」と言う。

それを、浮舟が聞いて動転し、周囲の者が怪しむと気兼ねして、奥の方を向いて坐っていた。

妹尼は、「あの聖の八の宮の御娘は二人と聞いておりました。匂宮兵部卿の北の方は、どちらの方でしょうか」と訊き、紀伊守は「あの右大将殿があとから通われていたのは、妾腹の方ではないでしょうか。表立った扱い方はされなかったのに、今では大層悲しんでおられます。その前の方が亡くなられた時の嘆きも、また大変でした。あと一歩で出家もされかねないご様子でした」と答える。

あの薫大将に親しく仕える家来だったのかと思うと、浮舟はさすがに恐ろしくなるばかりで、さらに紀伊守は、「奇妙にも、あとの方もあの宇治の邸で亡くなられたのです。宇治川のほとりで、右大将殿は流れを覗き込まれて、大変泣かれました。部屋に上がって柱に書きつけられた和歌は、次の通りでした」と言って詠歌する。

　見し人は影もとまらぬ水の上に
　　落ち添う涙いとどせきあえず

かつて親しんだ人の面影も、留まらないこの川の水面に、落ち添う私の涙も止めようがありません、という悲嘆で、「とまらぬ」に止まらぬ、「涙」に波を掛けていた。

紀伊守は、「右大将殿は口に出される言葉は少ないのですが、お見受けしたところ、大層心を痛めておられる様子でした。女であれば誰でも、あの方をお慕いするでしょう。私も若い時から実に素晴らしい方だと、一途に拝見しておりました。天下第一の摂政関白（せっしょうかんぱく）、左右の大臣などは、何とも思いません。ひたすらこの大将殿を頼って、今まで過ごして来たのです」と言い継ぐ。特に思慮深くもないようなこんな人でさえ、薫大将の優れたお人柄は承知していたのだと、浮舟は感無量だった。

妹尼は、「とはいえ、光君（ひかるきみ）と申し上げた故院の有様とは、比べられないでしょう。今の世はこの御一門のみが、賛美（さんび）されているようです。夕霧左大臣と比べると、どうでしょうか」と尋ね、紀伊守は「左大臣殿は、容貌も良くて立派で気高（けだか）く、貫禄（かんろく）充分で、別格の身の上です。また匂宮兵部卿も美しい方です。女の身になって、近くでお仕えしたいと思うくらいです」と、誰かが教え込んだかのように言い続ける。浮舟は悲しいながらも、興味を引かれて聞き入る。我が身の出来事がこの世にあったとは思えず、紀伊守は澱（よど）みなくしゃべって帰って行った。

浮舟は、薫大将がまだ今も自分を忘れていないのだと思うと、しみじみと悲しく、母君の心中も推し量られるとはいえ、こんな尼姿を見せるのは却って気が引ける。

あの紀伊守が頼んだ仕立や染色の用意を、周囲が急いでいるのを見て、こんな珍しい光景は滅多には見られないと思うものの、それは口にできない。

人々が裁（た）ったり縫ったりしているのを妹尼が見せて、「これを手伝って下さい。布の端を折り曲げるのは上手でしょう」と誘って、小袿（こうちき）の単衣（ひとえ）を差し出すと、自分の一周忌の装束を自分で仕立てるのは耐え難く、気分が悪いと言って手も触れずに横になった。

妹尼は急ぎの仕事を差し置いて、「どんな気分でしょうか」と心配し、「この姫君には、このような衣装を着せる心づもりだったのに、今では何とも味気ない墨染(すみぞめ)です」と言う人もおり、浮舟はたまらず歌を書きつける。

あまごろも変われる身にやありし世の
かたみに袖をかけて偲(しの)ばん

尼衣の姿に変わったこの身ですので、昔の形見として、この華やかな衣の片身の上に、自分の墨染の袖をかけて、昔を偲びます。という述懐で、「かたみ」に片身と形見を掛けていた。

「妹尼には申し訳ない。自分が亡くなったあと、隠し通す事はできないこの世だから、いずれは耳にもされるだろう。そうなれば、隠し立てをどんなにか恨まれるだろうか」と思い悩み、「過ぎ去った昔は、すっかり忘れております。とはいえ、このような仕立物を用意されているのを見ると、少ししみじみとした思いになります」と、さりげなく言う。

妹尼は、「そうとあれば、思い出す事も多いでしょうに。どこまでもわたしに心隔てをされるのは、情けのうございます。わたし自身は、世間の人の衣装の色合など、長らく忘れていて、上手に仕立てられません。亡き娘が生きていてくれたらと、思い起こされます。このように、あなたを世話された人が、この世におられるのではないでしょうか。

実際わたしのように、娘が亡くなった様子を見た者でさえ、まだどこかにいるのではないか、その魂の行方を尋ねたいと思うのです。ですから、あなたの行方を知らないまま、心配している人々がいるのではないでしょうか」と言うので、浮舟は、「俗世にいた時は、母がおりました。しかし、この数か月の間に亡くなったかもしれません」と答え、落涙を隠すようにして、「思い出すのも辛く、申し上げられません。隠し事など致しておりません」と、言葉少なに言い繕った。

一方の薫右大将は、浮舟の一周忌の法要を終えて、はかない縁だったと、しみじみと悲しく感じられる。あの常陸介の子息たちは、元服後の者は蔵人にしたり右近衛府の将監にしたりして、面倒を見てやり、また童で姿形の良いのは、側でずっと召し使うつもりにしていた。

雨が降っている静かな夜に、明石中宮の許に参上すると、周囲に女房たちも少なく、のどかなひと時なので、あれこれ話をするついでに、「鄙びた山里に、長年通って世話をしていた女について、人から、あれこれ非難されました。これも前世からの宿縁であり、誰でも心を寄せる女については、そうなのだと考え、やはり時折逢っておりました。しかし宇治は憂しという場所柄か、不吉さを覚えてからは、道程も遠い気がして、長らく通いませんでした。

先日、多少の用事があって出かけ、はかないこの世の有様について、重ね重ね思い知らされました。ことさら道心を起こそうと思って、造っていた聖の住まいですが、その甲斐がございました」と言上する。

明石中宮は例の話に思い当たり、心から気の毒になり、「あの故八の宮邸には、恐ろしい物の怪が棲んでいるのでしょうか。どういう経緯で、その人は亡くなったのですか」と訊かれる。

薫は、やはり続いて二人が亡くなった事をおっしゃられたのだと思い、「そうかもしれません。あのような人離れした所には、よからぬ魔物が棲むものですので、亡くなった様子も、実に奇妙でございました」とのみ申し上げて、詳しくは語らない。

明石中宮は薫大将がやはり隠したがっている事を、自分がはっきり訊いてしまったのだと、気の毒になる。あの頃は匂宮も物思いに沈んで、病気になったのも思い合わせると、ここですべてを口にするのも遠慮され、薫大将と匂宮のどちらのためにも口を出しにくい女の身の上だと感じて、そのままにした。

明石中宮は女房の小宰相の君に、内密に、「薫大将が例の女人の事を、実に感に堪えない様子で口にしました。気の毒になり、つい話してしまいそうになりました。一方で、人違いかもしれないという気もしたのです。あなたは詳しく聞いておりますね。都合の悪い事は伏せて、こういう事があったと、世間話のついでに、僧都が話した事を伝えなさい」とおっしゃる。

小宰相の君は、「中宮様でさえ遠慮なさる事を、わたしのような他人が言うのは考えものでございます」と申し上げたものの、中宮は、「他人が話したほうが具合がいい場合もあります。それにわたくしが言うと、差障りが生じます」とおっしゃる。

小宰相の君はなるほど、我が子の匂宮との事で、あの女君が入水したので、話しづらいのだと納得して、さすがのご配慮だと思った。

薫大将は、召人である小宰相の君の局に立ち寄って、あれこれ話し出したので、小宰相の君は機を見てこの件を打ち明けると、薫は驚きあきれ返る。「明石中宮がわざわざ尋ねられたのも、この事をうすうす知っておられたからだ。どうして最後までおっしゃらなかったのか」と心外に思うものの、自分もまた浮舟との最初からの経緯を伝えていなかったので、当然だと考え、こうして小宰相の君から浮舟の消息を聞いたあと、浮舟が生きている事も知らずに一周忌を行い、身分の低い浮舟の親族とも交流した、自分の愚かさが身に沁みた。

「他人には黙っていても、逆によそでは噂になっている事もあろう。今、世の中に生きている人の中で、内密にしている事すら、隠し切れない世の中だ。まして行方不明の者は、とかく詮索される」と薫は考え込み、小宰相の君にも、こうだったと打ち明けるのは気が重く、「やはり消息がわからなくなった人のようです。その女人は生きているのですか」と訊く。

小宰相の君は、「あの僧都が山から下った日に、尼にしてしまいました。病が重かった間も出家を望んでいたのですが、尼姿は惜しいと言って、世話をする人がさせなかったのです。しかし本人の意向が強かったので、そういう結末になったそうです」と答えた。

場所も同じであり、当時の様子と考え合わせると、相違点はないので、薫は、「本当にそれが浮舟だと判明したら、天と地がひっくり返った心地がするだろう。どうやったら、確かな事を聞けるだろうか。自分が身を乗り出して捜すのも、人はみっともないと笑うだろう。またあの匂宮が聞きつけたら、必ずや昔を思い出して手を出し、せっかくはいった仏門の道を妨害するに違いない。

いや実のところは、匂宮が明石中宮に、この事を口外しないように頼んだのではないか。それで中宮も、こうした稀有な話を聞きながら、自分にはこの話を全部言われなかったのだろう。匂宮までが関与しているとすれば、実に可哀想ではあるが、この際、死んだものと諦めてしまおう。この世の人であるなら、いつか将来、あの世での出会いをと、自ずから語り合う日もあるだろう。自分の許に取り戻し、会おうという考えは二度と持つまい」と思い乱れる。

やはり明石中宮は、自分には何もおっしゃらないだろうと思いながらも、その真意は知りたく、しかるべき機会を工面して言上し、「心外にも死なせてしまったと思っていた女が、この世に落ちぶれて生きていると、人が教えてくれました。そんな事はあるまいと思うのですが、入水など大それた真似ができる女ではないので、ここで人の話を聞き合わせると、物の怪に取り憑かれたと考えたほうが、その女には似つかわしいとも思われます」と、詳細を口にする。

匂宮についても、尊敬の念を示して恨みがましくは言わず、「その女の消息をまた匂宮が聞きつけられたら、私を好き者でしつこい男だと思うでしょう。ですから、その女が生きているとは、知らない顔で過ごすつもりでおります」と申し上げる。

中宮は「僧都が語ったのは、本当に恐ろしい夜でした。それで注意深く聞いておりませんでした。匂宮はこんな事は知らないでしょう。言いようもない心の持主なので、これを聞きつければ、また困った事が生じます。こうした男女の道に関しては、軽率で不届きな振舞をすると、世間の定評になっているのが、誠に辛いのです」と応じられた。

薫は中宮の慎重な性格からして、気安い世間話の中でも、人が内密に伝えた事は口外されまい、と安心する。

一方で「浮舟が住んでいるという山里は、どこだろう。どうしたら、世間体を悪くしないように、訪ねて行けるだろうか。僧都に会って、確実な事を聞いて、ともかくも訪問すべきだ」と、寝ても覚めても、ひたすらこの一事のみを考えた。

薫は、薬師如来(やくしにょらい)の六斎日(ろくさいにち)の初日である毎月八日には、必ず尊い仏事をしており、薬師如来に供養(くよう)の品を寄進するため、比叡山の根本中堂(こんぽんちゅうどう)に時々参詣するので、そこからそのまま横川に赴こうと考え、浮舟の弟である童を伴う。

その家族には「急いで知らせる事はない。その時の状況次第だ」と考えたのは、再会した時の心躍る夢のような心地に、さらに趣を添えようという心づもりなのか。

そうはいっても、その浮舟を見つけたのが、みすぼらしい恰好の尼姿の人々の中であり、また他の男が通っていた事でも耳にしたら、これまた辛いと、道中、あれやこれやと思い乱れてしまう。

第六十一章　賢子出仕

この「手習」の帖も、思いの外、長くなった。浮舟の心の推移を描くには、どうしてもこれだけの長さは必要だった。出家の意を強くする過程で、浮舟は匂宮と薫双方の、性格の違いを深く思い知ったに違いない。

匂宮とのひと夜の逢瀬の甘美さは、出家をした今も浮舟を陶然とさせる。その一瞬の出来事は、現世の喜びを凝縮したに等しかった。尼姿で勤行に励んだところで、あの魂の振動は終生忘れられないだろう。匂宮を恨む心など、さらさらない。感謝の念しかない。その点では、匂宮は現世での仏にも相当する方だ。

一方の薫右大将の質実な心にも、頭が下がる。終始冷静で、燃える思いを露にすることなど一切ない。消息を絶ったあとも、葬儀を営み、一周忌の法事までも思い立っている。これは並々ならない誠実さであり、いわば薫大将の愛情は埋火にも等しかった。

そんな日と月のような二人の思い人となった浮舟は、決して不幸な女ではない。その当時は我が身の不幸を嘆くしかなかった。しかし、尼姿となって宇治や都での日々を振り返ると、苦しいながらも幸せだった。もはや後悔はないだろう。二人の殿方に慈しまれた事実だけは、確かなのだから。

あとは小野で、穏やかな歳月を送ればよい。荒々しい川音を立てていた宇治川と違って、横を流れる川は、どこまでもゆるやかだ。しかもすぐ近くに田畑が迫っていて、農耕をする人々の姿や声も間近だ。どこか、幼い頃に育った常陸国に似通っている。

唯一の心残りは母君だろう。嘆きの余り、命を縮めたかもしれない。娘が物の怪にさらわれて、姿を消してしまうこと以上の親の悲しみはなかろう。かといって今更、姿を現すのは全く気が引ける。親不孝な娘でしたと、勤行の合間に頭を下げるしかない。

もともと女には五つの障りがあって、浄土には行けないという。その五障に加えて、浮舟は、いわば密通という罪を犯してしまっている。薫の母である女三の宮と、いわば同罪なのだ。それこそ女身の生々しい罪障であるのは間違いない。しかしいみじくも僧都が言った通り、龍の中から仏は生まれるのだ。法華経第五巻の第十二の提婆達多品が、それを見事に説いている。

文殊が海中で龍王の娘である龍女の成仏を、釈迦の前で報告するや、弟子の智積が反論する。釈迦ですら難行苦行の末に成仏したのに、龍女がそう簡単に正覚を成したとは信じ難い。そこに姿を見せた龍女に対し、もうひとりの弟子の舎利弗も、女人垢穢と女人五障を理由に、龍女を責めたてる。ところが龍女が宝珠を釈迦に恭しく献納した瞬間、忽然と男子に変身するや成仏する。そのまま南方へ教化に赴く姿に、智積や舎利弗たち一同は頭を垂れるしかなかったのだ。

言うなれば、垢穢と五障があるからこそ、女身は、いやそうした悪女こそ成仏できる正機があるのではないか。これこそが蓮華が泥の中に開く理由なのだろう。尼姿の浮舟は、まさにその入口に立っていた。

「手習」の帖の草稿を手渡したのは、いつもの通り弁の内侍の君だった。書写し終えたあとの感想には、いささか動揺した。

「この尼たちが住む小野の家で、娘婿の中将が浮舟を垣間見したのは、あの宇治の八の宮邸で、薫が大君を垣間見したのと、そっくりです。二人ともそれが元になって、恋に落ちて行きます」

　確かに言われる通りで、これは意識して書いたのではない。たまたまそうなっただけだ。こうした物語の手法は、もはや書き手の癖と言っていい。おのずから似たような設定にしてしまうのだ。

「でも、浮舟の存在を知った薫右大将は、どうするのでしょうか。二人が結ばれるには、浮舟の出家の念は固いし、薫の自らを抑制する心も相当なものがあります。ここは、もう別々の道を歩むしかないような気がします」

　弁の内侍の君が真剣な顔で言う。

「はい。その通りだと思います」

「では、もうこの『手習』で終わりでしょうか。ここまでで確か五十三帖です」

　不安な表情で、弁の内侍の君が言う。これで終わりというのは、納得できないのだろう。

「最後の五十四帖が残っています」

「そうですか。いよいよ最後の帖になりますか。何か悲しくも寂しい気がします」

　弁の内侍の君の目が、すっと赤くなる。「もうみんなと、お別れですね。ずっと一緒に生きて来たような気がするのに」

「すみません」

「いいえ、いいえ」

弁の内侍の君が首を振る。「みんな、これからも心の中で生きてくれます。浮舟も大君も中の君も、そして紫の上や女三の宮、その他の女君たち、みんながです」

「ありがとうございます」

弁の内侍の君の感想に対する、心からの謝意だった。


五月にはいってすぐ、堤第からの使いが来て、母君の重病を知らされた。前日まで元気に立ち働いていたのに、今日、床の中で荒い息をしているのが見つかったという。

全く病知らずの母君だっただけに、呆気にとられる。まだ齢は六十を多少越えたくらいだった。多分、気丈な母君だっただけに、少しくらいの具合の悪さなど、露程も口に出さず、素振りも見せなかったのだろう。

すぐさま彰子様の御前に行き、何日かの暇乞いをし、牛車を出してもらって堤第に急いだ。弟の惟通が家人の采配をして、三井寺にいる末弟の定暹にも使いが出されていた。

ほどなく、もう一両の牛車が到着する。妹の雅子とその婿である藤原信経殿だった。信経殿が加われればもう安心して、加持祈禱を見守っていられた。久しぶりに対面する妹は、すっかり北の方然として恰幅もよくなり、立振舞にも重味が加わっていた。

「姉君の源氏の物語は、読んでおります。女房たちもこぞってです。わたしも鼻を高くしておられます」

妹は母君を励ましたあと、小声で言った。こんな折でなくても、面映ゆいのに、面と向かって口にされると、余計気恥ずかしくなる。どの辺りを読んでいるか、聞くのも憚られた。

家人と共にけなげに母君の看護をしているのは、娘の賢子だった。十五歳でこの春、裳着をすませたばかりだった。幼い頃から、この祖母君に育てられたようなものだ。もう立派な大人で、この先どういう道を進んで行くかの門口に立っている。いずれその事も、当人の口から聞く必要がある。

越後に赴任している父君にも、二人の使者が立てられた。父君の任期はまだ一年を残している。改めて越後の遠さを思い知らされる。越前とは大違いだ。

暗くなってから、三井寺の僧侶三人を伴って定暹が堤第に到着する。母君に薬湯を飲ませるのも定暹の役目で、加持祈禱は四晩五日にわたって続けられた。

母君が回復の兆しを見せたのは三日目からで、食事を受けつけるようになった。七日目には床上げになり、やはり母君の気丈さを改めて感じた。その後は定暹のみが居残り、三人の同輩は三井寺に戻って行った。供養の品々の大半を用意してくれたのは信経殿だった。

十日後、父君からの文を使者が持ち帰った。

この日は、彰子様の許に戻る日だった。文面には、翌六月、越後守を辞して帰京し、後任には婿の信経殿を推挙すべく、道長様を通じて上奏する旨が記されていた。六十半ばを過ぎた父君としては、賢明な選択に違いなかった。道長様も否とはされないだろう。

母君平癒の報を持って別の使者が立てられたのは、その前だ。病が癒えたとわかっても、父君の帰京の意志が変わるはずはなかった。

堤第から戻って彰子様の許に伺候すると、開口一番、賢子について訊かれた。

「藤式部の娘は、いくつになりますか」

「十五歳で、この春、裳着をすませたばかりでございます」

「祖母殿もご高齢のはずです。このまま、養育を祖母殿に任せるのは、いかがなものでしょう」

心配げな彰子様のお顔を拝見して、賢子の願いを伝えるべきか迷った。

「はい。そうは思いますが」

つい返事を濁してしまう。彰子様の許を去って、堤第に戻り、父君と共に暮らす手もあった。

「当人の意向はどうなのでしょうか」

「どこかに出仕したいとは申しておりました」

「それは願ってもない事です」

彰子様が顔をほころばせる。「ここに参らせたらどうでしょうか。あの和泉式部の娘も、昨年から出仕しています。母に似て、こういう所が性に合っているようです」

その小式部の君については知っていた。母同様の明るい立振舞ではあるものの、我が娘を身近な所に出仕させる、和泉式部の君の気心が知れなかった。それだけに、自分がその轍を踏むのは気が引ける。

とはいえ、賢子が出仕に興味を持ったのは、かつて与えた日記のせいに違いない。あの日記は道長様に請われたのがきっかけだった。しかし道長様に献上したのとは別に、一部を書き残して、賢子に渡していた。賢子がどこかに出仕でもしたときに、何かの手助けになるかもしれないと思ったからだ。種を蒔いたのは、他ならぬこの母親だった。

父君が越後から戻って来れば、堤第を賄っていく収入は大幅に減る。先々、弟の惟通が国守に任じられる幸運を引き当てるとしても、それは何年も待たねばならない。

賢子が出仕すれば、その面での懸念は少なくなる。母君の病の一件があり、父君が最後の任官を果たそうとしている今、好機なのかもしれなかった。多分に父君も喜ぶはずだ。惟通も同様であり、妹の雅子も婿の信経殿も、賛成するに違いない。

「何事も未熟で、多々行き届かない娘ですが、思し召しのようにしていただければ幸いでございます」

そうお答えしたあとで、どこか肩の荷が下りた気がした。あの和泉式部の君にしても、小式部の君が出仕してからは里居がちになっている。あとを託したという思いがあるからだろう。それは自分も同じだった。もう四十を二つ越えている。彰子様に仕えられるのも、あと数年に違いなかった。

彰子様が笑いながらおっしゃった。

「藤式部の娘にして、行き届かない面があるはずがありません」

こうしていずれ賢子が彰子様に出仕すれば、自分はもう潮時だろう。源氏の物語も、もはやあと一帖だ。ここは真直ぐ、藤原公任様に向かって書くつもりだ。あなたが残した『和漢朗詠集』や『新撰髄脳』に比肩しうるものを、一介の女が遂に完成させたのだと、胸が張れる結末にする。


薫右大将は比叡山に登り、いつものように経文や仏の供養を終え、翌日、横川に赴いたので、僧都は驚いて迎える。というのも、長年、祈禱の際の語らいはあったものの、特に親しい間柄ではなかったのが、今度の女一の宮の病平癒祈願で、優れた効験の持主だと認めて以来、尊敬の念から宗教上のより深い契(ちぎ)りが加わっていたのだ。

　重々しい地位にある薫大将のわざわざのご訪問なので、僧都は慌(あわ)ただしくもてなし、親しげに話し合ってから、湯漬(ゆづけ)を提供した。

　少し周りの人々が静かになったので、薫は、「小野の付近に、所有されている泊まり所はありませんか」とお尋ねになると、僧都は、「はい、ございます。とはいえ、とてもむさくるしい所です。実は拙僧(せっそう)の老母が尼になっていて、京にはきちんとした住居もないため、私がこうして山籠(やまごも)りしている間は、深夜だろうと早朝だろうと、すぐに駆けつけられるようにしております」と言上(ごんじょう)する。

「その辺は、つい先頃まで人が多く住んでいたはずです。今は次第(しだい)に住人も少なくなっているでしょう」と薫は言い、少しにじり寄って、声を潜(ひそ)め、「こんな話は軽率(けいそつ)な感じもしますし、また尋ねようにも、不思議に思われるかもしれません。万事遠慮されるのですが、その小野の山里に、私が世話をしなければならない女が隠れ住んでいると聞いたのです。

　それが確かな話なのか、またどういう有様(ありさま)なのか、教えていただこうと思っていました。そうこうするうちに、その女があなたの弟子になり、五戒(ごかい)を授けられたとも耳にしました。それは本当でしょうか。女はまだ若く、母親も存命です。こうなったのも私の過失だと、非難めいた事を言う向きもありまして」とおっしゃる。

　僧都は、「やはりそうだったのだ。あの女人(にょにん)がただの人には見えなかったのも、そのためなのだ。薫右大将がここまで言われるのなら、軽々しいつきあいではないのだろう」と気がつく。法師の身で深慮(しんりょ)もなく、頼まれてすぐ剃髪(ていはつ)させたのが後悔され、胸塞(むねふさ)がれてどう返答していいかわからず、あれこれ思案して、「薫右大将は確かな事を摑(つか)んでおられるようだ。事情を知った上で、そっと尋ねられたのだから、隠し立てはできない。妙に真相を隠していたら、具合が悪くなる」と、考えを決める。
「どういう事だったのでしょうか。この数か月以来、内心で腑(ふ)に落ちないと思っていた女人の事でございましょうか」と前置きして、「あの小野にいる尼たちが、初瀬観音(はつせかんのん)に願(がん)をかけるべく参詣(さんけい)し、その帰途の事です。宇治院という所に一泊した折に、母尼が病を得たのです。重病だと知らせる使者がわざわざやって来たので、慌ててそこに向かいました。そこで奇妙な事に出くわしました」と声を小さくする。

「母尼が死にそうなのを差し置いて、この女人の事が心配になって世話をしていたのでございます。女人は今にも亡くなりそうでしたが、息はしておりました。それで昔物語に出て来る、亡骸(なきがら)の安置所に人が置かれていた話を思い出し、実際にこんな事があるのだと興味を持ったのです。弟子たちの中で特に効験のある者を呼び寄せ、交代で加持をさせました。

拙僧の方は、もう死んでも惜(お)しくないような老母が、旅の空で重病だというので、そっちにかまけておりました。臨終(りんじゅう)の念仏を心静かにさせようと、ひたすら仏に祈っていたため、その女人の様子は詳しくは知りません。事の次第を推(お)し量(はか)ると、天狗(てんぐ)や木霊(こだま)のような者が、この女人を化かして、そこに連れて来たのだと聞いております。

助けて小野に連れて来ても、三か月程はほとんど死人も同然の状態でした。ところが拙僧の妹で、今は尼ですが、かつて故衛門督(えもんのかみ)の北の方だった者が、たったひとりの娘に先立たれておりました。その後何年も経(た)つのに、ずっと悲嘆にくれていました。

そこへちょうど同じ年頃の人で、こんなに容貌(ようぼう)が美しく気品のある女人を見つけたのですから、これこそ初瀬観音の恵みだと大喜び致しました。この女人を見殺しにはできないと、立ち騒いで、拙僧に泣きながら訴えたのです。そのため、あの坂本の小野まで下山して、護身の法を授けた結果、ようやく生き返って正気の人になりました。

しかしながら、取り憑いた霊が我が身から離れていく気がしないと、女人がしきりと訴えたのです。この悪霊の妨げを逃れて、来世の利益を願いたいと、悲しそうにあれこれ言い募るので、法師の身としては、むしろ勧奨すべき事だと思った挙句に、出家させたのです。

そういう次第ですので、あなた様に関係があるなどとは、思い至りませんでした。ともかく珍しい出来事なので、世間話にもしてみたいものの、評判になっては面倒な事が起こると、老いた尼たちが言うため、この数か月黙ったままにしておいたのでございます」と言上した。

薫はやはりそうだったのだと合点し、これ程までして僧都に問い質した事ではあるが、いったんはもう亡くなったのだと諦めた人が、本当に生きていたのだと思うと、夢のような心地がする。驚きの余り、呆然として涙ぐんだものの、僧都の毅然とした態度に、動揺を取り繕い、涙を見せてはまずいと思い直し平然と構える。

一方の僧都は、薫右大将がそのように深く思った事を、この世で亡き人同然にしてしまったのだと、何か過ちを犯した心地になり、罪深いと思い、「あの女人が悪霊に取り憑かれたのも、そうした前世からの宿縁でしょう。思いますに、高貴な家柄に生まれなさったのでしょうが、一体どういう間違いから、あそこまで落魄されたのでしょうか」と、逆にお訊きした。

薫右大将は、「皇族の血筋の者と言うべきでしょう。私の方でも、もともと妻として考えたわけではなく、ふとしたきっかけで見初めたものです。しかし、ここまで零落していい身分だとは思いませんでした。そのうち不思議にも、跡形もなく消えてしまったのです。身投げでもしたかと、疑ったのですが、確かな事は摑めませんでした。
剃髪して罪障が軽くなったのは、大変良かったと、私自身は安心しております。ただ母にあたる者が、ひどく悲しんで恋(こ)い慕(した)っているそうなので、実はこうだと教えてやりたい気はします。しかしそれでは、あなた方が何か月もの間、内密にされていた意向にも逆らい、面倒な事が起こりかねません。母と子の仲の思いは断てないので、悲しみに耐えかねて、こちらを訪ねて来るやもしれません」
とおっしゃる。

続けて、「これは全く不都合な案内役とお思いになるかもしれませんが、あの坂本まで下山して下さいませんか。ここまで伺うと、このまま見過ごすわけにはいかない人だっただけに、こんな夢のような出来事を、せめて今こそ、語り合いたいと思うのです」と、しみじみとおっしゃる態度に、僧都もひどく感動したものの、「姿を変えて世を捨て、髪も鬚(ひげ)も剃(そ)った法師でさえ、愛欲は抑え切れない。まして女の身であれば、どうだろう。可哀想(かわいそう)に、二人が逢ってしまえば、必ずや罪作りになってしまうだろう」と、思いがけず心が乱れる。

「拙僧が下山するのは、今日明日では支障があります。来月になりましたら、手紙を差し上げます」
と言上すると、薫は不満ではあったが、これ以上迫っても体裁(ていさい)が悪いので、「それでは」と言って帰ろうとした。

この時、薫右大将は浮舟の弟である童(わらわ)を供として連れており、他の兄弟たちより容姿が上品なので、これを呼び出して、僧都に、「この童は、件(くだん)の人の近縁の者です。これをとりあえず使いにやります。お手紙を一通いただきとうございます。誰それとは名を言わずに、ただあなたを捜している人がいるという事だけでも、先方に伝えて下さい」とおっしゃる。

僧都は、「拙僧が案内役を務めれば、必ずや破戒の罪を作ってしまいます。事の次第は全部申し上げました。今はあなた様ご自身で、そこに立ち寄って、よろしいようになさるのに、何の支障もありません」と申し上げる。

薫は苦笑して、「貴僧が破戒の罪を犯す手引きだと考えられると、こちらも気が引けます。実を申すと、私がこれまで俗体で過ごして来たのが、むしろおかしいのです。幼い頃から求道の意志が強かったのです。しかし三条におられる母の女三の宮が、いかにも不安げで、たいして頼りにもならない私を、頼りにしておられます。それが避けられない出家の妨げになっており、ついつい世事にかかずらっていたのです。そのうちに、自ずと官位も上がり、身の処し方も思うに任せなくなりました。出家を気にしながら日々を過ごしていると、その上に避けられない結婚もする破目になり、公私にわたり、逃れられない事ばかりです。

とはいえ、仏が定められた戒律については、たとえ小さい事でも聞き及んだ限りでは、間違いは犯すまいと、我が身を慎んでいます。心の中では、在家の修行者にも劣らないはずです。ましてや、くだらない男女の仲に関して、重い罪を犯そうとは考えてもいません。疑いご無用です。可哀想な母親の思いを斟酌すると、事情をはっきりさせてあげたいし、私としても嬉しく、安心できます」と、昔からの仏道への深い帰依を口にされた。

僧都も「なるほど」と頷いて、仏法に関する尊き教えなどを語りお聞かせているうちに、日も暮れ、小野の里に中宿りするのも悪くはないものの、子細がわからないまま赴くのは、尚更良くないので、薫は思案した挙句に帰京を決める。その時、あの浮舟の弟の童に僧都が目を留めて、褒め上げたため、薫は、「この童にことづけて、それとなく例の事をほのめかして下さい」とおっしゃった。

僧都は手紙を書いて童に託し、「時々はこの山に来て遊びなさい。拙僧は何の関わりもないというわけではないのですから」と、言い聞かせたものの、童はなんだかわからないまま、手紙を預かって供として下山する。坂本まで来ると、前駆の人々は少し薫から離れ、薫も「ここは静かに通過しよう」と下命した。

この頃小野では、浮舟がひどく繁った青葉の比叡山に向かい、所在なげに、遣水に飛び交う蛍だけを、昔の思い出の慰みとして眺めつつ、物思いに耽っていた。

軒端の下から、いつも遥か遠くに見える谷の方向に、先払いの者たちを重々しくして、数多くの松明を灯しつつ下って来ており、その光が通常と異なり非常に明るいので、尼たちもみんな端に出て来る。

「どなたが見えたのでしょうか。供人も大変な数です」「そう言えば、昼に横川に海藻の引干を献上した際、その返状に、右大将がちょうど見えていて、急に饗応が必要になり、好都合でした、と書いてありました」「薫右大将と言えば、あの女二の宮の婿殿ではありませんか」と、大騒ぎしているのが聞こえてくる。

浮舟は何とここは浮世離れした田舎じみた所だろうと思いつつ、確かに宇治にいた時も、こうした山道を時々わざわざ来られた折、実にはっきりした随身の声が、今また前駆の声に交じって、ふと聞き分けられた。月日が過ぎ行くにつれて、昔の事がこうして忘れられないものの、出家した今はどうなるものでもなく、ひたすら阿弥陀仏への信心に思いを紛らして、益々以て口を閉ざしていた。小野の人々が世間に疎いのも、横川に通う人だけを見馴れているせいだった。

薫右大将は例の童を、そのまますぐに使いとして送ろうと思ったものの、人目が多いので具合が悪く、邸に帰ったあと、翌日わざわざ出立させる。

身近な家来で、さして仰々しくない者二、三人を供につけ、さらに昔、宇治に遣わした例の随身も添えて、そっと童を呼び寄せて、「そなたは、亡くなった姉君の顔は覚えているか。今は亡き人と思って、諦めていると思うが、実は生きておられると聞いた。ただ、この事は、関係のない人には知らせないでおこうと思っている。そこで、そなたが行って、事情を聞いて来なさい。しかし母君には、まだはっきりしないうちに言ってはならない。逆に驚いて大騒ぎすれば、知らなくていい人にまで知られてしまう。母君のお嘆きがお可哀想なので、こうして捜すのだ」と、前以て口止めされた。

童も子供心ながら、兄弟姉妹は多かったものの、浮舟の美しさにかなうものはいないと、思い込んでいた。亡くなったと聞いて以来、ずっと悲しんでいただけに、薫右大将の言葉が嬉しく、涙がこぼれそうになるのが恥ずかしくて、「おう、おう」と声を荒くして涙を隠した。

小野では、まだ朝早く、僧都からの手紙が届いた。

昨夜、薫右大将殿の使いとして、小君が参上したと思います。事の子細を知って、今更どうしようもなく、却って恐縮しておりますと、姫君にお伝え下さい。今日明日はこちらの用事をすませて、そのあと伺います。

文にはそう書かれていたので、妹尼はこれは一体何事なのかと驚いて、浮舟の許に持って行って見せると、浮舟は顔を赤らめ、これはもう世間の噂になっているのだと胸塞がり、隠し事をしていたのだと、妹尼たちから恨まれるに違いないと思い悩んで、返事のしようもない。

じっと坐っているだけなので、妹尼は、「何とか言って下さい。黙っているとは何とも情けないです」と、ひどく恨むのも事情がわからないためであった。

じっとしておれずに思い悩んでいるところへ、「比叡山の方から、僧都の手紙を持って来られた人がおります」と、外から言い掛ける声がする。何の事か解せないまま、妹尼は、「これこそが確かな手紙に違いなかろう」と思い、「こちらへどうぞ」と招き入れた。

実に清らかで上品な物腰の、並々ならない装束を着た男童が、歩み入ったので、円座を差し出すと、簾の傍に膝をついて、「このような扱い方をされるはずはないと、僧都はおっしゃいました」と言うので、妹尼は直接対面して返事をする。

浮舟が手紙を取り入れて、見ると、上書きに「入道の姫君の御方に、山より」とあって、僧都の署名があるので、人違いなどと言い訳もできず、いたたまれなくなり、いよいよ奥の方に引き籠って、人と顔も合わせない。妹尼は、「いつも内向きの人柄で、それが情けなくて困っています」と言いながら、僧都の文を開いた。


今朝、こちらに薫右大将殿がお見えになり、あなた様の様子を問われたので、当初からの経緯を、ありのままに詳しく伝えました。情愛の深い間柄に背いて、下賤な者たちの中で出家しておられるのは、却って仏の責めを受ける事になると、右大将殿から伺って、驚愕しております。どういたしましょうか。元々の宿縁をきちんと守り、愛執の罪を晴らしてさしあげたらどうでしょう。一日の出家でも、その功徳は量り知れない程大きいのです。それを頼りにして下さい。他の細かい事は、拙僧自身が参上して申し上げます。とりあえずは、この小君が必ずやお話し申し上げるはずです。

そのように僧都は疑う余地もなく書き記しているものの、浮舟以外は理解できず、妹尼が、「この小君とは一体どなた様ですか。実に情けないです。事ここに至っても、このように心隔てをされるのですか」と責める。

浮舟は少し外の方を向いて覗く。この小君は、もうこれまでだと死を覚悟した夕暮れにも、恋しく思い出された人であり、一緒に住んでいた頃はいたずらっ子で、扱いにくく我儘で憎たらしかったものの、母君が大変可愛がって、宇治にも時折連れて来ており、少し大きくなってからは、童心にもお互い心が通じるようになったのを思い起こす。夢のようであり、まずは母君の様子を真っ先に聞きたい。それ以外の薫右大将や匂宮、中の君については自然と耳にはいっているとはいえ、母君がどうしておられるかなどは、全く聞こえてこないので、小君の顔を目にして悲しみが募り、ほろほろと泣き出した。

小君は実に可愛らしく、少し浮舟にも似ている感じがするので、妹尼は、「弟さんではありませんか。それならきっと、何か話したい事もあるでしょう。御簾の中に入れましょう」と言う。

浮舟はそれは無茶で、小君は、今は姉はこの世にはいないと思っているし、自分は尼姿になっており、ちょっとでも見られるのは耐え難いと思う。

しばらくためらってから、「このように心隔てをしていると思われるのが辛くて、口もきけませんでした。あの時のわたくしの情けない有様は、世にも珍しいと思われたでしょう。正気を失って、魂も抜けた状態になっていたのかもしれません。どうしても過去の事が、自分自身、全く思い出せませんでした。

ところが紀伊守(きのかみ)という人が、世間話をする中で、ほんの少し思い出されるような心地がしたのです。その後、あれこれと考え続けたのですが、どうしてもはっきりとは思い起こせません。ただ、ひとりだけ母君だけは、わたくしを大切にしてくださり、まだこの世におられるのか、そればかりが気がかりでした。それが、悲しく感じられていた矢先、今日この童の顔を見ると、小さい頃に見た気がします。

会いたいのは山々ですが、今更このような童にも、わたくしが生きているのだとは、知らせないままでいたいのです。ただ母君が生きておられれば、その母君だけには対面しとうございます。僧都が述べられている人には、絶対知られたくないのです。どうか、これは間違いだと言いなして、わたくしを匿(かくま)って下さい」と言う。

妹尼は、「いえ、それはもう無理です。僧都の心は聖(ひじり)の中でも、桁(けた)はずれに正直そのものです。ですから何から何まで、残らずお話しなさったはずです。このあとも隠し立てはできません。薫右大将といえば、軽々しい身分の方ではありません」と大騒ぎする。

他の尼たちも「この姫君のように、世間離れした強情(ごうじょう)な人はおられません」と言い、みんなで相談して、母屋(もや)の端に几帳(きちょう)を立てて、小君を中に入れた。

小君も、姉がここにいると聞いてはいたものの、子供心にもすぐに話しかけるのは気が引けたが、「もう一通、薫大将様からの文がございます。お渡ししたいと存じます。僧都は確かにここに姉君がおられると言われました。こんなに、頼りない話だとは思いませんでした」と、目を伏せて言う。

妹尼も「あらまあ。何と可愛らしい」と言って、「その手紙を見るべき人は、ここにおられるようです。ただわたしどものような事情に疎い者は、どういう事かわかりません。もう一度話して下さい。まだ幼いとはいえ、こうした大切な使いを任されておられるので、それなりに返事があるやもしれません」と急かした。

けれど小君は、「こんなに隔てる扱い方をされるのであれば、何も申し上げられません。私を他人として扱われているので、申し上げる事はございません。ただ、この文を、他人を介せず本人に手渡せと命じられて、参っております。どうやって渡せばいいのでしょうか」と言うので、妹尼は「それはもっともです」と応じて、「もうこれ以上、我儘を通さないで下さい。このままですと、何ともひねくれた心になります」と浮舟を説得して、几帳のすぐ近くに押し寄せてやる。

浮舟は、茫然自失の状態で坐っていた。その気配はやはり姉君そのものであり、小君はすぐ傍まで寄って文を渡し、「ご返事をすぐにでもいただき、帰参しとうございます」と言い、浮舟のよそよそしい態度を恨めしく思って、帰りを急ぐ。

妹尼は手紙の封を解いて浮舟に見せると、それはかつての薫右大将の筆跡であり、紙の香りもいつものように深く染みていて、それを一瞥した妹尼は、人一倍感動する性質なので、これは美しい逸品だと感じ入った。

全くこれ以上何とも申し上げようもない、あれこれと罪の重い、あなたの心ではあります。とはいえ、僧都の徳に免じて許したいと思います。今となっては、あの折の忌々しい出来事を、夢物語として一緒に語りたく、その思いがもどかしく、急き立てられています。人目につくといけないので二人だけで。

と、まだ書き足らない様子で、和歌も付記されていた。

法の師と尋ぬる道をしるべにて
　思わぬ山に踏みまどうかな

仏道の師を求めて分け入る道なのに、その道しるべで、思いがけず、あなたを思う山道に足を踏み入れてしまった、という感慨であり、さらに小君についても言及していた。

この子を見忘れてしまわれたでしょうか。私はこの子を、どこかに消えてしまったあなたの形見として見ております。

と、実に心をこめて記され、ここまで詳細に書かれてしまうと、もう言い逃れはできそうもないのに、こうして尼姿になってしまった自分を、意に反して見つけ出されてしまうと、何ともきまりが悪い。あれこれ思い乱れて、もともと悩みがちな心は揺れに揺れて、もはや言葉に尽くせない。しまいには泣き出して、そこにひれ伏してしまったため、妹尼たちは誠に世馴れぬお方だと困惑しつつ、「どう返事致しましょうか」と責め続け、浮舟は、「気分がかき乱されそうです。これが鎮まってから申し上げます。昔の事は思い出そうとしても、はっきりしません。不思議にも、どんな夢だったのか、それさえもわかりません。もう少し心が鎮まれば、この手紙も理解できるかもしれません。

今日のところは、とにかく持ち帰って下さい。もしも宛先違いであれば、不都合です」と言いつつ、文を開いたまま妹尼の方に差し出した。

妹尼は、「これは見苦しい振舞です。こんな失礼な真似(まね)をされると、周りにいる者も罪をかぶる事になりかねません」と言い騒ぐため、浮舟は聞き辛くなり、顔を袖の中に引き入れて臥(ふ)してしまった。

妹尼は小君としばらく話をして、「どうやら物の怪(け)のようです。いつもの様子と違います。このところずっと悩まれて、顔も変わってしまわれました。そこに訪問する人があれば、さらに悩みが加わりはしないかと、傍(はた)で見ていて心配していました。案(あん)の定(じょう)、何か気の毒な事情があったのだと、今こそ納得して、恐縮しています。これまでもずっと病気がちだったので、いよいよこうした事で思い乱れたのでしょう。いつもより、正気でないご様子です」と言う。

山里らしい心をこめた饗応をしたにもかかわらず、小君は子供心にも何となく気が急いて、「こうして手紙をお渡しした証拠として、何をどうお返事すればいいのでしょうか。たったひと言でもおっしゃって下さればよいのですが」と言うので、妹尼は「全くその通りです」と答えて、浮舟にそのまま伝えるが、何の返事もない。

やるすべもなく、小君に対して、「ただ、あのように上(うわ)の空でおられる様子をお伝えする以外ないでしょう。ここは京から遠く隔たった道程(みちのり)ではないので、山風が吹く折であっても、もう一度必ずや立ち寄って下さい」と言う。

小君はそのままここに居続けても日が暮れて迷惑をかけるので、帰参を決め、内心では、懐しい姉君の様子を見たかったのに、それも叶(かな)わなかったのが残念で口惜(くちお)しく、不満を抱えて三条宮に帰り着いた。

首を長くして待っていた薫は、小君がこうしてわけもわからないまま帰って来たので、面白くなく、却って使いを送らねばよかったと後悔した。誰かが浮舟を隠し住まわせているのではないかと邪推したのも、自分自身が抜かりなく浮舟を宇治の山里に囲っていたからではあった。

第六十二章　源氏絵

ようやくこの「夢浮橋」の帖で、源氏の物語を擱筆した。この先の物語は、もはや読み手の思念に任せるしかない。ある人は、薫右大将があの執拗な性格から、自ら何度も小野を訪れて浮舟を引き取ると考えるかもしれない。僧都もそれを是として、浮舟の還俗を認めざるを得ないだろう。

またある人は、誇り高い薫右大将の性根からして、膝を屈してまで浮舟を迎え入れるはずがないと考えるかもしれない。もはやこれ迄というように、かつて浮舟を宇治に一時期打ち捨てておいたのと同様、最後まで小野に思い捨てておくのだ。

いずれにしても、川に舟を並べて板を渡した船橋が、浮橋である。不安定でおぼつかなく、大雨では流されてしまう。そんな薫と浮舟の通い橋でしかないので、夢の浮橋なのかもしれない。

しかし当の浮舟にとっては、全く別の浮橋で、天上とこの世を縦に繋ぐ橋なのだ。この世を捨てて仏道を志し、それが僧都によって叶えられたとき、仏が下ろして、宙に浮いた梯である。夢にまで見た橋なので、これから仏の道に励み、それを昇って行けばよい。

一方の薫右大将にしても、同じように天から下ろされた梯かもしれない。浮舟は、そうやって宇治に降り立った橋姫だったのかもしれない。しかしその出会いは束の間に過ぎず、終にはあのかぐや姫のように天上に消えて行くのだ。まさしく幻のような夢の浮橋ではあった。

とはいえ、作り主の自分がこの最後の帖にこめた意味は、そのいずれでもない。この源氏の物語全体こそが夢なのだ。そして約二十年の歳月をかけて書き継いだこの五十四帖こそが、梯の一段一段と言える。

書き出した頃、亡き姉君の励ましが力になった。父君や母君、祖母君、妹、その後は、死んだ弟の惟規、あるいは惟通、定暹の面白がる姿も、背中を押してくれた。出仕してからは、中宮彰子様や同輩の女房たちの声がいつも耳の底に響いて、筆を執り続けられた。書き上げた帖を亡き小少将の君に手渡すとき、あの美しい顔が嬉しさでほんのり赤くなった。それを見ると、もうこの人のためだけでも書く甲斐があると、胸に込み上げるものがあった。

こんな物語は、ひとりでは書けない。また、あの堤第に籠っていただけでは書けない。いかに汗牛充棟の書物が手元にあり、それを頭に詰め込んでもだ。

思い出すのは、幼い頃、父君に連れられて通った具平親王の邸だ。あそこで亡き慶滋保胤様にもお会いすることができた。数年後、具平親王の邸に出仕してからは、日々が目新しい出来事の連続だった。北の方や同僚の女房たちから、様々に学んでいなければ、彰子様の許に出仕したとき、どれだけ戸惑っていたかわからない。いや、そもそも出仕を拒んでいただろう。

この物語を書いているとき、常に頭に去来したのは、具平親王や慶滋保胤様の学才だった。あの学才に匹敵する物語を書くのが、報恩だと思い定めたのだ。そのお二方とも、もうこの世にはおられない。書き終えた五十四帖の大半は読んでもらえていない。とはいえ書き終えたのを、泉下で喜んでおられるはずだ。

「夢浮橋」一帖を持って、彰子皇太后様の許に参上した。最後の短い帖なので、弁の内侍の君に手渡す分と、もうひとつ献上する分を浄書していた。

「これが物語の最後、第五十四帖でございます」

恭しく差し出す。

「この五十四帖で最後になるのですか」

彰子様の驚かれた顔が目の前にあった。

「はい。これ以上は書き継げません」

それが実感だった。粉骨砕身して書き上げ、もはや余力を感じなかった。

「それは本当にご苦労をかけました。心より礼を言います。そして、おめでとう」

彰子様が頭を下げながらおっしゃる。勿体なく、思わず涙がにじむ。

「さっそく、まずは公任殿、次は女房の何人かに書写させます。待ち望んでいる者たちが、あちこちにいるのです。あの謹厳実直な実資殿も密かに望んでいるようです。養子の資平殿の北の方も所望していると聞いています」

実資様なら、彰子様に用向きがあるとき、必ず呼びつけられて取次を頼まれる。それをせずに遠回しに彰子様のお耳に入れたのは、直接本人に言うのは沽券に関わるのだろう。

「ところで、そなたの娘の賢子殿は、大納言に預けています。あの人に学べば立派な女房になること、間違いありません」

これに関しては、大納言の君から前以て聞いていて、内心嬉しかった。美しくて気高く、気取らず、人情を解して、物腰も上品だ。

「その大納言が言うには、人となりが、そなたにはあまり似ていないそうです。わたくしも、多少そう感じています」

彰子様が皮肉などおっしゃるはずはないので、これは正直なご感想に違いなかった。

「似ていたら、本人も困るし、周囲も困ります」

言わずもがなのことを口に出してしまい、後悔はしたものの、これも正直な思いだった。

「そういうつもりでは、ありません」

彰子様が応じられ、最後には二人で笑う仕儀になった。


その後の日々は、これまでに詠んだ和歌を集める作業を続けた。時折、堤第に戻っては、書き留めた断片を持ち帰った。世に言う私家集作りだった。

しかし我が歌を浄書していくにつれて、気が滅入ってくる。要するに、歌才がないのだ。心地良さもなければ、心が弾むような高揚感もない。一面、暗い雲が立ち込めているような、陰鬱さが漂っている。あの和泉式部の君のようなほとばしる情念のきらめきとは、似ても似つかない凡庸な歌ばかりだった。

断片の中には、あの大納言の君の歌もあった。

浮き寝せし水の上のみ恋しくて
鴨の上毛にさえぞ劣らぬ

水鳥が水に浮いたまま寝るような、宮中での浮いた憂き寝は、鴨の上羽に置く霜の冷たさ以上です、という嘆きだった。

道長様からも愛され、彰子様からも信頼された大納言の君でさえも、宮仕えは所詮水面に浮くような定まらない憂き世だったのだ。

それに返した我が歌は、出仕して間もない頃だったせいか、大納言の君を頼りにした表現になっていた。

うち払う友なきころの寝覚めには
番いし鴛鴦ぞ夜はに恋しき

上羽の霜を鴛鴦が払い合うように、心の憂さを慰め合う友がいない夜は、悲しい、という呼びかけではあった。

その大納言の君を、今は娘の賢子が頼りにしているはずなので、不思議な巡り合わせだった。

こうして自らの歌を書き写していると、何か欠けたものが自分の中にあるのに気がつく。率直に言えば、自らの心の内を吐露するのが苦手というか、下手なのだ。屈折した胸中のわだかまりが、すんなり吐き出されず、どこかで口ごもり、澱んでしまう。

忘るるは憂き世の常と思うにも
　身をやる方のなきぞわびぬる

忘れられることは人の世の常だと思っていても、忘れられた自分を慰めるすべもない、という寂しさではあった。

これは、夫になる宣孝殿の訪れが少し絶えた折の歌で、通り一遍の物言いでしかない。

世に経るになぞかい沼のいけらじと
　思いぞ沈むそこは知らねど

この世に生きていて何の甲斐があろう、生きてはいくまいと深く思いつめて、底なし沼に沈んでいく、という絶望ではあった。

しかし「池」に生けを掛けているとはいえ、理知が先に立っている。

あらためて今日しもものの悲しきは
　身の憂さや又さま変りぬる

宮中から戻ってみれば、我が家はわびしく荒れ果て、新年だというのに身の憂さは新たに増すばかりだ、という嘆きではある。

これは七、八年ばかり前の正月に詠んだ歌だ。ことさらに悲しみを訴えてはみたものの、細やかさに欠ける。

いずくとも身をやる方の知られねば
憂しと見つつも永らうるかな

どこにも身を置く所がないのを、心憂しと思いつつも生き長らえている、という嘆息ではあった。

これもまた同様で、陳腐さの見本かもしれない。

確かにそうで、これら凡庸な歌が後の世まで残って笑われるとしても、我が足跡であるのは間違いない。

水鳥を水の上とやよそに見ん
我れも浮きたる世を過ぐしつつ

水鳥が水の上をすいすい泳いでいると、他人事では見ておれない。自分自身も浮いた身なのだ、という自覚ではある。

この世は誰でも、水鳥と同じなのかもしれない。平然として水面に浮かんでいても、水面下の足は必死で動かしているのだ。

多分にこうして、この先も生きていくのだろう。いや生きていかなければならない。

ひととおり自撰（じせん）の私家集をまとめ終えて、つくづく我が心の偏（かたよ）りを思い知らされる。自らの心の内を、そのまま歌にするとき、どこかに制御（せいぎょ）がかかるのだ。胸の内を真直ぐ吐露しようとすると、おのずからそこに蓋（ふた）をしてしまう。その蓋が憂しであり、哀れなのだ。

その点で、源氏の物語の中に詠み散らした歌は全く違う。その数は、およそ八百はあるはずで、私家集の歌数とは比べものにならない。それらの歌は、すべて作中の人物が詠んだもので、我が歌ではない。作中人物になり代わったこの自分が、その心になりきって詠んだ歌の数々だ。

そこでは、思い切り、どんな制御もかからずに詠（えい）じ通すことができた。心の奥底までもだ。もの言わない浮舟までもが、何とか心の綾（あや）を率直に言葉に乗せようとする。そのとき作り主である我が心は全開する。心の奥底まで思念を沈め、あるべき言葉を摑（つか）んで浮上し、詠歌を花開かせるのだ。

わたしというものが、直接わたしを語れない。わたしが創り上げた人物を通してならば、語り得る。これはどうしたことだろう。元々が、そのような屈曲（くっきょく）した性分（しょうぶん）であったのか、それとも物語を書き継ぐ間にそうなってしまったのか。いや、それは前者だろう。わたしは、わたしの書く物語の中でしか、自由に心を広げられない人間だったのだ。これこそが私家集を編んで知り得た奇妙さだった。

そんなとりとめのない感慨に浸（ひた）っていたとき、彰子様からお呼びがかかった。

「あの藤原公任殿が、とうとう本音を口にしました」

「何のことでございますか」

「あの源氏の物語は、必ずや千年、二千年、いやこの日(ひ)の本(もと)の国がある限り残るでしょう、と言ったのです。あの公任殿がです。亡き小少将が千年と言った以上のことを言いました」

「そうでございますか。嬉しゅうございます」

頭を下げて応じると、涙が溢れてきた。

「わたくしも、公任殿と同じくそう思います。源氏の物語五十四帖の成就(じょうじゅ)を祝う、わたくしからの贈物が出来上がりました」

彰子様の微笑(びしょう)だ。脇に控えていた弁の内侍の君に目配せすると、弁の内侍の君が恭しく大きな文(ふ)箱(ばこ)を差し出す。

「源氏絵(げんじえ)です。三人の絵師に描かせています。最後の『夢浮橋』の帖については、まだ間に合っていません。出来次第(しだい)、届けます」

彰子様が嬉しそうにおっしゃり、弁の内侍の君が文箱の蓋を取る。一枚一枚の絵がびっしりと重ねられている。絵の大きさは、縦が八寸、横が六寸くらいだろうか、縦長だった。一番上の薄紙をそっとめくると、鮮やかな色づかいの絵が現れる。ひと目で光源氏の元服(げんぷく)の場面だとわかる。父君の帝(みかど)の顔は御簾(みす)で隠され、その御前で、まだ総角(あげまき)姿の光源氏が加冠(かかん)役の左大臣と対峙(たいじ)している。その手前には理髪役の公卿(くぎょう)が控え、後ろでは上達部(かんだちめ)たちが束帯(そくたい)姿で儀式を見守っていた。

「一帖につき、絵は一枚です。どの場面を描くかは、わたくしが決めました」

いくらかおごそかに彰子様がおっしゃる。そうなると、絵を見れば、彰子様のお心に響いた場面がわかるはずだ。これらの絵を見ながら、物語を読むこともできる。

「追って、五十四帖すべてを浄書したものを届けます。そなたの手許(てもと)にはもはや残っていないでしょうから」

「はい。いくらかは残り、大部分はどこでどうなっているかわかりません。それはそれでいいと思っておりました」

正直に言上する。あれらの草稿は、旅に出したのも同然で、帰って来なければ、どこか気に入った地で暮らしているのだと、諦めている。

「それはいかにも藤式部らしい。とはいっても、すべて揃ったものが手許にあっても、迷惑ではないでしょう。今後、そなたが手を入れることもありましょうし」

「いえ、もうそれはございません」

かぶりを振りつつ答える。筆を加えて書き直す気力など、もう残ってはいない。疵があったとしても、それはそれで事の成行きなのだ。放たれた矢と同じだった。

「それを持って、しばらく里帰りするといいです。為時殿も越後から帰っていると聞き及んでいます。母君にもその源氏絵を見せて下されば、わたくしの喜びにもなります。そなたの妹君は、為時殿の後任の婿殿に従って越後に下っていますか」

「はい、越後におります。その件については、ご配慮ありがとうございます」

「それは道長殿の采配によるものです。これからはそなたも、心おきなく両親の労に報いられます。ひと月ばかり里居して、紅葉が色づく頃には戻って来て下さい。その間は、そなたの娘の越後の弁が、代わりを務めてくれます」

賢子が越後の弁と呼ばれるようになったのは、祖父が越後守で、かつて左少弁だったからだった。大納言の君の許で、水を得た魚のように屈託なく振舞っていると聞いている。所詮、母親の憂しや哀れとは無縁な性分だった。

「これには、『夢浮橋』の一枚が欠けているとおっしゃいました。絵師には、どこを描けと指示されたのでございましょうか」

退出する段になって、思い切って彰子様にお聞きする。

「少し迷いましたが、浮舟が小野の庵にいて、遠く横川から下って来る薫右大将の先駆の声を耳にしているところです。絵師がそれをどう描いてくれるか、わたくし自身も楽しみです。ともあれ、あとで里に届けさせます」

終始笑顔で彰子様はおっしゃった。

文箱をわざわざ局まで運んでくれたのも、弁の内侍の君だった。

「やはり浮舟は、誰の呼びかけにも応じませんでした。この世に亡き身を続けたままです。これでは薫右大将の懸想も宙に浮き、匂宮が知ったところで、浮舟はもはや動じないでしょう」

弁の内侍の君が、自分で頷きながら言う。「それにしても、物語を最後まで読まないままで亡くなった小少将の君が、気の毒です。小少将の君は、この物語を読み、書写するのを生き甲斐にしていました」

しみじみと弁の内侍の君が言うので、つい思い出してしまう。生きていれば、彰子様からいただいた源氏絵を、二人で眺めながら、あれやこれやと語り合えたはずだった。

「小少将の君は、どこかこの浮舟と似ていました」

不意に弁の内侍の君が言ったので、耳を澄ます。「日頃から無口で、控え目な人でした。目立つのが嫌いで、いつも物陰に隠れていたそうにしていました。もちろん、歌の才など、人にひけらかしたりしません。わたしが腰を抜かさんばかりに驚いたのは、『万葉集』や『古今和歌集』『後撰和歌集』『古今和歌六帖』の歌を全部頭の中に入れていることでした。源氏の物語に出て来る和歌も、全部暗誦していました。あのとき光源氏はこう詠んだとか、訊くとそっと答えてくれるのです。びっくりするのも当然です」

それで納得する。かつて物語の中の誰それがこう歌ったと、小少将の君が言ったことがある。それも二度や三度ではなかった。

「でも藤式部の君、安心して下さい。小少将の君が逝ったあとも、物語の続きは筆写して、里に届けています。泉下で読んでは、歌を暗誦しているはずです」

またもや弁の内侍の君が、しみじみと言った。

彰子様がおっしゃったように、持ち帰った源氏絵を喜んでくれたのは、病から回復した母君だった。さっそく自分で書写した物語を持って来て、絵と照らし合わせる。その個所を朗唱するのを聞いていると、全く澱みがない。ほとんど暗誦するまで、何度も読んでいるのがわかる。

「この元服前の光源氏は、幼いながらも、美しく威厳があるように描かれています。左側の束帯姿は、将来の舅殿になる左大臣ですね。御簾に顔を隠されているのが桐壺帝でしょう。いい場面です。これからどう物語が動き出すのか、絵を見ただけでも心が躍ります」

母君の声が高ぶる。「桐壺」の帖に続いて、次の「帚木」の帖の絵も差し出す。画面は鴨居で斜めに仕切られ、上は渡殿の簀子で、下に遣水が流れている。乱れ飛んでいるのは蛍だ。そこに二人の男が酒を飲み過ぎて、寝ている。今にも鼾が聞こえてきそうな気配だ。その際に、手前の部屋では、光源氏が空蟬の体を抱えて放さない。空蟬は抗うすべもなく下を向き、長い髪を垂らした後ろ姿を見せていた。

「二枚目は、もうこんな場面ですか」

母君が驚き、絵を凝視する。「空蟬が光源氏に手籠めにされるところで、こうなったらもう女はどうすることもできません。まして相手が高貴な男とわかれば、なすがままです」

母君は光源氏が空蟬を口説く場面を読み上げる。これは空蟬がたった一度だけ、光源氏と契る件だった。ここは光源氏の奔放さと大胆さ、そして女の心をとろけさせる才に長けた点を描くためには、どうしても必要な部分だった。

三枚目の「空蟬」の帖は、部屋の中で空蟬と軒端荻が碁を打っている場面だった。手前にある格子の隙間から、簀子に立った光源氏が部屋の中を覗き見している。碁盤を間に挟んで、手前の女はすっくと背を伸ばして坐り、向こう側の女はやや俯き加減で、袖で口元を隠している。

「これは手前の背筋を伸ばしたほうが空蟬でしょうか。顔はほんの少し横顔しか見えていません。物語に書かれている通りです。対する軒端荻はこっちを向いているので、光源氏からは丸見えです。しかし」

母君が首をかしげる。「この奥の女は小柄で細身で、顔を袖で覆うたしなみを持っています。これが空蟬でしょうか」

本文を熟読している母君ならではの疑問だった。軒端荻は大柄で太り肉と書いていたはずなので、やはり手前が軒端荻だと絵師は思ったのだろうか。この辺りの位置関係は、書いている本人もいい加減なので、絵師が戸惑うのも無理はない。

四枚目の「夕顔」の帖に、絵師は一転して騒々しげな粗野な界隈を描いていた。手前の部屋で、光源氏は夕顔と共に朝を迎える。秋の空には騒がしく雁の群が飛び、横の板張では、年老いた男が神棚に向かって祝詞のようなものを、唱えている。そのしわがれ声が光源氏には不快極まる。

さらにまた、右上の納屋のような所では、女が二人向き合い、巻いた布をひとりが台の上で回し、もうひとりが両手に砧を持って打ち下ろし、艶出しをしている。その音も光源氏には耐えられないのだ。

「この絵には、夕顔のはかない一生を思わせるような寂しさを感じます」

母君が言う。「夕顔の耳にも、周囲の音は耐え難いでしょうに。光源氏の甘い言葉も、夕顔の心には沁み込まないでしょう。哀れです。夕顔が最後に詠んだ歌は、こうでした」

母君がしんみりと、そのまま詠歌する。

光ありと見し夕顔の上露は
たそがれ時の空目なりけり

光源氏の輝きで美しく見えた夕顔ですが、その上の光る露は夕方の暗さの中での見間違いでした、という卑下だった。

五枚目の「若紫」の帖も、覗き見の場面が描かれていた。庭に梅が咲き誇り、邸の簀子の付近に二人の少女と乳母がいる。少女二人は雀を捕まえようとしている。手前の垣根のこちら側からは、光源氏が中を覗いていて、脇に惟光が控えている。場面には祖母尼は描かれてはいないものの、奥の棚には経典が見え、左端には小さな庵が一端を見せている。そこが仏に閼伽を供える所だろう。

「この少女の黄色い衣装と、長い黒髪が本当に美しい」

母君が言うように、立ち姿の少女の髪は床まで長く、簀子に達してもまだ余りがある。黒髪と黄色の衣の対比が、絵師の思惑通り、実に鮮やかだ。光源氏がひと目惚れするのも当然だろう。

六枚目の「末摘花」の帖は、一転して冬景色だった。室内には光源氏と末摘花、そして女房がいて、外では庭の橘にかかった雪を、随身だろうか、棒で払い落としている。これは、光源氏が末摘花邸を二度目に訪れた翌朝の場面だ。この朝、初めて光源氏は末摘花の長い赤鼻に気がつき、腰を抜かしそうになる。

その驚きを紛らすようにして、光源氏は泰然と庭の雪景色を眺めやる。その脇にいる末摘花の顔は、さして醜く描かれてはいない。これは絵師の思い遣りだろう。しかし、着ている表着は、いかにも無骨な皮衣だ。

「この末摘花の顔をまともに見ていないのが、源氏の君らしい」

母君が言う。「その代わり前栽の美しさを賞でているのでしょう。源氏の君の優しさが出ています」

母君は自分で納得する。確かにそうで、この逢瀬のあと、須磨から戻った光源氏は末摘花と再会し、手厚い世話を続けるのだ。

七枚目の絵を母君の前に差し出す。

「やはり、『紅葉賀』の帖で絵師が描きたいのは、この場面でしょう」

母君が頷きながら絵に見入る。「朱雀院への行幸を前にしての、内裏での試楽です。光源氏と頭中将が『青海波』を舞っている。美しい秋の場面です」

その通りで、紅葉の木が右端に描かれ、前庭には紅葉が散っている。そこで光源氏と頭中将が舞う。二人とも片袖を脱いで、下の美しい衣装を露にしている。どちらが光源氏かは見分けがつかない。手前に楽人たちが立ち、奥の簀子には束帯姿の上達部が坐っている。下襲の裾は欄干を越えて外に出ており、今にも地面に触れそうだ。その絵柄も紅葉と落葉だった。

「この御簾の向こうに桐壺帝や藤壺宮、その他の女官がいるのでしょう」

母君が上達部たちの後ろにある御簾を示す。藤壺宮はそこから、光源氏の素晴らしさを改めて確認するのだ。このとき藤壺宮は、十九歳の光源氏の子を既に宿していた。

そして場面は八枚目の「花宴」の帖に移る。そこには秋から転じて満開の桜だ。奥の方の庭には藤の花も咲き乱れている。桐壺帝が南殿で催した宴のあとだった。酒に酔った光源氏が出会いを求めて後宮をさ迷ううちに、ある部屋の妻戸が開いているのに気がつく。そのままはいって、女と契った。朧月夜の出来事で、この女君こそは弘徽殿女御の妹であり、朱雀帝に入内する予定だった。このあとも二人は逢い、父の右大臣に密会を発見されて恨みを買い、光源氏の運命は一転するのだ。

照りもせず曇りもはてぬ春の夜の
朧月夜にしくものぞなき

照りも曇りもせずに終わった春の夜の、朧月夜以下の興趣はない、という感慨を母君が小さく口ずさむ。まさしくこの歌こそ、朧月夜が詠じた古歌だった。その艶やかな姿と声に惹かれて、光源氏が朧月夜の袖を捉えたのだ。

「この朧月夜の身の処し方は立派です」

母君が言う。「須磨に流された源氏の君と文は交わしますが、帰京以後はきっぱりと契りを絶ちます。朱雀帝の尚侍となって、最後まで仕え、仏事では源氏の君と対面もします。仮名の名手でもあり、潔い人です。この人の出家の際、源氏の君が法服を贈ったのも、尊敬に値する女だったからですよ」

母君の朧月夜に対する思い入れに、いささか驚く。あちこちの帖にちりばめただけの朧月夜の人生を、見事に頭の中に入れていた。

第九帖、「葵」の源氏絵は、葵祭の車争いを描いていた。六条御息所が乗る牛車は上の方にあり、下方に描かれた葵の上が乗る牛車によって割り込まれ、軛を載せる榻がひっくり返されている。御息所の供人は二人に対して、葵の上の従者は七、八人いて、その権勢を誇ってか、勢いがよい。

「侮辱された御息所の怒りが見えるようです」

母君が絵を見ながら頷く。光源氏と御息所の関係は古く、しかも東宮妃だったという矜持がある。このときの屈辱から、御息所は生霊になって、葵の上を死に至らしめるのだ。

「賢木」の帖の絵は、一見してそれとわかる。光源氏が嵯峨野の野宮にいる御息所を訪ねて対面する場面を描いていた。光源氏が榊の枝を几帳の脇にいる御息所に差し出している。几帳に遮られて御息所の顔は見えない。屋外の上方には二人の従者が坐り、横に黒木の鳥居があって、ここが野宮だとわかる。榊によって、光源氏は変わらぬ愛情を御息所に示したのだ。御息所は斎宮となった娘に同伴して、伊勢への下向を決めていた。

庭には萩や薄、女郎花も描かれている。そして御息所の姿を隠す几帳には、緑や白、紅の葉が描かれて、これまた秋の錦のような龍田川を暗示していた。
「源氏の君が贈る榊の心は、間違いなく本物でした。伊勢から戻った御息所の娘を養女にして、冷泉帝の中宮にしたのですから。その中宮が秋が好きなので秋好中宮と呼ばれたのも、元はと言えば、野宮の秋が頭にあったからでしょう」

母君が言ったので驚く。とてもそこまでは考えていなかったからだ。

第十一帖の「花散里」の源氏絵は、花散里の姉である麗景殿女御と光源氏の対面を描いていた。父の桐壺院が死去し、仕えていた麗景殿女御には子供はなく、里に戻っていた。その妹の花散里とは宮中で一時の逢瀬を持ったことがあり、世変わりした寂しさの中で思い出したのだ。満月の夜、庭には橘の花が白く咲き、空には時鳥が飛ぶ。もう夏の初めだった。二人は歌を詠み合い、桐壺院を偲ぶ。そのあとで光源氏は、同居する花散里と会うのだ。

　　橘の花散る里のほととぎす
　　　片恋しつつ鳴く日しそ多き

またもや母君が、橘の花が散る里では、恋しい人を偲んで、ほととぎすが鳴く日が多くなる、という『万葉集』の古歌を詠じる。
「この歌そのものを、この絵は描いています。時鳥は此岸と彼岸を行き来し、花橘は昔を思う心です」

五月待つ花橘の香をかげば
昔の人の袖の香ぞする

思いがけず、母君と一緒に、五月を待つ花橘の香に、ふと昔馴染んだ人の袖の香を思い起こした、という『古今和歌集』の歌を詠む幸せを味わう。

次の第十二帖「須磨」は、まさしく須磨の場面だった。とはいえ、描かれているのは須磨の侘しい住まいのみではない。手前の海には大きな舟が浮かび、女君が三人乗っている。かつて光源氏と情を交わした五節の君と母君、女房だろう。父君の大宰大弐と共に大宰府に下向していて、任を終えて上京していたのだ。父一行は陸行、北の方たちは舟で京に向かっていた。

上方の海岸にある光源氏の侘び住まいでは、光源氏が琴を弾き、惟光と良清が聴き入っている。あたかもその琴の音が聞こえてくるようだった。

「この琴の音を聴いて、五節の君や女房は心を弾ませたのでしょう。北の方も感動して、大弐が光源氏に文を送ったのも、その心を慰めるためです」

母君が首をかしげる。「絵師はよくもこの場面を取り上げました。他にも名場面はいくつもあるはずなのに。多分に、絵には描けない琴の音を表わしたかったのかもしれません」

そう言われて改めて絵を見ると、風に乗って届く琴の音を聴いた五節の君たちの動揺までが感じられた。

そしていよいよ第十三帖の「明石」は、手前に馬上の光源氏と狩衣姿の惟光、刀を肩に担ぐ童姿の従者、白衣の供人二人を描いている。光源氏が向かうのは、右端に描かれた明石入道の邸で、御簾は下ろされているものの、戸は開けられている。光源氏の到着を待ち受けている様子が見てとれ、上方には月が照り、明石入道が建てた御堂も見える。時は秋で、御堂の周囲の松の緑が美しい。

「光源氏には、鐘の音が松風に乗って届いているはず」

母君が左上を指さす。「とても大事な場面です。明石の君との間にできた姫君が、最後には中宮になって匂宮を産み、物語がさらに進みます」

まさしくそうで、騎乗の光源氏の表情はどこか希望に満ちている。

次の「澪標」第十四帖は、多くの上達部が描かれてにぎにぎしい。京に戻った光源氏は内大臣になり、その御礼として住吉神社に参詣している。牛車から降りた光源氏は黒の束帯姿で、手には白い笏を持っている。朱の下襲の裾を童が持ち、後ろから従う。弓矢を帯びた随身四人の衣の絵柄は紅葉だ。そして上方の海上に浮かぶのが、明石の君を乗せた舟で、いかにも田舎の風景である。

「明石の君の一行は別にして、ここには二十二人もの京人が描かれています」

いつの間に数えたのか母君が嘆息する。「この光源氏の権勢に圧倒されて、明石の君はとうとう参詣を諦めます。契った相手との身分の差を思い知らされたのは当然で、わたしには、明石の君が味わったみじめさが伝わってきます」

確かに絵師のねらいは、そしてこの場面を示した彰子様のねらいも、そこにあったのだ。

第十五帖の「蓬生」の場面は、がらりと変わって、光源氏の訪れる先は廃屋に近かった。この邸に見覚えがあった光源氏は、惟光を先導にして庭にはいる。もうひとりの従者は、光源氏の後ろから大きな傘を広げて、樹々から落ちる水滴を防いでいる。光源氏も露に濡れないように、指貫の裾を少し持ち上げていた。

「それにしてもこれは塀も剝げかけ、庭も蓬に覆われたすさまじい住まいです」

母君が呆気にとられる。「それでも末摘花は、父君の常陸宮が遺したこの邸を手離さず、ひたすら源氏の君の再訪を待ったのです。わたしは、この時代後れで醜女とされる末摘花が好きです。どうしてかわかりませんけど」

顔を上げた母君と目が合う。作り主の自分も同じだった。いろいろと書き綴った女人たちの中で、好きな人物はと聞かれれば、末摘花と花散里だろう。二人とも美しい人とはいえない。しかしその性根には深々とした情があった。

美しくない女人に同情するのは、多分に自分が美しくないからだ。若い頃に患った疱瘡のために、顔にはいくつもの痘痕が残ってしまった。悩みや苦しみを乗り越えられたのは、それが命の代償だと思い定めたからだ。そしてこの醜貌こそが、この物語を書き続ける力になってくれたような気がする。仮に自分が物語に出て来る姫君たちのように、美人だったらこうはいかなかっただろう。醜いからこそ、美しさを描こうとしたのだ。

第十六帖の「関屋」も、名場面である。光源氏は御礼詣りのために、石山寺に向かい、偶然にも逢坂の関で常陸介一行と出会う。任期を終えて京に帰る途中だった。

手前に描かれた光源氏の一行は、殿上人の従者も多い。当の光源氏は牛車から少し顔を出し、文を空蟬の弟の小君、今は右衛門佐になっている従者に手渡している。そして画面の上方には、光源氏の一行を通すために、地面に坐る常陸介の一行が描かれていた。空蟬はおそらく牛車の中にいるのだろう。周囲の杉の緑に、赤い紅葉が映えている。

「この空蟬との一夜の契りを持ったのは、十年くらい前でしょう。ここで詠んだ空蟬の歌は見事です。

逢坂の関やいかなる関なれば
繁きなげきの中を分くらん

人が逢うという逢坂の関は、どのような関なのでしょう、またもや嘆きの中にはいって行くのでしょうか、というこの歌には空蟬の苦悩がよく出ています。このあと夫の常陸介が死に、その息子の河内守から言い寄られて、空蟬は出家してしまう。どこか我が身の程をわきまえた女でした」

母君の言葉を聞きつつ、次の第十七帖「絵合」の絵を見せる。二条院で、光源氏が須磨と明石で作った絵日記の数々を、紫の上に披露している。絵日記は巻物にされて、何巻もが漆の箱に収められている。そのうちの四巻が二人の前で開かれ、女房二人が見守っていた。

絵のひとつは須磨の海岸の秋が描かれ、その当時、光源氏が味わった陰鬱な気分を表現している。もう一枚は、明石に違いなく、海人が塩田の塩を掻き集めている図だ。絵には光源氏の和歌も添えられているはずだった。

「ここで紫の上は、どうしてもっと早くこれを見せて下さらなかったかと、源氏の君を恨むのですね」

母君が言う。その通りでこの絵日記は、もともと光源氏が紫の上に見せるために作成し、流浪の日々の出来事を描いたものだった。光源氏の歌に対する紫の上の返歌も、書き加えていた。紫の上は絵を見て、「あなたと二人で、この須磨・明石の景色を眺めたかった」と歌を詠む。

この絵日記を出す気になったのには理由がある。六条御息所の遺女である前斎宮を養女に迎え、冷泉帝に入内させ梅壺女御になる。そこには既に、今は権中納言になっている昔の頭中将の娘、弘徽殿女御が入内していた。梅壺女御は絵に堪能であり、絵の好きな冷泉帝は梅壺女御の方に心が傾く。そこで権中納言は、絵師にあまたの絵を描かせて、弘徽殿女御に贈った。

こうして藤壺宮の御前で物語絵合せの競争が催され、梅壺側と弘徽殿側とで、優劣が競われる。決着はつかず、再度、冷泉帝の御前で絵合せが催される。勝負を決めたのが、この光源氏の絵日記だったのだ。

「本当にどんな絵日記だったのかと、みんな思うでしょうに」

母君が源氏絵の中の絵に見入りながら、溜息をついた。

次に「松風」の第十八帖では、円座に坐った六人の上達部が描かれていた。秋の初めの景色で、光源氏は桂川近くの別荘で遊宴を開く。中央に描かれた人物が光源氏で、右側に坐るのが権中納言、左側は兵衛督だろう。三人の上達部の前には、捕獲された小鳥五羽が葦の茎に刺されて置かれていた。

この「松風」の帖では明石の君が、三歳になった姫君を連れて、桂川の上流の大堰川にある別邸に移るのだ。もちろん母の尼君もつき添っている。

「このあと、光源氏が明石の君と姫君をどう処遇するのか、その手際が見物になります」

母君が言ったので、次の絵を見せる。第十九帖の「薄雲」の帖だった。

「ああ。これは悲しい場面」

母君が見たとたんに呟いたのも当然で、姫君と明石の君の別れが克明に描かれていた。

右側の部屋に姫君が坐り、右手で階(きざはし)の牛車の方を指さし、左手で白衣(びゃくえ)の明石の君の袖を捉えている。あたかも「母上、一緒に行きましょう」と言っているようだ。

牛車の中にいるはずの光源氏の姿は描かれていない。牛車の後部は、開かれた妻戸に密着しており、出口はそこだけだと示されている。左上に描かれているのは大堰川で、岸辺には雪が積もっている。庭には二人の従者が控えていて、姫君の退出を今か今かと待ち構えていた。

「この母君との別れで、姫君の運命はがらりと変わります。子供のない紫の上に養育されて、生(お)い先には限りない栄光が約束されるのです。今上帝(きんじょうてい)に入内して匂宮の母になるきっかけが、この別れ」

母君が感慨深げに言う。「立派なのは、この母である明石の君。後に六条院に迎えられ、明石の姫君が入内しても、決して出しゃばらない。内裏でも母としてではなく、侍女(じじょ)として仕えるのだから、見事に身の程をわきまえている。実に賢い人」

受領(ずりょう)の妻である母君らしい感想だった。

そして第二十帖の「朝顔(あさがお)」の絵は、二条院の庭の雪景色だ。室内には光源氏と紫の上がいて、寄り添うようにして外を眺めている。庭では女童(めのわらわ)が三人、雪まろばしをしている。その鮮やかな装束(しょうぞく)が、積もった雪に映えて美しい。

池の岸辺は凍りかけているものの、中央はまだ青く植栽の緑と対比をなしている。中の島で羽を膨(ふく)らませて憩(いこ)っているのは鴛鴦(おしどり)のつがいだ。あたかも光源氏と紫の上の睦(むつ)まじさを投影しているかのようだ。右上には月が輝き、雪片が舞っている。

「この仲のよさも、光源氏には、紫の上を慰める下心があってのこと。朝顔の姫君は、桐壺院の死後、斎院(さいいん)になって、父の式部卿宮(しきぶきょうのみや)の死去で、斎院を退き、桃園(ももぞの)邸に戻ります。光源氏は何度も言い寄るものの、朝顔の姫君は靡かない。光源氏の多情を知っているからです。二条院を留守にすることが多くなって、紫の上は気が気でならない。その罪滅ぼしが、この場面。きっと紫の上の心も和んだはずです」

これが光源氏の手口だと言うように、母君がにんまりとする。母君も光源氏を憎めないのだ。

「少女」が第二十一帖で、完成した六条院の春の町を描いていた。左下の春の町の部屋には紫の上が顔を見せて坐り、脇の女房は背中だけが見える。そして左上からひとりの女童が、遣水の上の渡廊を通ってこちらにやって来ている。捧げ持つのは漆の蓋で、上に紅葉や秋の花々が載っていた。まさしく秋の風情が春の町に届けられようとしていた。冷泉帝の后になった梅壺女御、のちの秋好中宮の機知だった。

「六条院が四つの町に分かれ、それぞれに四季の特徴をあてがうなど、物語の作り主はよくぞ思いつきました」

母君が顔を上げて言う。「ここが紫の上が住む春の町、向こうが秋好中宮の住む秋の町、夏の町には花散里、冬の町には明石の君が迎えられている。女君それぞれの境遇と人となりが、よく出ています」

「これもみんな、光源氏による構想の賜物で、作り主の手柄ではありません」

そう答えると、母君が笑う。

第二十二帖の「玉鬘」では、がらりと絵柄が変わり、長谷寺の初瀬詣りが描かれていた。中央でこちらを向いているのが玉鬘だろう。二人の侍女に伴われ、後ろに弓矢を持つ供が二人護衛している。女たちは壺装束に市女笠だ。周囲には参詣者が滞在する高床の家が描かれ、上方に御堂も見える。中央にそびえるのは二本の杉の大木だ。

「これは玉鬘一行が、ようやく椿市に辿り着く場面。ここから玉鬘十帖が始まる。しかし、はかなく死んだ夕顔の遺児が、こうやって登場してくるとは思いもしなかった」

母君がもどかしげに先を促がす。

第二十三帖は「初音」だが、描かれているのは六条院の冬の町で、その証拠に几帳の陰に七絃の琴が置かれていた。明石での別れに際して光源氏が明石の君に贈った琴だ。光源氏が坐って、散らかし置かれた草子の一冊を手にしている。明石の君の姿はない。庭先の梅が咲き、年の初めである。

「ここに火桶があるけど、薫かれているのは侍従香で、そこに衣に薫き染めた裛衣香も混じり、外には梅の香が漂っている。絵師が描きたかったのは、これらの匂いかもしれません」

母君が物語の細部まで読んでいるのに舌を巻く。

第二十四帖の「胡蝶」は、春の町の池が絵の主題だった。池には龍頭と鷁首の二艘の舟が浮かんでいる。女童たちが棹をさす舟には、秋の町の女房たちが乗っている。秋の町の秋好中宮が贈った秋の美の返礼として、その侍女たちを舟で春の町に招いたのだ。

遅い桜が満開を少し過ぎて、花びらを池面に散らし、岩の脇の山吹が黄色い花を咲かせている。左手前には藤が紫色の房を垂らしている。右下の邸の格子は上げられているものの、御簾が下ろされているので、そこが紫の上の御座所かもしれない。

「これを見ていると、こここそが極楽浄土のような気がします。眺めているだけで、幸せな気分になります」

母君が言うのももっともで、絵師の絵筆は、物語の作り主の筆を超えているかもしれなかった。

第二十五帖の「蛍」は、蛍を描くのではなく、騎射の場面が描かれていた。「これは端午の節句の日に、花散里の夏の町近くの馬場で行われた催しです」と、母君が言った通りだ。馬上の武者二人が、それぞれ弓に矢をつがえ、ひとりはまさに矢を放つ寸前だ。もうひとりの次の射手は、これから的に向かおうとしている。手前にも二人が馬に乗り、順番を待ち受けていた。

従者二人が控えた後方は、邸の簀子であり、御簾が深々と下ろされてはいるものの、下からは色とりどりの唐衣の裾が出されている。見物する女房たちが中にいる証拠で、その中には玉鬘もいるはずだった。そうした女君たちの様子は、招待された上達部も渡殿や簀子から眺めているに違いない。

「この『蛍』の帖では、やはり蛍兵部卿宮が玉鬘を覗き見している場面を描いて欲しかった」

母君が残念がる。「光源氏が室に蛍をぱっと放つと、その光で玉鬘の顔が浮かび上がり、美しさに兵部卿宮がうっとりする瞬間です」

それはそうだが、彰子様は何らかの理由でその場面は避けたのかもしれない。難しい騎射の光景を、どう描くかに興味を持たれたのだろうか。

「常夏」の第二十六帖には、釣殿に憩う光源氏と四人の上達部が描かれていた。光源氏は褥の上に坐り、直衣の襟をはだけて、下に着ている袿を露にしている。夏の暑い盛りだからだ。

簀子の欄干に背をもたせて坐る四人は、いずれも若い。うちのひとりは夕霧中将で、あとの三人は内大臣の子息たちだろう。

この東南の町にある釣殿の下には遣水が流れていた。光源氏の前には、鮎や石伏が折敷に盛られ、氷水と酒も添えられている。

「ここで話題になっているのが、つい最近、内大臣が捜し当てた近江の君でしょう。みんなで近江の君の奇妙な振舞いを、酒の肴にしているのです」

母が言うのももっともで、絵からは、その話の中味さえも伝わってきそうだった。

第二十七帖の「篝火」は、物語の中で最も短い帖だった。絵を見せた途端に母君が頷き、「やはりこの帖は、ここを描かないと話になりません」と言う。

左側の室内では、和琴を脇に置いたままで光源氏が玉鬘に言い寄り、長い黒髪に触れている。御簾が下ろされた右上方の庭には池があり、岸辺で右近大夫が篝火を焚いていた。その光はほんのりと御簾の内にもはいり、玉鬘の美しさを浮かび上がらせているはずだ。

「このあとです。源氏の君が、東の対にいた夕霧と内大臣の子息の柏木頭中将と弁少将を招き、管絃の演奏を行わせます。玉鬘はそれを聴いて、これが弟たちの演奏だと感激するのです。特に頭中将の和琴は、和琴の名手である父親譲りで比類ない音色でした」

母君はもう筋書を知り尽くしていた。

「野分」の第二十八帖は、ほんの一瞬の出来事を絵にしていた。野分が六条院を襲ったので、夕霧中将は急いで駆けつける。東南の町の紫の上の邸では、妻戸が開いていた。中を覗いた瞬間、強風が御簾と几帳を吹き上げる。三人の女房たちが慌ててそれを押さえようとし、ひとり紫の上だけが悠然と構えていた。その美貌を夕霧は初めて垣間見るのだ。庭には秋の花が乱れ咲き、その中には女郎花もあった。

「この帖では、夕霧が六条院のすべての女君を訪れるので、六条院の様子が読み手にはよくわかります。東南の町の紫の上は樺桜、玉鬘は八重山吹、明石の姫君は藤の花に喩えられます。秋の町の秋好中宮、冬の町の明石の君の様子も、夕霧の目で明らかになるのです」

母君が言う。「夕霧がここで感激したのは紫の上の美しさですが、もう一方で、玉鬘のいる夏の町の西の対では、光源氏と玉鬘が仲睦まじくしているのを覗き見して、不審に思うのです。どうして我が娘とこんな風に戯れられるのかと」

それもそうで、夕霧はそれまで玉鬘を姉だと思い込んでいたからだ。

次の第二十九帖「行幸」は、冬の大原野への行幸が描かれていた。雪がぱらつく中、冷泉帝が鳳輦の輿に乗って橋を渡るのを、四両の牛車が待ち受けていた。帝に従う上達部たちの姿はなく、代わりに牛車の供人たちが地面に坐って控えている。桂川の対岸には三人の従者も待ち受けている。この行幸は鷹狩を見物するためだった。

「この牛車のどれかに玉鬘が乗っていて、簾を通して上達部たちの様子を窺うのです。帝はもちろん、実父である内大臣、蛍兵部卿宮、そして近頃言い寄って来る鬚黒大将などです。でも、やはり誰も帝の美しさにはかなわないと、惚れ惚れして、そこへの出仕もいいかなと、思い始めます。どうやらこの絵師は、大事な所をはずし、その他をきめ細かく描いて、見る者に想像させます。小憎らしい手際です」

母君は一方で不満気味、一方で感心していた。

そして次の第三十帖の「藤袴」の絵を見たとたん、口を開く。

「やっぱりこの場面だと思っていました。描くならここしかありません。祖母の大宮の喪に服す鈍色の直衣姿の夕霧が、玉鬘に藤袴の花を差し出して言い寄るところです。このときの歌は」

と言いつつ、母君が詠唱する。

同じ野の霧にやつるる藤袴
あわれはかけよかことばかりも

「藤袴の紫色は、ゆかりの色です。同じく亡き大臣の孫同士なので、親しくしましょう、とほのめかしています。御簾の下からそっと藤袴の花を中に入れ、取ろうとした玉鬘の袖を捉えて放しません。それで玉鬘はさりげなく拒む歌を詠みます。

尋ぬるにはるけき野辺の露ならば
薄紫やかことならまし

もっと遠い縁であれば、親しくもできましょうが、姉と弟なのでそうはいきません、と言うのです」

ここまで物語を、頭の中に入れている母君に唖然とする。作り主本人さえも、二人が交わした歌はもう忘れているのにだ。

絵にはまさしくその場面が描かれ、玉鬘の衣装も同じように鈍色の喪服だ。手前にいる二人の女房の、鮮やかな衣装とは対比をなしていた。庭には秋の花が咲き乱れている。

玉鬘は帝の尚侍としての出仕が決まっていた。しかし帝の側には、内大臣の娘の弘徽殿女御、亡き六条御息所の娘の秋好中宮もいる。そんな中で帝の寵を競うのは気が重い。かといってこのまま六条院にいると、光源氏に言い寄られてしまう。進退きわまっていた。

そして次の三十一帖の「真木柱」の源氏絵を見るやいなや、母君が笑い出す。

「これは鬚黒大将に、北の方が香炉の灰を浴びせかける瞬間です。鬚黒大将が、自分のものにした玉鬘の許を訪れようとする夕べ、仕方ないと諦めて、夫の衣に香を薫き染めていた北の方が、途中で気が触れてしまう。それで、めかし込んだ鬚黒大将の背後から灰をぶちまける。大将は扇で払おうとしたのですが、もう遅い」

母君の言う通りで、手前にいる女房二人も制止しようとするが、遅かった。室内には灯火が点され、外の庭には雪が薄く積もっている。

「こうして正気を失った北の方は、父の式部卿宮に引き取られます。子供たちも母に従って邸を去ります。その姫君が邸を去る前に歌を書いて、真木柱の割れ目に紙片を差し込みます。こうして玉鬘十帖は終わるのです。

今はとて宿離れぬとも馴れきつる
真木の柱は我を忘るな

今日を限りに邸を去るわたしを、馴れ親しんだ真木柱は忘れてはいけません、という実にけなげな歌です。その真木柱の姫君が後には蛍兵部卿宮の北の方、さらには柏木の弟の紅梅大納言の妻になっていきます。決して薄命ではなかったのです」

母君が真木柱の肩を持つように言う。

第三十二帖の「梅枝」では、その名の通りに六条院が舞台で、外には紅梅が咲き誇っている。下方の室内で対峙しているのは光源氏と弟の蛍兵部卿宮だ。間に香炉と、朝顔の姫君から贈られた二種の薫物(たきもの)が置かれている。
紺瑠璃(こんるり)の壺には黒方(くろぼう)、白瑠璃の壺には梅花香(ばいかこう)がはいっている。光源氏が添えられた朝顔の姫君の文を読んでいる最中だった。文は白梅の枝に結びつけられていたと見え、その枝も手前に置かれている。

「紺瑠璃の壺には五葉松(ごようまつ)の枝、白瑠璃の壺には梅の枝、そして源氏の君と蛍兵部卿宮が白っぽい直衣で、外は紅梅、手前の女房の衣装は紅色です。目に美しく、加えて様々な香が匂ってくるようです」

母君がしきりと感心する。

この「梅枝」の帖で、明石の姫君は十一歳の裳着(もぎ)をし、東宮妃としての入内が決まる。それに備えて、光源氏は薫物の調合(ちょうごう)を思い立ち、女君たちの薫物競(くら)べが催されるのだ。

次の第三十三帖の「藤裏葉(ふじのうらば)」は、一転して内大臣の邸が描かれていた。左側の襖障子(ふすましょうじ)を背にして内大臣が坐り、正面に長男の柏木、その左側に夕霧がいて、手前にいるのは次男だろう。黒衣の男が夕霧に酒の盃(さかずき)を差し出している。そして柏木が、藤の花の房を夕霧に渡そうとしていた。それは雲(くも)居雁(いのかり)を意味し、その夜に夕霧と雲居雁は結ばれるのだ。庭には藤の花が満開で、池の上に長い房を垂らしている。

「この『藤裏葉』で、ひとまず光源氏の物語は決着します。これからは、夕霧と柏木の話に移っていくのです」

母君が言って、ひと息つく。その通りで、次からは女三の宮を巡る話に移るはずだった。

第三十四帖の「上若菜(じょうわかな)」の絵は、その夕霧や柏木たちの蹴鞠(けまり)の光景だ。満開の桜の下で、四人の狩衣姿の公達が鞠を蹴上(けりあ)げている。その中のひとりは柏木で、ひょっとこちらに顔を向けている。視線の先には、左下に描かれた御簾の中で、立ち姿の女三の宮の手前に女房が二人、南庭で繰り広げられる蹴鞠を見物していた。

「ほら、ここに簀子に走り出た唐猫がいる」

と言って、母君が唐猫を指差す。「繋がれた綱が御簾をめくり上げて、中にいたこの女三の宮の細長姿が露になる。これを見て柏木はもう忘れられなくなる。この一瞬が、これから先の物語の起点です」

全くその通りで、光源氏と紫の上の苦悩は、女三の宮の降嫁によって始まる。女三の宮は藤壺宮の姪でもあり、朱雀院の要請を断り切れなかったのだ。

「女三の宮は、このとき十四か十五歳でしょうし、それなりのたしなみにも無知だったのが頷けます」

母君が同情するように言う。

次の「下若菜」の第三十五帖は、光源氏と紫の上の睦まじい姿を描いていた。黄色の表着を身につけて俯く紫の上を、橙色の直衣姿の光源氏が慰撫している。病身とはいいながら、紫の上の髪は長く美しく、表着の表面で黒々と波打っていた。回廊で囲まれた池には、蓮の花が桃色の花を咲かせ、葉の緑と池面の青との対比が見事だった。蓮の花こそは永遠の契りを表していた。

「絵師は、光源氏が病を得た紫の上を見舞う場面を描いたのですね。この場面の前に女楽が六条院で催されたでしょう」

母君が少し残念そうに言う。「紫の上が和琴、光源氏から教えを受けた女三の宮が琴の琴、明石女御が箏の琴、そして明石の君が琵琶です。御簾の外の簀子では、夕霧の長男が横笛、あの玉鬘の長男が笙（しょう）を吹いていたはずです」

和琴も箏の琴も琵琶も弾ける母君だからこそ、詳細な場面を記憶しているのに違いない。彰子様はその華やかな女楽よりも、光源氏と紫の上の睦まじい有様（ありさま）を描かせたかったのだ。

こうして光源氏が紫の上の看病に努めている隙に、柏木は女三の宮の寝所（しんじょ）に忍び込んで、思いを遂げてしまう。この一夜の契りで女三の宮は懐妊（かいにん）する。新たな悲劇の始まりだった。

「柏木」第三十六帖の絵も、柏木の死という重要な場面を描くのではなく、その後の静かな喪（も）を表現していた。一条宮を夕霧が訪れ、服喪している柏木の北の方の落葉宮（おちばのみや）に弔問（ちょうもん）をしたのだ。簀子で対面しているのが女房で、御簾で隔てられた室内には黒衣の落葉宮がいる。しかし例によってその姿は、ほんの一部しか描かれていない。

「これは、夕霧が詠んだ和歌そのものです。右の方にある庭には柏木と楓（かえで）が描かれて、睦み合うように枝を差し交わしています。

ことならばならしの枝にならさなん
葉守（はもり）の神の許しありきと

葉守の神である親友の柏木が、遺してゆく北の方を頼むと言ったので、これから先は目の前の柏木と楓のようになりたいと、求愛したのです」

またしても母君の記憶に舌を巻く。作り主でさえも、今ではうろ覚えの和歌だった。

「当初は拒んでいた落葉宮も、最後には折れて夕霧の妻になります。そのため夕霧は、雲居雁と落葉宮という二人の妻の間を、月の半分ずつ均等に訪れるのですから、いかにも律儀者です」

母君が微笑する。「しかしこの『柏木』の帖には、これはと思われる見せ場がありました。薫を産んで病に倒れた女三の宮を、朱雀院がわざわざ見舞う場面もいいでしょうし、死の床にある柏木を夕霧が見舞う場面も捨て難いです。そこは敢えて絵師は描くのを避けたのでしょうね。この絵師の特徴かもしれません。肝腎な情景は、作り主の文章に任せて、踏み込まないのです。それはそれで節度があります」

母君がそこまで言うので、絵の場面を指示したのは彰子様だとは、とても言い出せない。

次の第三十七帖「横笛」の場面は、一見して微笑ましい情景だった。よちよち歩きの幼な子が、筍を皮つきのまま口に入れようとし、女房二人と、正面の女三の宮が見守っている。出家した女三の宮は尼姿ではあるものの、髪はまだ長い。奥の襖障子が半分開けられているのは、間もなく光源氏が来るからだろう。

「この御子が将来の薫ですね。いかにもあどけなくて、このときはまだ薫の悩みの多い人生は、誰ひとり想像できません。本当に平和な母子の様子です」

母君が言う。「一方で、この薫の真の父である柏木が死に、遺言に従って落葉宮を弔問したとき、夕霧は琵琶で『想夫恋』を弾き、落葉宮が柏木愛用の和琴で、終わりのほうをそっと合奏するのです。落葉宮の母である御息所は、柏木遺愛の横笛を夕霧に贈ります。これが、この帖の内容でした」

母君は見事に、物語の筋を頭の中に入れていた。

ついで第三十八帖の「鈴虫」は、六条院で合奏をする六人の公達を描いていた。十五夜の満月が右上に出て、鈴虫のすだく庭と、室内を照らしている。

「この箏の琴を弾くのが光源氏で、琵琶を持つのが蛍兵部卿宮、手前の横笛は夕霧、あとの三人は笙や篳篥、高麗笛を吹いている」

母君の言う通りであるかどうかはわからない。琴は琴柱があるので琴の琴ではない。しかし絃の数は、六絃よりは多く描かれているので箏で間違いない。これが光源氏だとすれば、珍しく絵師は、その顔を正面から描いている。亡き柏木を回想しているようでもあり、手前の夕霧も、月に向かって柏木に語りかけるように横笛を吹いている。

「この宴の様子を聞いた冷泉院は、すぐに使いを出して招き、全員が牛車に分乗して駆けつけるのです」

母君がつけ加える。「そこでも鈴虫の宴は繰り広げられます。光源氏と、実の子である冷泉院の久々の対面でした。もちろん夕霧も同席するので、光源氏の二人の息子が一つの場所に会したと言えます。次がその『夕霧』の第三十九帖でしょう」

ここに至って、母君は自ら次の絵を手に取る。

第三十九帖「夕霧」の絵は、まさしく当の夕霧が、小野の里に退いた落葉宮を訪ねる場面だ。夕日が眩しいのか、夕霧は扇で光を遮り、風情のある庭の様子や、柵の外の渓流を眺めていた。黄金色の稲穂の中には、鹿が二頭描かれている。

「雲居雁を妻に持つ夕霧は、やはり帝の血を引く落葉宮を妻にしたくて、恋慕するのです。この場面は、言い寄る直前の夕霧でしょう」

母君が言う。「でも障子を隔てたままで、二人は一夜を明かし、夕霧は早朝に帰って行きます。それを知った御息所は、夕霧の真意を問うべく、文を夕霧に送ります。ところがそれを読む前に、嫉妬した雲居雁が取り上げて隠してしまいます。手紙の内容がわからないので、夕霧は返事を書けません。御息所は失意のまま、息絶えます。わたしが絵師なら、その夕霧と雲居雁のいさかいの場面を描くのに。この絵師はどこか心優しい」

母君が苦笑する。しかしそれは絵師ではなく、彰子様の心優しさだった。

第四十帖「御法」では、一転して春の宴が華やかに描き出されていた。紫の上が里邸とする二条院で催した法華経千部供養の場面だ。三月の花盛りの頃なので、庭は一面に満開の桜ばかりだ。その中に舞人がひとり面をかぶり、王の赤い衣装の陵王として踊り、手前には楽人が二人、極彩色の太鼓の脇に立つ。

そして見所は上方の邸内で、御簾がわずかに引き上げられて、見物する女房たちの美しい衣の袖が見えていた。

「死を覚悟した紫の上による最後の供養宴ですね。このとき、養女の明石中宮、その実母の明石の君、花散里も招かれています。死を予感していた紫の上の最後の配慮です。消える前の紫の上の心意気を、絵師は歌い上げているようです」

母君が言う。事実、このあと紫の上は光源氏に看取られて亡くなる。

第四十一帖の「幻」は、一転して冬景色で、どこか荘厳さを漂わせている。紫の上の没後の一年間、世間との交流を絶って喪に服していた光源氏が、ようやく人の前に姿を見せた場面だ。

酒をつぐ従者を前にした光源氏が、盃を手にしている。右端に僧が端座していて、手前の庭は池の周囲も冬枯れで、松に雪が積もっていた。

「これは光源氏が、紫の上が須磨に書き送った手紙に和歌を添え、すべてを焼いたあとでしょう。久しぶりに姿を見せた光源氏は、以前にも増して光り輝くような美しさでした。現世の最後の酒を口にして、この右端の僧都の手で出家するのですね」

母君が最後の光源氏の姿を惜しむように言う。「そしてこのあとに中休みのような三帖が挿入されて、いよいよ宇治十帖です。あれを読んだとき、昔々、みんなで宇治に行った旅を思い出しました。為時殿が越前守に任じられたので、その手始めとしての旅でした。

あなたは二十四歳でした。わたしが四十二でしたから。惟規も元気で、惟通や定暹と牛車の列の前を威風堂々と歩いていました。母君もまだまだ達者にしておられました。雅子も牛車の中から外を眺めるだけでは満足せず、兄君たちと一緒に歩きたがっていました。あれから十九年ですか」

母君が庭に目をやって、しばし陶然となった。十九年、と自分でも呟く。

「匂兵部卿」の第四十二帖は、邸の角を曲がる牛車の列が描かれていた。邸内に梅が咲き、ちらちらと雪が舞っている中を牛車が進む。供人や牛飼童の姿も多数見える。

「これは、匂宮の帖の最後の方にある場面です」

母君が指摘する。「光源氏が亡くなって八年が経ち、匂宮は兵部卿、薫は中将になります。荒れ果てていた六条院を夕霧左大将が立派に改築し、競射や賭弓の還饗を催すのです。そこに招かれた匂宮や公達の牛車の列です。匂宮も薫もこの牛車の中にいるはずで、その姿を描かないのが小憎らしいです」

まさしくそこが絵師の狙いだったはずだ。彰子様が指定した箇所でも、この絵師は肝腎なものは描かない。

第四十三帖の「紅梅」では、故柏木の弟の紅梅大納言が重々しく描かれ、紅い紙に和歌を書きつけている。簀子に坐って使者の役を果たすのは、大納言と真木柱の間にできた若君だ。今は殿上童(てんじょうわらわ)として匂宮に可愛(かわい)がられている。

庭の遣水の脇では梅が見頃で、匂宮に送る手紙に添えるべく、横に梅の枝が置かれている。

「これは少し説明が必要です」

またしても母君が、場面を判じるように言う。「紅梅大納言は、北の方の没後、後妻として真木柱を迎えます。鬚黒大将の前妻の娘だった真木柱は、妻を亡くしていたあの螢兵部卿宮の正妻になり、宮の君という娘を産んでいたのです。紅梅大納言には先妻との間に二人の娘がいて、大君(おおいぎみ)を東宮に入内させます。そして中の君を匂宮にと考えたのです。それをほのめかすために歌をしたためます。

　心ありて風の匂わす園(その)の梅に
　　まず鶯(うぐいす)のとわずやあるべき

梅が盛りだから鶯よろしく立ち寄って下さい、と誘ったのですが、匂宮はやんわりと断ります。

　花の香にさそわれぬべき身なりせば
　　風のたよりを過ぐさましやは

いや自分は兄の東宮ほどの身分ではないので、遠慮すると拒んだのも、匂宮の思い人は中の君ではなく、宮の君だったからです。それにしても、どうやら匂宮は、東宮になった兄に対抗心を持っているようです。こればかりは長幼の序で仕方ありません。といっても、兄が帝になったとき、東宮は匂宮でしょう」

それはまさしく、母君の推測の通りで間違いなかった。

そして第四十四帖の「竹河」は、打って変わって華麗な姫君たちが描かれていた。玉鬘邸の春で、手前の池辺には桜の花が咲き、花びらが池面に浮かんでいる。邸内では二人の姫君が碁を楽しんでいた。顔を向け、梅の衣装を身につけているのが大君、背を向けているのが中の君だ。二人の女房が見守っている。

「やはり、これを覗き見する蔵人少将の姿は省略されています。鬚黒大将の没後、玉鬘の苦悩が始まります。ひとりで娘二人、さらにその兄たちの栄達を考えなければなりません。そこで大君を冷泉院に出仕させます。自分が若い頃、冷泉院への入内を拒んだ後ろめたさがあったからでしょう。ところがこの大君を望んでいたのが今上帝と、夕霧と雲居雁の子息である蔵人少将、さらには薫の三人でした。

その結果、玉鬘はこの三人から疎まれます。大君は冷泉院から寵愛されて、女御子と男御子を産んだものの、他の妃である秋好宮や弘徽殿女御から妬まれるのです。玉鬘は自分の判断の至らなさを嘆くしかありません」

母君の説明は実に的を射ていて、このあとの宇治十帖のどの場面が選択され、どう描かれていくのか、大いに興味が持たれた。

第四十五帖の「橋姫」の絵を見ると、右下に竹垣から八の宮邸を覗き見する狩衣姿の薫がいる。室内の簀子近くには、中の君が琵琶を抱き、右手に持った撥で下弦の月が沈むのを制していた。

「やはり、この絵師は肝腎(かんじん)の大君の顔は、御簾で隠して描いていません。御簾の下から箏の琴だけは出しています」

母君が残念そうに言う。「中の君だけは丸見えです。薫中納言がひと目惚れするのは、中の君ではなく、御簾越しにかすかに見た大君の方です。どんな顔かは想像するしかありません」

庭には池があり、手前の植栽は紅紫色の花をつけた萩だ。

「この覗き見のあとの訪問で、その昔、柏木に仕えた老女房の弁の尼と会い、柏木が女三の宮に送ろうとした手紙の束を受け取ります。いわば遺言書であり、これによって薫は自分の出生の秘密を知ってしまいます。その場面を描いてもいいのでしょうが、それでは絵が暗くなります」

母君が絵師になったつもりで言うのが、いささか、おかしかった。

次の第四十六帖の「椎本(しいがもと)」では、美しい宇治の雪景色で、雪がちらつく向こうに宇治橋が見える。遣水がこちらの八の宮邸まで引き込まれ、邸の中は二つの部分に仕切られていた。上の簀子の手前の間(ま)では薫が文を読み、下の部屋にはおそらく中の君だろう、二人の女房と語らっている。

「これはどの箇所を描いたのでしょうか」

母君が首をかしげながら絵に見入る。「薫が姫君たちに背を向けて、亡き八の宮の仏間で経典を読んでいるとすれば、何かしら仏具が描かれてしかるべきです。いやそうではなく、薫が読んでいるのは、大君がそっと御簾の外に差し出した文でしょう。そこには和歌が書かれていました。

雪深き山のかけ橋君ならで
　またふみかようあとを見ぬかな

あなた以外に宇治に通って来る人はおりませんと、薫の厚意に感謝しています。その大君の姿を描かないのがこの絵師ですから、ここに姿が露に描かれているのも中の君です」

母君が断言するので、そう思えてしまう。

「総角（あげまき）」の第四十七帖は、その宇治川に浮かぶ舟が秋景色の中で描かれていた。舟の上では四人の公達がそれぞれ横笛と笙、篳篥（しちりき）を演奏している。舟の屋根に置かれているのが紅葉の枝で、青い川面（かわも）に映えている。

そして上方の対岸には八の宮邸があり、庭は赤と黄の紅葉、松の緑で美しい。楽（がく）の音（ね）は当然、八の宮邸の大君と中の君にも聞こえているはずだった。

「これは薫中納言が匂宮兵部卿をけしかけ、紅葉狩に誘い、管絃の遊びをした場面です」

母君がひと目で言い当てる。「この前に匂宮は、薫が勧めた中の君の許に三日三晩通って婚儀を全（まっと）うします。薫も大君に三度にわたって言い寄ったものの、すべて逃げられます。その後は匂宮も薫も宇治行きが途絶え、匂宮に縁談のある噂が宇治にも届くのです。心痛の余り大君は病に倒れて、薫に看取られながら絶命します。母の明石中宮の許しを得て、匂宮はひとり残った中の君を京に迎えようとします」

第四十八帖の「早蕨（さわらび）」は、中の君が二条院へ移る直前の、八の宮邸の早春が描かれていた。中の君の許に、阿闍梨（あじゃり）から蕨（わらび）や土筆（つくし）が籠（かご）に入れて贈られ、中の君が添えられた文を読んでいる。簀子には女房が控え、手前には池と竹垣が描かれている。池辺の草の冬枯れの中に、すみれが紫色の花をつけていた。

「この中の君、どこか悲しげです」

母君が言う。「しかも大君を失って、どこか面瘦せしています」

それは思い込みに違いなく、絵師はそこまでは描き分けてはいない。

「宿木」の第四十九帖は、手前の庭で薫が朝顔の花を摘んでいる。左上方の邸内は簾が下ろされて、中にいるのは姫君だ。中の君だろうか。

「このとき薫が自邸で詠んだ歌はこうです」

母君が言って朗詠する。

今朝の間の色にやめでん置く露の
消えぬにかかる花と見る見る

「露の消えない間だけが花の命とわかっているので、今朝のうちに美しさを賞でよう、というのですが、しかし薫の邸には、こんな姫君はいません。やはりこれは二条院にいる中の君が、薫の来訪を待っている朝でしょう。絵師は、その二つの出来事をひとつの邸にして描いたのです。才覚のひとつですね」と、母君が頷く。

この時期、薫右大将は帝の意を汲んで女二の宮との縁組を決め、一方の匂宮も夕霧左大臣に催促されて六の君との婚儀を終えている。来訪が少なくなり、中の君は宇治から京に出たのを悔いていた。そこへ薫が中の君を訪ね、契ろうとして、腹帯に気がつくのだ。

「でもこれからが、本当の宇治の物語が始まるのです」

母君が言い継ぐ。「薫に攻め寄られたとき、薫の匂いが中の君に染みつきます。それで匂宮はその移り香で極度の疑いにかられ、中の君を責めます。これ以上の接近を恐れた中の君は、大君に瓜二つの異母妹がいる事を打ち明けたのです。久しぶりに宇治に赴いた薫は、そこに浮舟を見出します。この次が第五十帖の『東屋』ですが、どんな絵でしょうか」

母君に急かされたその帖の画面は、宇治ではなく、匂宮の二条院にいる浮舟だ。それを新参の女房だと思った匂宮が、鍵のかけていない襖障子を少し開けて覗いている。浮舟が気づいて、扇で顔を隠した瞬間を、絵師が捉えていた。

「この場面が選ばれましたか」

母君が半ば納得している。「これはこれでいいでしょう。匂宮が言い寄って添い寝をしているのを、浮舟の乳母が見つけて、鬼の形相で睨みつける部分、あれには笑いました。とはいえ、それはそれで浮舟の心には匂宮の影が宿ってしまうのです。仕方ないです」

母君も匂宮の放蕩ぶりと魅力には、お手上げの様子だった。

この狼藉を知った浮舟の母君は、浮舟を三条の東屋に移し、そこで薫は浮舟と会うのだ。

第五十一帖がその「浮舟」で、絵師が描くのは雪の中、舟で逃避行をする浮舟と匂宮だった。

「思った通り、やはりこの場面でした」

母君がそう言いながら、絵に見入る。「身を寄せ合う二人に、雪が降りかかり、前方に橘の小島が見えます。雪の積もる小島の葦は枯れ、岸辺は凍りついています。その中で橘のみが、緑の葉を繁らせているのです。

年経とも変わらんものか橘の
　小島の崎に契る心は

と匂宮が、橘の色が変わらぬように、我が心も変わらないと言いかけますが、女君の心は揺れるまです。

橘の小島の色は変わらじを
　この浮舟ぞ行くへ知られぬ

橘の色は変わらなくても、この舟はどこに行くのでしょうと言います。絵を見ながら、この歌を詠じると、情景が胸に迫ります」

感激したように母君が言い、今一度、記憶している歌を口にした。感激するのはこちらの側だった。

「いよいよ最後に近づきますね。何だか勿体ない気がします」

母君が言うのを聞きながら、第五十二帖の「蜻蛉」の絵を取り出す。それはどこか、第五十帖の「東屋」と対をなす画面だった。右下の襖障子の間から室内を覗いているのは薫右大将だ。

「これは、明石中宮が六条院で御八講を催した際の出来事ですよ」

母君がまたしても解説する。「旧知の小宰相の君を探して薫が部屋を覗くと、中にいたのが、女一の宮でした。夏の盛りで、池辺には花菖蒲が咲いています。奥の女一の宮の前に器に入れられて氷が置いてあります。その氷を手に取る女一の宮の美しさに、薫はうっとりとするのです。翌朝、自邸に帰った薫は妻の女二の宮に同じ衣装を着せ、氷を取り寄せて、同じ遊びをさせます。しかし異母姉の女一の宮に比べると、どこか見劣りがします。どうせなら女一の宮を嫁にもらいたかったと、薫は後悔します。いやはや何とも、この薫の不粋ぶりにはあきれます」

母君が溜息をつく。

残りはあと一枚で、第五十三帖の「手習」だった。出家した浮舟が文机の上で一心に手習をしていて、脇には経典が置かれている。深く閉ざされた御簾の外は、一面の雪景色だった。

「ここに浮舟は手習として歌二首を書きつけます。

亡きものに身をも人をも思いつつ
　捨ててし世をぞさらに捨てつる

限りぞと思いなりにし世の中を
　かえすがえすも背きぬるかな

人も自分も亡いものと思いつつ、捨てた世をまた捨てて、これが最期だと思った世の中をさらに捨ててしまった、というこの浮舟の心境はよく理解できます。こうするしかなかったのです、浮舟は」

またしても母君が嘆息して、ゆっくりと顔を上げる。「いい源氏絵を見せてもらいました。その技量もさることながら、一帖から一絵を選んだ目の確かさは、絵師でありつつも、物語を読み込んでいない限りできません。そんな源氏絵を見せてもらい、病を乗り越えた甲斐がありました」

もうこの辺りで、母君に種明かしをしておくべきだった。

「場面を絵師に指定されたのは、彰子皇太后様です」

「そうでしたか」

母君がのけぞる。「それはとりも直さず、皇太后様が、源氏の物語を深く深く読んでおられる証(あかし)です。何ともありがたいことです。為時殿が戻られたら、わたしの方から披露(ひろう)しておきましょう。喜ばれますよ」

母君が言い、絵のはいった箱を二階厨子(ずし)の上に置いた。

彰子様から、最後の五十四帖とその絵が届けられたのは、六日後だった。父君と母君、そして惟通も顔を見せる。

「これが最後の帖ですか。そんなに厚くはないのですね」

惟通がわざわざ両手で持って見ている。「そして帖の名が『夢浮橋』。さてどういう意味なのか」

「それは読んでのお楽しみでしょう」

母君がたしなめ、文章よりも絵に目をやった。「これが彰子様が選ばれた場面ですね。さあ、どういう内容なのでしょう」

「母君も知らないのですか」

惟通が訊く。

「まだ読んでいません。あなたが手にしているのが、それですから」

答えながら、絵に見入る。「これは浮舟がいる小野の庵です。髪が短く、尼衣でありつつも黄色の衣です。そして向こうの山道を、松明を掲げたおごそかな行列が近づいて来ています。山の緑、庵の下の遣水の青、そこに蛍が何匹も飛び交っています」

「なるほど、なるほど」

母君の指摘でやっとわかったように、父君が頷く。「これが山から小野に下っている行列だとすれば、その上の横川、さらに上にある比叡の山に参詣した帰りなのかもしれない」

図星だった。

「おそらくそうでしょう。そうだとしたら、これは薫右大将の一行です」

母君の推測も適確ではあった。

「ちょっと待って下さい」

話に水をさしたのは惟通だった。「物語に宇治が出てきているのは知っていますが、小野や横川までが、舞台になっているのですか、姉君」

急に訊かれても返事に窮する。

「これ、作り主本人に面と向かって訊くなど、おろか者の証拠ですよ」

母君にたしなめられて、惟通が首をすくめる。

「いえ、物語の所々は、妻から聞いて知っているのですが」

「姉君が書いた物語を、自ら読まずして、通っている妻から聞くというのも、これまたおろか者です。堤第の恥になります」

母君が冗談めかして言う。「あなたはずっと昔、光源氏の乳母子である従者惟光に、自分の名前の惟をつけてもらって喜んでいたではありませんか。その惟光も位が上がって、その娘で五節の舞姫を務めた藤典侍は、夕霧左大臣の妻となっています。その娘の六の君が匂宮の妻におさまっているのですよ。それも知りませんね」

「はい、そこまでは」

いよいよ惟通が首を縮める。

「いいでしょう。この最後の第五十四帖『夢浮橋』を、一両日中に書写しておきます。最後がどうなるのかは、あなたの妻も知りたがっているでしょう。今度通うときの手土産にしなさい。少しは面目が施せるでしょう」

「本当にそうしていただけますか」

惟通の顔が明るくなる。「一足飛びに結末を知るのですから、あちこちに言いふらして、鼻が高くなります。ありがとうございます」

惟通が頭を下げる。

「ここに惟規がいたら、またどんなにか喜んだことでしょうに」

一瞬、母君がしんみりとなる。

「もうそれを言ってくれるな」

父君が制する。「これで香子が書き上げた五十四帖が揃ったわけだ。まだ後ろのほうは、越後の雅子には送っていないだろうから、追い追い書き写して、次の便の折でも持たせてやってくれ。越後で無聊にしているはずだ」

「はい。準備しておきます」

母君が答える。

「それでは今夜は、源氏の物語の完成を祝して、堤第あげての祝宴にしよう。下々の者にも酒を振舞おう。惟通が万事を仕切るように」

父君が満面に喜色を浮かべているのを見て、確かにこれで五十四帖を書き終えたのだという実感が湧いてくる。

同時に甦ってきたのは、若かりし頃、父君が「これからそなたを香子と呼ぶ」と言った日のことだ。その後に具平親王の邸に出仕する際も、本名は香子とされた。

その香子という名は、光源氏の物語の中で、匂宮と薫として生かされている。この企みに気づく読み手はおるまい。それはそれでいい。ひとつくらい作り主としての秘め事があっても、神仏は咎めないだろう。

第六十三章　上東門院

源氏の物語を書き終えたあとも、彰子皇太后様に仕え続けた。東宮の敦成親王の宣旨である大納言の君の許で働いている娘の賢子については、その成長ぶりを大納言の君からも宰相の君からも、折々に聞かされ、安心した。

長和四年（一〇一五）十月、帝は道長様を准摂政に任じられた。

前年二月に焼亡した内裏は、造営はなかなかはかどらなかったが、新しい内裏は九月に完成し、帝と東宮はそこに還御された。

ところが十一月、内裏が再び焼失する。帝のご失望は察して余りある。自分にはどこまでも災禍がつきまとうと思われたに違いない。

年が明けての長和五年（一〇一六）の正月、ついに帝が譲位され三条院になられた。これは前の年から執拗に続けられた、道長様の圧力のせいだと噂され、彰子皇太后様の許に時折参上する藤原実資様の話でも確かなようだった。三条帝に近侍していたあの藤原公任様さえも、最後には道長様に同調していたという。

天皇譲位とともに、敦成親王が践祚され、後一条天皇になられた。これによって彰子様は国母に、同時に道長様が摂政になられ、東宮には三条院の第一子の敦明親王が立たれた。

四月、父君が三井寺で出家を決められた。七十歳近くなって我が子の定暹から剃髪してもらった感慨は容易に想像できる。堤第に仏間を造って日々精進されている。

翌長和六年（寛仁元年、一〇一七）は疫病の年となり、都に死人が溢れた。三月には、摂政が道長様から長子の頼通様に移される。わずか二十六歳である。五月、三条院が崩御される。一条天皇の跡を継がれて以後、万事にわたって道長様の嫌がらせを受けて苦悩された挙句の死だった。

八月、東宮に立ったばかりの敦明親王が辞任される。しかるべき後見のない我が身に、頼りなさを感じられたのだろう。その代わりに東宮になられるのは、新帝の弟の敦良親王と目された。

これに異を唱えたのが、彰子皇太后様だった。故一条院の遺思を汲んで、遺児である敦康親王を東宮にすべきだと主張された。幼い敦康親王を、若い頃に養育された彰子様らしいお考えだった。彰子様には、どこまでも一条院への思慕と恩義が燃え続けておられるのだ。しかし、この推挙は、道長様の反対で実を結ばなかった。

寛仁二年（一〇一八）正月、帝が十一歳で元服、その加冠役を務めるために、道長様を太政大臣にするように、彰子様が取り決め、その使者に立ったのは摂政頼通様だった。元服の儀は紫宸殿で行われ、頼通様が理髪し、道長様は加冠の役目を終えた後、太政大臣を辞された。これ以降、彰子様は太皇太后になられた。

この直後に頼通様は大饗を催し、四尺の大和絵屏風十二帖を新調された。その際に父君は屏風に記す漢詩を依頼された。父君とともに推挙されたのは、権大納言の藤原斉信様と、公任様、式部大輔の藤原広業様、内蔵権頭の慶滋為政様、そして大内記の藤原義忠様だった。入道になってからも、詩才を高く評価されるのは、父君にとっても光栄かつ嬉しい下命と言えた。

三月には彰子様の実妹、つまり道長様と倫子様との間に生まれた三番目の娘威子様が、帝に入内された。二番目の娘である妍子様は、三条天皇の后になられていたので、これによって、道長様は、一条帝、三条帝、そして今上帝と三代の天皇に、続けざまに三人の娘を嫁がせたことになる。

十月には、威子様が中宮、妍子様が皇太后になり、このときの饗宴で、道長様は歌を詠む。実資様が、その和歌を一同で唱和するように音頭を取った。

この世をば我が世とぞ思う望月の
欠けたることもなしと思えば

十二月、父母のため、道長様は五日間の法華八講を京極殿で行われた。金色の等身仏六体を造らせ、自ら金泥法華経一部を書写された。その最中に、式部卿となった敦康親王が亡くなられた。享年わずか二十だった。一条帝の皇子としては不運な一生だった。

寛仁三年（一〇一九）になると、道長様が病身になり、実質上の政は彰子様が行われるようになった。そのため実資様が頻繁にやってきて、そのつど取次を頼まれた。三月にはついに道長様が出家される。僧名は行観、六月には行覚と改名された。

そして七月、弟の惟通が常陸介に任じられ、正妻を伴って常陸に下った。父君と母君の喜びも一入だった。これによって堤第も、受領としての面目が保たれた。

十二月に、頼通様が彰子様の推挙によって関白になる。

年が明けての寛仁四年（一〇二〇）は、疱瘡大流行によって様変わりした。都には死人が溢れ、死臭が漂う。まさに二十六年前の正暦五年（九九四）の大流行と同様に、悪夢の再来だった。

新帝もこれに罹患して病床に就かれ、懸命の看病が始まる。近侍を命じられたのは、かつて疱瘡を患い、回復した者たちで、幸い帝の病状は少しずつ回復して、五月末には瘡が取れ、沐浴も可能になられた。とはいえ、顔にはわたし同様の痘痕が残った。

九月、突然に惟通の死が常陸国府から届く。死因はやはり疫癘によるものだった。西国から都に至った疱瘡は、そのままの勢いで東国を襲ったのだ。任国に伴っていた正妻は無事で、十月には帰京し、里邸に戻った。遺児はないまま、堤第は喪に包まれた。

十二月、堤第の父君と母君を弔問に訪れた惟通の妻が、帰途に暴漢に襲われる不祥事が起きる。犯人は平為幹という蔵人で、母君は出家した父君に代わって、検非違使に訴えた。それが閏十二月で、旬日の後の沙汰で平為幹は蔵人の任を解かれ、ひと月の謹慎を命じられた。

翌寛仁五年（治安元年、一〇二一）にも疫癘は退散せず、老若を問わずに襲いかかった。疱瘡のみならず瘧病、いわゆるわらわやみも混在していた。路頭に病人が溢れ、死者が横たわる有様を、実資様は彰子様に訴え、取次をさせられた。この惨状にもかかわらず、関白頼通様以下の上達部は管絃の遊びをしていると、実資様の舌鋒は鋭かった。彰子様も、藤原一門の奢りには眉をひそめられた。

この頃から彰子太皇太后様は、主に上東門院に住まわれるようになった。

治安二年（一〇二二）は、道長様が法成寺建立に、最後の力を注いだ年になった。上から下まで賦課がかけられ、藤原一族は言うに及ばず、上達部や殿上人、僧綱、諸大夫から雑人雑女に至るまでが、土や木を運ばされる仕儀になった。

治安三年（一〇二三）は、彰子様が、母の倫子様六十算賀を主催された年だった。実資様の彰子様への取次も増し、そのお蔭で、養子の資平様が妍子皇太后宮権大夫、もうひとりの資頼様が伯耆守に任じられた。

治安四年（万寿元年、一〇二四）、この頃、彰子様は帝の後見役と同時に、頼通様の後見にもなられていた。国母として、道長様の権勢をそのまま頼通様に継承されたのだ。

万寿二年（一〇二五）の八月、東宮妃だった嬉子様が、親仁親王を出産した後、赤裳瘡のために死去された。賢子は、この親仁親王の乳母となる。さらに十一月、彰子様の女房のひとり小式部内侍も、頭中将藤原公成様の子を産んだあと、患い、亡くなる。まだ三十歳前だった。

彰子様も死を惜しまれて、母の和泉式部に、小式部が着ていた唐衣で、露の模様のある物を届けるように依頼された。冥福を祈るために写した経文の表紙にされるためだ。和泉式部から届けられた衣には、和歌が二首添えられていた。

　などて君むなしき空に消えにけん
　　あわ雪だにもふればふる世に

どうしてあなたはかくもはかなくこの世から消えたのか。淡雪だって降ればしばらく消えないこの世なのに、という嘆きだった。

おくと見し露もありけりはかなくて
　消えにし人を何にたとえん

はかない露でもこうして残っているのに、それよりもさらにはかなく逝ってしまった娘を何にたとえたらいいのでしょう、という悲しみだった。
これに対して彰子様も返歌をされた。

おもいきやはかなくおきし袖のうえの
　露をかたみにかけん物とは

思いもせず、はかなく置いた唐衣の袖の上の露を、あのひとの形見として、あなたと互いに涙を添えるとは、という哀惜だった。
小式部内侍とは、母親同士は親しくなくても、娘の賢子が懇意にしているようだった。歌のやりとりもしていたに違いない。あとになって、賢子から、病床を見舞った母の和泉式部に対して、小式部内侍が詠んだ歌を教えられた。

いかにせん行くべき方(かた)も思おえず

親に先立つ道を知らねば

親より先に逝く道などわからないわたしは、どの方向に行っていいか判じかねています、という死の予感だった。

明けて万寿三年（一〇二六）の正月早々に、彰子様が出家を決められた。天台座主が戒師となって、身の丈から一尺を過ぎる程に長かった髪を削ぎ、法名を清浄覚とされる。院号は御座所にちなんで上東門院と称された。

彰子様に従って、女房六人も出家した。いち早く出家を決めたのが弁の内侍の君だった。わたしの出家は、彰子様が許して下さらなかった。

「そなたは紫の上そのものです。あの方は源氏の君から最後まで出家を許されませんでした。出家は、あの浮舟で充分です。あの浮舟を形代として、出家などせずに近侍するように。仕える女房がすべて尼削ぎばかりだと、気が滅入ります」

なるほど、浮舟が自分の身代わりだとは、言い得て妙だった。母君がいるので、父上の出家に重ねて、娘までもが出家はできなかった。

このときの春、庭の紅梅を眺めて、彰子様に出仕して、もう十二年になる娘の賢子が詠んだ歌がある。

梅の花なに匂うらんみる人の
色をも香をも忘れぬる世に

たとえ出家されて人から忘れられておられようと、その色と香はこの紅梅のように栄えております、という、憧れだった。

この通り、賢子が彰子様を心から慕っているのは嬉しかった。

とはいえわたしとしては、もはや肩の荷をおろした気分になり、いつこの世から消えても悔いはなかった。かつて詠んだ歌の通りだ。

いずくとも身をやる方のしられねば
　うしとみつつもながらうるかな

翌万寿四年（一〇二七）の春、母君が亡くなられた。この二、三年は病がちで、床に臥す日が多くなり、わたしも月に一度は里帰りを続けていたのだ。享年七十であり、この母君こそは、生母以上の継母だった。

そして十二月上旬、ついに道長様が息を引き取られた。念仏を唱えながらのご臨終だったと聞いている。享年六十二だった。

さらに同日、全く跡を追うようにして、権大納言の藤原行成様が亡くなった。こちらは享年五十六と聞いている。

道長様の荼毘は鳥辺野で行われ、木幡にある藤原一門の墓に埋葬された。その際、火葬場までは、頼通様以下の子息が表衣の上に素服を着て、冠の上に布頭巾をかぶり、棺の載る牛車の後ろを歩行された。

明けて万寿五年（長元元年、一〇二八）は、疫病と旱魃に続き、大風雨の年になり、道長様の怒りではないかと噂された。あちこちの門が傾き、右近衛府に至っては完全に倒壊した。法成寺も、あたかも海の中に建つかの如く浸水する。

こうした災難に対処すべく、頼通様の彰子様詣でが足繁くなり、取次に追われた。何事も、姉である太皇太后様のご意見を伺わなければ、事を進める気力もない人だった。もうひとつの取次は実資様に請われてのもので、養子資平様の昇進に関する依頼だった。

この年、彰子様と実資様の推挙で決まったのが、故道長様の随身を務めた下毛野光武様の大宰府相撲使だった。

長元三年（一〇三〇）になって、わたしはにわかに体の衰えを感じた。堤第での里居が長くなり、父君と共に過ごす日々が続いた。妹の雅子は、夫君の信経殿に従って肥前に下っていた。受領の正妻として、三男二女に恵まれる暮らしぶりだった。

時折、娘の賢子が里に下って来て、彰子様のご様子を聞くことができた。翌長元四年（一〇三一）には、秋に壮大な行幸を行うので、是非とも戻れるよう、体を養っておくようにとのご伝言もあった。聞くと、彰子様が一世一代をかけての参詣を企てておられるのがわかった。

まず賀茂河尻で乗船し、山崎で食事をしたあと、石清水八幡宮に参詣する。翌日は淀川下りで、翌々日に摂津まで至り、その次の日には住吉社と四天王寺に詣でる。四天王寺では、西大門から海の彼方に沈む夕日を拝しながら、弥陀の念仏を唱える。

ともかくも、これは大がかりな船旅であるのは間違いない。いったい何十艘の船が必要になるのか。おざなりの船ではいけないので、新造するしかないはずだった。

その船の準備を任されたのが、美作守だと聞いて思い当たる。美作は、あの実資様の知行国であり、やはり養子の資頼様が美作守だ。これまで幾度も、実資様の願いを聞き届けた返礼をさせるべく、さりげなく資頼様に命じられたに違いなかった。

しかし、わたしはそうした船旅には、もはや耐えられる身ではなかった。賢子には、「どうか四天王寺の西に没する夕日を拝まれる際、この藤式部いや紫式部の名を唱えて、ご一緒に拝ませて下さい」と彰子様に伝えさせた。

それにしても思い起こされるのは、今年八月、東北院が落成して、彰子様と共に、高陽院からそこに移った折に詠んだ歌だった。そこには渡殿や池、遣水に滝もあり、到着したのが払暁だったために、有明の月が池を照らしていたのだ。

影見てもうき我が涙おち添いて
かごとがましき滝の音かな

遣水に映る我が姿を見ても、涙が落ちて流れに加わり、滝の音までが恨みごとを言っているように響く、という慨嘆だった。

やはり、長い女房生活を思い起こすと、感慨は憂しと哀れに要約できる。取るに足りない我が心ながらも、こうなりたいという望みは人並にあった。しかしそういう身の上にはならず、いつの間にか心もそれに従っていた。

数ならぬ心に身をばまかせねど
　身にしたがうは心なりけり

物の数にもはいらない自分の心にそう身の上にはならなかったけれど、いつの間にかその身の上に我が心が従ってしまった、という心残りだった。

我が心だけは自分のものだから、せめてこの心だけは思い通りにしようとしたものの、それがどういう境遇（きょうぐう）で可能だろう。しかしどういう境遇になっても、思い通りにならないことはわかっている。かといって、それで悟り切る境地（きょうち）には、なかなかならないのだ。

心だにいかなる身にかかなうらん
　思い知れども思い知られず

物の数にもはいらない我が心にかなう身の上もないとはわかっているものの、そうとも今なお悟りきれない心がある――。

後記

紫式部が自らの死を自覚していた通り、長元四年（一〇三一）九月の太皇太后彰子の石清水八幡宮と住吉社詣りには同行できなかった。娘の賢子は喪に服していたが、太皇太后に喪服のまま近侍した。

父、藤原為時の死はその前年であり、堤第で紫式部と共に暮らした家族のうち、残されたのは妹の雅子と娘の賢子のみになる。雅子は、父為時の後を継いで越後の国守になった夫と共に、その後も受領の妻として、諸国に赴く。だから、父母も兄姉もいなくなった堤第に里帰りする機会は、もはや失われる。

堤第の経営をひとりで支えたのは、賢子であり、その華々しい経歴についても触れておかなければ、母親の生涯を語り終えないだろう。

長元四年正月に享年五十九で母の紫式部が没したとき、賢子は既に三十二歳の上臈女房だった。

文才は母から受け継いでいたとはいえ、人となりは父親の藤原宣孝（のぶたか）そっくりで、人当たりもよく、同僚から好かれ、快活磊落（らいらく）だった。

母の葬送をすませて精進（しょうじん）しているとき、賢子は既に東宮敦良（とうぐうあつなが）親王の乳母（めのと）になっていた。裳着（もぎ）をすませて、長和（ちょうわ）三年（一〇一四）に女房として出仕（しゅっし）したとき、越後の弁（べん）と呼ばれた。これは祖父の為時が、当時、越後守（えちごのかみ）であり、かつて左少弁（さしょうべん）だったからである。

関白（かんぱく）でさえ、越後の弁には一目（いちもく）置いていた。高陽院（かやのいん）の梅を折って、関白頼通（よりみち）が贈ったのに対して、越後の弁は歌で返した。

いとどしく春はこころの空（そら）なるに
また花の香（か）は身にぞしみける

春は上（うわ）の空で何も手につかない有様（ありさま）ですが、更に梅花の香りが身に染（し）みて気もそぞろです、という謝意で、関白からも返歌があった。

そこならばたずねきなまし梅の花
まだ身にしまぬにおいとぞ見る

そんなにも梅の香が良いものなら、訪ねて来てもいいものを。まだ香りが足りないのでしょう、という咎（とが）めだった。

越後の弁は母譲りの聡明さと、父譲りの明朗な性分から、多くの若公達から言い寄られた。まず親しくなったのは、紫式部を大いに称揚した権大納言藤原公任の息子、定頼である。

越後の弁にとって初めての人は、定頼だった。その初々しい心を歌にして定頼に贈る。

うずもるる雪の下草いかにして
　つまこもれりと人にしらせん

雪に埋もれている下草のように、わたしが恋しさを胸にしながら、籠っていると、どうやって伝えましょうか、という求愛で、定頼も優しく返歌する。

垂る氷する峰のさわらび萌えぬるを
　まだ若草のつゆやこもれる

つららの下がる峰でも若草が芽を出しているというのに、まだあなたが引き籠っているとは、という誘いだった。

通い出した定頼に、時鳥の声を聞いて歌を贈る。

いく声か君は聞きつるほととぎす
　寝もねぬわれは数もしられず

幾度時鳥の声を聞いたかわからないほど、あなたを待って一睡もせぬ夜を過ごしました、という恨（うら）みであり、定頼も返歌する。

ふた夜三夜（よみよ）またせまたせて郭公（ほととぎす）
　ほのかにのみぞわが宿は鳴く

私の宿では二夜も三夜も待たせて、時鳥が鳴いたのは一度で、待ち続けた私の思いのほうが深いのです、という弁解だった。

その定頼の訪れが間遠（まどお）になったので、越後の弁は、白菊（しらぎく）に和歌を結びつけて贈る。

つらからんかたこそあらめ君ならで
　たれにか見せん白菊の花

薄情な仕打ちをされるときもあるにせよ、あなた以外に白菊を見せる人はいません、という恋情の告白だが、その返歌はつれなかった。

初霜にまがうまがきの白菊を
　うつろう色とおもいなすらん

初霜で柴垣の白菊の花は色が変わったとしても、私の心は変わりません、という再びの弁明だった。

次に越後の弁と親しくなったのは、道長の正妻倫子の兄、大納言 源 時中の息子、朝任だった。上東門院彰子が内裏にいた折、清涼殿の北、滝口の西の黒戸に立った右兵衛督朝任が、歌を詠みかけた。

知るらめや真屋の殿戸のあくるまで
あまそそきして立ち濡れぬとは

あなたは知っていますか、御殿の戸が開くまで、雨の雫に濡れたまま立っていた私がいたことを、という求愛で、越後の弁もそれに好意をもって応じた。

いとおしと何にかけけん雨そそぎ
真屋のとかをに濡るるときくきく

ひと夜、雨だれに濡れて立ち明かされたとは、何ともお気の毒です、という同情だった。

この源朝任は寛仁三年（一〇一九）、越後の弁にとって叔父である惟通が常陸介に任じられたとき、頭中将になる。ある朝、朝任が越後の弁に歌を贈る。

なべてやとおもうばかりにもろともに
　いるさの山のここちのみして

簾の中にはいろうとすると、あなたは私を避けて奥にはいってしまい、私は山の中に迷った気分になりました、という不満で、越後の弁の返歌は、いささかつれなかった。

言いそめし色もかわりぬ山あらき
　いかがいさめし手なふれそとは

あなたの態度は花が移ろうように、余りに強引になりました、という諫めだった。
越後の弁はその頃、道長が側妻明子との間にもうけた息子で、権大納言兼東宮大夫の頼宗とも親しくなっていたからだ。後に、頼宗は右大臣にまで昇りつめ、往時を懐しがって越後の弁は歌を贈っている。

恋しさの憂きにまぎるるものならば
　又ふたたびと君を見ましや

心の憂さが続く日々ですが、当時の恋しさを思い返すと、またあなたと逢いたいものです、という懐旧の念だった。

万寿二年（一〇二五）、道長と倫子の四女で東宮妃の尚侍嬉子が、親仁親王を産んで亡くなる。親王の乳母には宮の尚侍美子の妹がなったものの、病を得て退出する。そこで選ばれたのが、故関白藤原道兼の息子兼隆の妻になって、娘を産んでいた越後の弁だった。後に即位して後冷泉天皇になる親仁親王の乳母となった越後の弁は弁の乳母と呼ばれるようになる。

前に述べた長元四年九月の上東門院彰子の住吉詣でには、死去した紫式部の代わりとして、請われた弁の乳母も随行する。十月二日は天の河での宿りだった。召されて弁の乳母は歌を詠む。

> 菊の花うつろう色を見てのみぞ
> 　思うことなき身とはなりぬる

菊の花の色が褪せていくのを見ているときのみが、わたしの心の憂いも鎮まるのです、という諦念だった。それとともに、母を亡くして、これから先、堤第を背負って行くのは自分だろうという静かな決意を、そっと詠み込んだのだ。

夫の藤原保昌が大和守に任じられて、共に下っていた和泉式部が、長元六年（一〇三三）三月に京に戻って来る。その月の下旬、表敬を兼ねて、弁の乳母は和泉式部に美しい糸を所望した。保昌が、かつて母の紫式部と短期間ながら夫婦だったのは弁の乳母も知っていた。和泉式部の歌の才への尊敬に加えて、親近感を持っていたのはそのためだ。和泉式部からは糸とともに和歌が届く。

青柳の糸もみなこそ絶えにけれ
　春の名残りは今日ばかりとて

青い柳の糸のような枝はもう枝になってしまい、春も糸も今日が最後です、という春と糸を響かせた歌で、弁の乳母も礼状とともに返歌した。

青柳の春とともには絶えにけん
　また夏引の糸はなしやは

青柳の糸は春でなくなっても、まだ夏に繰りとる糸があるのではないでしょうか、という反問だった。

これが和泉式部と交わした歌の最後になり、翌長元七年（一〇三四）に和泉式部は亡くなり、その二年後に、保昌も摂津守の任期の途中で没する。享年七十九だった。

長元九年（一〇三六）四月十七日、後一条天皇が崩御し、東宮の敦良親王が践祚する。代が改まったので翌年改元されて、長暦になった。新しく東宮になったのが、賢子が乳母を務めた親仁親王だった。

そして、高階成章が親仁親王の東宮権大進に任じられる。

高階家は元来受領の階級であったとはいえ、学問を重視していた。中宮定子の母である高階貴子も、父の成忠から貴公子顔負けの教育を受けた。この才媛ぶりが、関白藤原兼家の長男である道隆の目にかなったのだ。そうした学を重んじる家風にいた成章が、紫式部の娘である弁の乳母に心惹かれたのは当然だった。

二人は親しくなり、弁の乳母は成章の正妻に迎えられ、為家を産む。このとき我が息子に為家と命名したのは、祖父の為時にちなんだからだった。祖父の男系の血は、惟規、惟通の早逝と定暹の出家によって途絶えていた。

この老いた祖父為時が存命のとき、弁の乳母が詠んだ歌がある。

　　残りなき木の葉を見つつなぐさめよ
　　　つねならぬこそ世の常のこと

木の葉が散るように誰もがいなくなり、葉のない木を眺めていると、無常こそが世のならいです、という悟りであり、為時も涙ながらに返歌した。

　　ながらえば世のつねなさをまたやみん
　　　残る涙もあらじと思えば

命長らえると、この世の無常ばかりを見る身になるのでしょうか、もう残る涙もないのに、という慨嘆だった。

東宮となった親仁親王に、乳母として近侍していた折、梨壺の御前の菊が月に照り映えているのを見て、東宮に勧められて詠んだ歌もある。

いずれをか分きて折らまし月かげに
　霜おきそうる白菊の花

どの白菊を折ったらいいでしょうか、月の光でなべて霜が降りたように見えるので、という機知の歌で、『古今和歌六帖』にある凡河内躬恒(おおしこうちのみつね)の歌、いずれをか分きて折らまし梅の花　枝もとををに降れる白露、を踏まえていた。

弁の乳母は、もちろん上東門院彰子にも仕えており、母の紫式部が没した翌年の長元五年（一〇三二）十月十八日の上東門院菊合せ(きくあわせ)で、歌を詠んだ。

うすく濃くうつろう色もおく霜に
　みな白菊と見えわたるかな

薄い色の菊にも濃い色の菊にも、霜が降りて、すべて白菊に見えてしまう、というこれも機知の歌だった。

寛徳(かんとく)二年（一〇四五）一月、東宮親仁親王が即位すると、弁の乳母は典侍(ないしのすけ)となる。新帝の治政下の永承(えいしょう)五年（一〇五〇）六月五日、関白頼通が祐子(すけこ)内親王のために高陽院で歌合せ(うたあわせ)を催す(もよおす)。弁の乳母も歌を寄せる。

秋霧の晴れせぬ峰に立つ鹿は
　声ばかりこそ人に知らるれ

秋の霧で閉ざされた峰に立つ鹿は、姿は見えないものの、鳴く声でそれとわかります、という目と耳に訴えた歌だった。

そして天喜二年（一〇五四）十二月、夫の高階成章が大宰大弐に任じられた。この抜擢は他ならぬ関白頼通によるものだった。弁の乳母も筑紫への下向は嫌ではなく、むしろこの大弐の任官に因縁を感じた。父の藤原宣孝が大宰少弐、筑前守だったからだ。

筑前大宰府に住むのは、父の面影を追う好機にもなり、興味津々で筑紫に下った。門司の関まで来て、関門海峡の波の荒さには驚かされて、たまらず詠歌する。

往きとてもおもなれにける舟路に
　関の白波こころしてこせ

行くのに見馴れている海路ではあっても、荒く立っている関の白波を気をつけて越えなさい、という忠告だった。

海峡を越えて、波の荒い鐘崎沖にさしかかったとき、弁の乳母は、母の手になる『源氏物語』の一節を思い浮かべた。乳母の夫の大宰少弐が死去したあと、大宰府で育った玉鬘は、乳母たちとともに肥前に移ったものの、大夫監の強引な求婚を受ける。そこで肥前を脱出して、船旅でこの荒い海を渡ったのだ。

母の紫式部は、筑紫にも肥前にも行っていない。すべては夫の宣孝からの伝聞だった。今目の前に広がる大海原と荒波を、我が目で見ていれば、あの逃避行にもっと筆を費やしていたに違いなかった。玉鬘一行が帰京する船旅の難事が、省筆されているのを、何とも残念に思っただろう。

大宰府行きは、夫の成章も因縁を感じていた。そこは何といっても菅原道真ゆかりの地だ。国守階級とはいえ、高階家に脈々と流れる文人資質を受け継ぐ者として、道真の詩歌には幼い頃から親しんでいたのだ。今はその土地に立って味わうことができる。

例えば筑紫への道中を記した漢詩によると、牛車は鞭打っても進まず、町並には塵が立ち、原野には春草が伸び、蹄のない馬を支給され、港で待つのは半壊の舟であり、五十余の駅停に泊まる、千五百里の旅だったらしい。

妻と年長の女子は家に残され、幼い男女児二人が同行を許された。長男は土佐に、二男は駿河に、三男は飛騨に、四男は播磨に流される。つまり家族は五か所に散らされた。

今を去る百五十年前の道真の暮らしは悲惨であり、残された漢詩からも、それが察せられる。

京の留守宅は生活が苦しく、庭木を売って、人を住まわせ、筑紫流謫の主を案じて、薬用の生薑と斎用の昆布を送って来たのだ。同行の幼子二人は貧困の中で死に絶える。

当初は心の内で帰京を念じた道真も、謫居が二年にも及ぶ頃には、諦念に転じる。

病追衰老到　　病は衰老を追って到り

愁趁謫居来　　愁は謫居を趁いて来る
此賊逃無処　　此の賊逃るるに処無し
観音念一廻　　観音念ずること一廻

春になって北に帰る雁に、自身を重ねて詠じた和歌もある。

かりがねの秋なくことはことわりぞ
帰る春さえなにか悲しき

雁が飛来して秋に鳴くのは当然ながら、春になって帰って行くのを見るのは悲しい。という悲哀だった。

母の紫式部は、この道真の歌を下敷にして、須磨に流された源氏の君に歌を朗詠させていた。

ふるさとをいずれの春か行きて見ん
羨ましきは帰るかりがね

古里の都をいつの春か行ってこの目で見たい、帰る雁が羨ましい、という羨望だった。

紫式部が道真にいかに心酔していたかは、この和歌に集約されている。いや、そもそも、源氏の物語の作者が、源氏の君を須磨に流したのも、道真を慕う心があったからだ。

足曳のかなたこなたに道はあれど
　都へいざという人ぞなき

道は八方に続いているものの、都へと誘ってくれる人はいない、という嘆きだった。確かにここ大宰府は、様々の山に囲まれてはいても、四方に通じる道にはことかかない。しかし道真を都にいざなう人は皆無だった。

あめの下乾けるほどのなければや
　きてし濡衣ひるよしもなき

雨の降る天の下にはものの乾く間もないのだろう、私の濡衣が乾くはずもない、という慨嘆だった。

思い遣るのは都であっても、その帝の下には賢臣などいないようだ。だから私の濡衣が乾くこともない、と道真は嘆く。

道真の配所にあって、その歌を改めて詠じてみると、しみじみとその境遇が偲ばれただろう。それだけでも、弁の乳母は、筑紫に下った甲斐があったと思うことしきりだったにちがいない。

そういう意味では、弁の乳母の大宰府での暮らしは寂しいものではなく、母が書いた「玉鬘」の帖を改めて味わう日々だった。仮に紫式部が夫と共にこの大宰府に住まっていれば、もっともっと玉鬘の幼時の有様を詳しく書いたはずだった。道真がその漢詩に書いた「都府楼には纔に瓦の色を看る　観音寺ではただ鐘の声のみを聴く」は、そのまま弁の乳母の感慨ではあった。

春を迎えた天喜五年（一〇五七）、弁の乳母は歌を詠む。

かまど山ふりつむ雪もむら消えて
　いまさわらびももえやしぬらん

筑紫の竈山に降り積む雪もまだらに消え残り、今は早蕨も芽を出しているだろう、という春を待ち焦がれる歌だった。

ところが天喜六年（一〇五八）二月、成章が任期の途中、大宰府で死去する。

都に戻った弁の乳母は、そのまま上東門院彰子に仕え、女房として重用された。

程なく、かつての夫である兼隆の孫で法師の、奇怪な事件に遭遇する。兼隆には別の妻との間に息子で四位右中将の兼房がおり、その子に興福寺の僧静範がいた。この静範が、成務天皇陵の盗難事件に連座して伊豆に流された。康平六年（一〇六三）十月である。翌年五月、兼房は義理の母である弁の乳母に歌を贈る。

五月やみ子恋いの森のほととぎす
　人知れずのみなきいたるかな

「子恋いの森」は伊豆国の歌枕で、五月の伊豆の森の闇で、時鳥が人知れず鳴いております、という哀願であり、帝の乳母でもある弁の乳母に、息子の放免を依頼したのだ。すぐさま弁の乳母は返歌する。

ほととぎす子恋いの森になく声は
　聞くよそ人の袖もぬれけり

時鳥が伊豆の森で鳴く声は、聞く人も涙で袖を濡らしております、という同情だった。

弁の乳母が帝に嘆願し、後に静範は許されている。兼房が没したのは、その三年後のことである。

治暦（じりやく）二年（一〇六六）五月五日、皇后宮寛子（こうごうぐうひろこ）の歌合せに弁の乳母も参加して、詠歌している。

またぬ夜もまつ夜も聞きつほととぎす
　花たちばなのにおうあたりは

来る人を待つ夜も待たない夜も、時鳥の声を聞きました、花橘が匂う辺りに、という艶なる歌だった。

弁の乳母は内裏に出入りする殿上人にも気遣いをし、橘為仲（たちばなのためなか）が蔵人を辞した治暦三年（一〇六七）には、ねぎらいの歌を贈った。

沢水におりいるたづは年ふれど
　馴れし雲居ぞ恋しかるべき

沢に降り立った鶴は年月が経っても、馴れ親しんだ宮中が恋しいでしょう、という慰問で、為仲も返歌する。

葦原に羽根休むめる葦たづは
　もとの雲居に帰らざらめや

葦の原で羽根を休めている鶴は、もう宮中には帰らないでしょう、いや帰るかもしれません、という取りなしだった。この為仲は、後に陸奥守に任じられている。

治暦四年（一〇六八）四月十九日、後冷泉帝が崩御、弟の東宮尊仁親王が践祚、後に後三条帝と称される。これによって典侍になっていた弁の乳母は、その任を辞して従三位に叙せられた。母が藤式部だったのにちなみ、藤三位とも、あるいは亡き夫が大宰大弐だったために、大弐三位とも呼ばれるようになる。

そして延久五年（一〇七三）五月、帝が崩御して後三条院の諱を贈られる。奇しくも五年前の後冷泉院の崩御と同じ、五月雨の頃だった。かつての同僚だった女房の少将の内侍から歌が届く。

またもなお残りありけり五月雨に

降りつくしてし涙と思うに

またしても悲しい五月雨が残っていました、もう涙も雨も降り尽くしたと思っていたのに、という嘆きで、大弐三位も同じ感慨で返歌している。

五月雨は昔も今も涙川
同じ流れに水まさりけり

五月雨は今も昔も涙川をつくります。今は涙でその水量が増しています、という共感だった。大弐三位の長寿は、成章との間にできた息子の為家の出世も、見届けるのを可能にする。いや、そもそも母の後楯（うしろだて）によって、為家は異例の出世をしていた。まず六位の蔵人（くろうど）に任じられ、兵衛佐（ひょうえのすけ）を経て、周防守（すおうのかみ）に転出する。延久四年（一〇七二）には、三十五歳の若さで美作守（みまさかのかみ）になり、延久六年（一〇七四）、関白家政所（まんどころ）の別当（べっとう）になる。

延久から承保（じょうほう）、さらに承暦（じょうりやく）と改元された二年（一〇七八）四月二十八日、後三条帝の後に践祚した白河（しらかわ）帝の内裏で、歌合せが催される。このとき為家は播磨守（はりまのかみ）であり、大弐三位が代理として詠進（えいしん）した。

五月雨のひまなきころは伊勢（いせ）の海士（あま）の
もしおのけぶり絶えやしぬらん

五月雨がひどく降り続く頃は、伊勢の漁師が藻塩を焼く煙も絶えるでしょう、という季節歌だった。

二日後の内裏後番歌合せにも、息子に代わって歌を贈った。

たなばたの雲の衣もまれにきて
　重ねあえずや立ちかえるらん

七夕の織女が織る雲の衣も稀に着て、重ね着ができずに裁ち替えたのでしょう、という諧謔だった。

大弐三位は最後まで頭脳明晰であり、八十歳に及ぶ長寿を全うした。これも八十歳過ぎまで生きた祖父為時譲りの、強健な体質のお蔭だった。しかし、七十歳を過ぎても、その歌が宮中でも所望され続けたのには、母紫式部の威光が少なからず働いていたのではなかろうか。

香子（紫式部）関係略図（五）

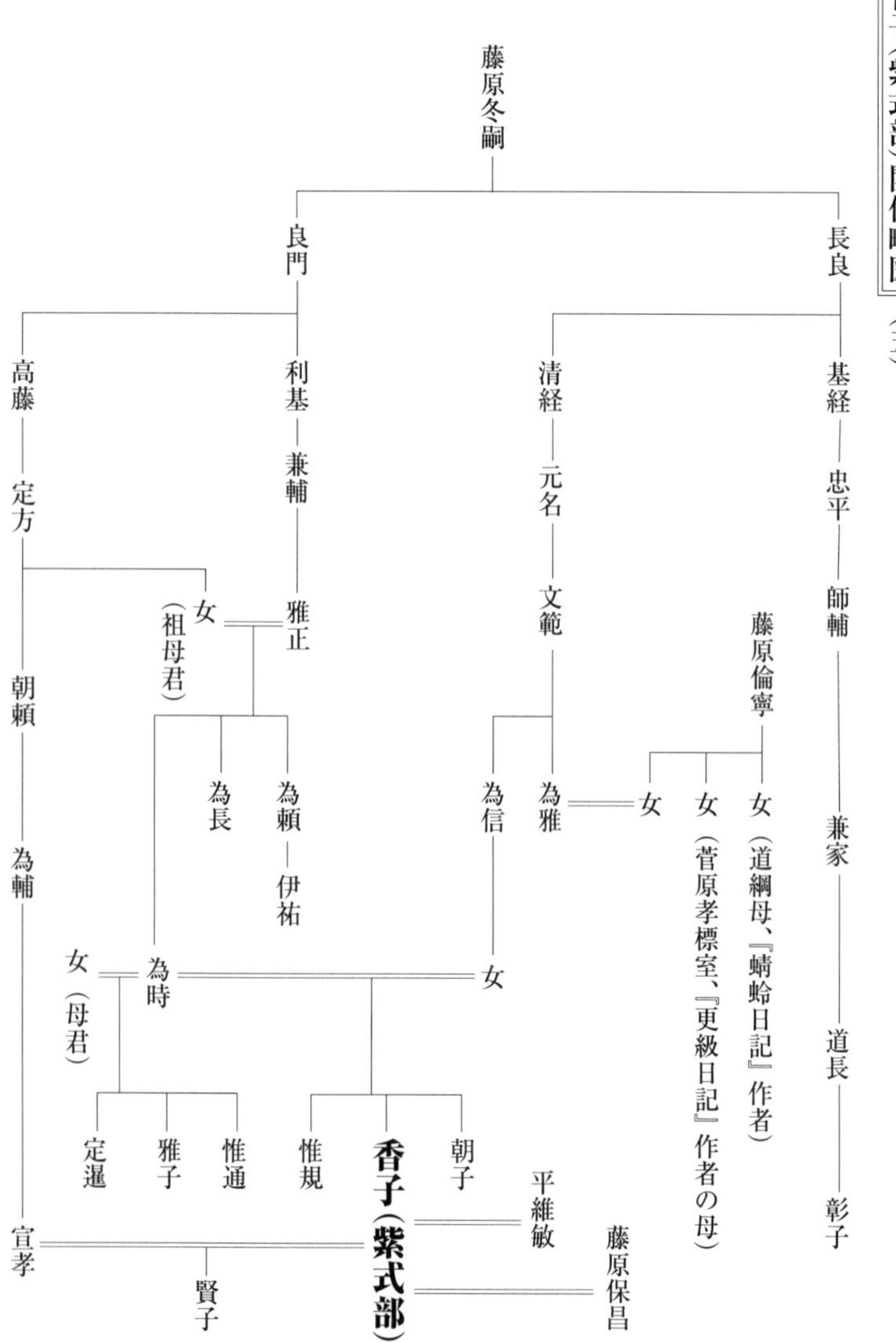
藤原冬嗣
長良
良門
基経
清経
利基
高藤
忠平
元名
兼輔
定方
師輔
文範
雅正
女（祖母君）
藤原倫寧
朝頼
為雅
為信
為頼
為長
女
女（菅原孝標室、『更級日記』作者の母）
女（道綱母、『蜻蛉日記』作者）
兼家
伊祐
為輔
女（母君）
為時
女
道長
定暹
雅子
惟通
惟規
香子（紫式部）
朝子
平維敏
藤原保昌
彰子
宣孝
賢子

藤原道長・彰子関係略図（五）

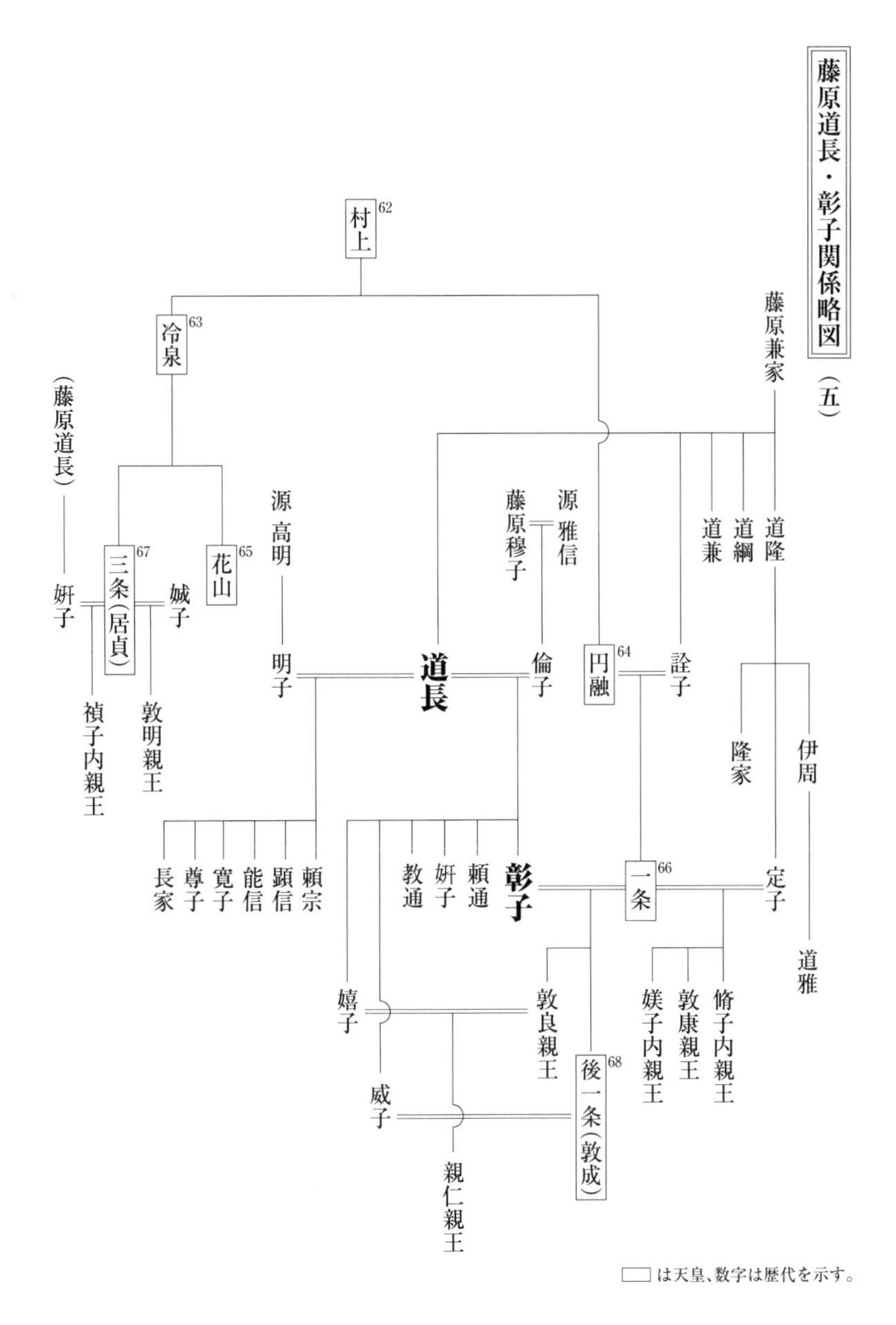

□は天皇、数字は歴代を示す。

参考文献

・鈴木一雄監修『源氏物語の鑑賞と基礎知識』全四十三巻（至文堂、一九九八〜二〇〇五年）
・柳井　滋・室伏信助・大朝雄二・鈴木日出男・藤井貞和・今西祐一郎校注『源氏物語』全九巻（岩波文庫、二〇一七〜二〇二一年）
・René Sieffert訳『Le Dit du Genji.』Ⅰ・Ⅱ・Ⅲ（Diane De Selliers 二〇〇八年）
・増田繁夫『評伝紫式部　世俗執着と出家願望』（和泉書院、二〇一四年）
・角田文衛『紫式部伝　その生涯と「源氏物語」』（法藏館、二〇〇七年）
・山本淳子『源氏物語の時代　一条天皇と后たちのものがたり』（朝日新聞出版、二〇〇七年）
・本居宣長「源氏物語玉の小櫛」（大野　晋・大久保正編集校訂『本居宣長全集』第四巻、筑摩書房、一九六九年）
・小林秀雄『本居宣長』（新潮社、一九七七年）
・秋山　虔・小町谷照彦編『源氏物語図典』（小学館、一九九七年）
・林田孝和・植田恭代・竹内正彦・原岡文子・針本正行・吉井美弥子『源氏物語事典』（大和書房、二〇〇二年）
・瀧浪貞子編『源氏物語を読む』（吉川弘文館、二〇〇八年）
・朧谷　寿『源氏物語の風景　王朝時代の都の暮らし』（吉川弘文館、一九九九年）
・倉本一宏『紫式部と平安の都』（吉川弘文館、二〇一四年）
・宇治市源氏物語ミュージアム編『光源氏に迫る　源氏物語の歴史と文化』（吉川弘文館、二〇二一年）
・稲賀敬二『源氏の作者　紫式部』（新典社、一九八二年）

・今井源衛『紫式部』（吉川弘文館、一九六六年）
・服藤早苗『藤原彰子』（吉川弘文館、二〇一九年）
・倉本一宏『一条天皇』（吉川弘文館、二〇〇三年）
・小原　仁『慶滋保胤』（吉川弘文館、二〇一六年）
・山中　裕『和泉式部』（吉川弘文館、一九八四年）
・坂本太郎『菅原道真』（吉川弘文館、一九六二年）
・岸上慎二『清少納言』（吉川弘文館、一九六二年）
・倉本一宏『現代語訳　小右記』4〜10（吉川弘文館、二〇一七〜二〇二〇年）
・阿部秋生『源氏物語研究序説』（東京大学出版会、一九五九年）
・日向一雅『源氏物語の準拠と話型』（至文堂、一九九九年）
・増田繁夫『源氏物語の人々の思想・倫理』（和泉書院・二〇一〇年）
・小山利彦『源氏物語と風土――その文学世界に遊ぶ』（武蔵野書院、一九八七年）
・京樂真帆子『牛車で行こう！　平安貴族と乗り物文化』（吉川弘文館、二〇一七年）
・西　和夫『紫式部すまいを語る　王朝文学の建築散歩』（ＴＯＴＯ出版、一九八九年）
・駒尺喜美『紫式部のメッセージ』（朝日選書、一九九一年）
・廣江美之助『源氏物語の庭　草木の栞』（城南宮、一九八〇年）
・近藤富枝『服装から見た源氏物語』（文化出版局、一九八二年）
・藤本勝義『源氏物語の〈物の怪〉文学と記録の狭間』（笠間書院、一九九四年）
・吉岡幸雄『「源氏物語」の色辞典』（紫紅社、二〇〇八年）

・五島美術館『国宝源氏物語絵巻』（二〇一〇年）
・徳川義宣解説『国宝源氏物語絵巻』（岩崎美術社、一九八三年）
・清水婦久子『国宝「源氏物語絵巻」を読む』（和泉書院、二〇一一年）
・尾崎左永子文・秋野卓美画『源氏花がたみ』（東京書籍、一九九〇年）
・宇治市源氏物語ミュージアム編『伝土佐光則筆　源氏絵鑑帖』（二〇〇一年）
・朧谷　壽・京樂真帆子・福嶋昭治・山本淳子監修『宇治市源氏物語ミュージアム常設展示案内』（二〇一九年）
・田口榮一・木村朗子・龍澤　彩・稲本万里子『すぐわかる源氏物語の絵画』（東京美術、二〇〇九年）
・清藤鶴美『菅家の文華　菅原道真公、詩歌の世界』（太宰府天満宮文化研究所、一九七一年）
・川口久雄校注『菅家文草　菅家後集』（日本古典文學大系72、岩波書店、一九六六年）
・小倉慈司『事典日本の年号』（吉川弘文館、二〇一九年）
・田中健次『図解日本音楽史』（東京堂出版、二〇一八年）
・中川正美『源氏物語と音楽』（和泉書院、二〇〇七年）
・東海林亜矢子『平安時代の后と王権』（吉川弘文館、二〇一八年）
・北村優季『平安京の災害史　都市の危機と再生』（吉川弘文館、二〇一二年）
・中脇　聖編著　日本史史料研究会監修『家司と呼ばれた人々――公家の「イエ」を支えた実力者たち』（ミネルヴァ書房、二〇二一年）
・樋口健太郎『摂関家の中世　藤原道長から豊臣秀吉まで』（吉川弘文館、二〇二一年）
・佐々木恵介『平安京の時代』（吉川弘文館、二〇一四年）
・藤田勝也『平安貴族の住まい　寝殿造から読み直す日本住宅史』（吉川弘文館、二〇二一年）

・伊藤俊一『荘園　墾田永年私財法から応仁の乱まで』（中公新書、二〇二一年）
・中野幸一編『紫式部日記』（武蔵野書院、二〇〇二年）
・池田亀鑑・秋山　虔校注『紫式部日記』（岩波文庫、一九六四年）
・南波　浩校注『紫式部集』（岩波文庫、一九七三年）
・清水文雄校注『和泉式部日記』（岩波文庫、一九四一年）
・清水文雄校注『和泉式部集　和泉式部続集』（岩波文庫、一九八三年）
・久保田淳監修、武田早苗・佐藤雅代・中周子『賀茂保憲女集・赤染衛門集・清少納言集・紫式部集・藤三位集』（和歌文学大系20、明治書院、二〇〇〇年）
・武田祐吉編『神楽歌・催馬楽』（岩波文庫、一九三五年）
・山田孝雄校訂『倭漢朗詠集』（岩波文庫、一九三〇年）
・杉谷寿郎解題『後撰和歌集』（ノートルダム清心女子大学国文学研究室古典叢書刊行会、一九六九年）
・塚本哲三校訂『拾遺和歌集・後拾遺和歌集』（有朋堂書店、一九一三年）
・阪倉篤義校訂『竹取物語』（岩波文庫、一九七〇年）
・佐伯梅友校注『古今和歌集』（岩波文庫、一九八一年）
・小島憲之編『王朝漢詩選』（岩波文庫、一九八七年）
・今西祐一郎校注『蜻蛉日記』（岩波文庫、一九九六年）
・池田亀鑑校訂『枕草子』（岩波文庫、一九六二年）
・佐佐木信綱編『新訓万葉集』上下（岩波文庫、一九二七年）
・大津有一校注『伊勢物語』（岩波文庫、一九六四年）

・藤井貞和校注『落窪物語』（岩波文庫、二〇一四年）
・江口孝夫全訳注『懐風藻』（講談社学術文庫、二〇〇〇年）
・中村　元『往生要集を読む』（講談社学術文庫、二〇一三年）
・鎌田茂雄『法華経を読む』（講談社学術文庫、一九九四年）
・村上哲見『唐詩』（講談社学術文庫、一九九八年）
・前野直彬注解『唐詩選』上中下（岩波文庫、一九六一～一九六三年）
・川合康三訳注『白楽天詩選』上下（岩波文庫、二〇一一年）
・石川忠久『白楽天一〇〇選――白氏文集と国文学』（ＮＨＫ出版、二〇〇一年）
・内田泉之助『白氏文集』（明徳出版社、一九六八年）
・近藤春雄『新楽府・秦中吟の研究』（明治書院、一九九〇年）
・柳町達也『蒙求』（明徳出版社、一九六八年）
・小島憲之校注『懐風藻　文華秀麗集　本朝文粋』（岩波書店、一九六四年）
・川口久雄・本朝麗藻を読む会編『本朝麗藻簡注』（勉誠社、一九九三年）
・塙　保己一編、太田藤四郎補『続群書類従』第十二輯上（続群書類従完成会、一九五七年）

装丁――芦澤泰偉
装画――大竹彩奈

本書は書き下ろし作品です。

本文中、現在は不適切と思われる表現がありますが、差別的な意図を持って書かれたものではないこと、また作品が歴史的時代を舞台としていることなどを鑑み、原文のまま掲載したことをお断りいたします。

〈著者略歴〉

帚木蓬生（ははきぎ　ほうせい）

1947年、福岡県生まれ。医学博士。精神科医。東京大学文学部仏文科卒業後、TBSに勤務。2年で退職し、九州大学医学部に学ぶ。93年に『三たびの海峡』で吉川英治文学新人賞、95年に『閉鎖病棟』で山本周五郎賞、97年に『逃亡』で柴田錬三郎賞、2010年に『水神』で新田次郎文学賞、11年に『ソルハ』で小学館児童出版文化賞、12年に『蠅の帝国』『蛍の航跡』の「軍医たちの黙示録」二部作で日本医療小説大賞、13年に『日御子』で歴史時代作家クラブ賞作品賞、18年に『守教』で吉川英治文学賞および中山義秀文学賞を受賞。著書に、『香子（一）～（四）』『国銅』『風花病棟』『天に星 地に花』『受難』『悲素』『襲来』『沙林』『花散る里の病棟』等の小説のほか、新書、選書、児童書などにも多くの著作がある。

香子（かおるこ）（五）
紫式部物語

2024年5月7日　第1版第1刷発行

著　者　帚木蓬生
発行者　永田貴之
発行所　株式会社ＰＨＰ研究所
東京本部　〒135-8137　江東区豊洲5-6-52
文化事業部　☎03-3520-9620（編集）
普及部　☎03-3520-9630（販売）
京都本部　〒601-8411　京都市南区西九条北ノ内町11
PHP INTERFACE　https://www.php.co.jp/
組　版　朝日メディアインターナショナル株式会社
印刷所
製本所　図書印刷株式会社

ISBN978-4-569-85455-7

PHP文芸文庫

月と日の后（きさき）（上・下）

冲方 丁 著

内気な少女は、いかにして〝平安のゴッドマザー〟となったのか。藤原道長の娘・彰子の人生をドラマチックに描く著者渾身の歴史小説。